LA TROIKA
Y LOS 40 LADRONES

Santiago Camacho

LA TROIKA Y LOS 40 LADRONES

FMI, Banco Mundial y
Organización Mundial del Comercio:
la verdad sobre los intereses
que están detrás de la crisis económica

la esfera de los libros

Primera edición: abril de 2012

Avenida de Alfonso XIII, 1, bajos
28002 Madrid
Tel.: 91 296 02 00 • Fax: 91 296 02 06
www.esferalibros.com

ISBN: 978-84-9970-373-2
Depósito legal: M. 8.119-2012
Fotocomposición: J. A. Diseño Editorial, S.L.
Fotomecánica: Unidad Editorial
Imposición y filmación: Preimpresión 2000
Impresión: Huertas
Encuadernación: Huertas
Impreso en España-*Printed in Spain*

Índice

Introducción

«El rico domina a los pobres; el que toma prestado es esclavo del que presta».
Proverbios, 22, 7.

Cuando me llamó mi editor para proponerme el proyecto de este libro, mi primera reacción fue pensar que alguien había cometido un error. No soy economista, ni siquiera periodista económico, y mi paso por la Facultad de Ciencias Económicas, antes de escuchar la voz de mi vocación y pasarme a Ciencias de la Información, fue tan fugaz que nunca lo he reseñado en ninguno de mis currículos. Mi campo de especialización siempre han sido los barrios bajos de la realidad: terrorismo, crimen organizado, espionaje, sectas, organizaciones radicales de todo cuño, sociedades secretas, conspiraciones... Nada que ver en teoría con el mundo de las altas finanzas.

Sin embargo, mi editor pensaba lo contrario. Acostumbrado como estaba a esos ambientes ocultos, mi visión tal vez podría aportar cosas nuevas a un tema que cada vez era percibido por la opinión pública como más amenazante que cualquier villano al uso. Además los expertos tienen —tenemos, cada uno en nuestro campo— la mala costumbre de dar por sabidas demasiadas cosas y mostrar como evidentes cosas que no lo son tanto para los legos en la materia. Si para explicar los complejos entramados de las finanzas internacionales primero tenía que hacer un notable esfuerzo para entenderlos yo mismo, me sería mucho más fácil ponerme en el lugar de aquellos que no saben nada en absoluto del tema.

Así que acepté. Más como un reto, casi como un juego, que por otra razón. De hecho ni siquiera quise verme con la presión de haber aceptado un adelanto previo a la entrega de la obra. Si no podía con ello, renunciaba y punto.

Cada libro, y ya van unos cuantos, es un viaje. De lo que no tenía en aquel momento ni la más remota idea es de hacia dónde me iba a llevar este. Y es que después de toda una carrera escribiendo sobre asuntos no precisamente claros puedo decir que, con este libro en concreto, he visto claramente el rostro del Mal. No se trata de fanáticos que a través de sus atrocidades pretenden llegar a su ideal distorsionado de lo que es para ellos un mundo mejor, ni de perturbados víctimas de sus propios delirios, ni de fríos espías profesionales capaces de eliminar a un semejante amparados en el patriotismo, ni siquiera de delincuentes cuya peripecia vital les ha empujado a una vida al margen de la ley y la moral. No, no es este el caso. Desde inmaculados despachos, sin ensuciarse las manos, cientos de seres humanos prácticamente anónimos para la mayoría de nosotros juegan con las vidas de millones de personas que ignoran que sus vidas, sus empleos, sus pensiones de jubilación y el futuro de sus hijos están en el tapete de un descomunal casino mundial.

Cada día se hace más evidente que la humanidad se encuentra dividida en dos bandos irreconciliables: los pocos que tienen mucho y los muchos que tienen poco. Vivimos una época convulsa. La actual crisis económica ha puesto de manifiesto ante los ojos de muchos ciudadanos que los gobiernos no son realmente los órganos que ostentan el poder mundial. Las noticias nos cuentan cómo naciones enteras son juguete de unas fuerzas misteriosas a las que hemos dado en llamar «los mercados», que deciden quién es rico y quién es pobre, qué país es próspero y cuál se ve atenazado por la miseria.

Así las cosas, ya no parece tan descabellada la idea de que existan organizaciones que manejan los hilos del mundo. No hay que recurrir a complicadas teorías de conspiración ni a siniestras sociedades secretas con incomprensibles ritos esotéricos. Todo está a la vista. Se trata de organizaciones con nombres y apellidos, como el Fondo Monetario Internacional, el Banco Mundial, la Organización Mundial del Comercio, las agencias calificadoras de riesgos, los bancos internacionales...

Lo realmente alarmante es que los dirigentes de estas organizaciones no son elegidos, no pasan por ningún filtro democrático ni hay forma de que los ciudadanos puedan apearlos de sus cargos a pesar del impacto que sus decisiones, doctrinas y estrategias ejercen sobre la vida de los pueblos. El poder de estas organizaciones es inmenso, va más allá de lo imaginable por la mayoría de nosotros, alcanza una dimensión planetaria, mientras que el poder de los estados, incluso de los más poderosos, está limitado a una dimensión nacional.

Por si alguien lo duda, reproducimos en la página siguiente una lista (de 1999, procedente del Banco Mundial, ahora probablemente la situación es peor) de los ingresos de varias multinacionales comparados con el producto interior bruto de algunas naciones, en miles de millones de dólares.

En este libro no pretendemos dar respuestas definitivas, sino aportar datos recabados de las más diversas fuentes, incluidos economistas del más alto nivel, para que cada uno pueda responder a su manera y según su criterio a preguntas tan trascendentes como estas: ¿quién gobierna el mundo? ¿Cuál es el poder real de los políticos? ¿Hasta qué punto nuestra vida está condicionada por organizaciones internacionales y corporaciones privadas? ¿Cuál es el papel de los paraísos fiscales que dan cobijo al dinero del crimen o al de la corrupción? ¿Por qué se permite la existencia de estos territorios sin ley? ¿Cuál es el papel real de organismos como el Fondo Monetario Internacional, el Banco Mundial o la Organización Mundial del Comercio? ¿Qué está sucediendo realmente en la economía mundial y cómo hemos llegado hasta esta situación?

General Motors	178,2	Toyota	95,2
Dinamarca	161,1	Israel	92
Tailandia	157,3	General Electric	90,8
Ford	153,5	Filipinas	83,1
Noruega	153,4	IBM	78,5
Mitsui & Co	142,8	NTT	77
Polonia	135,7	Axa-UAP	76,9
África del Sur	129,1	Egipto	75,2
Mitsubishi	129	Chile	74,3
Royal Dutch Shell	128,1	Irlanda	72
Itoshu	126,7	Daimler-Benz	71,5
Arabia Saudita	125,3	British Petroleum	71,2
Exxon (Esso)	122,4	Venezuela	67,3
Wal Mart	119,3	Grupo Volkswagen	65,3
Grecia	119,1	Nueva Zelanda	65
Finlandia	116,2	Unilever	43,7
Marubeni	111,2	Pakistán	41,9
Sumimoto	109,3	Nestlé	38,4
Malasia	97,5	Sony	34,4
Portugal	97,4	Nigeria	29,6
Singapur	96,3		

Es muy probable que a los expertos en la materia no les estemos descubriendo nada nuevo, pero la mayoría de nosotros se llevará alguna que otra sorpresa entre estas páginas y empezará a plantearse que a la democracia, el ideal por el que millones de personas han dado su vida a lo largo de la historia, le ha surgido un enemigo más poderoso que cualquier dictador, que cualquier ideal totalitario y que cualquier ejército. Un enemigo que, a día de hoy, está ganando la batalla.

Capítulo 1

BRETTON WOODS Y LA VERDAD DEL DINERO

La situación económica que estamos viviendo y padeciendo actualmente tiene orígenes que se remontan en el tiempo mucho más allá de la crisis presente. Todo comenzó hace mucho, mucho tiempo, con los Acuerdos de Bretton Woods, que son las resoluciones de la Conferencia Monetaria y Financiera de las Naciones Unidas. La reunión se llevó a cabo en un entorno paradisíaco, el exclusivo complejo hotelero Bretton Woods en New Hampshire, entre el 1 y el 22 de julio de 1944. Durante aquellos días, solo la enorme fila de automóviles de lujo aparcados frente al gigantesco hotel de fachada inmaculadamente blanca y la febril actividad que se percibía en pasillos y salones daba a entender que en aquel instante y en aquel lugar se estaba decidiendo el futuro del mundo.

El propósito de la reunión de Bretton Woods era poner fin a las políticas de proteccionismo que caracterizaron el periodo que se inicia en 1914 con la Primera Guerra Mundial. Se consideraba que para llegar a la paz y la prosperidad de las naciones se tenía que implantar una política librecambista. Fue allí donde se establecieron las nuevas reglas para las relaciones comerciales y financieras mundiales, reglas que, a día de hoy, siguen vigentes y son en gran medida el origen de los problemas actuales. Entre otras medidas en Bretton Woods se decidió la creación de las dos instituciones que van a ser las protagonistas indiscutibles de este libro: el Banco Mundial y el Fondo Monetario Internacional. También se estableció el uso del dólar como moneda de cambio en las transacciones financieras internacionales. Ambas organizaciones comenzaron a funcionar a pleno rendimiento en 1946.

La Segunda Guerra Mundial estaba a punto de terminar y la clara hegemonía norteamericana después de la gran guerra se tradujo en un reordenamiento financiero internacional bajo la batuta de la naciente nueva potencia internacional, Estados Unidos. Ellos fueron los que convocaron la reunión para que el nuevo mapa que nacía de la contienda no solo se viera reflejado en lo político y lo militar, sino también en lo económico. Además, y posiblemente esto sea lo que más nos interesa, se gestó un código de conducta para las políticas económicas de los países con problemas de balanza de pagos y se institucionalizaron varias modalidades de préstamo y mediación financiera entre los organismos creados.

En la reunión participaron solo cuarenta y cuatro países, realmente pocos, pero es que en aquella época la mayor parte de los países del Tercer Mundo aún eran colonias, otros muchos ni siquiera habían sido aceptados en las Naciones Unidas y las potencias derrotadas en la Segunda Guerra Mundial, lógicamente, no tenían ni voz ni voto de ningún tipo y debían conformarse con el destino que tuvieran deparado para ellas los vencedores.

Pero antes de meternos de lleno en los resultados y consecuencias de la histórica reunión, hagamos un poco de historia y repasemos cómo se llegó hasta ahí.

A lo largo de toda la historia de la civilización los metales preciosos, y de forma muy especial el oro, habían sido utilizados como el medio de pago fundamental. La necesidad de un medio de pago es fruto mismo de la civilización. El trueque, indudablemente, es una forma de comercio justa, pero tiene sus obvias limitaciones. Para empezar es muy engorroso cargar con todos tus bienes cada vez que quieres comerciar. Por otro lado, se tiene que dar la feliz coincidencia de encontrar a alguien que no solo esté dispuesto a vender lo que tú necesitas, sino que le interese recibir en pago lo que tú tienes. Así pues, se necesita algo que represente la riqueza para poder comerciar, algo que tenga un valor simbólico, pero a la vez real. El oro es perfecto para este papel. Escaso y muy apreciado, es la metáfora perfecta de la propia escasez de la riqueza y además posee un componente sumamente práctico: una pequeña cantidad de oro, fácil de guardar y transportar, puede representar mucha riqueza.

De esta forma el oro y en menor medida la plata fueron adoptados universalmente como herramienta para los intercambios comerciales, situación que se prolongó durante miles de años. Además, en el transcurso de ese proceso los reyes hicieron un descubrimiento de vital importancia: el oro podía ser acuñado en monedas, privilegio que reservaron para sí y, de esta manera, eran ellos los que establecían el valor de ese oro. Había nacido el dinero.

Así continuó el comercio, sin demasiados cambios, hasta que en el siglo XIII a cierto ciudadano veneciano de nombre Marco Polo se le ocurrió la idea de emprender un largo viaje a China, empresa descomunal para aquellos tiempos. Entre los muchos descubrimientos asombrosos de los que trajo por primera vez noticia a Europa (los fuegos artificiales, el té, los espaguetis...), el viajero relató a sus coetáneos algo que les llenó de no poco estupor y cierta incredulidad: la existencia de una cosa llamada «papel moneda». A los contemporáneos del mítico viajero esta información les pareció fantasiosa. ¿Papeles que podían ser utilizados para comprar cosas en lugar de buenos doblones de a ocho? Tonterías... Y así quedó el asunto hasta que en el siglo XIV llegaron a Europa los primeros billetes emitidos por la dinastía Ming y los banqueros europeos se quedaron rascándose la coronilla preguntándose cómo podía ser real tal cosa. Para los chinos el papel moneda carecía de secretos desde hacía mucho tiempo.

Los primeros billetes de los que se tiene noticia aparecieron en el siglo VII. Ellos les pusieron el descriptivo nombre de «dinero volante» debido su facilidad de transporte y a la velocidad con la que circulaba.[1]

El fin del patrón

En el siglo X, China ya tenía un sistema monetario relativamente moderno. También fueron ellos los primeros en padecer una lacra que viene acompañando desde entonces al papel moneda: los falsificadores. En archivos y bibliotecas se guardan antiguos pliegos en los que, como si de novelas policíacas se tratara, se describe la lucha de las autoridades chinas contra estos delincuentes que, en caso de ser capturados, se enfrentaban a la pena de muerte.

Unos trescientos años después de Marco Polo, un banco sueco emitió, en 1661, los primeros billetes destinados a circular de forma regular en Europa. Eran de confección rústica y manuscritos. Se sabe un poco más de la segunda emisión, que se realizó en 1662-1664 y que se imprimió en lugar de hacerla a mano. No pasaron muchos años hasta que los otros países de la región siguieran el ejemplo de los suecos y empezaron a emitir su propio papel moneda. Unas pocas décadas más tarde esta forma de pago se había extendido por todo el continente.

A partir de mediados del siglo XIX, con el surgimiento de las economías capitalistas, el comercio transnacional adquirió una dimensión hasta entonces desconocida, favorecida por el creciente desarrollo tecnológico tanto en comunicaciones como en transportes. Las transacciones económicas globales se generalizan y se plantea el problema clave de todo este asunto: cómo fijar el valor real de las monedas.

---

1 *http://numismatica.wikia.com/wiki/Historia_y_evolución_del_papel_moneda.*

Bien está que se negocie con papeles cuyo importe es simbólico, pero si no estamos de acuerdo en cuanto al valor de esos documentos, la cosa no puede funcionar demasiado bien.

En realidad el patrón oro no lo inventó nadie, sino que lo creó el mercado. Se trata de algo que representa a la perfección el espíritu liberal, ya que, como planteamiento, muestra una confianza ciega en la capacidad de autorregulación del mercado, que automáticamente va a nivelar por sí mismo cualquier desequilibrio.

El mecanismo no puede ser más sencillo. El valor de la moneda de un país es directamente proporcional a la cantidad de moneda emitida y a las reservas de oro que posea, que son las que respaldan esa emisión; así, cada moneda y cada billete emitido es básicamente un vale al portador por una pequeña fracción de las reservas nacionales de oro. Esto hace que las monedas tengan un determinado valor en oro y viceversa: que el oro tenga un determinado precio.

Imaginemos dos naciones que comercian entre sí, por ejemplo Portugal y España. En nuestro ejemplo hipotético supongamos que España se encuentra en una situación de déficit comercial, esto es, que compra a Portugal más de lo que le vende. Teniendo en cuenta que esas transacciones se pagan en divisas o directamente en oro, Portugal estaría adquiriendo más riqueza a costa de su comercio con España, y los comerciantes españoles necesitarán adquirir escudos portugueses para pagar esas importaciones. Por pura ley de la oferta y la demanda, el escudo se convertiría en un bien demandado y escaso, por lo que subiría de precio, hasta el punto de llegar a valer más que su contrapartida en oro. En ese momento lo que harían los empresarios españoles sería dejar de adquirir la divisa sobrevalorada y pasar a realizar sus pagos directamente en oro, que les saldría más barato. Pero eso supondría que se produciría un trasvase de oro español a Portugal, lo que reduciría las reservas nacionales y, lógicamente, la cantidad de dinero en circulación. En ese caso se produce una deflación: menos dinero significa menos demanda y menos demanda supone que la oferta tiene que adaptarse a la nueva situación de la forma más sencilla y antigua que existe: bajando los precios. Pero si los precios bajan, entonces los productos españoles adquieren una mayor competitividad y los consumidores y comerciantes portugueses pueden descubrir que es más barato importar la producción española que comprar la propia. Cuando sucede eso, es entonces Portugal el que pasa a tener un déficit comercial y el sistema se reequilibra, comenzando de nuevo todo el proceso.

Sobre el papel estamos ante un panorama idílico, un sistema que funciona como un mecanismo de relojería bien engrasado. Pero la realidad es tozuda y a menudo se suele empeñar en hacer zozobrar los planteamientos modélicos. El patrón oro se fue a pique con la Primera Guerra Mundial, su posguerra, y el *crack* de 1929. Las diversas naciones, movidas en principio por sus necesidades bélicas, decidieron de manera unilateral que la relación moneda-oro era algo elástico y comenzaron a emitir papel moneda que excedía con mucho el valor de sus reservas, generando hiperinflaciones que sembraron el caos por todo el mundo occidental y terminaron para siempre con el sistema de patrón oro. La Segunda Guerra Mundial dio un respiro a los sectores industriales y de materias primas, pero no sirvió más que para ahondar en el caos. Las reglas del juego se habían roto, las piezas yacían desparramadas por todo el tablero y lo cierto es que nadie sabía cómo, cuánto ni de qué forma pagar por las transacciones comerciales y financieras.

Así pues, a principios de la década de 1940 se comenzó a hablar de crear un nuevo escenario, de dotar a la economía de nuevas reglas y, básicamente, de comenzar desde cero. Se barajaron dos opciones. La primera fue concebida por el famoso economista británico John Maynard Keynes, y se centraba en la creación de una macroentidad que podría ser definida como «la madre de todos los bancos», un banco central de ámbito global que otorgaría créditos a los países con problemas de déficit en una moneda de cambio mundial que tendría que ser creada de mutuo acuerdo por las naciones: el bancor. La segunda la diseñó H. D. White, alto representante del Departamento del Tesoro de los Estados Unidos, quien propugnaba la creación de instituciones financieras internacionales a cuya autoridad y arbitraje se someterían las naciones de forma voluntaria, desechando la idea de crear una autoridad monetaria mundial y, por supuesto, una moneda internacional de nuevo cuño. ¿Para qué tomarse la molestia de poner a todo el mundo de acuerdo? Simplemente bastaba con elegir una moneda fuerte y estable, el dólar sin ir más lejos, y elevarla a la condición de moneda de referencia.

New Deal

Lo realmente curioso es que ambos planteamientos tenían propósitos que se alejaban mucho de la idea altruista de procurar la prosperidad mundial y tenían más que ver con los intereses del gran imperio en decadencia (el británico) y los de la nueva superpotencia emergente tras la Segunda Guerra Mundial (los Estados Unidos). La obsesión de Keynes, británico como era, consistía en permitir que la libra siguiese teniendo una existencia propia e independiente. White, que también arrimaba el ascua a su sardina, quería exactamente lo contrario: elevar el dólar al Olimpo monetario como activo de referencia mundial. Y así es como llegamos a Bretton Woods, donde, como no podía ser menos, ganaron White y sus tesis.

No es de extrañar. Los Estados Unidos habían salido victoriosos de la Segunda Guerra Mundial no solo en lo militar, sino también como la economía más dinámica del mundo, experimentando un rápido crecimiento industrial y una fuerte acumulación de capital.

Los Estados Unidos no habían padecido en su territorio la destrucción de la Segunda Guerra Mundial, cuyas cicatrices eran bien visibles en el resto de los países implicados. Tenían una industria manufacturera poderosa y sus empresarios se enriquecieron vendiendo armas y prestando dinero a los otros países en conflicto. Un simple dato nos puede dar una idea muy exacta de esta pujanza: la industria norteamericana, tan solo en 1945, alcanzó más del doble de la producción de los años 1935 a 1939.

Sin embargo, había un hombre que sabía que, si se quería mantener esa prosperidad y evitar que se convirtiera en un espejismo que fuera el prólogo de una nueva gran recesión, había que hacer algo. Y su trabajo como presidente de los Estados Unidos era precisamente ese. Franklin D. Roosevelt accedió a la Casa Blanca en el peor momento de la Gran Depresión. El panorama que se dibujaba ante él no podía ser más desolador. Millones de personas sin dinero, sin empleo, sin hogar, sin comida en su plato. La delincuencia, la marginación y la mendicidad se elevaban hasta niveles nunca antes vistos en aquella nación.

La Gran Depresión tuvo efectos devastadores prácticamente en todo el planeta, tanto en los países desarrollados como en desarrollo. El comercio internacional prácticamente se detuvo, los *stocks* se acumulaban en los almacenes y nadie consumía porque los ingresos personales se habían reducido drásticamente en compañía de los ingresos fiscales, los precios y los beneficios empresariales. Ciudades de todo el mundo, en especial las que dependían de la industria pesada, cambiaron su fisonomía para albergar espectáculos dantescos de miseria que nadie creía posibles tan solo unos meses antes. La construcción prácticamente se detuvo en muchos países. La agricultura, con una disminución de los precios agrícolas de un 60 por ciento, pasó a convertirse en una actividad ruinosa. El mundo, y muy especialmente los Estados Unidos, por primera vez en la historia desde la Revolución Industrial se enfrentaba a una situación en la que parecía no haber futuro.

Ante semejante panorama Roosevelt decidió emprender una serie de medidas de urgencia implementadas durante los primeros cien días de su mandato y que tuvieron continuidad a lo largo de varios años. Recibieron el nombre genérico de New Deal («nuevo acuerdo»). Se trataba de medidas que, ante todo, buscaban aliviar el sufrimiento de los sectores más castigados de la sociedad (los más de doce millones de parados) y reactivar la economía, arrebatando de paso su control a los especuladores de Wall Street.

En el ámbito financiero se potenció un mayor control del Estado sobre los bancos con la promulgación de la Ley de Emergencia Bancaria de 1933. La ley formulaba un plan según el cual se clausuraban definitivamente todos los bancos que fueran insolventes o se encontraran en peligro de serlo, permitiendo operar solamente a aquellos que demostraran ser lo suficientemente solventes para sostenerse. Solo estos últimos podrían abrir de nuevo sus puertas tras las «vacaciones bancarias» (National Bank Holiday) de cuatro días decretadas por el presidente del 9 al 13 de marzo de 1933.

Se exigió un aumento de las reservas bancarias a fin de garantizar su solvencia y proteger a los clientes frente a posibles quiebras. Se estimuló la concesión de créditos destinados a la inversión empresarial. Se promulgó además la Ley de Obligaciones Federales con el fin de proteger a los inversores de posibles fraudes.

En el ámbito industrial, la National Industrial Recovery Act de 1933 potenció las subvenciones a la industria con el propósito de mantener los puestos de trabajo existentes, recuperar los perdidos y poner los fundamentos para la recuperación del sector. También se impulsaron gigantescos proyectos de obras públicas (carreteras, pantanos, etc.) a través de la Public Works Administration, cuyo más ambicioso proyecto de aquella época fue la colonización e industrialización del valle del río Tennessee, iniciativa que trajo consigo la construcción de embalses y centrales hidroeléctricas, y la reforestación de extensas áreas, dando empleo a más de tres millones de trabajadores.

La revolución económica

El problema del campo, que se había constituido en el principal foco de miseria del país, fue abordado a través de la Agricultural Adjustment Act. Al contrario de lo que sucedía con la industria, aquí el reto era la disminución de la producción, ya que la sobreproducción que se arrastraba desde hacía más de una década era la principal culpable de la caída en picado de los precios y la ruina de los agricultores. Esa reducción se consiguió a cambio de indemnizaciones recibidas por los agricultores. El resultado que se obtuvo de la disminución de la producción agraria fue la subida de los precios y el casi inmediato aumento de las rentas de los agricultores. Además, como parte del ambicioso programa de obras públicas de la administración Roosevelt, se procedió a la completa electrificación de la América rural, lo que llevó a una mejora de las condiciones de vida y trabajo de los agricultores y ganaderos.

En el terreno social, el New Deal también supuso una revolución. Por medio de la National Labor Relations Act se regularon las relaciones laborales, estableciéndose por primera vez un salario mínimo y una jornada máxima. Con la disminución del paro, la fijación del salario mínimo y el aumento de los salarios se reactivó la demanda en unos momentos en los que la producción estaba muy necesitada de estímulos.

Mediante la Social Security Act se creó el primer sistema federal de seguro de desempleo y de pensiones. Por otra parte, la mejora de las comunicaciones terrestres y la extensión de la red telefónica sirvió para cohesionar la nación, para que las ideas se propagasen con mayor rapidez y para propiciar una auténtica edad de oro de desarrollo cultural y tecnológico, transformando prácticamente todos y cada uno de los aspectos de la vida norteamericana. Hasta la esperanza de vida subió y, en general, se vivió un nuevo sentimiento de euforia. El pueblo americano se sentía capaz de llevar a cabo lo imposible.

Con la entrada de los Estados Unidos en la Segunda Guerra Mundial, Roosevelt empleó toda esa tremenda capacidad productiva puesta en marcha durante los años treinta para asegurar la victoria aliada en la contienda. La tremenda demostración de poder tecnológico e industrial que se vio en las playas de Normandía habría sido impensable sin las políticas llevadas a cabo en la década anterior.

Sin embargo, en la soledad de su despacho, cuando apenas le quedaban unas semanas de vida, Roosevelt se vio enfrentado a un dilema. Todo parecía indicar que las sombras de la Gran Depresión se habían alejado para siempre de su país. Pero los Estados Unidos eran un solitario oasis de prosperidad en medio de un mundo devastado por la guerra. Europa era un inmenso campo de batalla sembrado de cráteres de bombardeos en el que se carecía de todo y en el que las infraestructuras y el tejido industrial habían sufrido daños casi irreparables. En el Tercer Mundo la situación era aún peor. Una gran parte de esos países aún seguían siendo colonias cuyas metrópolis, enzarzadas en la guerra, las habían dejado prácticamente abandonadas a su suerte. En Asia y África las hambrunas y la pobreza extrema se habían convertido en endémicas.

La necesidad más urgente era la asistencia para la reconstrucción de los países ocupados. Estos carecían de infraestructuras en funcionamiento, por lo que las granjas, las minas y las fábricas no podían volver a ponerse en funcionamiento. Los países exportadores del mundo —y el mayor país exportador del mundo era Estados Unidos— se beneficiarían de una rápida reconstrucción y una Europa que necesitaba de todo estaba llamada a convertirse en el mejor de los mercados. El secretario del Tesoro, Henry Morgenthau, explicaba a la prensa que «Estados Unidos quiere que, después de la guerra, se retorne en Europa al pleno rendimiento de las industrias, las fábricas y las granjas, se consiga el pleno empleo estable de los ciudadanos, en particular de los exmilitares y, de esta forma, la prosperidad y la paz completas». Además, una Europa estable sería menos propensa a escuchar los cantos de sirena revolucionarios que llegaban del otro lado del Telón de Acero, lo que eran un atractivo adicional para muchos que, ya en 1945, sabían que una vez derrotado el fascismo el comunismo se convertiría en el nuevo gran enemigo de los Estados Unidos. En Bretton Woods se trató de establecer un medio «por el cual los países con bienes de capital podrán invertir en condiciones de seguridad razonables con el fin de restablecer, en beneficio de todos, los mecanismos de producción en las tierras devastadas».

Sin mercados en Europa a los que exportar sus productos y sin el impulso que la guerra había dado a la industria, era muy posible que la pujanza norteamericana se fuera debilitando y, tarde o temprano, regresara el fantasma de las largas colas de desempleados esperando ante los comedores de caridad. La única solución posible era reactivar las maltrechas estructuras productivas de Europa y, en la medida de lo posible, implantar las mismas medidas que tanto éxito habían tenido en su país para hacer despegar a las naciones del Tercer Mundo, algo que las metrópolis coloniales, y muy especialmente el Reino Unido, no iban a ver con muy buenos ojos.

Desentrañando los acuerdos

Según una publicación oficial de las Naciones Unidas sobre la conferencia, los planteamientos de esta no podían ser, en principio, más altruistas: «Un mundo mitad próspero y mitad muerto de hambre no es un escenario en el que se pueda mantener la paz. La prosperidad debe ser alcanzada por todos, a menos que queramos que la inseguridad se extienda a todos». Esta es una declaración que resultaba tan válida en 1945 como lo es hoy, cuando a diario vemos en los noticiarios cómo los regímenes inestables de naciones desfavorecidas y resentidas son fuente de toda clase de quebraderos de cabeza para los países desarrollados. A nadie se le escapaba durante la Segunda Guerra Mundial que el fascismo europeo había sido producto de la crisis económica, por lo que la ONU buscaba «asegurar la economía y, de esta forma, consolidar la paz política y militar del mundo».

Pero para instaurar esa paz había que cambiar muchas cosas. El problema de la guerra económica era una amenaza muy real en el mundo previo a la contienda mundial. Los distintos países protegían su sistema productivo con altos aranceles y subvenciones a la exportación. Se devaluaban las monedas para impulsar las exportaciones. Los Estados Unidos, como en tantas otras ocasiones, se encontraban en el origen de este problema. Herbert Hoover promulgó la Smoot-Hawley Tariff Act de 1930, aumentando los aranceles a niveles inéditamente altos, con lo que desató un efecto dominó de políticas proteccionistas en ambos lados del Atlántico. En 1934 el comercio mundial había disminuido en un 66 por ciento, lo que ahondó en muchos países los efectos de la Gran Depresión. En la época en que fue convocada la conferencia de Bretton Woods muchos consideraban esta circunstancia como otro de los desencadenantes de la Segunda Guerra Mundial, por lo que se trató de allanar el comercio internacional en la medida de lo posible.

Por lo tanto, Bretton Woods fue convocado como un intento para resolver los problemas de financiación de la reconstrucción y el desarrollo de las naciones, obtener un equilibrio económico estable y crear las condiciones para promover el comercio libre y seguro. Las negociaciones de Bretton Woods se iniciaron el 1 de julio de 1944 a partir de documentos que habían sido elaborados y debatidos en Estados Unidos desde hacía dos años. El secretario del Tesoro, Henry Morgenthau, su principal asesor económico, Harry Dexter White, y el economista británico John Maynard Keynes fueron las principales figuras de las negociaciones. Poco tiempo después, el 22 de julio, el secretario Morgenthau, presidente de la Conferencia Monetaria y Financiera de Bretton Woods, dio por terminadas las sesiones, alabando el espíritu de cooperación, «de buena voluntad y confianza mutua [que] es, creo, una de las esperanzas y presagios alentadores de nuestro tiempo», tal como declaró en un programa de radio. «Ninguna de las naciones representadas aquí ha prevalecido sobre las otras en cuanto al cumplimiento de sus objetivos», continuó, añadiendo: «Hoy en día la única forma inteligente de interés nacional se encuentra en el acuerdo internacional». Todos los delegados firmaron el acuerdo final, aunque no sin que muchos expresaran sus reservas, por lo que se convino en entregar copia a los respectivos gobiernos para su consideración.

Los Acuerdos de Bretton Woods constan de ochenta y dos páginas y no son un texto que se distinga precisamente por su claridad. Es por ello por lo que en la época aparecieron libros con títulos como *Los Acuerdos de Bretton Woods: las claves de un misterio monetario*, que eran guías para que propios y extraños se hicieran una remota idea de lo acordado. Como decía un periódico estadounidense: «Se puede afirmar sin temor a equivocarse que no más del uno por ciento de los estadounidenses tiene una mínima comprensión de las disposiciones de este plan revolucionario».

Una versión simplificada de lo que estos acuerdos establecen vendría a ser algo así: se crean dos instituciones, el Fondo Monetario Internacional y el Banco Internacional de Reconstrucción y Desarrollo (Banco Mundial). Ambas organizaciones, dotadas en principio de aproximadamente 10.000 millones de dólares, estaban dominadas tanto en capacidad de voto como en las suscripciones de capital por los Estados Unidos, el Reino Unido y la URSS, y eran esencialmente instituciones de crédito. Según los acuerdos, el Fondo Monetario Internacional tiene como misión conceder préstamos a corto plazo para ayudar a los países con problemas de balanza de pagos a fin de «promover la cooperación internacional monetaria» y «para evitar depreciaciones cambiarias competitivas», mientras que el Banco Internacional de Reconstrucción y Desarrollo era el encargado de los préstamos para la «restauración de las economías destruidas o dislocadas por la guerra, la transformación de los medios de producción a las necesidades de tiempos de paz y el fomento de la creación de servicios y recursos productivos en los países menos desarrollados». Ambas instituciones iban a ser supragubernamentales. La participación de Estados Unidos fue esencial. En los Acuerdos de Bretton Woods los Estados Unidos aportaron 2.750 millones de dólares al Fondo y 3.175 al banco.

Bretton Woods, en contra de la creencia popular, no supuso un abandono absoluto del patrón oro. De hecho, gran parte de los acuerdos se basaron en el compromiso de que Estados Unidos, que en ese momento tenía el 70 por ciento del oro atesorado en el mundo, vendería dicho metal a un precio delimitado (35 dólares por onza). Sin embargo, lo realmente importante de Bretton Woods es que se permitió la posibilidad de que las naciones estableciesen el valor de su moneda no respecto al oro, sino respecto al dólar. Asimismo las naciones firmantes de Bretton Woods se comprometían a intervenir en los mercados, bien vendiendo o comprando divisas, bien tocando los tipos de interés, para mantener la paridad de sus monedas dentro de márgenes aceptables por todos. Eso sí, todas las intervenciones monetarias se realizarían en dólares. Esto es: si el problema es que la moneda nacional se estaba apreciando demasiado, la nación correspondiente debería comprar dólares; si el problema fuese el contrario, debería venderlos.

Voces disidentes

Ha pasado mucho tiempo desde entonces y las reuniones de hombres poderosos en aislados *resorts* de lujo son un hecho relativamente común, al menos tanto como las protestas antiglobalización, cada vez más multitudinarias y tumultuosas, que tienen lugar en las ciudades donde se celebran las reuniones del G-8, la Organización Mundial del Comercio y semejantes. Una búsqueda de los términos «FMI» o «Banco Mundial» en Internet nos dará como resultado miles de páginas web que nos presentan estas organizaciones como instrumentos del imperialismo económico y de la hegemonía de los Estados Unidos. Sin embargo, en 1944 Roosevelt convocó la conferencia que dio lugar a estos organismos multilaterales como un esfuerzo serio, y no dudamos que completamente bienintencionado si hemos de atender a las credenciales del presidente moribundo y su política del New Deal, para «cooperar en la paz como hemos hecho en la guerra», con el objetivo de alcanzar «la cooperación económica y el progreso pacífico», huyendo del «sin sentido de las rivalidades económicas».Y en muchos sentidos Bretton Woods fue exactamente eso. H. H. Kung, que se encontraba a la cabeza de la delegación china, comentó lo siguiente al cierre de las actuaciones: «Lo notable de esta conferencia no es que no hubiera diferencias, sino que muchas delegaciones llegaron a sacrificar sus propios puntos de vista particulares en beneficio del interés común, a pesar de que sus reservas se encontraban apoyadas por cuestiones reales e importantes. Este tipo de sacrificio es una inversión que pagará en el futuro altos dividendos».

Con una fuerte promoción por parte de Roosevelt y Truman, su sucesor, más toda la maquinaria de la Oficina del Tesoro de Estados Unidos y unos medios de comunicación más que favorables a las tesis gubernamentales, la opinión pública, harta de la guerra y que no deseaba otra cosa que reanudar sus vidas de la mejor forma posible, no tiene el menor reparo en respaldar el plan de la administración y apoya firmemente los Acuerdos de Bretton Woods. En aquellos días cualquier ataque a lo surgido de las reuniones de Bretton Woods significaba alinearse con los anacrónicos aislacionistas que habrían permitido que Hitler se adueñara del mundo o, peor aún, con los desalmados banqueros de Wall Street. A mediados de 1945 la Cámara de Representantes aprobó el programa por una aplastante mayoría de 345 votos a favor por tan solo 18 en contra, y el Senado en una proporción igualmente significativa de 61 contra 16.

Todos estaban contentos. Ante el mundo se abría un prometedor futuro de prosperidad sin límites. ¿Qué es lo que sucedió entonces? A pesar de la euforia, las buenas intenciones y las mayorías aplastantes, sí hubo unas cuantas voces disidentes en los círculos económicos. Estos vanos intentos de hacer fracasar los acuerdos, vistos desde la situación actual, cobran un nuevo sentido y las predicciones de fracaso institucional que hicieron sus promotores se han cumplido en más de un sentido.

Como hemos mencionado anteriormente, las propuestas de Bretton Woods fueron aprobadas por los Estados Unidos y por casi todos los cuarenta y cuatro países presentes en la conferencia (con la URSS como excepción notable). Las instituciones previstas en los acuerdos abrieron sus puertas en 1947 y hoy día, casi setenta años después, se han forjado una reputación que no es precisamente acorde con los buenos propósitos que las inspiraron. En los últimos tiempos las instituciones de Bretton Woods se han visto implicadas en la crisis financiera asiática de 1997 y 1998, la argentina de 2001, los problemas de la economía brasileña, agobiada por una deuda de casi el 60 por ciento de su PIB. Eso sin contar todos los problemas derivados de la actual crisis en Portugal, Grecia y otros países de la Unión Europea. Aparte de su papel más que discutible en las crisis financieras del último medio siglo, las instituciones se han forjado su siniestra reputación también a través del llamado «Consenso de Washington», la apertura sistemática de los países deudores al sistema de libre mercado a través de los conocidos como «Programas de Ajuste Estructural», casi siempre con efectos desastrosos. Lo que no es muy conocido, sin embargo, es que todo ello fue previsto en su día por los opositores a la legislación de Bretton Woods, los cuales forman un grupo tan variopinto como interesante.

La Asociación Norteamericana de Banqueros se opuso a las instituciones de Bretton Woods de forma firme y bastante escandalosa entre julio de 1944 y junio de 1945. A primera vista parece algo lógico, los malvados banqueros opuestos a algo bueno y beneficioso para todos. Sin embargo, son muy destacables los argumentos que utilizaron, en especial contemplados desde la perspectiva de los efectos devastadores del Fondo sobre los países en desarrollo en tiempos recientes. En primer lugar, predijeron que el Fondo «aumentaría el peligro, ya grave, de inflación, retrasando ajustes económicos fundamentales». También hablaron de las servidumbres a las que estarían sometidos los países deudores, señalando que el hecho de prestar dinero a un país para el desarrollo no significa que este dinero vaya a ser empleado de manera productiva, de forma que el país pueda ser capaz de pagar el préstamo en un plazo de tiempo razonable.

Los banqueros norteamericanos no se encontraban ni mucho menos solos en sus reticencias. J. Taylor Peddie, un economista británico, afirmaba que el Fondo, «si se establece, poseerá un poder absoluto sobre las soberanías nacionales», algo con lo que hoy día cualquier argentino, brasileño o portugués estaría de acuerdo de todo corazón. Peddie afirmaba que el Fondo podría restringir el poder de los grupos políticos progresistas, sometiéndolos al poder soberano de la economía:

> El dictado de las escuelas de pensamiento progresista afirma que cualquier nuevo mecanismo monetario nacional debe ser diseñado para servir a los objetivos económicos que se pretenden alcanzar, y no al

contrario. Según las propuestas de Bretton Woods, los mecanismos monetarios internos y externos, inevitablemente, terminarán siendo nuestros amos y señores.

El tiempo terminó por darle la razón a Peddie. Allá donde el FMI ha dictado sus medidas de austeridad fiscal, propios y extraños han acabado contagiándose de la sensación de que la institución se ha convertido en su amo y señor. Este imperialismo económico fue previsto también por el economista John Francis Neylan, que consideraba a Keynes uno de los principales patrocinadores de las instituciones de Bretton Woods, «el exponente más brillante de los proyectos de sustitución del imperialismo político por el imperialismo económico».

W. Latimer Gray, vicepresidente del First National Bank de Boston, también era de la misma opinión. En su testimonio ante la Cámara de Representantes y el Subcomité de Banca afirmaba: «No es difícil comprender que los directores ejecutivos de los Estados Unidos, Reino Unido y Rusia controlarán en gran medida las acciones de esta organización. No sabemos la autoridad que tendrán los representantes de otras naciones, pero de lo que podemos estar seguros es de que tres personas tendrán mayor poder económico del que haya sido concedido a nadie en la historia del mundo».

Gray advirtió del peligro que suponían las instituciones de Bretton Woods, en la medida en que implicaban la concentración en manos de unos pocos de lo que solía ser el ámbito de competencia de cada país. Por si a alguien le parecía que no había hablado lo suficientemente claro, añadía más adelante en su testimonio que el aspecto más peligroso del Fondo era «su tendencia a la economía dirigida y al totalitarismo»: «He aquí un superestado económico que impone su voluntad a sus miembros [...]. Ahora se nos dice que un déspota benevolente es el mejor gobierno y que, siempre y cuando el Fondo sea manejado con prudencia, es probable que haya pocos problemas. Aunque yo creo que se requiere un alto grado de optimismo para creer que cuarenta y cuatro naciones van a estar satisfechas en todo momento con las acciones del Fondo». Se trata de palabras muy gruesas, especialmente si tenemos en cuenta que nos encontramos al final de la Segunda Guerra Mundial, la mayor contra el totalitarismo de la historia de la humanidad.

Entonces, ¿qué sucedió? ¿Cómo es posible que estos agoreros estuvieran en lo cierto y que las bienintencionadas instituciones nacidas de unos acuerdos inspirados en el New Deal se hayan convertido en el archivillano económico mundial? Pues bien, esa y otras historias son, precisamente, lo que vamos a contar en este libro.

El dinero

Aparte de para la creación de las instituciones citadas, Bretton Woods sirvió para modificar algo que se encuentra en el eje mismo del funcionamiento de la sociedad: la naturaleza del dinero. La naturaleza del dinero, como hemos podido comprobar en el pequeño repaso histórico que hemos hecho hace algunas páginas, era tradicionalmente algo bastante intuitivo. Eso, por desgracia, ya no es así, y el dinero, en el mundo actual, ha pasado a convertirse en un concepto bastante confuso. Ya no es oro. Ni siquiera es un derecho a que te den oro. Lo que representa ahora mismo es nuestra capacidad de compra. Esa es la razón por la que los bancos centrales están tan obsesionados por la inflación. La misión fundamental de estas instituciones consiste en que el dinero en circulación mantenga en la medida de lo posible su poder de compra. Una inflación demasiado alta tiene como consecuencia que el poder de compra de nuestro dinero disminuya y el dinero deje de tener valor. En esas circunstancias la gente pierde la confianza en el dinero y busca alternativas como divisas extranjeras, oro, inmuebles, arte, sellos, acciones o cualquier otra cosa que previsiblemente mantenga su valor y, por tanto, la capacidad de adquisición del inversor.

Es esa lucha constante contra la inflación la que se encuentra tras ese término que nos produce pesadillas a los sufridos ciudadanos que llevamos una hipoteca a nuestras espaldas: los tipos de interés. La herramienta más eficaz que tienen los bancos centrales para luchar contra la inflación es la regulación de los tipos de interés. Si estos suben, los ciudadanos y las empresas piden menos préstamos y baja el consumo provocando una disminución o al menos una subida menos pronunciada de los precios de bienes y servicios.

Pero si ya no puedo ir al banco central con mi flamante billete de veinte euros a reclamar legítimamente un gramo de oro de las reservas nacionales, ¿cómo se crea ahora el dinero? Los profanos, cuando pensamos en dinero, solemos imaginarnos enormes cámaras acorazadas llenas de billetes, como el almacén del Tío Gilito, pero en realidad la inmensa mayoría del dinero que existe son meros apuntes contables en los ordenadores de los bancos. Claro que siempre puede uno ir al cajero automático con su tarjeta y sacar unos cuantos billetes. En ese momento la cifra que hay en tu ficha disminuye en el ordenador del banco y este te da unos papeles de colores que representan esa diferencia. Los billetes son apuntes bancarios traspasados a un papel, nada más y nada menos. Los bancos centrales tienen la potestad de fabricar los papelitos en cuestión y vendérselos a los bancos, transacción que, igualmente, se verifica a través de apuntes contables (en la cuenta del banco baja el saldo y en la del banco central aumenta el saldo). De esta forma el banco tiene algo para darnos cuando tenemos la ocurrencia de reclamarle algo tangible e intercambiable que represente nuestro poder adquisitivo más allá de los circuitos electrónicos de su sistema informático. Se estima que, dependiendo de los países, tan solo entre un 3 y un 15 por ciento del dinero en circulación existe en forma tangible, como billetes y monedas. El resto no existe más que en los sistemas informáticos de los bancos.

Nosotros, ciudadanos de a pie, tenemos nuestro dinero o poder adquisitivo depositado en los bancos. Se lo hemos prestado al banco para que lo guarde y él lo invierte y lo presta a otros. Antiguamente ese préstamo se hacía a cambio de un interés, pero en la actualidad lo cierto es que a un usuario medio de banca le cuesta más mantener su cuenta corriente que lo que esta le renta. Es algo que, sencillamente, hacemos por comodidad.

Una vez establecido que el dinero es algo mucho menos tangible de lo que la mayoría de nosotros suponía, pasemos a su creación, que también es un proceso bastante sorprendente. Supongamos que yo te ayudo con tus impuestos y tú, que andas algo flojo de efectivo por el pago que le acabas de hacer a Hacienda, no me pagas con dinero, sino que me firmas un pagaré, un papel en el que queda reflejado que debes el dinero que habíamos acordado por mis servicios. Yo acepto, me llevo tu pagaré en el bolsillo y, unas horas más tarde, se lo entrego a la cajera del supermercado para pagar la compra, que lo acepta encantada porque todos sabemos que eres una persona responsable y cumplidora de sus obligaciones.

A partir del momento en el que yo pago haciendo uso del pagaré y este es aceptado como moneda de cambio, estamos creando dinero. A fin de cuentas, y hasta no hace tanto, los billetes de curso legal no eran sino un pagaré: «El Banco de España pagará al portador cien pesetas». Y la peseta, al menos antes, tenía su equivalente en gramos de oro. Pero nosotros ya no tenemos oro, hemos creado dinero, que ha sido aceptado por la cajera del supermercado. Pero ¿lo hemos creado de la nada? No, el pagaré tiene valor porque, a falta de oro que lo respalde, representa tu deuda conmigo. No hemos creado dinero de la nada, hemos creado dinero de la deuda.

Bancos sin dinero

Pues bien, actualmente todo el dinero nace de la deuda. Veamos otro ejemplo. Cuando ahora se habla de deuda, acude irremediablemente a la mente de todos nosotros la hipoteca. Acudo al banco para pedir una hipoteca para comprar la casa de un vecino por 100.000 euros. El banco no tiene ningún problema en prestármelo, ni siquiera cuando se lo pido en billetes en un maletín, a la antigua usanza. Ese dinero procede de los depósitos de sus clientes, no hace falta crearlo de la nada. Así que yo, con mi maletín lleno de euros, pago al dueño de la casa, quien lo deposita de nuevo en el banco, con lo que el banco sigue teniendo el mismo dinero disponible para volver a prestar. ¿Hemos creado dinero con esta transacción? Técnicamente no, pero lo cierto es que antes el banco tenía 100.000 euros en depósito y ni yo ni el dueño de la casa teníamos dinero. Ahora el banco tiene la misma cantidad en depósito, el dueño de la casa tiene 100.000 euros y yo tengo una deuda de 100.000 euros. El dueño de la casa ha aumentado su capacidad de compra sin que el banco pierda dinero, más bien al contrario, por lo que a efectos prácticos se ha creado dinero de la nada. Mi deuda se ha convertido en dinero listo para ser gastado. De lo que podemos deducir que «dinero es igual a deuda».

Sin embargo, hay una pregunta que seguro que está en la mente de muchos: ¿qué sucede si el propietario del piso deposita sus 100.000 euros en otro banco? De hecho, en el mundo real, lejos de los ejemplos teóricos ideales, sería lo que sucedería casi con seguridad. Entonces nuestro banco tendría un problema, pues no tendría dinero para prestar a otros, al menos hasta que yo devolviera mi préstamo.

Aquí es donde entra en juego uno de los principios en los que se asienta el actual sistema bancario: la confianza. Debemos confiar en que si acudimos a nuestro banco a sacar dinero, el banco nos lo dará sin ningún problema. Sin embargo, al mismo tiempo todos somos conscientes de que, si todos vamos a la vez al banco a reclamar nuestros ahorros, este no va a poder devolvérnoslos, sencillamente porque no los tiene. ¿Cómo se explica esta paradoja y qué efectos tiene en la economía? La respuesta la encontramos en el denominado encaje bancario o coeficiente de caja y en el efecto de multiplicación del dinero. Cuando nosotros depositamos dinero en un banco, este está obligado a conservar en sus arcas solo una parte de este, mientras que el resto puede utilizarlo para otras operaciones. El porcentaje de dinero que el banco necesariamente ha de tener en su caja es el coeficiente de caja. En la zona euro ese porcentaje lo fija el Banco Central Europeo y en estos momentos es del 2 por ciento.

Los bancos no guardan el dinero depositado en ellos, ya que mantener los fondos en una caja fuerte, como los bancos de las películas del oeste, no es rentable. En busca de esa rentabilidad todo banco toma todo el dinero depositado y lo intenta invertir, bien mediante créditos, invirtiendo en bolsa o en bonos. Evidentemente un banco no puede invertir todos los depósitos que los ahorradores le entregan, ya que ello podría producir fallos de liquidez o quiebras de las instituciones; para impedir estas situaciones la normativa dictada por el banco central les obliga a mantener un porcentaje de los depósitos en su poder. El coeficiente de caja (c) es igual al porcentaje entre las reservas del banco (R) y los depósitos entregados al banco por los ahorradores (D).

$$c = R/D$$

Es decir, en los bancos no hay tanto dinero como la gente piensa. De hecho nos sorprenderíamos si realmente supiéramos la poca cantidad de efectivo que hay en una sucursal bancaria. Es más, debido a las medidas de seguridad en prevención de los atracos, en las sucursales bancarias se intenta tener la menor cantidad posible de dinero. Si cualquiera de nosotros desea hacer una retirada de efectivo de un importe elevado, generalmente más de 10.000 euros, se debe avisar con un mínimo de antelación para que la sucursal tenga preparado el dinero.

A pesar de esta sorprendente revelación, los que somos ciudadanos disciplinados y responsables tenemos una confianza ciega en que, si en algún momento queremos recuperar nuestro dinero, lo tendremos, al menos mientras no se nos ocurra a todos la misma idea a la vez. Para respaldar el sistema bancario y justificar esa confianza se crea el Fondo de Garantía de Depósitos, un fondo al que todos los bancos, cajas de ahorro y cooperativas de crédito deben aportar un porcentaje de todos sus depósitos. Las aportaciones en vigor en España en 2011 son las siguientes:

- Establecimientos bancarios: 0,6 por mil de la base de cálculo de las aportaciones.
- Cajas de ahorro: 1,0 por mil de la base de cálculo de las aportaciones.
- Cooperativas de crédito: 0,8 por mil de la base de cálculo de las aportaciones.

Este fondo nos garantiza que, si la entidad bancaria no puede pagar, por la razón que sea, al menos nuestros depósitos estarán garantizados hasta un límite mínimo. Por ejemplo, si una persona tiene dos depósitos de 100.000 euros cada uno en un banco que quiebra, solo le devolverán 100.000 euros. Si una persona tiene un depósito de 100.000 euros en un banco y otro depósito de 100.000 euros en otro banco y quiebran los dos bancos, el fondo responderá por los 200.000 euros.

Así pues, la ley obliga al banco a tener un 2 por ciento (a fecha de 2011) de lo que ingresemos en sus cajas, pero ¿qué pasa con el otro

98 por ciento? Pues que, como sucedía en nuestro ejemplo hipotético, el banco puede disponer de ese dinero a su antojo, aunque lo normal será que la forma de disponer de él sea prestarlo de nuevo, con lo que se produce el interesante efecto multiplicador del dinero del que hablábamos antes y que viene determinado por la siguiente fórmula: multiplicador del dinero bancario: 1/coeficiente de caja. En estos momentos en la zona euro el efecto multiplicador del dinero será: multiplicador del dinero bancario en la zona euro: 1/0,02 = 50. Esto quiere decir que si el banco central emite 1 millón de euros, realmente en el mercado se crean, al final del proceso, 50 millones de euros.

El límite de la deuda

Si un banco necesita dinero en un momento dado, la solución sencilla es pedirlo prestado a otro banco a un tipo de interés inferior al que me cobra a mí y ya tiene de nuevo para prestar y sigue ganando. El tipo de interés al que se prestan los bancos entre ellos es el denominado «interbancario», el famoso Euribor en el caso de la banca europea. Al final, en el mundo real, sumando las operaciones de todos los bancos, el efecto final resultante es el mismo que si hubiera un solo banco, al menos mientras el dinero se mueva dentro del sistema bancario occidental. Sin embargo, hay una parte del dinero que sale fuera del sistema. Hay que pagar las importaciones de petróleo, los productos fabricados en Asia, etc. Los países productores de los bienes que consumimos en occidente acumulan reservas en divisas, en euros y dólares principalmente, lo que provoca cierto desequilibrio en el mercado interbancario y hace que algunos bancos tengan dificultades para encontrar quien les preste. En esas ocasiones los bancos recurren al banco central de su país, el Banco Central Europeo en el caso de la zona euro o la Reserva Federal en los Estados Unidos.

Los bancos centrales son los lugares donde se hace la verdadera magia, donde el dinero surge literalmente de la nada. El banco central ni siquiera necesita imprimir billetes para prestar dinero a los bancos, le basta con hacer un mero apunte contable. El dinero sale de su cuenta y pasa a engrosar la del banco que solicita el préstamo que, evidentemente, está sujeto a intereses, como los préstamos de cualquier hijo de vecino, un interés que fija el propio banco central y que es de capital importancia para la vida económica, ya que determinará los tipos de interés que los bancos aplican a sus clientes.

Con estos préstamos el banco central tiene en sus manos la más poderosa herramienta para regular la economía. Los bancos centrales tienen un extremo cuidado a la hora de crear dinero. El truco consiste en no crear mucho, en no conceder demasiados de estos préstamos, pues el aumento indiscriminado de dinero en circulación provoca un estímulo excesivo del consumo y un aumento de los precios, es decir, una inflación por exceso de demanda. Si aumenta la inflación, disminuye el poder adquisitivo de la moneda y da la casualidad de que el banco central es la institución encargada, entre otras cosas, de mantener el valor de la moneda.

Pero se trate de préstamo para un coche, o de miles de millones para un banco, hace un rato hemos aprendido que todo el dinero creado es deuda. Y la capacidad de endeudarse tiene un límite, básicamente la capacidad de reembolsar esa deuda. Si se llega a un punto en que la capacidad de endeudamiento de la economía no da para más, la cantidad de dinero en circulación se estanca, el comercio deja de aumentar, el producto interior bruto deja de crecer y la inflación tiende a cero, lo que, en contra de lo que pudiera parecer, no es nada bueno. Si la inflación baja mucho, entonces el banco central baja los tipos de interés, lo que hace que la capacidad de endeudamiento vuelva a subir, volviendo a aumentar los préstamos. Y así hasta que los tipos de interés sean prácticamente cero, algo que vimos recientemente por estos pagos. En esa situación y sin nadie que lo evite, lo más fácil es que el endeudamiento llegue al máximo posible, sin que ya el banco central pueda hacer nada para evitarlo.

Este es el caso de Japón, que lleva muchos años arrastrando una importante crisis económica provocada por endeudamiento máximo, con unos tipos de interés casi cero y un Estado también endeudado al máximo. Desde hace lustros la economía japonesa se encuentra estancada y su única esperanza es aumentar sus exportaciones para incrementar su riqueza.

Naturalmente hay más factores a tener en cuenta. El aumento de la riqueza y por lo tanto de la capacidad de endeudarnos es uno importante. Si aumenta la riqueza, aumenta la capacidad de endeudamiento y esto permite la creación de dinero en forma de deuda. Las burbujas representan un aumento de riqueza y un aumento de capacidad de endeudamiento, y los pinchazos de burbujas, una destrucción de riqueza.

En determinados ámbitos se acusa al sistema bancario de ser una estafa piramidal. Y en cierto sentido es verdad: la única diferencia es que el sistema bancario está regulado. Existe un estricto control por parte de las autoridades en cuanto a los riesgos, pero en última instancia todo se basa en la confianza.

Todo lo que hemos contado hasta ahora, por esotérico que pueda resultar a primera vista, no es ni mucho menos un secreto. Instituciones como la Reserva Federal norteamericana explican, con sorprendente sinceridad, el proceso de creación de dinero. En un folleto publicado por el Banco de la Reserva Federal de Nueva York titulado «I Bet You Thought» se explica claramente por qué la moneda no puede ser canjeada o intercambiada por oro del Tesoro o cualquier otro activo de respaldo. En la misma publicación se puede leer más adelante que los bancos crean el dinero sobre la promesa de devolver la deuda.

En otro folleto, «Modern Money Mechanics», muy conocido y citado, el Banco de la Reserva Federal de Chicago revela que en Estados Unidos ni el papel moneda ni los depósitos tienen valor alguno. En sí mismo un billete de dólar es solo un trozo de papel. Los depósitos son meros apuntes contables y el valor intrínseco de las monedas que circulan es muy inferior a su valor facial real. La confianza que la gente tiene en que esos medios de pago permiten intercambiar otros activos financieros, bienes y servicios reales es lo que les da su valor que, en el fondo, es meramente simbólico. Pero también se debe en parte a la ley. En un boletín del Banco de Saint Louis de la Reserva Federal encontramos la siguiente explicación: «Los sistemas monetarios modernos tienen una base fiduciaria». Literalmente se trata de «dinero por decreto». En el caso estadounidense este decreto aparece reflejado en los propios billetes con la frase: «*This note is legal tender for all debts, public and private*».

Capítulo 2

EL FMI: DESCUBRIENDO AL GRAN DESCONOCIDO

Tal y como fue concebido originalmente en Bretton Woods, el Fondo Monetario Internacional iba a ser un organismo supranacional esencialmente dedicado a dos cosas: regular las tasas de cambio de las monedas entre los países miembros y asegurar la estabilidad internacional a través de préstamos en tiempos de crisis. A pesar de que su misión sigue siendo esencialmente la misma, el FMI ha sufrido grandes cambios en su breve historia aunque, para algunos, se haya hecho demasiado larga.

Hoy en día las políticas del FMI afectan directamente a las economías de ciento ochenta y cinco países. Su influencia es enorme y a menudo desastrosa. De hecho el Fondo es probablemente la institución no gubernamental más poderosa del mundo y no exenta de polémica. Miles de trabajadores y estudiantes se manifiestan casi a diario contra el FMI y, en muchos casos, lo hacen arriesgando o sacrificando sus propias vidas porque, según ellos, es mejor perder la vida en una algarada callejera, tiroteado por el ejército o la policía secreta del tirano de turno, que dejar que el Fondo te la vaya arrebatando poco a poco.

A primera vista parece una reacción desproporcionada contra una institución que tan solo ofrece préstamos a corto plazo a los países miembros con situaciones de crisis en su balanza de pagos. Pero el Fondo Monetario Internacional es mucho más que eso. En un principio, en el marco de los Acuerdos de Bretton Woods, las condiciones para los préstamos del FMI a los países miembros consistían simplemente en aportar «un programa eficaz para el establecimiento o mantenimiento de la estabilidad de la moneda». Con el paso del tiempo estas condiciones limitadas se han convertido en algo de muchísimo más alcance, llegando a regular de facto las políticas económicas del país solicitante. Los gobiernos, si quieren realmente ayuda (y cuando acuden al FMI suelen estar desesperados), están obligados a adoptar un conjunto de políticas económicas y medidas fiscales basadas en lo que el FMI piensa que va a promover la estabilidad económica, pero que, casualmente, sucede en muy contadas ocasiones.

Un examen crítico de lo que ha sucedido hasta hoy en día sugiere que el pago de estos préstamos se produce a expensas de la economía del país prestatario, recayendo, muy especialmente, sobre las espaldas de los más desfavorecidos. Las políticas sugeridas por el FMI casi siempre requieren la reducción o eliminación de aranceles y barreras a las importaciones, lo que tiene como consecuencia directa la desaparición de miles de puestos de trabajo. Al mismo tiempo, en esos mismos países en los que el paro comienza a subir como la espuma, se imponen severos programas de austeridad que recortan los servicios sociales y públicos y eliminan las subvenciones estatales que, entre otras cosas, mantienen bajos los precios de los alimentos. Dicho de una forma resumida y sencilla de comprender por todos: primero se aumenta el número de pobres y luego se endurecen las condiciones en que estas personas tienen que sobrevivir. De esta forma las personas con menos recursos económicos se ven obligadas a pagar los préstamos a los gobiernos cuyas políticas previas han sido consideradas erróneas por los economistas del FMI y, en consecuencia, corregidas con mano de hierro.

Con semejante panorama no es de extrañar que los préstamos del FMI se conviertan entonces en un foco de tensión que polariza las luchas sociales en muchas partes del mundo. El camino para llegar hasta aquí ha sido largo y complicado. Aunque parezca mentira, antes de convertirse en la entidad todopoderosa que es actualmente, el Fondo tuvo una época en que fue considerado como una revolución para el mundo, que abriría la puerta a una nueva era de prosperidad sin límite. Incluso, hace poco tiempo, tuvo una etapa en la que se le consideraba una institución superflua en vías de extinción. Sin embargo, todo eso cambió.

Fundado en 1945, el FMI en realidad comenzó a operar, como vimos, en 1947. Se supone que es la principal institución supranacional que regula las finanzas de los estados. Su ideario se encuadra en una visión capitalista liberal clásica de cómo deben funcionar las economías. Como se indica en el artículo I del Convenio Constitutivo, los objetivos del FMI son:

- Fomentar la cooperación monetaria internacional a través de una institución que sirva de mecanismo de consulta y colaboración internacional en cuestiones monetarias.
- Facilitar la expansión y el crecimiento equilibrado del comercio y el desarrollo de los recursos productivos de los países miembros.
- Fomentar la estabilidad del cambio y evitar la especulación.
- Ayudar al establecimiento de un sistema multilateral de pagos y eliminar las restricciones cambiarias que dificulten el crecimiento del comercio mundial.
- Dar confianza a los gobiernos miembros, dándose la oportunidad de corregir desajustes en su balanza de pagos sin recurrir a medidas perniciosas para la prosperidad nacional o internacional.
- Acortar la duración y aminorar el grado de desequilibrio de las balanzas de pagos de los miembros.

En teoría el FMI se encuadra dentro de la estructura de las Naciones Unidas. Es la institución central del sistema monetario internacional, que controla las políticas económicas de los países miembros y actúa como un fondo de reserva que puede ser utilizado por los países que necesitan financiación temporal para hacer frente a sus problemas de balanza de pagos.

El Fondo se centra principalmente en las políticas macroeconómicas de los gobiernos: los presupuestos del Estado, la gestión del dinero, el crédito, el tipo de cambio y las políticas financieras, incluyendo la regulación y supervisión de los bancos y otras instituciones financieras. La Junta de Gobernadores, con representantes designados por todos los países miembros (por lo general, el ministro de Hacienda o el gobernador del banco central), es la máxima autoridad que rige el FMI. Nombrado para un mandato de cinco años, el director general es asistido por un subdirector general y dos subdirectores gerentes. Un «pacto de caballeros» hace posible que el director general sea elegido entre los miembros europeos del FMI, mientras que el director general adjunto es elegido por el Gobierno de los Estados Unidos. Este pacto es el que ha sentado a la francesa Christine Lagarde al frente del Fondo Monetario Internacional. El nombramiento de Lagarde fue especialmente contestado por los principales países emergentes, que califican de obsoleta esta peculiar (y no muy democrática) tradición de que el director gerente del organismo sea europeo. Pravin Gordhan, ministro sudafricano de Finanzas, declaró que «lo que queremos es que cada cual pueda tener la oportunidad de presentar su candidatura. Los europeos dicen que el próximo director debe ser europeo. Pero durante todas nuestras discusiones en el seno del G-20 no hemos cesado de repetir que el proceso de selección debe estar basado en la transparencia, las competencias y la experiencia del candidato». De hecho, Estados Unidos abandonó su tradicional prudencia al respecto para asegurar que la candidatura del gobernador del Banco de México, Agustín Carstens, era tan creíble como la de Lagarde.

Todos somos iguales (pero algunos son más iguales que otros)

El Consejo Ejecutivo se reúne tres veces por semana en la sede del Fondo, en Washington. Los cinco principales accionistas del FMI (Estados Unidos, Japón, Alemania, Francia y el Reino Unido) junto a China, Rusia y Arabia Saudita, tienen su propio asiento en el Consejo. Es decir, la representación en este órgano se inclina a favor de los países acreedores. Diez de los veinticuatro asientos disponibles están ocupados actualmente por países en desarrollo, aunque colectivamente, por la ponderación de votos, solo cuentan con un 2,6 por ciento del poder decisorio del órgano. Aquí no funciona aquello de «un hombre, un voto» o, en este caso, «un país, un voto». Cada país tiene un poder de voto establecido dentro del organismo, que se calcula dependiendo del tamaño de su economía (PIB), sus reservas internacionales y otras variables económicas. Las decisiones deben ser tomadas con una mayoría del 70 por ciento, aunque algunas decisiones especialmente delicadas se toman con una mayoría del 85 por ciento. Dado que Estados Unidos posee el 16,74 por ciento de los votos, el sistema le otorga virtualmente el poder de veto sobre estas decisiones, ya que el resto de los países no suman ese 85 por ciento.

En total hay veinticuatro directores ejecutivos elegidos entre los países miembros del Fondo. Solo los accionistas, Estados Unidos, Japón, Alemania, Francia y el Reino Unido, pueden elegir un director sin ayuda de ningún otro país. Gracias a su influencia, China, Arabia Saudí y Rusia eligen de facto un director cada uno. Los dieciséis directores restantes son elegidos por bloques de países. Cada director tiene un derecho de voto que puede ir desde el 16,74 por ciento de Estados Unidos hasta el 1,34 por ciento que a duras penas alcanzan veinticuatro países de África juntos. Sin comentarios.

La mayoría de las decisiones se toman por consenso. Cuando el consenso no se puede alcanzar, una mayoría simple de votos zanja la cuestión rápidamente gracias al aplastante dominio de los países acreedores. Documentos e informes sobre los que delibera el Consejo son preparados por personal del FMI, a veces en colaboración con el personal del Banco Mundial. Hasta hace poco la organización tenía unos dos mil ochocientos empleados contratados procedentes de ciento treinta y tres países. Dos tercios del personal son economistas. La mayoría trabaja en Washington, con la notable excepción de unos ochenta representantes residentes, que viven en los países miembros, donde asesoran a los gobiernos sobre política económica.

Las cuestiones clave relacionadas con el sistema monetario internacional se consideran dos veces al año en un comité de gobernadores denominado Comité Monetario y Financiero Internacional o CMFI (hasta 1999 conocido como el Comité Interino).

Los recursos financieros del FMI proceden sobre todo de las suscripciones que los países pagan cuando se unen a la organización o después de las revisiones periódicas, cuando las cuotas se incrementan. El dinero total procedente de las cuotas determina el monto de la suscripción de un país, su poder de voto, y el monto de financiación que puede recibir del Fondo. Desde enero de 1999 las cuotas del FMI han totalizado 290.000 millones de dólares, aunque el FMI tiene una reserva adicional de 46.000 millones para situaciones de emergencia.

Los países, por lo general, piden la ayuda del FMI cuando están experimentando problemas de balanza de pagos, es decir, no tienen moneda extranjera suficiente para pagar las importaciones, algo bastante grave, ya que algunas importaciones son vitales para las economías y es una circunstancia que suele ir acompañada de otros signos económicos de crisis, como que la moneda nacional esté bajo ataque en los mercados de divisas, las reservas se estén agotando o la economía se encuentre deprimida.

La ayuda se presta bajo ciertas condiciones, que consisten en la implantación de unas políticas que el gobierno tiene que poner en práctica para convencer al FMI de que será capaz de devolver el préstamo en un lapso de tiempo de entre uno y cinco años. Según el reglamento del Fondo, el país solicitante «adoptará políticas sobre el uso de sus recursos generales [...] que ayudarán a los miembros a resolver sus problemas de balanza de pagos de una manera consistente con las disposiciones del presente acuerdo, y que establecerá las garantías adecuadas para el uso temporal de los recursos generales del Fondo». Estas medidas de control constituyen el marco en el que el Fondo se asegura garantías de solvencia respecto al dinero que presta. Con el paso del tiempo se ha producido un aumento significativo en el número de las condiciones establecidas, abarcando temas como el empleo público, la privatización y reforma de las empresas públicas, la política comercial, precios, seguridad social y otras más discutibles y discutidas, como la liberalización del comercio y los precios o la reorganización del mercado de trabajo.

La controversia en los países que se ven afectados por estas medidas suele ser enorme. Hay muchos ejemplos recientes. Los sindicatos rumanos han aumentado la presión sobre su gobierno respecto a las condiciones del FMI. Más de ochocientos mil trabajadores del sector público movilizaron el país en una huelga sin precedentes el 5 de octubre de 2009. El líder del bloque sindicalista, Dumitru Costin, dijo que la propuesta de la llamada Ley Unitaria de Salarios, un elemento del programa del Fondo para aquel país, tenía dos disposiciones inaceptables: un congelamiento salarial del 85 por ciento para los empleados del sector público en 2010 y recortes futuros de los salarios.

En Letonia, el gobierno se está resistiendo al programa del FMI, a pesar de las múltiples presiones: «Me sorprende que el gobierno todavía no haya acudido al FMI y que, en su lugar, esté pidiendo prestado dinero a una tasa de interés mucho más alta de otras fuentes», decía Rimvydas Valatka, analista del *Lietuvos Rytas*, el periódico de mayor circulación en Letonia. Pero claro, con las condiciones que suele poner el Fondo, a veces es preferible pagar más.

Los pormenores del programa para el país prestatario se detallan en una «carta de intenciones» que es firmada por un alto miembro del gobierno en cuestión y el director gerente del FMI. En la actualidad todos los prestatarios del FMI son países en desarrollo, poscomunistas, mercados emergentes o países que se recuperan de crisis financieras. Sin embargo, el Fondo ha ido cogiendo con el tiempo una justificada mala fama que ha logrado que muchos países prefieran buscar la financiación por otras vías en lugar de pedir prestado al FMI, quien se convierte casi en un último recurso.

A pesar de lo que diga la propaganda, el Fondo Monetario Internacional no es una agencia de ayuda o un banco para el desarrollo. El FMI espera que los prestatarios den prioridad al pago puntual de sus deudas con la institución utilizando diversos procedimientos para impedir la acumulación de atrasos. Y en la mayoría de los casos el FMI proporciona solo una pequeña parte de las necesidades de financiación.

El supervisor miope

El FMI examina las políticas económicas de los países miembros a través de un proceso conocido como supervisión. Muchos son los que ponen en duda la eficacia de esta supervisión habida cuenta de que el Fondo Monetario Internacional fue incapaz de adelantarse a la actual crisis económica. Según parece, no lo hizo porque bajo la gerencia de Rodrigo Rato se desarrolló un periodo de débil gobernanza interna, se dieron situaciones de autocensura o se impusieron limitaciones políticas por parte de los países miembros. Esto no lo digo yo. La Oficina de Evaluación Independiente del FMI (OEI), una suerte de auditora del organismo, publicó en febrero de 2011 un informe demoledor sobre los fallos que existieron entre 2004 y 2007, el periodo en el que se gestó la crisis financiera y que fueron, precisamente, los años de gerencia del exvicepresidente económico del gobierno del Partido Popular.

Los auditores creen que durante estos años, cruciales para haber frenado o atenuado la crisis, interactuaron cuatro factores que impidieron ver la recesión que se avecinaba, a saber: las deficiencias analíticas, los obstáculos organizativos, los problemas de gobierno interno y las limitaciones políticas. Estos cuatro factores se mezclaron en un cóctel de ineptitudes que llevó a enterrar las voces críticas contra la aparente bonanza económica y que fomentaron la lectura complaciente de lo que acabó en una burbuja financiera. La OEI revela prácticas muy graves que denuncia el personal técnico e incluso los altos funcionarios del organismo, y que les impedían desempeñar sus funciones: «Los incentivos están orientados a generar consenso con las opiniones predominantes». Traducido al lenguaje de los mortales: expresar opiniones divergentes del consenso de la mayoría de los analistas del Fondo puede llevarte a que tu carrera en la institución se vea truncada.[2]

La OEI recoge que los funcionarios del FMI, a los cuales entrevista para hacer este informe, tienen la opinión «generalizada» de que los problemas de gobierno interno fueron «una limitación clave» para prever la crisis. La situación se agravó por el «aislacionismo» con el

[2] «El "débil" FMI de Rato obvió los avisos sobre la crisis», *Público*, 9 de febrero de 2011.

que trabajan sus departamentos, en los que no se cruza la información: «Muchos funcionarios mencionan que les preocupaban las consecuencias de expresar opiniones contrarias a las de sus supervisores, la Gerencia [que representaba Rato] y las autoridades de los países».

En cuanto a las presiones a las misiones (los grupos de trabajo que operan en los países que se analizan), los funcionarios consideraban que «había límites al grado de crítica que podían plantear» y que «no se les puede decir la verdad a las autoridades» debido a que «los gobiernos son nuestros dueños». Los gobiernos ricos, se entiende. De hecho, el informe señala que en el caso de las economías emergentes había más libertad para señalar errores. El informe llega a acusar al FMI de haber favorecido las prácticas en «ingeniería financiera» que más tarde desataron el descalabro de las *subprime* (hipotecas basura). En este terreno otro español queda mal parado: Jaime Caruana, actual gobernador del Banco Internacional de Pagos y gobernador del Banco de España entre 2000 y 2006, al que Rato llevó como su segundo de a bordo al FMI para ejercer la supervisión financiera. Con Caruana como responsable del área financiera se extendió la creencia de que la innovación financiera «reducía los riesgos» porque los diversificaba.

Primera etapa (1945-1971)

Al ingresar al FMI los distintos países declinaron algunos de sus derechos de soberanía económica, sobre todo en la forma en que fijaban sus tipos de cambio, en contraprestación de unas condiciones colectivas de estabilidad cambiaria, evitando depreciaciones de moneda competitivas.

El sistema establecido en Bretton Woods se basaba en tipos de cambio fijos con relación al dólar y un precio fijo del dólar en oro a 35 dólares la onza. Estados Unidos se comprometía a comprar dólares a cambio de oro a esa paridad fija. Los demás países se comprometían a intervenir en los mercados de cambio para defender la paridad de sus monedas con respecto al dólar y, en teoría, Estados Unidos era responsable de mantener fijo el valor del dólar frente al oro. Para lograrlo tenía que mantener suficientes reservas de oro. Si Estados Unidos emitía en exceso, o sea, si creaba demasiados dólares, el precio del oro tendería a subir, por lo que no podría mantener la paridad fija. En la práctica, los demás bancos centrales estaban dispuestos a mantener el valor del dólar, porque esta era la moneda internacional.

El mecanismo de coordinación adoptado otorgaba un poder económico inmenso al país emisor de la moneda de reserva. Los déficits de Estados Unidos se financiaban con emisión, que iba a parar a los bancos centrales europeos, obligados a defender la paridad de sus monedas. Esto es lo que se conoce en la literatura económica como el problema de la enésima moneda. El sistema es estable mientras el país que emite la moneda de reserva pone en práctica políticas que benefician a la economía mundial en su conjunto, más allá de sus intereses puramente nacionales.

Hacia 1965 estaba claro que Estados Unidos no seguiría cumpliendo ese papel. La situación finalmente colapsó en agosto de 1971, cuando el presidente Nixon decretó la inconvertibilidad de dólares por oro. Durante todo ese periodo (1945-1971) el FMI fue absolutamente tolerante con el país cuyas políticas amenazaban al sistema en su conjunto.

En realidad, el papel del organismo fue prácticamente inexistente en sus primeros años de vida. En 1947 Europa se hallaba al borde del caos. Los países tenían que importar bienes para sobrevivir a la gran destrucción de la guerra y no se disponía de medios de pago. Aparte de la crisis económica, la inestabilidad política amenazaba al capitalismo. Los gobiernos de Francia e Italia se tambaleaban ante la presión de los sindicatos y los partidos comunistas muy poderosos, especialmente el italiano. Inglaterra se veía obligada a retirarse de India y

Palestina y abandonar la lucha contra la insurgencia comunista en Grecia y Turquía.

Dado que las instituciones de Bretton Woods resultaban poco adecuadas e insuficientes ante la magnitud de tales problemas, Estados Unidos optó por un plan de ayuda masiva, el Plan Marshall, que generaría la liquidez necesaria para la reconstrucción europea (17.000 millones de dólares para dieciséis países) y los pagos por las importaciones procedentes de los Estados Unidos. Al contrario de lo que sucede actualmente, no fue un plan de rescate con condiciones, un plan para que los países beneficiarios pudieran invertir en infraestructuras, servicios públicos, subsidios al desempleo, etc.

Entre las décadas de 1950 y 1960 los países europeos pasaron paulatinamente de importadores a exportadores netos con respecto a los Estados Unidos. Los productos europeos (y luego los japoneses) con frecuencia resultaban ser mejores y más baratos que los norteamericanos. En 1960 las reservas de dólares en manos de extranjeros superaron las reservas de oro norteamericanas. La estabilidad monetaria se había convertido en un problema para la competitividad de la economía de Estados Unidos. Una vez acabado el *boom* de la posguerra, el capitalismo veía asomar de nuevo los fantasmas del estancamiento y la depresión. La deuda iba a convertirse en la alternativa, y el combustible necesario no podía ser otro que el dólar liberado de su vinculación al vil metal. El FMI se opuso inicialmente a este argumento por razones de autopreservación.

Crisis y transición (1971-1979)

El FMI utilizaba tradicionalmente el oro con un valor vinculado al dólar de Estados Unidos como la base para las transacciones internacionales. A finales de 1960 una importante devaluación de la libra esterlina británica provocó temores de una bajada posterior del dólar. La especulación llevó el precio del oro a niveles sin precedentes.

El precio oficial no podía competir con la escalada de los precios de mercado, nadie quería vender a los precios oficiales del oro: eran demasiado bajos. En 1971 los Estados Unidos suspendieron la convertibilidad en oro de los dólares en manos de otros gobiernos. La regulación del sistema y el periodo de relativa estabilidad financiera acabaron con el Acuerdo Smithsoniano de 1972. El dólar dejó de ser convertible (se devaluó) y la flotación reemplazó al sistema de tipos de cambio fijos, es decir, los bancos centrales dejaban de intervenir de oficio con sus reservas de divisas, aunque en la práctica siguieron interviniendo para «orientar» la evolución de sus tipos de cambio.

Pero incluso estas medidas fueron imposibles de mantener y se abandonaron en 1974. A los países se les permitió determinar su propio sistema de tipo de cambio. El sistema de Bretton Woods, como se concibió originalmente, llegó a su fin. En el caso europeo, la libre flotación equivalía a un desbarajuste comercial, por lo que los miembros de la Comunidad Económica Europea intentaron mantener un sistema de tipos fijos en Europa previo a la posterior unión monetaria.

La década de 1970, sin embargo, fue el escenario del resurgir del FMI como organización de préstamos internacionales. La forma en que se llegó a esto es una historia complicada. Mucho tuvo que ver el hecho de que el Reino Unido fuera rescatado por el Fondo en 1976 y tuviera que plegarse a todas las exigencias de sus funcionarios en cuanto al establecimiento de metas «realistas» en los objetivos sociales y un desplazamiento de recursos hacia la inversión privada. El uso del Fondo Monetario Internacional como el instrumento para lograr los cambios deseados en la economía nacional de una nación soberana tan poderosa como el Reino Unido, junto con la amplia publicidad que rodeó al préstamo británico, contribuyó a la opinión generalizada de que el FMI era el último de los lugares de los estados en los que buscar financiación. Desde 1977 este recurso ha sido utilizado exclusivamente por gobiernos del Tercer Mundo y poscomunistas. En resumen, a partir de 1977 el papel del FMI pasó efectivamente de ser un medio de control en los tipos de cambio, principalmente entre los países industrializados, a ser un medio de control del Primer Mundo sobre la política económica del Tercero.

El otro cambio significativo en la posición del FMI se produjo como consecuencia de la crisis del petróleo de la primera mitad de la década de 1970. En 1973 la Organización de Países Exportadores de Petróleo (OPEP) subió el precio del petróleo a cuatro veces el original. El impacto de este incremento resultó variable según las latitudes, pero siempre fue grave, hasta el extremo de que bien se puede decir que remodeló la fisonomía económica del planeta. Europa y Japón dependían en mucha mayor medida de las importaciones que los Estados Unidos. La factura petrolífera pasó en las economías del Viejo Continente del 1,5 por ciento del producto nacional al 5 por ciento, cuando el volumen total del petróleo consumido había disminuido. La inflación, que hasta el momento era de entre un 4 y un 5 por ciento anual, ahora se multiplicó hasta niveles impensables y se hizo habitual que alcanzara los dos dígitos: en el Reino Unido y en Italia, por razones diversas, el problema fue especialmente agudo. Todas las economías de los países industrializados debieron recurrir a planes de austeridad que, de forma inevitable, produjeron una disminución del consumo y una rebaja del nivel de vida.

Los países del Primer y Tercer Mundo, de repente, vieron aumentados considerablemente sus gastos de energía, pero cada grupo reaccionó de manera diferente. En general, con la excepción del Reino Unido, los países del Primer Mundo tenían suficientes ingresos para pagar los altos costos del petróleo, aunque no sin una inflación significativa. Además, se optó por fuentes alternativas de energía, como la nuclear.

Por el contrario, la mayoría de los países del Tercer Mundo no tenían industria de alta tecnología y se quedaron varados en una situación sumamente incómoda. Los países productores de petróleo acumularon grandes excedentes en sus balanzas de pagos, mientras que la mayoría de países, especialmente en el Tercer Mundo, entró en déficit. Una época inmejorable para que el FMI acudiera al rescate.

Sin embargo, el déficit de los países del Tercer Mundo también era una oportunidad para que las instituciones financieras privadas, especialmente los bancos comerciales y de inversión, empezaran a prestar. Estas instituciones privadas estaban menos preocupadas por las responsabilidades sociales y políticas implícitas a los préstamos y más por los intereses. Cada vez más los países del Tercer Mundo acumulaban nueva deuda solo para pagar los intereses de la antigua. Cuando algunos países comenzaron a no poder pagar, los principales bancos entraron en pánico y se negaron a prestar más. El FMI ganó con esto un nuevo protagonismo, con nuevas funciones y mayor poder de control sobre los países más dependientes.

En 1974 el FMI presentó un servicio para dar asistencia a medio plazo a los países del Tercer Mundo. Los fondos controlados por el FMI se incrementaron en gran medida mediante el aumento de las cuotas pagadas por los países miembros. En resumen, el FMI ha sobrevivido y prosperado merced a los préstamos para la superación de la crisis mundial del petróleo y los problemas de la deuda de múltiples asociados, en especial con la banca comercial. El grado de condicionalidad aumentó notablemente.

Un modelo normal del programa de estabilización del FMI venía a ser como sigue:

1. Abolición de los aranceles.
2. Devaluación del tipo de cambio.
3. Medidas antiinflacionarias, incluyendo el control de los tipos de interés y la reducción del déficit estatal.

A raíz de las quejas de los países del Tercer Mundo sobre el «trato especial» que reciben los países del Primer Mundo, el FMI se volvió más específico en lo tocante a sus directrices de condicionalidad. Se acordó ayudar a los miembros a elaborar programas de ajuste teniendo en cuenta los objetivos sociales y políticos nacionales, las prioridades económicas y las circunstancias de los miembros.

La crisis de la deuda de la década de 1980

Después de subir a un ritmo del 12 por ciento anual en la década de 1970, los precios se redujeron drásticamente en la década de 1980, dando lugar a una situación catastrófica para los países que dependían de la exportación de materias primas. En 1982 la deuda total de los países del Tercer Mundo estaba en 600.000 millones de dólares. Entre 1977 y 1981 México tuvo tasas de crecimiento económico de más del 8 por ciento anual. Sin embargo, las tasas de interés internacionales estaban subiendo y México encontró cada vez más difícil obtener nuevos préstamos. A mediados de 1982 las entradas de capital en el país prácticamente habían cesado. El FMI aprobó un préstamo a condición de que el país aceptara los programas de ajuste estructural que la institución había elaborado para México.

A partir de 1982 el FMI prestó masivamente a México con dos condiciones:

1. Utilizar el dinero para reembolsar a los bancos privados.
2. Aplicar una política de ajuste estructural (reducción de gastos sociales y de infraestructura, programa de privatizaciones, aumento de los tipos de interés, aumento de los impuestos indirectos).

A partir de 1982 el pueblo mexicano se desangraba en beneficio de los diferentes acreedores. En efecto, el FMl y el Banco Mundial supieron hacerse reembolsar hasta el último céntimo de lo que habían prestado a México para pagar a los bancos privados. El país se encontraba sometido inexorablemente a la lógica del ajuste estructural. En un primer momento el tratamiento de choque impuesto en 1982 produjo una fuerte recesión, pérdidas masivas de empleos y una dura caída del poder de compra. Luego las medidas estructurales se tradujeron en la privatización de centenares de empresas públicas. La concentración de la riqueza y de una gran parte del patrimonio en manos de algunos grandes grupos industriales y financieros mexicanos y extranjeros fue colosal.

Brasil fue el siguiente país protagonista de la gran crisis de la deuda. Como muchos países del Tercer Mundo, Brasil se endeudó fuertemente, sobre todo con la construcción de grandes proyectos de infraestructuras energéticas y de transporte. El FMI impuso a Brasil un régimen similar al aplicado en México: depreciación de la moneda, salarios reales más bajos, recortes en los subsidios del gobierno... y todo ello tuvo como resultado una enorme inestabilidad económica y social. A mediados de la década de 1980 tres cuartas partes de los países de América Latina y dos tercios de los países africanos estaban bajo algún tipo de supervisión por parte del FMI y el Banco Mundial.

Para asegurar que los préstamos fueran reembolsados, el FMI y la banca comercial desarrollaron una difícil relación de apoyo mutuo. El FMI protegía los intereses de los bancos deudores a cambio de que contribuyeran con más dinero a los préstamos internacionales. Al final, los ciudadanos de los países deudores pagaron el precio en términos de desempleo, recortes en los servicios y precios más altos para las necesidades básicas.

En un intento de asegurar el pago parcial, los bancos comerciales empezaron a vender los préstamos. Y los inversionistas privados comenzaron a especular sobre los valores de las monedas y las inversiones, desestabilizando aún más las economías que el FMI se suponía que tenía que estabilizar.

Los continuos esfuerzos de Estados Unidos para encontrar una respuesta adecuada al deterioro de la situación de la deuda culminaron en una propuesta hecha en octubre de 1985 por James A. Baker III, secretario de Hacienda entre 1985 y 1988 en la administración Reagan, en lo que se conoció como «Plan Baker». El Departamento del Tesoro de Estados Unidos y funcionarios del Departamento de Estado, con Richard Darman, secretario adjunto del Tesoro (1985-1987) a la cabeza, habían estado trabajando en el plan durante meses, preocupados por la posibilidad de que las presiones sociales y políticas de la crisis de la deuda pudieran derivar en una situación volátil de revoluciones y guerras civiles, sobre todo en América Latina.

En dicho plan existen tres elementos básicos: en primer lugar, cambiar la política de ajuste tradicional del Fondo por un plan que propicie el crecimiento de las economías deudoras; en segundo lugar, insistir en que los países equilibren la balanza de pagos y disminuyan la tasa de inflación; y, finalmente, restaurar los flujos de financiamiento externo destinados a los países más endeudados.

En el plan se plantea la adopción de políticas que «faciliten» la recuperación del crecimiento a medio plazo: fortalecer el sector privado, disminuir el déficit presupuestario, liberalizar el comercio y promover la inversión extranjera directa e indirecta. Finalmente, se propone el otorgamiento de nuevos créditos por valor de 47.000 millones de dólares.

El Plan Baker fue aceptado de inmediato por el FMI. Los bancos comerciales, sin embargo, fueron más cautelosos en cuanto a conceder nuevos préstamos sin garantías. Por lo tanto, los préstamos comerciales a los países deudores disminuyeron tras el anuncio del Plan Baker, siendo reemplazados por el FMI y el Banco Mundial.

Cuando George Bush padre asumió la presidencia de los Estados Unidos en 1989, el nuevo secretario del Tesoro, Nicholas Brady, anunció que la única manera de hacer frente a la crisis de la deuda era la reducción de esta. Con motivo de la aplicación del conocido como «Plan Brady», los países se vieron obligados a aplicar medidas orientadas al ajuste estructural, pero esta vez a cambio de una reducción de la deuda. Los bancos, los acreedores, darían un respiro en la deuda a cambio de una mayor garantía de recuperación de capital e intereses.

También se pusieron en circulación los llamados «bonos Brady», que podían ser comprados y vendidos en los mercados financieros, a menudo con importantes descuentos. En mayo de 1994 dieciocho países habían acordado perdonar 60.000 millones de deuda.

Las crisis asiática y argentina

El 2 de julio de 1997 el FMI tuvo que hacer frente a uno de los días más amargos de su historia. Un ataque especulativo contra el baht, la moneda tailandesa, supuso una devaluación del 2,5 por ciento en apenas unas horas, seguida de nuevas oleadas de ataques especulativos contra las monedas de Corea del Sur, Filipinas e Indonesia, preludio de lo que fue una gran crisis económica en Asia Oriental. Todo ello ocurrió bajo las mismas narices del FMI, que había estado muy activo en Tailandia instando al gobierno a devaluar la moneda local y librarse de su paridad con el dólar para que su cotización fluctuara libremente. El mismo día 2 de julio, horas antes del desastre, el FMI elogió al gobierno tailandés por su «estrategia global para garantizar el ajuste macroeconómico y la estabilidad financiera». *The Wall Street Journal* fue uno de los primeros en señalar con el dedo al Fondo en este caso: «El FMI disparó esta crisis, instando a los tailandeses a devaluar y, por efecto contagio, instando a todos los demás a hacer lo mismo. Ahora el señor Camdessus [director gerente del FMI en aquella época] y el secretario del Tesoro Robert Rubin necesitan miles de millones frescos para hacer frente a este choque de trenes».

Para el FMI, por el contrario, la crisis de Asia Oriental surgió de las debilidades internas de los sistemas financieros y los gobiernos de los países afectados sin que ellos, por supuesto, hubieran tenido nada que ver.

Por su parte, en América Latina tras la aplicación de las políticas de libre mercado del Fondo, las economías habían crecido una fracción de la tasa de crecimiento en las décadas de 1970 y 1980, cuando los gobiernos aplicaban políticas intervencionistas y proteccionistas. De hecho, todo apuntaba a que el fantasma de una depresión económica se cernía sobre el continente. El caso más grave fue el de Argentina, que tenía un sistema de intercambio que mantenía el precio del peso vinculado al dólar, pero que también encarecía sus exportaciones y socavaba su competitividad internacional, con lo que la economía entró en un grave proceso de contracción en 1998. Fue entonces cuando Brasil devaluó su moneda de un real por dólar a tres reales por dólar. Brasil es un socio comercial muy importante de Argentina. El efecto de la devaluación brasileña sobre la economía argentina fue rápido y fuerte, al tiempo que los ahorradores sacaban su dinero de los bancos y los trasladaban al exterior. Además, y de manera simultánea, no se concretaban nuevas inversiones extranjeras.

El gobierno de Menem dejó en 1999 dos bombas de relojería:

1. Un déficit fiscal muy elevado, de 7.350 millones de pesos.
2. Una enorme deuda externa que aumentaba aún más el déficit fiscal. Además, se mantenía una paridad fija peso-dólar que perjudicaba a las exportaciones argentinas.

En diciembre de 2000 se decidió postergar pagos de capital e intereses de la deuda del Estado por 40.000 millones de dólares. Pero nada detenía ya la fuga de depósitos de los bancos y la fuga de capitales al extranjero. En enero de 2001 había depósitos por un total de 85.000 millones y para marzo se habían perdido más de 5.000 millones. Con Domingo Cavallo como ministro de Economía, se llevó a término el «megacanje» en junio de 2001, por el que el FMI y la banca privada prestaban al Estado 29.500 millones de dólares para hacer frente a los pagos de la deuda externa. A cambio, una serie de medidas antipopulares (condición del FMI) hacía mella en las condiciones de vida de la población. Pero la fuga de capitales continuaba imparable y el país entraba en recesión.

En octubre el desempleo fue récord: 4,8 millones entre desocupados y subocupados, lo que representaba un 18,3 por ciento de la población activa. La deuda pública llegaba a 132.000 millones de dólares. Los datos de noviembre, previos al estallido de la crisis, eran devastadores, con caídas del 11,6 por ciento en la industria, 18,1 por ciento en la construcción, 27,7 por ciento en la industria automotriz, etc. La desocupación alcanzó el 16,3 por ciento en octubre de 2001. El riesgo del país fue el más alto de la historia, 5.000 puntos básicos. Los depósitos bancarios estaban, a final de año, en 67.000 millones de dólares.

En diciembre de 2001 el gobierno argentino restringió la extracción de dinero de las entidades financieras con el fin de evitar la fuga de capitales a los Estados Unidos, el pánico bancario y la quiebra del país. Fue lo que se llamó «corralito». Se restringía el retiro de dinero a 250 dólares o pesos a la semana para el público en general y se limitaban las actividades bancarias a las empresas. Se trataba, además de evitar la fuga de capitales, de proteger el peso ante una posible devaluación, pero lo que se consiguió fue la quiebra de la economía argentina. En efecto, al ralentizar la liquidez bancaria se paralizó la actividad económica. Hay que tener en cuenta que una parte importante de la economía de estos países es informal, con lo que el límite de la retirada de dinero afectaba de lleno a la economía productiva. Los trabajadores y las clases medias se vieron muy afectados por la política del gobierno, y el 20 y 21 de diciembre se produjo el denominado «estallido social» de De la Rúa, que derribó al gobierno en el poder. A continuación, el nuevo gobierno declaraba la mayor suspensión de pagos de un estado en la historia reciente.[3]

En 2002 el ministro de Economía anunció que Argentina esperaba alcanzar un nuevo acuerdo con el FMI, aunque no pensaba cumplir el acuerdo anterior y no iba a renunciar a su política de asistencia social. El resultado fue una rápida recuperación económica.

El papel del FMI en el manejo de la crisis de la deuda argentina durante la década de 1991 a 2001 ha hecho un daño considerable a la reputación del Fondo: políticas inadecuadas, falta de imparcialidad en el trato con los países miembros y escasa previsión son los aspectos negativos que se le achacan desde entonces. Las proyecciones del FMI sobre el crecimiento económico futuro fueron siempre erróneas para Argentina y muchos analistas sugieren que estos errores fueron inducidos políticamente.

Imprevisión y descontento

Hay otros casos que ejemplifican la falta de perspectiva del Fondo. Brasil fue un paraíso de la ortodoxia del libre mercado durante los ocho años de presidencia de Fernando Henrique Cardoso, lo que

[3] Miguel Giribets Martínez, «Algunas consideraciones sobre la crisis actual del capitalismo», Eumed.net, 2009.

tuvo como resultado un crecimiento económico modesto, de alrededor del 3 por ciento anual, y una deuda pública de 30.000 millones de dólares. En las elecciones de 2002 el candidato izquierdista del Partido de los Trabajadores, Luiz Inácio Lula da Silva, se convirtió en el máximo aspirante a alcanzar la presidencia. Según se iban acercando las elecciones estalló una tremenda crisis financiera en el país que hizo que el gobierno acudiera al FMI para su rescate. Antes de que Da Silva asumiera el poder, el FMI realizó un desembolso de 6.000 millones de euros para aportar mayor sostenibilidad a la economía.

Las condiciones en este caso fueron que los 24.000 millones restantes serían entregados durante los siguientes cuatro años solo si el nuevo gobierno cumplía con los objetivos presupuestarios dictados por el Fondo, algo visto como una intrusión en la soberanía de Brasil. Todos los candidatos en las elecciones brasileñas, incluyendo a Lula, se vieron obligados a mostrarse de acuerdo con las condiciones del FMI por la emergencia financiera existente.

La respuesta a la crisis latinoamericana de principios de siglo, discutida en septiembre de 2002 entre el FMI, el Banco Mundial y los ministros de finanzas del G-7, fue un nuevo marco legal bajo el cual los países sometidos a severas crisis financieras serían capaces de entrar en algo así como un procedimiento de quiebra, propuesta inspirada en las leyes de bancarrota del Reino Unido. Bajo el nuevo enfoque un país puede solicitar una suspensión temporal de la amortización de sus deudas, tiempo durante el cual negociaría una reestructuración con los acreedores durante un periodo de varios meses.

El plan se enfrentó a la oposición de Wall Street, ya que el Fondo Monetario Internacional se reservaba para sí mismo el papel de juez de las quiebras, protegiendo su propia cartera de préstamos en detrimento de las entidades privadas. El Gobierno de Estados Unidos tampoco fue muy amigo de esta idea al principio, pero la administración Bush, después del 11 de septiembre de 2001, comenzó a ver los problemas de los países en desarrollo no solo como cuestiones económicas, sino también como parte de su estrategia de seguridad nacional. Finalmente el plan se aprobó en 2002.

Las políticas del FMI han provocado protestas masivas y violentas por parte de millones de personas afectadas. Dadas las drásticas condiciones impuestas a los países del Tercer Mundo, el descontento popular escaló rápidamente en las zonas afectadas. Los ejemplos son múltiples. En enero de 1977 estallaron disturbios en Egipto después de que el gobierno, alentado por el FMI, decidiera abolir los subsidios a los alimentos básicos. Veinticuatro personas murieron cuando el ejército intervino. El 1 de julio de 1981 una huelga general fue convocada por la Confederación de Trabajadores Democráticos en Casablanca para protestar contra la decisión de las autoridades marroquíes de levantar los subsidios a los alimentos básicos ante la insistencia del FMI como condición para un préstamo de 1.200 millones de dólares. La huelga se convirtió en disturbios protagonizados por miles de jóvenes de los barrios de chabolas que rodean la ciudad. El ejército disparó contra la multitud, matando a sesenta y seis personas, según el gobierno, y seiscientos treinta y siete, principalmente niños y adolescentes, de acuerdo con el opositor Movimiento Socialista.

El 24 abril de 1984 la República Dominicana entró en erupción con empresarios, trabajadores, organizaciones de izquierda y jóvenes unidos todos en protesta contra las medidas de austeridad impuestas por el gobierno. A raíz de las condiciones de un préstamo del FMI, el ejecutivo había levantado los subsidios a los productos importados, provocando que los precios de los medicamentos aumentaran hasta hacerse inasequibles para la gran mayoría de la población. La protesta se convirtió en motín y la policía y los militares perdieron por completo el control de la situación: cincuenta personas murieron y hubo más de cuatro mil detenidos. Las autoridades de República Dominicana criticaron al FMI por tratar de imponer políticas sin tener en cuenta la historia, cultura y sociedad del país.

Las protestas en Nigeria de abril de 1988 fueron una reacción a la supresión de subvenciones a los productos derivados del petróleo, y se extendieron durante dos décadas. En Venezuela, cientos de personas murieron en las protestas de 1989 como reacción al incremento de las tarifas del transporte público a raíz del aumento de los precios del petróleo. El FMI impuso medidas de austeridad que incluían recortes en el sector social, lo que alentó aún más la protesta.

En la primavera de 1998 se produjeron disturbios masivos y violentos en Indonesia también como consecuencia directa de las medidas del FMI. Al igual que en otros casos, la oposición se centró principalmente en la supresión de los subsidios a alimentos y petróleo. Todo comenzó en 1998 cuando el Fondo concedió a Indonesia, todavía presidida por el corrupto Suharto, un paquete de préstamo de 40.000 millones de dólares. En mayo de 1998, como consecuencia de las medidas exigidas por el FMI, se produjo un incremento del 70 por ciento en los precios del combustible y la electricidad. Los negocios incendiados, las tensiones étnicas crecientes y los disturbios sumamente violentos llevaron a la renuncia de Suharto a finales de ese mes. Para entonces, una docena de miles de vidas se habían perdido.

Estos «motines del hambre» no son ni mucho menos un asunto del pasado, sino que continúan hoy día siendo de máxima actualidad. «Si los precios de los alimentos siguen aumentando, cientos de miles de personas van a morir de hambre», advertía el director del Fondo Monetario Internacional, Dominique Strauss-Kahn, pareciendo olvidar que esos aumentos de precios son en gran medida consecuencia directa de las políticas de la organización que dirigía. El espectacular incremento del coste del arroz, el maíz o la harina está creando situaciones insostenibles en los países en desarrollo, que tienen auténticos problemas para abastecer a su población. En Haití, Egipto o Camerún decenas de personas han muerto en las algaradas de las llamadas «revueltas del pan».[4]

Las revueltas del pan

Con el saco de arroz o el de harina por las nubes, muchos ciudadanos de países en desarrollo no han visto otra solución que salir a la calle. En el Haití de antes del gran terremoto se produjo en 2008 la primera caída de un ejecutivo motivada por el alza de precios. La situación actual es infinitamente peor.

El coste de los alimentos ha subido un 50 por ciento desde finales de 2006 hasta hoy. Los pocos logros que hasta ahora se habían conseguido en la lucha contra la pobreza parecen perderse en un océano de miseria. Todo ello en medio de la crisis económica global. El primer ministro británico, Gordon Brown, abogó por una respuesta conjunta del Fondo Monetario Internacional, el Banco Mundial y Naciones Unidas para controlar los precios.

La producción de alimentos está fuertemente globalizada debido al abaratamiento del transporte y a unas comunicaciones más eficientes, y los países en desarrollo son muy dependientes de las importaciones de productos básicos. Según un informe del Banco Mundial, el precio de la harina se incrementó en un 180 por ciento entre 2006 y 2008: «Vamos hacia un periodo muy largo de motines, de conflictos, de oleadas de inestabilidad regional incontrolables, marcado a fuego vivo por la desesperación de las poblaciones más vulnerables», subraya Jean Ziegler, relator de la ONU para el Derecho a la Alimen-

---

[4] «La guerra de los alimentos», especial de *El Mundo*, 2008.

tación. Los precios se han disparado, en parte, por la mayor demanda de comida proveniente de los países emergentes de Asia y el creciente uso de grano para producir biocombustibles. Estas circunstancias están modificando de forma sustancial el mapa político mundial. La Primavera Árabe, que tuvo su espoleta en la plaza Tahrir de El Cairo, no se habría producido sin el precedente de la revuelta del pan de 2008. El encarecimiento de los precios de la harina provocó que la cola del pan se convirtiera en una actividad de alto riesgo, con decenas de personas muertas en las filas de espera de las panaderías. El gobierno subvencionaba este producto, base de la tradicional torta de pan redonda típica del país. Tan indispensable es este alimento en la mesa egipcia que la palabra para designarlo en árabe es *aish*, que también quiere decir «vida». El precio y la escasez llevaron a muchas familias a una situación difícil. La oposición convocó huelgas generales «contra la pobreza y el hambre». Hosni Mubarak movilizó a la tropa para que produjera y distribuyera pan utilizando las panaderías que controlaban los militares para suplir a sus propios soldados.

Estas circunstancias no afectan tan solo al mundo capitalista. Las escasas noticias que llegan hasta occidente procedentes de Corea del Norte nos dicen que las malas cosechas y los problemas endémicos que sufre este país han provocado una crisis alimentaria. Las inundaciones, los altos precios de las materias primas y los problemas políticos con su mayor donante, Corea del Sur, son las principales razones. Un total de 6,5 millones de personas se enfrentan a la escasez de alimentos y la administración norcoreana ha admitido por primera vez que se han visto obligados a reducir las raciones.

Los países del sudeste asiático trabajan contra reloj para solucionar la crisis del arroz, que enfrenta subidas de hasta un 50 por ciento. En Filipinas —el mayor importador de arroz del mundo— se impedirá la reconversión de tierras en otra cosa que no sea el cultivo de arroz para asegurar el abastecimiento de grano y evitar disturbios sociales. Tailandia, uno de los mayores productores, impondrá cuotas a sus exportaciones para garantizar la demanda doméstica, mientras despliega al ejército para custodiar los campos de arroz.

Actualmente unos mil millones de personas en el mundo no tienen seguridad alimentaria. Los principales afectados por esta situación son los países más pobres, donde la gente gasta hasta el 75 por ciento de sus ingresos en comprar alimentos. Para afrontar este encarecimiento los padres sacarán a sus hijos de los colegios para que trabajen, se alimentarán con productos de menor calidad, reducirán el número de comidas diarias y dejarán de comprar medicamentos.

Un estudio de estas protestas contra el FMI y los gobiernos nacionales, llevado a cabo por John Walton y David Seddon, llegó a las siguientes conclusiones. Estas «protestas de austeridad», dicen, tienden a ocurrir bajo condiciones muy concretas, en especial cuando la gente piensa que se ha cometido una injusticia y que el «contrato social» entre pueblo y gobierno se ha roto. Los grupos más drásticamente afectados son los trabajadores pobres, parte de la clase media, estudiantes y otros residentes urbanos.

Muchos países del Tercer Mundo, particularmente en América Latina, han seguido políticas de sustitución de importaciones destinadas a proteger la industria local contra la competencia extranjera. El contrato social consistía en un acuerdo tácito de que la población daba su apoyo político al gobierno de turno a cambio de las ayudas al desarrollo implementadas por este, que se traducían en una mejora del nivel de vida. Con la recesión económica, los préstamos del FMI, indispensables para continuar con estas políticas, llevaron aparejadas, cada vez más, nuevas condiciones neoliberales. El pueblo, simplemente, se sintió estafado.

La legitimidad del Estado se basa en la percepción popular de que este sea capaz de mantener unos mínimos de bienestar. Cuando el precio de los alimentos ya no está determinado por el Estado, sino por el mercado bajo el mandato del FMI, la población percibe, no sin razón, que la nueva situación solo beneficia al capital extranjero y a los ricos, provocando la rebelión contra los símbolos de la riqueza: los bonos del Tesoro, los bancos nacionales, el poder legislativo, los palacios presidenciales, las agencias de viajes, los automóviles extranjeros, los hoteles de lujo y los organismos internacionales que simbolizan las fuerzas nacionales e internacionales causantes de la nueva situación. Estas protestas han causado, a lo largo de décadas, cientos de miles de muertos en todo el planeta, pero es que el número de personas que mueren como consecuencia de los efectos sociales y económicos de los programas de austeridad del FMI, con el consiguiente aumento en la incidencia del hambre y las reducciones en los programas de salud, etc., nunca ha sido estimado de forma fiable, aunque algunos autores hablan de cifras que rondarían los ocho millones de vidas.

El primer mundo también protesta

Desde finales de 1980, estas protestas han dejado de circunscribirse al ámbito de los países directamente perjudicados y se han convertido en internacionales, vertebrando lo que ha venido denominándose el Movimiento Antiglobalización. En septiembre de 1988 la reunión anual del FMI y el Banco Mundial, la mayor desde Bretton Woods, celebrada en Berlín occidental y que reunió a trece mil banqueros y funcionarios financieros, fue escenario por primera vez de protestas masivas en un país del Primer Mundo. Unos veinte mil manifestantes marcharon por la ciudad protestando contra las políticas del FMI hacia los países en desarrollo. Estas protestas recibieron una importante atención por parte de los medios de comunicación. Otras manifestaciones de protesta se convocaron a partir de entonces en todas las reuniones posteriores hasta que llegaron las protestas en Seattle contra la Organización Mundial del Comercio en 1999, la célebre «Batalla de Seattle», auténtica puesta de largo del movimiento.

Entre el 29 de noviembre y el 2 de diciembre de 1999 Seattle sería sede de la ratificación ceremonial del Tratado Multilateral sobre Inversiones (MAI, por sus siglas en inglés) de la Organización Mundial del Comercio. El MAI, principal motivo de una más que justificada discordia, constituía un alegato sin precedentes por la absoluta soberanía del capital que haría que los huesos de Dickens se removiesen en su tumba. Lo realmente curioso de este documento es que era un texto completamente unilateral, generado sin debate público por parte de los negociadores, los jefes de Estado, los cancilleres y los representantes de las diversas naciones.

Durante los días previos a la celebración del encuentro de la OMC, el texto del MAI fue filtrado al público. En respuesta, una gran coalición global de ONG se coordinó vía Internet, consiguiendo convocar a más de cincuenta mil manifestantes procedentes de todo el mundo que se presentaron en Seattle para dar una bienvenida nada afectuosa a los funcionarios de la OMC. Un observador externo se habría quedado maravillado no solo por el tamaño y la coordinación electrónica de la protesta (en un momento en que Internet era mucho más incipiente que las redes extendidas hoy en día), sino por la increíble diversidad de sus participantes y de sus prácticas. Allí había sindicatos grandes y pequeños, grupos ecologistas, organizaciones religiosas de todos los credos, activistas por el comercio justo, defensores de los derechos humanos y, por supuesto, el Bloque Negro, el sector más violento y radical del movimiento. Sus tácticas eran igualmente diversas e iban desde marchas en las que los asistentes se contaban por miles (alguna de ellas encabezada por docenas de personas disfrazadas de tortugas en peligro de extinción), sentadas y cortes de tráfico en grandes avenidas, caceroladas, algaradas varias, batucadas, el bloqueo del hotel que albergaba a los delegados de la OMC por medio de una cadena humana formada por decenas de Santa Claus provistos de sus correspondientes barbas, gorros y campanas, y por último la especialidad del Bloque Negro, el lanzamiento de ladrillos a los escaparates de tiendas pertenecientes a grandes cadenas. La Batalla de Seattle puso de manifiesto cuáles eran las nuevas prácticas de resistencia, creativas y generalmente lúdicas, llevadas a cabo por personas carentes de filiación política, en un ambiente asombrosamente parecido a un circo gigantesco.

Mucho menos lúdica fue la actuación aquellos días del Bloque Negro. Pequeñas células de activistas vestidos de negro y con el rostro cubierto por pasamontañas se infiltraron en las manifestaciones autorizadas para cometer actos violentos, incluida la destrucción generalizada de bienes, mobiliario urbano, etc. Células de entre cinco y diez individuos, llamadas «grupos de afinidad», causaron el caos en la ciudad con una gran violencia. La policía de Seattle estima que entre doscientos y trescientos miembros del Bloque Negro llevaron a cabo operaciones de guerrilla urbana durante la reunión de la OMC. Por primera vez a gran escala, los líderes del Bloque Negro emplearon con éxito la telefonía móvil para coordinar sus actividades y poner en jaque a la policía, sorprendida ante la sincronización casi militar de los movimientos de los manifestantes. La policía de Seattle estima que los partidarios del Bloque Negro causaron 17 millones de dólares en daños.

Desde la Batalla de Seattle el Bloque Negro ha participado activamente, casi siempre de forma violenta, en manifestaciones en todo el mundo. En abril de 2000 los partidarios del Bloque Negro participaron en nuevas manifestaciones en Washington para protestar contra las políticas económicas del Banco Mundial, al que acusan de ser el principal promotor de la globalización. Su grito de batalla en esta ocasión fue: «¿De quién son las calles? ¡Las calles son nuestras!». Una vez más, alrededor de doscientos seguidores del Bloque Negro causaron una oleada de violencia y disturbios que enturbió las manifestaciones. En esta ocasión la organización militar de los líderes llega al extremo de utilizar un antiguo sistema de los samuráis, empleando banderas negras y rojas para indicar a sus seguidores si debían aumentar o disminuir la intensidad de la violencia.

A continuación, los activistas del Bloque Negro se presentaron en la ciudad de Quebec, Canadá, en abril de 2001, en la Cumbre de las Américas. Allí protestaban nuevamente contra la globalización y la búsqueda de ganancias del capitalismo a expensas de los trabajadores y el medio ambiente. Aquí en Europa las principales acciones del Bloque Negro tuvieron lugar en Londres en mayo de 2001 y en Génova en julio de 2001 durante la reunión del G-8. Alrededor de ciento cincuenta mil manifestantes pertenecientes a varios grupos antiglobalización se unieron para entrar en una batalla abierta contra los veinte mil policías encargados de la seguridad de la reunión. Los enfrentamientos entre el Bloque Negro y la policía produjeron numerosos heridos y una muerte. El 20 de julio de 2001 la policía mató al joven Carlo Giuliani, un estudiante genovés anarquista. La muerte exacerbó aún más los ánimos de los manifestantes y los enfrentamientos subsiguientes causaron daños en Génova por un total de aproximadamente 45 millones de euros y una crisis política de la máxima magnitud en Italia.

En la actualidad existen bloques negros tanto violentos como no violentos, aunque según algunas fuentes los primeros han disminuido su actividad desde hace varios años. La mayor cobertura de las actividades del Bloque Negro la lleva a cabo el Independent Media Center (IMC), un servicio de noticias en Internet coordinado por voluntarios de todo el mundo.

Los activistas antiglobalización exigen una sociedad más justa, el control del poder ilimitado de las multinacionales, la democratización de las instituciones económicas mundiales y la distribución más equitativa de la riqueza. Sus enemigos principales son las multinacionales y las grandes organizaciones económicas y políticas internacionales, fundamentalmente el Banco Mundial y el Fondo Monetario Internacional.[5]

La condonación de la deuda externa es una de las exigencias de este movimiento y las campañas sobre el asunto han sido su simiente. El Banco Mundial y el Fondo Monetario Internacional son, para los grupos antiglobalización, los responsables de la asfixiante situación en la que se encuentran la mayor parte de los países pobres, incapaces de afrontar la deuda que en muchos casos supera su PIB (producto interior bruto). Las instituciones monetarias, hijas de Bretton Woods, concedieron créditos masivos a los gobiernos de los estados pobres a lo largo de las décadas de 1970 y 1980, exigiéndoles a cambio la reestructuración de sus economías e imponiendo reformas que implicaban un alto coste social y que se han demostrado económicamente contraproducentes.

Existen discrepancias dentro del movimiento entre los que consideran que el Banco Mundial y el FMI deben desaparecer y la corriente más moderada que aboga por una reforma de estas instituciones.

Las multinacionales como McDonald's o Nike son también blanco de los grupos antiglobalización, que tildan de amorales las prácticas de estas compañías, especialmente la explotación de trabajadores del Tercer Mundo, en su mayoría mujeres y niños. La destrucción de los símbolos o propiedades de estas empresas se ha convertido en bandera de los sectores más radicales.

Otros, en cambio, protestan contra el FMI desde sensibilidades muy distintas. Jubileo 2000 fue un movimiento fundamentalmente

[5] «El movimiento de resistencia global», especial de *El País*, 2001.

religioso, aunque con una importante participación laica, que trabajaba para convencer a los gobiernos de la necesidad de aliviar la deuda de las naciones más pobres del mundo. La coalición nació en Reino Unido en la década de 1990. En términos bíblicos (*Levítico* 25:8-12), un jubileo es algo que sucede cada cincuenta años, una celebración en la que la tierra es restaurada a sus dueños originales, los esclavos son liberados y hay una remisión general de las deudas. Ellos proponían que el año 2000 habría sido un momento ideal para la condonación de la deuda externa de los países más pobres del mundo, que gastan más solamente en intereses de lo que emplean en cubrir necesidades básicas como la salud o la educación. La idea fue recibida con buenas palabras y mejores intenciones. El Vaticano la apoyó sin reservas. Estados Unidos, el Reino Unido, Canadá, Francia, Japón, Alemania e Italia acordaron una condonación del cien por cien de la deuda bilateral para los países más pobres, a pesar de lo cual solo una veintena de países recibieron algún alivio para su deuda externa. Pese al fracaso, Jubileo 2000 no desapareció en 2001, sino que dio lugar a una nueva organización: Jubileo Sur.

Jubileo Sur es mucho más radical que su antecesora. Por ejemplo, rechaza las iniciativas de reducción de la deuda porque en el fondo suponen legitimar una deuda que la organización no acepta. Además, enmascaran que el propósito oculto de estas iniciativas es otorgar un «alivio para los acreedores», proporcionando a los países del sur la oportunidad de acceder a más crédito y acumular una mayor deuda. Jubileo Sur solicita a los gobiernos del sur repudiar sus deudas debido a que sus ciudadanos ya habrían pagado en su totalidad a través del colonialismo y la esclavitud. Por último, Jubileo Sur exige que el norte pague indemnizaciones al sur por el dolor y el sufrimiento causados históricamente.

A partir de las crisis monetarias de la década de 1970 los objetivos de control y estabilidad de Bretton Woods se aparcaron definitivamente mientras se imponía de nuevo la desregulación financiera, la libertad absoluta para los movimientos de capital, la proliferación de los paraísos fiscales, las compras y fusiones transfronterizas, la aparición de sofisticados productos financieros, la privatización de lo público... Las grandes multinacionales y los conglomerados financieros cabalgaban de nuevo y gobiernos, agencias e instituciones se sometían a la deriva conocida desde 1989 como «Consenso de Washington».

El nombre Consenso de Washington fue utilizado por primera vez por el economista británico John Williamson, y se refiere a los temas de ajuste estructural que formaron parte de los programas del FMI, el Banco Mundial y otras instituciones en la época del nuevo enfoque económico durante la crisis de la deuda desatada en agosto de 1982. Algunos se refieren a la «Agenda de Washington», otros a la «Convergencia de Washington» y unos pocos la llaman la «Agenda Neoliberal».

Capítulo 3

EL BANCO MUNDIAL

En Bretton Woods la discusión sobre la creación de organizaciones internacionales se centraba casi exclusivamente en el FMI. El Banco Mundial fue una especie de producto secundario. Actualmente, sin embargo, el Banco Mundial opera como una agencia para el desarrollo bajo un lema que afirma que «Nuestro sueño es un mundo sin pobreza». Un mundo sin pobreza, pero bajo ciertas condiciones. Esta institución establece las condiciones en que se prestan miles de millones al Tercer Mundo. El Banco Mundial, como señala un comentarista ingeniosamente, «es a la teología del desarrollo económico lo que el papado al catolicismo, con las encíclicas anuales incluidas». Estas encíclicas son los informes anuales sobre el desarrollo. Este banco se ha convertido en una institución tremendamente poderosa a través de una historia larga y tortuosa.

El grupo del Banco Mundial en realidad se compone de cinco instituciones especializadas:

1. El Banco Internacional de Reconstrucción y Fomento (BIRF), que se encarga de ofrecer préstamos para el desarrollo, aportar garantías para préstamos de terceros y ofrece servicios de análisis y asesoramiento. El BIRF obtiene empréstitos a

bajo interés a través de la venta de bonos en los mercados de capital del primer mundo.

2. La Asociación de Desarrollo Internacional, que otorga préstamos a países que no suelen ser solventes en los mercados financieros internacionales. Otorga un promedio de 6.000 millones de dólares al año a los países más pobres.
3. La Corporación Financiera Internacional, que es la mayor fuente multilateral de financiación de capital en el mundo en desarrollo.
4. El Organismo Multilateral de Garantía de Inversiones, que ofrece garantías de inversión, como su propio nombre indica.
5. El Centro Internacional de Arreglo de Diferencias Relativas a Inversiones, que facilita la solución de disputas relativas a inversiones entre los gobiernos y los inversores extranjeros.

Su sede está en Washington D. C. y tiene la misma composición que el FMI: ciento ochenta y cinco países. Su plantilla consta de ocho mil empleados en Washington y otros dos mil distribuidos por diferentes países. El Banco Mundial es propiedad de sus países miembros, representados por una Junta de Gobernadores, que se reúne una vez al año, y un Consejo de Administración con sede en Washington, que se ocupa del día a día del negocio.

Los objetivos del Banco Mundial, como se indica en el artículo primero de los Acuerdos de Bretton Woods, son los siguientes:

1. Ayudar en la reconstrucción y el desarrollo de los territorios de los miembros, facilitando la inversión de capital para la producción, incluyendo la restauración de las economías destruidas o dislocadas por la guerra, la transformación de los medios de producción a las necesidades de tiempos de paz y el fomento del desarrollo de las instalaciones y recursos productivos en los países menos desarrollados.

2. Motivar la inversión extranjera privada mediante garantías o participaciones en préstamos y otras inversiones realizadas por inversores privados, y cuando el capital privado no está disponible en condiciones razonables, para complementar la inversión privada, facilitando, en condiciones adecuadas, la financiación de actividades productivas.
3. Promover el crecimiento equilibrado y el mantenimiento del equilibrio en las balanzas de pagos, alentando inversiones internacionales para el desarrollo de los recursos productivos de los miembros, ayudando así a aumentar la productividad, el nivel de vida y las condiciones de trabajo en sus territorios.
4. Buscar préstamos a través de otros canales.
5. Llevar a cabo sus operaciones con la debida consideración a los efectos.

El Banco Mundial tiene un capital social suscrito por sus países miembros y dividido en acciones. Fue en gran medida una creación de Estados Unidos y por ello proporcionan la mayor parte de su capital. El resultado fue una impronta americana fuerte y duradera en todos los aspectos del banco, incluyendo su estructura, la política de dirección y las formas de crédito. En su origen el Banco Mundial dependía en gran medida de la venta de bonos para recaudar la mayor parte de su capital para préstamos. El resto de los fondos disponibles provenían de las suscripciones de los países miembros.

En sus primeros años, primero como un proveedor de préstamos a gobiernos de Europa Occidental para la reconstrucción en la década de 1940, y más tarde cuando su atención se desvió hacia los países del Tercer Mundo en la década de 1950, la principal misión del Banco Mundial era ganar la confianza de los inversores, especialmente los de Wall Street. El banco mantuvo un Departamento de Marketing (hasta 1963) para vender sus bonos. El primer presidente del banco,

Eugene Meyer, había sido un banquero de inversiones en Wall Street y funcionario del gobierno. De hecho, todos los presidentes del banco, salvo dos, han procedido de bancos, bancos de inversión o eran abogados con amplias conexiones bancarias en Nueva York.

El banco obtuvo la confianza de Wall Street al insistir en imponer «disciplina fiscal y monetaria» en los países prestatarios, limitando su actividad a la financiación de proyectos fáciles de definir, como los servicios públicos de energía eléctrica, infraestructuras de transporte y otras actividades económicas, con estricta supervisión del uso final.

El dinero gastado en programas sociales en materia de educación y salud era considerado como un despilfarro de recursos, por lo que el Banco Mundial prestó dinero básicamente para proyectos de infraestructura que se podían demostrar viables en términos de interés económico y reembolso del capital. Por lo tanto, desde que comenzaron los préstamos a los países del Tercer Mundo el banco ha intentado supervisar y controlar las políticas económicas de los países prestatarios. El banco siempre ha sido pro mercado.

En la década de 1950 el Banco Mundial mostró un creciente interés en la lucha contra la pobreza. Esto fue en parte debido a que los presidentes del banco viajaban ellos mismos a países del Tercer Mundo y podían contemplar con sus propios ojos las condiciones existentes allí. El informe del banco de 1955 es muy ilustrativo sobre esta etapa: «La experiencia ha demostrado una y otra vez que los proyectos monumentales no son necesariamente proyectos útiles. Sin embargo, otros menos llamativos —el cuidado de las herramientas, la enseñanza de habilidades, el fomento del cuidado de la tierra— son a menudo de un valor incalculable. [El desarrollo económico] tiene que ser un despertar en la mente de millones de personas, en todos los ámbitos y condiciones de vida, un despertar que va a mover a la gente a trabajar más eficazmente para alcanzar las recompensas de mañana [...]. El banco comienza su décimo año con la sensación de haber aprendido y hecho mucho, pero con plena conciencia de que hay mucho más que aprender y por hacer».

Saltándose el reglamento

Todo muy bonito e inspirador, ¿no es así? Sin embargo, el sentido común y la experiencia nos llevan a imaginar que tales términos no son propios de un banco, por muy mundial que sea, y que en algún sitio debe haber gato encerrado. Y por supuesto que lo había. La razón principal por la que el Banco Mundial de pronto se emocionaba ante las desventuras de las masas de pobres en el mundo surgió de la Guerra Fría. El Tercer Mundo era un campo de batalla ideológico. Quien mejor expresó la razón de esta generosidad fue el secretario de Estado John Foster Dulles, cuando ante las reticencias de los conservadores del Congreso a la concesión de préstamos blandos a los países del Tercer Mundo dijo: «Podría ser una buena idea de negocio meter a América del Sur en el escurridor, pero nos va a salir roja». La administración Eisenhower finalmente aumentó la ayuda a los países del Tercer Mundo a finales de 1950 con el argumento de que esa ayuda era «una inversión para la paz».

Los proyectos del Banco Mundial no son tan inocentes como pueda parecer a simple vista: tienen un fuerte contenido político centrado en frenar el desarrollo de movimientos que pongan en cuestión la dominación ejercida por las grandes potencias capitalistas. No nos engañemos: los banqueros no son hermanitas de la caridad y la pobreza no es ni mucho menos su problema, pero genera descontento, y eso sí que puede ser malo para el negocio. La prohibición de tener en cuenta las consideraciones políticas y no económicas en las operaciones del banco es una de las más importantes condiciones de su carta fundacional, pero es ignorada sistemáticamente. La parcialidad política de las instituciones de Bretton Woods se demuestra con el apoyo financiero concedido a las dictaduras de Chile, Brasil, Nicaragua, Congo y Rumanía.

En 1955, tras la derrota francesa en Vietnam, las revoluciones cubana y argelina, y la nacionalización del canal de Suez por Nasser, el Tercer Mundo andaba revuelto y dando la espalda a las antiguas potencias coloniales. Esta orientación encuentra la firme oposición de los gobiernos de los grandes países industrializados, que tienen una influencia determinante sobre el Banco Mundial y el FMI. Desde la década de 1950 el Banco Mundial dispone de una red de influencias que le será muy útil con posterioridad. La influencia de la que goza actualmente deriva en parte de las redes de agencias establecidas en los estados que se han convertido en sus clientes y, por tanto, en sus deudores.

A partir de los años cincuenta uno de los primeros objetivos de la política del Banco Mundial fue la creación de instituciones y agencias paragubernamentales en el interior de los países clientes. Tales agencias fueron intencionadamente fundadas de tal forma que fueran relativamente independientes en lo financiero de sus gobiernos y estuvieran fuera del control de las instituciones políticas locales, entre ellas los parlamentos nacionales. La creación de tales agencias fue una de las estrategias más importantes del banco para insertarse en las economías políticas de los países del Tercer Mundo. Llenas de tecnócratas aupados por el banco, estas agencias han servido para crear una «quinta columna» en los países que fomente los intereses del banco. Han sido capaces de transformar las economías nacionales, y de hecho sociedades enteras, al margen del procedimiento democrático.

El banco fundó en 1956, con un importante apoyo financiero de las Fundaciones Ford y Rockefeller, el Instituto de Desarrollo Económico (Economic Development Institute), que ofrecía cursillos de formación de seis meses a delegados oficiales de los países miembros.

Entre 1956 y 1971 más de mil trescientos delegados oficiales habían pasado por el Instituto y cierto número de ellos alcanzó el puesto de primer ministro, de ministro de Obras Públicas o de Finanzas. Las implicaciones de esta política son inquietantes: el estudio realizado por el International Legal Center (ILC) de Nueva York sobre la acción del banco en Colombia entre 1949 y 1972 concluye que las agencias autónomas establecidas por el banco ejercieron un impacto profundo sobre la estructura política y sobre la evolución social de la región entera, debilitando el sistema de partidos políticos y minimizando los papeles del poder legislativo y del judicial.

Desde la década de 1960 el banco estableció mecanismos para una intervención continua en los asuntos internos de los países que pedían créditos. Sin embargo, el banco tradicionalmente ha negado con bastante insistencia que tales intervenciones fueran políticas: al contrario, insiste en que su trabajo no tiene nada que ver con las estructuras de poder y que los asuntos políticos y económicos existen separadamente. Es más, se agarra a su propio reglamento para argumentar que tal cosa es imposible. El artículo IV, sección 10, estipula: «El banco y sus responsables no interferirán en los asuntos políticos de ningún miembro y les está prohibido dejarse influenciar en sus decisiones por el carácter político del miembro o de los miembros concernidos. Solo consideraciones económicas pueden influir sobre sus decisiones y estas consideraciones serán sopesadas sin prejuicios, con vistas a alcanzar los objetivos (fijados por el banco) estipulados en el artículo I». Pero bueno, ¿para qué están los reglamentos sino para saltárselos?[6]

---

[6] Eric Touissaint, «El apoyo del Banco Mundial y del FMI a las dictaduras», CADTM, 2004.

La prohibición de tener en cuenta las consideraciones políticas y no económicas en las operaciones del banco, una de las más importantes condiciones de su carta, ha sido ignorada sistemáticamente, y eso desde el comienzo de su existencia. Se podría argumentar en su favor que separar las consideraciones políticas de las económicas no siempre es fácil, pero no nos engañemos: es que ni tan siquiera lo han intentado. Por ejemplo, el banco se negó a prestar a Francia tras la Liberación mientras los comunistas estuvieran en el gobierno. Al día siguiente de su salida del gobierno, en mayo de 1947, el préstamo pedido y bloqueado hasta entonces fue concedido. Si eso se hace con Francia, imaginemos qué se puede hacer con un país tercermundista. El banco ha actuado de forma repetida en abierta contradicción con el artículo IV de sus estatutos, tomando multitud de decisiones en las que las políticas económicas no son el elemento determinante. El banco ha prestado regularmente dinero a los países a pesar de que su política económica estuviera un escalón más allá de lo desastroso y el nivel de corrupción fuera estratosférico: Indonesia y Zaire son dos ejemplos emblemáticos. Las decisiones del banco están regularmente ligadas a los intereses y a la orientación de sus principales accionistas, empezando por los Estados Unidos.

El mejor amigo del dictador

Las decisiones del banco hasta el hundimiento del bloque soviético han seguido los siguientes criterios:

1. Evitar el mantenimiento de modelos autárquicos.
2. Financiar grandes proyectos que permitan aumentar las exportaciones de los países industrializados.
3. Negar ayuda a los regímenes considerados como amenazas por el Gobierno de los Estados Unidos y otros accionistas.

4. Debilitar la cohesión del bloque soviético. Por ejemplo, se le concedió apoyo a Yugoslavia, que se había retirado del bloque dominado por Moscú, o a Rumanía a partir de la década de 1970, en el momento en que Ceaucescu estaba más alejado del Pacto de Varsovia.
5. Apoyar a los aliados de los Estados Unidos sin importar los deméritos que hubieran hecho para merecer ese apoyo. Sobran ejemplos: Indonesia; el Zaire de Mobutu; Filipinas bajo Marcos; el Brasil de la dictadura; la Nicaragua de Somoza; la Sudáfrica del *apartheid*.
6. Impedir el acercamiento de los gobiernos al bloque soviético o China, por ejemplo; mantener a la URSS lejos de India o de Indonesia en los tiempos de Sukarno.

La forma de llevar a cabo esta política por parte del banco no es que fuera precisamente el colmo de la sutileza: eran bastante más flexibles con los gobiernos de derechas, exigiéndoles medidas mucho menos duras e impopulares que a gobiernos de izquierdas confrontados a una fuerte oposición de la derecha, con los que solían cebarse en sus exigencias, intentando que se debilitasen y favoreciendo el acceso de la derecha al poder. Por contra, al ser menos exigentes con los gobiernos de derechas se dificulta el acceso de la izquierda al poder. Así que la ortodoxia de la institución fue sospechosamente maleable y las recetas aplicadas dependían mucho de factores políticos y geoestratégicos.

El banco no dudó en apoyar a dictaduras sumamente crueles. De hecho, durante la década de 1980 parecía que el apoyo de la institución era inversamente proporcional al respeto de los derechos humanos. Es más, países en los que la represión había sido muy dura veían esfumarse buena parte de sus ayudas cuando se volvían «más blandos» con sus disidentes. Cuando Bangladesh y Filipinas pusieron fin a la ley marcial, sus ayudas del banco también disminuyeron. Chile, bajo el gobierno democráticamente elegido de Allende (1970-1973), no recibió ni un solo préstamo del banco, pero bajo el gobierno de Pinochet, tras el golpe militar de 1973, el maná de la institución comenzó a llegar al país.

En Brasil, en 1958, el presidente brasileño Kubitschek intentó negociar un préstamo de 300 millones de dólares por parte de los Estados Unidos, pero el presidente no tuvo más remedio que rechazar las durísimas condiciones impuestas y dejar de lado el préstamo, lo que le dio una gran popularidad.

Su sucesor, Goulart, había anunciado una reforma agraria radical y la nacionalización de las refinerías de petróleo. Demasiado para los tiempos que corrían: fue derrocado por los militares. Al día siguiente del golpe los Estados Unidos reconocían al nuevo régimen militar. Un poco de tiempo después el Banco Mundial reanudaba sus préstamos a cambio de la abolición de las medidas económicas citadas. Sin embargo, el PIB bajó el 7 por ciento en 1965 y miles de empresas quebraron, lo que no supuso ni una sola crítica por parte del banco. El régimen organizó una fuerte represión, prohibió las huelgas, provocó una importante caída de los salarios reales, suprimió las elecciones por sufragio directo, decretó la disolución de los sindicatos y recurrió regularmente a la tortura sin que el banco presentara la menor objeción.

En Nicaragua el clan de los Somoza llevaba en el poder desde la década de 1930 gracias la intervención militar de los Estados Unidos. El 19 de julio de 1979 los rebeldes sandinistas tomaron el poder tras una larga guerra provocando la huida del dictador Anastasio Somoza. En los últimos tiempos la dictadura se había visto privada de la ayuda estadounidense por culpa de uno de esos inconvenientes imprevistos que a veces surgen de la manera más inesperada. El brutal asesinato del periodista Bill Stewart, filmado por sus compañeros, conmocionó de tal forma a la opinión pública estadounidense que su gobierno no pudo seguir respaldando a la dinastía dictatorial y sanguinaria que había sometido y expoliado al pueblo nicaragüense durante cuarenta años. Hasta ese momento el gobierno de Somoza había sido respaldado mayoritariamente por los republicanos, ya que argumentaban que era un baluarte en contra del comunismo. Casi cuatro semanas más tarde, el 19 de julio de 1979, sin el apoyo de Estados Unidos, el dictador cayó.

Los Somoza se habían apoderado de una gran parte de las riquezas del país y habían favorecido la implantación de grandes empresas extranjeras, sobre todo estadounidenses. La dictadura de Anastasio Somoza había disfrutado de numerosos préstamos del Banco Mundial. A partir de la caída de la dictadura se puso en pie un gobierno de alianza que agrupaba a la oposición democrática y a los revolucionarios sandinistas, que no ocultaban su simpatía por Cuba ni su disposición a emprender ciertas reformas económicas (reforma agraria, nacionalización de empresas extranjeras, confiscación de las tierras del clan Somoza, programa de alfabetización). Washington, que había sostenido a Anastasio Somoza hasta el final, consideró que este nuevo gobierno hacía pesar una amenaza de contagio comunista en América Central. La administración Carter, en funciones en el momento del derrocamiento de la dictadura, no adoptó inmediatamente una actitud agresiva. La traición llegó cuando Ronald Reagan comenzó a financiar a la Contra para que se enfrentara al gobierno sandinista. La Guardia Nacional, de la que formaba parte el asesino de Stewart, fue la que encabezó la acción armada financiada por los contribuyentes norteamericanos que tiempo antes se habían horrorizado ante la violencia homicida de sus integrantes.

Los amigos no pagan, los enemigos no cobran

Reagan anunció en 1981 su voluntad de hacer caer a los sandinistas. La aviación de los Estados Unidos minó varios puertos nicaragüenses.

Frente a esta abierta hostilidad, que incluso hacía presagiar una acción armada directa, la política del gobierno de mayoría sandinista se radicalizó. En las elecciones de 1984, que se desarrollaron de forma democrática por primera vez desde hacía medio siglo, el sandinista Daniel Ortega fue elegido presidente con el 67 por ciento de los votos. Al año siguiente los Estados Unidos decretaron un embargo comercial contra Nicaragua que aislaría al país en relación a los inversores extranjeros. Por supuesto, el Banco Mundial frenó los préstamos de los que se beneficiaba el Gobierno de Nicaragua a partir de la victoria sandinista en las elecciones presidenciales. Ingenuamente los sandinistas intentaron convencer al banco de que reanudara los créditos con argumentos económicos, sin comprender que, hicieran lo que hicieran, no iban a volver a recibir un dólar de la institución. Estaban dispuestos a aplicar un plan de ajuste estructural draconiano y a plegarse a muchas más exigencias de las que hubieran sido en principio tolerables para su ideario revolucionario. El banco no volvió a conceder ningún préstamo hasta 1990, con la victoria de Violeta Barrios de Chamorro, candidata conservadora que contaba con el beneplácito de los Estados Unidos.

En 1982 un miembro calificado del FMI, Erwin Blumenthal, banquero alemán, realizó un informe demoledor sobre la gestión del Zaire de Mobutu en el que advertía a los acreedores extranjeros de que no debían esperar ser reembolsados mientras Mobutu estuviera en el poder. Entre 1965 y 1981 el gobierno zaireño había pedido prestados 5.000 millones de dólares en el extranjero, y entre 1976 y 1981 su deuda externa fue objeto de cuatro reestructuraciones por una cantidad de 2.250 millones de dólares. La muy mala gestión económica y el desvío sistemático por Mobutu de una parte de los préstamos no condujeron al Banco Mundial, tan celoso de sus intereses para con otros acreedores, a frenar la ayuda al régimen dictatorial. Es llamativo constatar que tras el informe de Blumenthal, inapelable y documentado, los desembolsos efectuados por el banco no solo no disminuyeron, sino que aumentaron. La conclusión que se extrae de ello es que, a pesar del celo que suele mostrar, las decisiones del banco no están siempre determinadas por el criterio de la buena gestión económica. Tras esta peculiar bula crediticia se encontraba la circunstancia de que el régimen de Mobutu era un aliado estratégico de los Estados Unidos y de otras potencias influyentes en el seno de las instituciones de Bretton Woods (como Francia y Bélgica) durante toda la Guerra Fría. Pero todo lo bueno se acaba algún día. Con la caída del Muro de Berlín el régimen de Mobutu perdió todo su encanto para los aliados occidentales, que ya no estaban tan dispuestos a financiar a fondo perdido al dictador al que, para colmo, le estaba empezando a crecer en el país una fuerte oposición democrática. A mediados de la década de 1990 el Banco Mundial le cerró el grifo a Zaire.

Un caso diferente es el de Rumanía, que en 1972 se convierte en el primer país del bloque soviético en entrar en el Banco Mundial. Ceaucescu no era ni mucho menos el dirigente más dócil con Moscú. De hecho, en 1968 se había atrevido a criticar abiertamente la intervención de la URSS en Checoslovaquia. Esta toma de distancia decidió al banco a plantearse unas relaciones más estrechas con el régimen rumano.

El banco empezó en 1973 a negociar con Bucarest una serie de préstamos que alcanzaron muy rápidamente un volumen importante, tanto que en 1980 Rumanía se convirtió en el octavo país en importancia en la lista de deudores del Banco Mundial. Como en los casos anteriores, no existían criterios económicos convincentes que justificasen este apoyo. Para empezar el banco tuvo que saltarse una de sus propias reglas, que le impedía prestar a un país que no hubiera pagado antiguas deudas. Por otro lado, todo el mundo sabía, aunque nadie se atrevía a decirlo, que era virtualmente imposible que Rumanía pagase, ya que su comercio exterior se circunscribía a los países del COMECON y era en divisas inconvertibles. ¿De dónde sacaría Rumanía los dólares para reembolsar sus préstamos? Nadie lo sabía y, en el fondo, nadie quería saberlo. Para colmo Rumanía, haciendo gala del providencial secretismo del Telón de Acero, se negaba a aportar las informaciones económicas requeridas por el banco. Sin embargo, a pesar de ser sobre el papel el peor cliente posible, el banco daba a Rumanía cuanto pedía. Por mucho que costase en términos económicos, la jugada era muy rentable en el ámbito geopolítico: desestabilizar al bloque soviético.

Rumanía se convirtió en uno de los mayores clientes del banco y este financió grandes proyectos (minas de carbón a cielo abierto, centrales eléctricas térmicas) con unos costes ecológicos y humanos altísimos. Para la explotación de las minas de carbón a cielo abierto las autoridades rumanas desplazaron a poblaciones que hasta entonces se dedicaban a la agricultura. El banco, además, decidió olvidar en este caso sus convicciones liberales y apoyó la política de planificación de los nacimientos que intentaba aumentar la tasa de natalidad.

La pasión turca

El Banco Mundial comenzó con bastante mal pie con Turquía en la década de 1950. Su apoderado, el holandés Pierre Liefrinck, fue expulsado por las autoridades de Ankara, que no veían con buenos ojos su celo a la hora de meterse y opinar sobre todo. Sin embargo, Turquía podía permitirse esos desaires. Su importancia geoestratégica como primera línea de defensa ante la Unión Soviética y puerta a Oriente Próximo y su condición de aliado predilecto de Estados Unidos llevó al banco, bajo la presidencia de Robert McNamara, a hacer borrón y cuenta nueva y multiplicar los gestos para mejorar las relaciones. Además, en su época como secretario de Defensa mantuvo relaciones estrechas con las autoridades de Ankara. El golpe de Estado de los militares de septiembre de 1980, que instauró una dictadura hasta mayo de 1983, satisfizo al banco, pues los militares planeaban llevar una política radicalmente neoliberal.

Anteriormente la aplicación de este tipo de políticas era muy difícil por la agitación sindical, el sentimiento de inseguridad debido a los enfrentamientos entre estudiantes de izquierda y de derecha, las maniobras del partido islamista que negociaba duramente en el Parlamento su apoyo al gobierno y por la sed de poder de los militares, que desestabilizaban el ejecutivo en secreto con el apoyo de los estadounidenses. Sin embargo, el régimen militar pudo así gestionar sin trabas el programa neoliberal durante dos años. El Banco Mundial apoyó con entusiasmo la política de los militares. El programa turco se transformó en un prototipo para los préstamos de ajuste estructural.

Había una relación estrecha entre políticos turcos y altos funcionarios del Banco Mundial. Aun así, el giro neoliberal de Turquía no fue fácil, pues la Constitución heredada de principios de la década de 1960 establecía que el país debía seguir una política de industrialización por sustitución de importaciones, y que para ello se aplicaría un fuerte proteccionismo y una fuerte inversión pública. Eso sí, el golpe de Estado militar de septiembre de 1980 gozó de toda la simpatía del Banco Mundial. Es probable que McNamara incluso estuviera al corriente de los preparativos del golpe, pues tenía estrechas relaciones con el presidente Carter. McNamara no estaba ciego ante la importancia geopolítica de Turquía no solo ante la Unión Soviética, sino frente al peligro que representaba la revolución iraní de 1979.

El caso de Filipinas

En otro escenario, Estados Unidos tomó el control de Filipinas en 1898, después de su victoria militar en la guerra contra España. Durante la Segunda Guerra Mundial el archipiélago fue ocupado por Japón. Tras la contienda, la independencia de Filipinas, concedida por Estados Unidos en 1946, abrió un periodo de prosperidad inédito para el país, aunque Washington impuso ciertas condiciones para no perder el control sobre los recursos de las islas: tipo de cambio fijo entre el peso filipino y el dólar a fin de proteger a las empresas estadounidenses de los posibles efectos de una devaluación, acuerdo de libre comercio que les permitiera importar y exportar sin aranceles, etc. Durante un breve periodo de tiempo Estados Unidos se convirtió en la principal fuente de ingresos del archipiélago, especialmente por la vía de una fuerte presencia militar. Pero a partir de 1949 las cosas cambiaron y el gobierno filipino se vio obligado a aplicar un severo control de cambios a fin de evitar la fuga de divisas. Washington no tuvo inconveniente y permitió al gobierno filipino seguir políticas que prohibía en otras partes.

Esta situación casi paradisíaca duró once años, hasta el momento en que Estados Unidos, el FMI y el Banco Mundial lograron el abandono de las medidas de control en 1962. Los resultados de esta política no dejan el menor lugar a dudas. En la década de 1950 el sector manufacturero experimentó un crecimiento anual del 10 al 12 por ciento, la inflación no superó el 2 por ciento anual, el país acumuló importantes reservas de divisas y la deuda externa fue muy baja. Sin embargo, no pasó mucho tiempo antes de que esta situación acabara incomodando a determinados sectores dentro de Estados Unidos, concretamente los que tenían intereses en Filipinas y a los que les apoyaban dentro de la política. Las empresas estadounidenses se quejaban de tener que reinvertir sus beneficios en el país. Por supuesto, no hay que idealizar el éxito filipino, una sociedad que, a pesar de tener una economía razonablemente próspera, continuaba marcada por profundas desigualdades.

Los conservadores, con mayoría en el Congreso filipino desde las elecciones de 1959 y con el apoyo de los funcionarios del Banco

Mundial, impulsaron a partir de 1962 unas políticas muy diferentes a las vigentes hasta ese momento y que tan buenos resultados habían dado para la economía del país, provocando una fuga masiva de capitales, endeudamiento excesivo, devaluación y pérdida de ingresos para la población, que en apenas unos años vieron esfumarse la fugaz prosperidad de la que habían podido disfrutar. El banco y el gobierno estadounidense aplaudieron las medidas y acordaron de inmediato un préstamo de 300 millones de dólares con el que paliar algunos de sus efectos, pero no fue suficiente. Eliminar el control sobre los capitales desencadenó que todos aquellos que tanto se quejaban por tener que reinvertir sus beneficios en el país pudieran disponer libremente de su dinero. ¿Y qué hicieron? Lo obvio, sacarlo de Filipinas. La deuda externa se multiplicó por siete entre 1962 y 1969: pasó de unos aceptables 275 millones a 1.880 millones de dólares. Los exportadores filipinos de productos agrícolas y de materias primas, así como las multinacionales no podían estar más satisfechos, pues sus beneficios crecieron como la espuma. En contrapartida, el sector manufacturero, que fundamentalmente trabajaba para el mercado interno, decayó con rapidez. El 1970 el peso filipino sufrió una fuerte devaluación. Los salarios y los ingresos de los pequeños empresarios se hundieron. En este panorama de crisis, Ferdinand Marcos, que veía cómo la situación se le escapaba de las manos por momentos, proclamó en 1972, cuando comenzaron las protestas y los disturbios, la ley marcial, que fue el primer acto de una dictadura cuyo fin último era la consolidación por la fuerza de la política neoliberal.

Con la llegada de Robert McNamara a la presidencia del Banco Mundial los préstamos alcanzaron un volumen sin precedentes. McNamara, imbuido de sus consideraciones geopolíticas, consideraba que Filipinas, donde había bases militares estadounidenses, el mismo caso de Turquía, desempeñaba un importante papel estratégico, por lo que había que conseguir a cualquier precio que se reforzaran los lazos con el banco. La deuda es control. Y vaya si lo consiguió. Prometió dinero a manos llenas y Marcos picó el anzuelo. Una de las primeras acciones de Marcos consistió en suprimir el límite de endeudamiento público. La ley derogada fijaba el margen de endeudamiento del gobierno en 1.000 millones de dólares, con un límite anual de 250 millones. Cuando Marcos levantó el límite, McNamara anunció al minuto que el banco estaba dispuesto a duplicar, como poco, las sumas prestadas. El Banco Mundial mostraba de esta forma su apoyo al dictador.

El banco estaba tan deseoso de mostrar públicamente su apoyo a la dictadura que decidió organizar su asamblea anual de 1976 en Manila. Sin embargo, esta no era una historia de amor incondicional y Marcos fue, en cierto sentido, infiel, no aplicando estrictamente la política económica que quería el banco.

Después de todas las atenciones que le habían dedicado, en el banco estaban muy decepcionados y muy preocupados. La lentitud en la aplicación de las reformas estructurales les tenía muy inquietos. Así que para aumentar su influencia sobre el gobierno filipino se aprobaron dos importantes préstamos de ajuste estructural en 1981 y 1983. Por supuesto, era bien sabido que el importe casi íntegro de estos préstamos iría a parar a las cuentas bancarias de Marcos y de sus principales secuaces, pero aquello fue considerado un soborno necesario. Con lo que no se contaba era con que en 1981 estallara en Filipinas una crisis bancaria a consecuencia de un gran escándalo de corrupción que prácticamente salpicó a toda la clase dirigente del país. Poco a poco la crisis se extendió a todo el sistema financiero filipino y los dos bancos públicos más importantes estuvieron al borde de la quiebra. La crisis internacional de la deuda externa que estalló en 1982 empeoró las cosas. Los bancos cortaron el crédito a Filipinas. El Banco Mundial había fracasado. El descontento popular creció y comenzó a organizarse una oposición al régimen de Marcos. Uno de los principales opositores, el senador Benigno Aquino, fue abatido a tiros en el aeropuerto de Manila, en agosto de 1983, causando un gran revuelo tanto interno como entre la comunidad internacional.

Pero ni el aumento de la oposición ni los escándalos hicieron desistir al Banco Mundial de su apoyo al dictador, sino que decidió multiplicar sus préstamos. Pero ya era demasiado tarde. La corrupción masiva alimentó el descontento que finalmente provocó la caída de Marcos en 1986. El sector opositor de la clase dominante y del ejército se desembarazó de Ferdinand Marcos y lo enviaron al exilio. Corazón Aquino, viuda de Benigno Aquino, asumió el gobierno en 1986. En el banco reinaba el desconcierto. No estaban para nada entusiasmados con el nuevo régimen democrático pero, por poco que les gustara, era un hecho. Al final la cosa terminó bien para el banco y sus intereses. Aquino aplicó una política económica neoliberal intransigente, siguiendo la mejor tradición del Banco Mundial, decepcionando profundamente al pueblo.

No solo el Tercer Mundo

En 1947 el Banco Mundial concedió un préstamo de 195 millones de dólares a los Países Bajos. En principio debería haber sido para financiar la recuperación del país tras la Segunda Guerra Mundial, pero el gobierno tenía sus propios planes... que incluían una nueva guerra. Los Países Bajos lanzaron una ofensiva en toda regla contra los nacionalistas indonesios que exigían la independencia. Durante los dos años siguientes las tropas de ocupación holandesas se elevaron a ciento cuarenta y cinco mil hombres, una cifra más que considerable para un país tan pequeño. Demasiados hombres, demasiados disparos, demasiados muertos. Era cuestión de tiempo que aquel triste asunto suscitara la atención de la comunidad internacional. Las Naciones Unidas decretaron un alto el fuego al que los holandeses respondieron con buenas palabras e ignorándolo por completo. La opinión pública comenzó a bramar de indignación, también contra el Banco Mundial, por financiar la operación. Este respondió que no sabía a qué iban a dedicar el dinero. Estados Unidos, que por su parte había concedido a través del Plan Marshall 400 millones de dólares a los Países Bajos, movió los hilos para que se reconociera la independencia de Indonesia. No había nada de altruismo en ello. Si la potencia europea abandonaba el país, las empresas norteamericanas podrían ocupar su lugar. El 27 de diciembre de 1949 se firmó la transferencia de soberanía. Indonesia se convirtió en una república y el nacionalista Sukarno fue elegido presidente.

Sukarno intentó jugar el difícil juego de contentar a ambos bandos de la Guerra Fría. En 1963 Estados Unidos le exigió que eligiera bando de una vez, pero justo en ese momento los británicos decidieron, de la forma más inoportuna posible para los intereses norteamericanos, dar la independencia a Malasia. Sukarno vio en esto una maniobra de desestabilización y respondió nacionalizando las empresas británicas. Cuando la ONU avaló la creación de Malasia, Sukarno se retiró de la organización. Indonesia abandonó el Banco Mundial en agosto de 1965.

Esa era la situación del país cuando entró en escena el general Mohamed Suharto. El 30 de septiembre de 1965, con motivo del asesinato de seis generales, el general Suharto dio un golpe de Estado con apoyo de la CIA. El resultado fue una represión posterior en la que se asesinó a entre setenta y ocho mil y ciento cincuenta mil personas: militantes y simpatizantes comunistas sobre todo. Otros ciento cincuenta mil murieron debido a asesinatos, desapariciones, hambre y enfermedades durante la ocupación indonesia de Timor Oriental entre 1975 y 1999. Según los historiadores norteamericanos Barbara Harff y Ted Robert Gurr, el número de muertes durante el régimen de Suharto ascendería a un millón.

Apenas seis días después de tomar el poder Suharto, el Gobierno de Estados Unidos anunció la apertura de una línea de créditos a Indonesia para que pudiera comprar arroz estadounidense. El 13 de abril de 1966 Indonesia volvía al Banco Mundial. Las relaciones entre Suharto y McNamara no podían ser mejores. Según los historiadores se profesaban una admiración recíproca y se comportaban en público como un par de viejos amigos. Además esa amistad estaba llena de ventajas, ya que tanto Suharto como sus generales eran corruptos y estaban dispuestos a recibir sin reparos cualquier regalo que procediera de la institución. Cuando el banco regresó a Indonesia, sus representantes eran conscientes de la amplitud de la corrupción, pero el banco decidió hacer la vista gorda.

Indonesia recuperó oficialmente su puesto en el FMI en febrero de 1967 y la recompensa no se hizo esperar: se acordó de inmediato una ayuda de 174 millones de dólares con la finalidad de resolver la crisis indonesia. El trato de favor hacia el régimen dictatorial era, de puro evidente, escandaloso. Los países acreedores aceptaron una moratoria de pago hasta 1971. Cuando llegó esa fecha, los acreedores firmaron el acuerdo más favorable jamás concedido hasta esa época a un país del Tercer Mundo: la deuda anterior a 1966 podía ser devuelta en treinta anualidades a lo largo de un periodo escalonado entre 1970 y 1999, no superando nunca el 6 por ciento de los ingresos por exportaciones. En la práctica esta concesión suponía la condonación del 50 por ciento de la deuda.

En la década de 1970 los ingresos petroleros del país se multiplicaron y los desvíos a cuentas suizas en provecho de los militares corruptos también alcanzaron un pico máximo. Los generales indonesios habían conseguido que la empresa pública petrolera Pertamina prosperase hasta límites insospechados, hasta el punto de que en febrero de 1975 se había convertido en la mayor empresa no japonesa de Asia. Pertamina diversificó sus actividades y también poseía una cadena de hoteles y una flota de petroleros. Si hemos de ser justos, no todo se quedaba en los bolsillos de los militares, sino que una parte revirtió en el bienestar del país al mejorarse la infraestructura portuaria y construirse hospitales y carreteras. Resulta obvio que Pertamina entorpecía el desarrollo de las grandes empresas petrolíferas estadounidenses, así que Estados Unidos se fijó Pertamina como un objetivo a destruir. Presionado por los norteamericanos, Suharto desmanteló la empresa en el verano de 1975, bajo la promesa de que el Banco Mundial aumentaría sus préstamos.

La crisis del sudeste asiático de 1997 golpeó con especial dureza a Indonesia. En menos de un año los capitales extranjeros abandonaron el país, lo que trajo consigo unos índices de desempleo masivos. A finales de 1998 el 50 por ciento de la población vivía bajo el umbral de pobreza. Para desgracia de los indonesios, el FMI tomó cartas en el asunto e impuso medidas de choque que, como de costumbre, agravaron la situación, provocando la quiebra de la mayor parte del sector bancario y de muchos empresarios. El FMI y el Banco Mundial presionaron al gobierno para que convirtiera la deuda privada de los bancos en deuda pública, con lo que esta pasó del 23 por ciento del PIB al 93 por ciento. La población, llevada hasta el límite con estas medidas, comenzó a protestar. Finalmente, Suharto tuvo que abandonar el poder, en el fondo víctima de las mismas instituciones que le habían mantenido en él.

Aún queda un epílogo a esta historia. En 2005, treinta años después de la invasión de Timor por Indonesia, se hicieron públicos archivos estadounidenses que demuestran que la invasión tuvo lugar con la complicidad de los gobiernos británico, australiano y estadounidense y el apoyo del Banco Mundial. El resultado fue que Timor sufriría veinticuatro años de ocupación sangrienta y de violaciones sistemáticas de los derechos humanos.

Más aún, el banco participó activamente en el proyecto de deportación forzosa de millones de personas de las islas de Java y Sumatra a otras islas del archipiélago. El banco fue la principal fuente de financiación externa de esta operación, dando además asesoría técnica y apoyo político. En 1974 el número de personas desplazadas era de 664.000. A partir de 1974, con el apoyo del Banco Mundial, serían alrededor de 3,5 millones las desplazadas y otros 3,5 millones las que emigraron por su propia cuenta.

Aunque el Banco Mundial lo calificara como «el programa de reinstalación voluntaria más grande del mundo», lo cierto es que también servía para desembarazarse de habitantes indeseables: «no conformistas», ancianos, enfermos, leprosos, mendigos y vagabundos, forzados a optar entre desaparecer en el campo (donde tenían pocas posibilidades de sobrevivir), o bien sumarse al proceso de desplazamiento. De noche los cargaban en camiones del ejército y eran llevados a uno de los ciento cinco «campos de tránsito», donde, en medio de unas condiciones de vida bastante precarias, se les sometía a un proceso de adoctrinamiento con vistas a su reinstalación. En el campo las autoridades organizaban matrimonios forzados entre los solteros y el Departamento de Asuntos Sociales organizaba matrimonios en masa.

A finales de la década de 1980 se levantaron numerosas voces críticas en todo el mundo acusando al Banco Mundial de participar activamente en este atropello social y ecológico, cuyo respeto de los derechos humanos era más que dudoso. Para colmo ni los costes (7.000 dólares por familia, según estimaciones del propio banco) ni los resultados podían servir de justificación a esta atrocidad porque, según un estudio del banco de 1986, el 50 por ciento de las familias desplazadas vivían por debajo del nivel de pobreza y el 20 por ciento por debajo del nivel de subsistencia. Bajo estas presiones, el Banco Mundial abandonó parcialmente su participación en el programa y desmintió las alegaciones de los críticos.

Todos estos casos parecen darse de bofetadas con el Convenio Constitutivo de la institución, que establece que su fin primordial es promover el desarrollo económico, aumentar la productividad y elevar así el nivel de vida en las zonas menos desarrolladas del planeta.

Desarrollo y seguridad

La herramienta fundamental del banco es la oferta de «créditos blandos» con largos periodos de vencimiento y tasas muy bajas de interés. En teoría vendría a ser una forma en la que los países ricos se comprometen a ayudar a los países pobres a avanzar en su vida económica.

El nombramiento de George Woods como presidente del Banco Mundial en 1963 fue trascendental. Woods provenía del mundo bancario, como presidente del First Bank de Boston. Él propuso una nueva política de préstamos, más arriesgada, con planes de amortización más largos. Como resultado de esta nueva política de préstamos del banco el número se duplicó durante la década de 1960, el volumen del personal se triplicó (sobre todo con economistas profesionales) y hubo una mayor cooperación con otros organismos como la FAO y la Unesco.

La presidencia de McNamara (1968-1981) es a menudo considerada como la edad de oro del Banco Mundial. En 1946 es contratado por Ford. Su carrera en la compañía le lleva a convertirse en el primer presidente que no pertenecía a la familia Ford. Sin embargo, iba a ser la política y no la industria la que definiría su biografía: en 1961 John F. Kennedy lo nombró secretario de Defensa. La guerra en Vietnam, la carrera en el desarrollo de misiles nucleares contra la Unión Soviética y el despilfarro de recursos en el Pentágono fueron razones aducidas por Kennedy para designar para este puesto a alguien de perfil teóricamente tan alejado de lo castrense como un especialista en nuevas técnicas de administración. McNamara vio en la guerra de Vietnam el banco de pruebas perfecto en el que aplicar sus conocimientos. El desarrollo del conflicto casa a la perfección con su convicción casi religiosa de que, si se tiene el control de todas las variables relevantes, el éxito es solo cuestión de tiempo. Es posible que en el mundo de los negocios esa peculiar visión de las cosas pudiera tener algún fundamento, aunque hay que recalcar que precisamente fue esa creencia la que condujo a los banqueros de Wall Street, y a nosotros con ellos, al desastre de la reciente crisis. Pero a pesar de que a los aguerridos *brokers* les encanta recrearse en esta analogía, la guerra y los negocios son cosas muy diferentes y la idea misma de que se pueden controlar los acontecimientos es absurda, porque el número de variables en juego es inconmensurable y, además, frente a ti hay un enemigo con ideas propias, a veces imprevisibles, que va a poner todo su empeño en complicarte la vida.

Para McNamara la solución a la guerra de Vietnam pasaba por el empleo masivo y abusivo de la superioridad tecnológica norteamericana. Lo único que hacía falta era contar con los casi infinitos recursos disponibles con una metodología racional y el problema se resolvería casi por arte de magia. Los generales estadounidenses, muchos de los cuales habían combatido en Corea o la Segunda Guerra Mundial, se encontraron de repente con decenas de tecnócratas invadiendo sus despachos para aplicar técnicas de investigación de operaciones a fin de organizar y optimizar el esfuerzo bélico. Todo debía pasar por la optimización, desde la planificación de misiones y la secuencia en que se cumplen, hasta la entrega de pertrechos y la consolidación de las líneas de abastecimiento. La programación lineal se convirtió en el nuevo mantra del Pentágono, como si McNamara quisiera que los campos de batalla de Indochina funcionaran como las cadenas de montaje de Detroit.

El eje de esta estrategia eran los bombardeos realizados por los aviones B-52. Entre 1965 y 1968 las misiones de los B-52 se incrementaron de cuatrocientas a mil doscientas salidas mensuales. Cada bombardero soltaba unas 30 toneladas de bombas en un patrón conocido como bombardeo de saturación. Los cráteres de las bombas de 250 kilogramos eran mucho más grandes y profundos que los de cualquier otro tipo de armamento. Se estima que quedaron veintiséis millones de cráteres en Vietnam, cada uno de entre 6 y 12 metros de diámetro y una profundidad de hasta 6 metros.

Convertir Vietnam en una especia de versión terrestre de la superficie lunar no fue la única marca visible que McNamara dejó en la geografía del país. El Pentágono también buscó privar al enemigo de su refugio en la selva aplicando 18 millones de galones del infame agente naranja, un poderoso herbicida cuyas secuelas todavía afectan a la vida de muchas personas en Vietnam y en los propios Estados Unidos. McNamara también ordenó el bombardeo de los diques del río Rojo para destruir el sistema de irrigación de lo que constituye el granero de Vietnam.

Cuando llegó McNamara al Pentágono, Estados Unidos tenía unos diez mil soldados en Vietnam. Para cuando lo abandonó en 1968 las tropas estadounidenses ya sumaban quinientos mil. Habían muerto cuarenta y un mil soldados estadounidenses y todavía morirían otros catorce mil antes de que Washington abandonara en 1973. Los vietnamitas salieron bastante peor parados, con más de dos millones de muertos.

El desastre de Vietnam le había convencido de que la seguridad nacional de Estados Unidos era incompatible con un mundo de pobreza. Como el propio McNamara dijo en un discurso de 1966: «Sin desarrollo no puede haber seguridad». Con vocación de ingeniero social, McNamara traduce este cambio de perspectiva teórica en la posición de que la pobreza podría ser erradicada mediante la intervención política directa.

En opinión del activista y escritor norteamericano Jerry Mander, McNamara mató a más seres humanos mientras dirigió el Banco Mundial que cuando fue ministro de Defensa de Estados Unidos y ordenó las matanzas de Vietnam. Jerry Mander esbozaba la siguiente semblanza de McNamara: «Avergonzado por el papel que había desempeñado en la guerra de Vietnam, quiso resarcirse socorriendo a los pobres del Tercer Mundo. Puso manos a la obra como buen tecnócrata que era, con la arrogancia de un auténtico creyente: "Veo en la cuantificación un lenguaje que añade precisión al razonamiento. Siempre he pensado que cuanto más importante es un asunto, menos numerosas deben ser las personas que toman las decisiones". Confiando en las cifras, McNamara presionó a los países del Tercer Mundo para que aceptaran las condiciones que acompañaban los préstamos del Banco Mundial y transformar su economía tradicional con el fin de maximizar la especialización económica y el comercio mundial. Aquellos que se negaban eran abandonados a su suerte». Mander continúa: «Presionados por el banco, varios países no tuvieron más remedio que pasar por sus Horcas Caudinas. McNamara ya no destruía poblados para salvarlos, sino economías enteras. El Tercer Mundo se encuentra ahora con grandes embalses encenagados, carreteras en ruinas que no conducen a ninguna parte, edificios de oficinas vacíos, bosques y campos asolados, deudas monstruosas que nunca se podrán devolver... Esos son los frutos venenosos de la política llevada a cabo por el Banco Mundial, desde los tiempos de McNamara hasta la actualidad. Por muy grande que haya sido la destrucción que sembró este hombre en Vietnam, se superó a sí mismo durante su mandato en el banco».

Él fue el responsable directo de todos esos préstamos incomprensibles que, además, tuvieron unas consecuencias desastrosas, no solo porque sirvieron para apoyar regímenes dictatoriales, sino también en el terreno económico. Al principio de los años ochenta del siglo XX los países del sur, endeudados en exceso, sufren de lleno el alza brutal de las tasas de interés y la caída de los precios de las materias primas, cuya producción aumentan sin cesar para pagar su deuda, lo cual acrecienta la competencia entre ellos al mismo tiempo que la demanda no crece en el norte. Las consecuencias serán terribles para los pueblos del sur, que están obligados por el Banco Mundial a desangrarse para pagar a los acreedores. Hay críticos que ven en esto algo más que un trágico error y afirman que la gestión de McNamara durante veinte años tenía dos objetivos llevados a buen término: recuperar la ventaja sobre los países que habían afirmado su voluntad de independencia y aumentar la dominación sobre los pueblos del sur.

El argumento para la reforma de los años ochenta era que las nuevas condiciones a las que se enfrentaban los países del Tercer Mundo obligaban a reconsiderar sus patrones de desarrollo, con una fuerte tendencia hacia la «liberalización». En 1981 se produjo un cambio en la presidencia del banco con el nombramiento de Alden W. Clausen, exjefe del Bank of America. El cambio de McNamara a Clausen se correspondía con un claro movimiento hacia la derecha —en realidad sería más correcto decir «más a la derecha»— en los principales países donantes. Margaret Thatcher se convirtió en primer ministro del Reino Unido en 1979, Ronald Reagan fue elegido presidente de los Estados Unidos en 1980, y Helmut Kohl fue investido canciller de Alemania Occidental en 1982.

A pesar de las evidentes ventajas en el ámbito geopolítico, a los nuevos políticos conservadores todo aquello de la «ayuda al Tercer Mundo» les parecía que desprendía un sospechoso tufo a socialismo. El nuevo secretario del Tesoro en la administración Reagan, Beryl Sprinkel, de inmediato encargó un estudio para ver si el Banco Mundial albergaba «tendencias socialistas». El informe estableció que la institución debería fomentar una mayor adhesión a la apertura de mercados y al sector privado, que las asignaciones de préstamos deberían estar condicionadas a reformas de políticas en los países receptores, y que en ningún caso Estados Unidos debería reducir su gasto. Haciéndose eco de esto, Reagan dio un discurso en la reunión anual de 1983: «Millones de personas toman sus propias decisiones en el mercado; siempre va a asignar mejor los recursos que cualquier proceso de planificación del gobierno central».

La deuda externa (o deuda eterna) es una de las principales causas por las que los países no alcanzan el pleno desarrollo, a pesar de que muchos de ellos tendrían todas las ventajas para ello si tenemos en cuenta su demografía, su extensión territorial y la riqueza de sus recursos naturales. Por ejemplo, la República Dominicana debe el 30 por ciento de su PIB, Argentina cayó en el colapso en el 2002 por compromisos adquiridos en la dictadura de Jorge Videla (1976-1981) y las naciones de Centroamérica tienen el deber de profesar ciega obediencia a Washington si no quieren que les cobren sus préstamos impagables.

No obstante, el Banco Mundial no deja de financiar a estos países, otorgando créditos que, en muchos casos, se pierden en los laberintos de la corrupción del país. Tanta paciencia por parte del banco es muy loable. ¿O no? ¿Los países pobres se endeudan mucho o es que se les hacen demasiados préstamos?

Los gobiernos de América Latina han adoptado la inversión en infraestructura como la forma más disimulada de corrupción administrativa. La construcción de carreteras, presas, puertos y diversos tipos de trenes facilita la sustracción de recursos estatales por medio de la sobrevaloración de los procesos constructivos. Los líderes del partido de turno se hacen más ricos «invirtiendo» 30 millones de dólares en una carretera que solo vale 20 millones de dólares, puesto que 10 millones de dólares se desvían a sus cuentas bancarias abiertas en paraísos fiscales. Normalmente es el Banco Mundial quien pone el dinero, pero eso no quiere decir que sea la institución la víctima del fraude. El banco no da nada, presta. Y el préstamo hay que devolverlo, algo que recae sobre los sufridos ciudadanos del país.

Así se explica que a los gobiernos no les importe en absoluto endeudarse hasta más allá de los límites admisibles. A más deuda, más botín y, a fin de cuentas, otros tendrán que enfrentar las exigencias de pago o las consecuencias generadas por no cumplir con el compromiso, mientras ellos y sus descendientes disfrutan de una fortuna amasada a costa del bienestar de la nación. Por otro lado, el banco hace préstamos como instrumentos geopolíticos.

La cosa viene de antiguo. Por ejemplo, Estados Unidos intervino militarmente en la República Dominicana en 1916 bajo el pretexto de cobrar una deuda que adquirió el dictador Ulises Heureaux en su tercer y dictatorial gobierno de 1889 a 1899. Como es evidente, un préstamo facilitó la dominación estadounidense en el país, que aún hoy se hace notar. Esta táctica está teniendo discípulos aventajados. Venezuela apoyó con Petrocaribe la victoria de Leonel Fernández en las presidenciales dominicanas de 2008, lo que obligó a su gobierno a devolver el favor con la venta del 49 por ciento de las acciones de la Refinería Dominicana de Petróleo (Refidomsa) al Estado venezolano.

Los países que prestan a través del banco a los países pobres lo toman como una inversión. Un financiamiento difícil de pagar puede ser pretexto para que la nación deudora tenga que votar a favor de iniciativas ante la Organización de las Naciones Unidas. También es un buen método para imponer la instalación de empresas multinacionales con las condiciones fiscales menos convenientes para el país deudor, y lo mejor de todo es que no hay necesidad de cancelar la deuda. Cuanto más dure, más tiempo permanecerá el yugo sobre el cuello del país deudor.

El escándalo Wolfowitz

En 2007 el entonces presidente del Banco Mundial, Paul Wolfowitz, se encontró en el ojo de un verdadero huracán al estallar un escándalo que lo acusaba de nepotismo y favoritismo hacia su novia —una exfuncionaria del Banco Mundial—. Wolfowitz se limitó a eludir las preguntas sobre el caso. Solo declaró: «Tenemos un comité ad hoc que se encarga de esta cuestión. Eso me parece bien», haciendo referencia al Comité de Ética dependiente del Consejo de Administración de la institución. «Es todo lo que tengo que decir por el momento», y añadió: «Vamos a esperar a que terminen su trabajo». El escándalo giraba en torno a Shaha Ali Riza, funcionaria del Banco Mundial trasladada al Departamento de Estado en septiembre de 2005, seis meses después de la llegada de Wolfowitz a la presidencia del banco, mientras la institución le seguía pagando el sueldo. Después de su partida recibió un aumento de 61.000 dólares, con lo que su sueldo pasó a 193.590 dólares anuales, superando el salario de la propia secretaria de Estado Condoleezza Rice. No negó tener una relación afectiva con Shaha Riza. También informó de que se le aconsejó buscar un acuerdo que preveía que la funcionaria fuera comisionada a un puesto exterior al banco. Pero las críticas no tardaron en llegar. La revista *Foreign Policy* se preguntó si «la cruzada lanzada por Paul Wolfowitz contra la corrupción en los países que reciben ayuda del banco no será un poco hipócrita cuando concede a su novia beneficios fuera de las normas». La organización no gubernamental Government Accountability Project denunció que Riza ni siquiera pidió permiso al banco para trabajar como consultora en una empresa militar en vísperas de la invasión de Iraq, lo que supone una violación de las normas del organismo. «¿Cómo el Banco Mundial puede hablar de gobernabilidad cuando su presidente rompió las leyes internacionales con la guerra de Iraq?», se preguntaron funcionarios mexicanos durante un proceso de consultas a fines del año 2010, según documentos que aparecen en la página web de la entidad. «Es muy irónico que Wolfowitz dé lecciones a los países en vías de desarrollo sobre buena gobernabilidad y la lucha contra la corrupción mientras él da el visto bueno a una promoción irregular y a un aumento extraordinario de sueldo a su pareja», comentó Bea Edwards, directora internacional de la organización Government Accountability Project, con sede en Washington.

El trato de favor dispensado por Wolfowitz a Riza puso en pie de guerra a los empleados del organismo, desató un escándalo que dio la vuelta al mundo y provocó finalmente la dimisión del polémico presidente del banco. Riza y Wolfowitz, que según algunos medios estadounidenses como el diario *New York Post* se separaron a raíz del escándalo, viven ahora existencias anónimas, muy alejadas del protagonismo mediático. La silenciosa reincorporación de Riza a su trabajo en el banco es una buena prueba de ese anonimato. Tras la salida de Wolfowitz del Banco Mundial se planteó el posible regreso de Riza, que se concretó finalmente en febrero de 2008, aunque su reincorporación ha estado rodeada de tal reserva que muchos empleados no saben ni que está de vuelta. En realidad resulta imposible notar su presencia, porque Riza trabaja para el banco «a distancia». Para ser más precisos, según una empleada próxima a ella, «desde casa». «Shaha Riza acabó su servicio externo en febrero y reanudó [ese mismo mes] su empleo regular en el banco», explicó un portavoz del organismo, quien indicó que la funcionaria trabaja como especialista en temas de género en el Departamento de Reducción de Pobreza y Gestión Económica (PREM).

«Inicialmente, la empleada [Riza] trabaja a distancia fuera de las oficinas del banco, según lo acordado con su supervisor y de acuerdo con las políticas del banco», añadió el citado portavoz. Algunos de sus compañeros señalan que es una ironía que Riza, que trabajaba como relaciones públicas en el Departamento de Oriente Medio antes del escándalo, haya dado tantas vueltas para volver al punto de partida: los temas de género en los que es especialista.

Wolfowitz vive también alejado de cámaras y taquígrafos. El ex-número dos del Pentágono y uno de los principales arquitectos de la guerra de Iraq trabaja como experto en temas de defensa y política exterior en el American Enterprise Institute, un centro de estudios conservador con sede en Washington.

El nuevo competidor del Banco Mundial: China

En la actualidad al Banco Mundial le ha salido una dura e inesperada competencia en el negocio de prestar para obtener ventajas geoestratégicas. China ha prestado más dinero en los últimos dos años a las naciones en desarrollo que el mismísimo Banco Mundial, tal como informaba en su día *The Financial Times*, subrayando las ambiciones de Pekín de incrementar su influencia global. China prestó, como poco y que se sepa, 110.000 millones de dólares a gobiernos y empresas en países en desarrollo tan solo durante 2009 y 2010, superando los 100.300 millones de dólares facilitados por el Banco Mundial en el mismo periodo. Las estadísticas fueron obtenidas de anuncios públicos realizados por bancos, tomadores de los préstamos o del propio gobierno chino. La superpotencia asiática, que está en posesión de unas reservas de más de 2 billones de dólares, viene aplicando desde 2009 una política de máximo apoyo a las compañías estatales que recorren el globo en busca de activos y reservas de materias primas. Entidades como el China Development Bank, el Export-Import Bank of China y el Bank of China han otorgado créditos a cambio de reservas garantizadas de petróleo, y también prestaron dinero para proyectos de infraestructura en países como Ghana y Argentina.

Estos préstamos por lo general se produjeron en condiciones mucho mejores que los del Banco Mundial. La situación ha llevado a que el Banco Mundial busque maneras de trabajar con China para evitar la rivalidad en créditos de este tipo, aunque, dado que lo que está en juego son esferas de influencia, es muy poco probable que haya un acuerdo.

Capítulo 4

LA ORGANIZACIÓN MUNDIAL DEL COMERCIO

En un mundo en el que los mercados operan en una frontera salvaje del Far West, sin ley y sin ética, parece como si las leyes del comercio estuvieran escritas en las tablas de Moisés y que quebrantarlas fuera el mayor de los pecados. Al menos así lo es a ojos de la organización destinada a velar en teoría por su cumplimiento. La Organización Mundial del Comercio (OMC), menos conocida y con menos reputación entre los críticos de la globalización, se ha convertido, sin embargo, en una verdadera arma de destrucción masiva.

No es ni mucho menos una comparación exagerada. En los últimos años los saqueos llevados a cabo por las multinacionales al amparo de la globalización y de fachadas multilaterales como la OMC no han sido muy diferentes del impacto de la guerra. La globalización empresarial ha arrasado con el empleo y los medios de vida en muchos países, ha profundizado las desigualdades, ha conducido al deterioro del nivel de vida de grandes masas de población en todo el mundo y ha limitado aún más el ya de por sí precario espacio que quedaba en muchos países para el desarrollo. Filipinas, que debe de ser el único país que aparece en la práctica totalidad de los ejemplos de este libro, ha sido citada por *The New York Times* para mostrar la destrucción desatada por los acuerdos de la OMC y cómo los empleos y exportaciones de la agricultura filipina, en lugar de crecer, que era lo que teóricamente se pretendía, han descendido.

La última década ha sido, gracias a la impresionante mejora de los transportes y las comunicaciones, el periodo histórico en el que el comercio se ha desarrollado y crecido con mayor ímpetu. Sin embargo, esta potencial fuente de prosperidad global ha visto sus beneficios limitados a las grandes multinacionales.

Tratándose como se trata de un organismo relativamente joven, en su corta vida la Organización Mundial del Comercio se ha labrado una oscura reputación como una de las influencias más nefastas en el desarrollo social y ecológico del planeta. Hasta ahora sus acuerdos han beneficiado sobre todo a las grandes empresas multinacionales, lo que no es de extrañar si tenemos en cuenta que la industria ha participado muy de cerca en el diseño de estos.

El floreciente comercio mundial es un pastel enorme del que solo participan, como mucho, quinientos comensales entre empresas norteamericanas, japonesas y europeas. Para el resto solo quedan porciones insignificantes, las migajas. La tercera parte del comercio mundial se desarrolla en el seno de las propias empresas multinacionales y sus sucursales. Estas, junto a empresas filiales, etc., funcionan de forma autónoma. Otro tercio se produce entre las diferentes multinacionales que comercian entre ellas. Tan solo el tercio restante del comercio mundial tiene lugar entre empresas de capital nacional, Estados, etc.

El tremendo poder de estas empresas queda perfectamente ejemplificado en el controvertido asunto de las patentes biológicas. El capítulo sobre patentes, incluido en los acuerdos de la última ronda mundial de liberalización comercial, exige que todos los países miembros de la Organización Mundial del Comercio reconozcan las patentes de microorganismos y establezcan un sistema de protección de derechos de propiedad intelectual, bien sea por medio de patentes o por un sistema alternativo. Un verdadero ejército de expertos en etnobotánica al servicio de las compañías recorre las selvas y los humedales africanos y exploran extensos territorios en México, en Brasil, en India o en otras regiones igualmente ricas en diversidad biológica a la búsqueda de especies silvestres cuyas propiedades curativas pueden servir para el desarrollo de nuevos medicamentos. También se escruta el conocimiento que las poblaciones indígenas tienen sobre su empleo.

No es de extrañar que la primera generación de transgénicos haya estado dominada por los intereses de la industria en aumentar sus ventas de agroquímicos, produciendo variedades de cultivos transgénicos resistentes a los herbicidas. Ni que una mayoría de las transnacionales de la biotecnología estén desarrollando una segunda generación de semillas transgénicas cuyas características ventajosas solo se activarán cuando se apliquen en los campos de cultivo determinados productos químicos producidos por esa misma industria. Ni que la mayoría de los supuestos rasgos ventajosos de los futuros cultivos manipulados genéticamente consistan en cualidades que facilitan su procesamiento por la industria alimentaria, o su almacenamiento y transporte a grandes distancias, o que vayan destinados a esa minoría de la población mundial a la que los excesos alimenticios están acarreando problemas de salud. Para el resto de las economías agrícolas esto solo supone hambre, miseria y desempleo.

La OMC defiende la libertad de comercio entendida como libertad para que los grandes grupos financieros puedan invertir donde se les antoje, sin ningún tipo de limitación en la cuantía o el tiempo, sin que nadie les pueda decir lo que pueden o no producir, ni qué proveedores o clientes deben tener. Esta situación, por lo general, acaba teniendo como fruto restricciones en materia de derechos laborales y sociales.

En la actualidad, tras la extracción y quema de combustibles fósiles, el aumento de ventas de automóviles, el peligro de la proliferación incontrolada de organismos modificados genéticamente, la deforestación —con daños incalculables—, las industrias contaminantes, la concentración de la propiedad de la tierra, la privación del acceso al agua, la educación o la salud, la explotación laboral, así como la presencia de regímenes de inversión que consagran los derechos del capital multinacional en detrimento de las mayorías del mundo, se halla de una forma u otra la OMC.

Esta organización ha servido sobre todo para perpetuar la pobreza de los países en desarrollo. Ningún país se ha desarrollado simplemente por medio del libre intercambio. Para que una industria naciente pueda vivir y desarrollarse, el país que la tiene debe contar con el derecho a protegerla a través de impuestos aduaneros para los productos extranjeros que hacen competencia. Esto es precisamente lo que prohíbe la OMC.

Malentendidos habituales

Fundada el 1 de enero de 1995, la OMC es una nueva versión del Acuerdo General sobre Aranceles Aduaneros y Comercio (GATT), firmado por veintitrés gobiernos en 1947. El sistema GATT/OMC regula el comercio internacional de bienes y servicios. La OMC se compone de un director general (en la actualidad, Pascal Lamy, excomisario de Comercio de la Comisión Europea), cuatro directores generales adjuntos y una Secretaría. Está ubicada en Ginebra, Suiza, al igual que otras muchas agencias de la ONU. La OMC funciona a través de diversos comités y reuniones de los embajadores permanentes que representan a los estados y también a compañías poderosas.

Como el FMI y el Banco Mundial, también tiene representantes enviados a los países miembros y miles de especialistas, consultores y grupos de presión que ejercen un poder considerable. La OMC funciona dentro de un discurso que siempre ha abogado por la liberalización del comercio con respecto a los aranceles y otras restricciones gubernamentales, permitiendo así la competencia y funcionamiento de los mercados con mayor libertad en el ámbito internacional. Se dice que esto conduce a un crecimiento económico más rápido y que el resultado final beneficia a todos.

A pesar de que una organización sucedió a la otra, existe una diferencia fundamental entre el GATT y la OMC. El GATT era una simple unión aduanera, en tanto que la OMC es una organización interestatal con amplio poder de coerción y de sanción que fija las reglas del comercio mundial, extendiendo su ámbito a diferentes esferas y productos.

La OMC, de cara al público y los medios de comunicación, afirma que existen diez beneficios en el sistema que administra:

1. Contribuye a la paz internacional. La fluidez del comercio ayuda a la gente a vivir mejor y de forma más próspera. La gente contenta es menos probable que se embarque en una guerra.
2. El sistema permite que las controversias se resuelvan de manera constructiva. La OMC ha resuelto cerca de doscientos conflictos desde 1995 que, de otra forma, podrían haber desembocado en enfrentamientos políticos mucho más graves.
3. Es un sistema basado en normas que acatan todos por igual. Las decisiones en la OMC se toman por consenso, con acuerdos ratificados por los parlamentos de todos los miembros y se aplican a los países ricos y pobres por igual.
4. Un comercio más libre reduce el coste de la vida. Los precios de los bienes que consumimos están afectados por las políticas comerciales. El proteccionismo eleva los precios. El sistema global de la OMC reduce las barreras comerciales

mediante la negociación, lo que se traduce en una reducción de los costes de producción, de los precios de los productos y servicios, y en última instancia del coste de la vida.

5. El sistema ofrece a los consumidores más opciones y una amplia gama de calidades para elegir. Incluso la calidad de los bienes que se producen localmente puede mejorar debido a la competencia de las importaciones.
6. El comercio incrementa los ingresos. La reducción de las barreras al comercio permite la expansión comercial, que aumenta con los ingresos nacionales y personales.
7. El comercio estimula el crecimiento económico y eso significa más puestos de trabajo.
8. El comercio permite una división del trabajo entre países y que los recursos se utilicen con mayor eficacia.
9. El sistema protege a los gobiernos de los intereses de los grupos de presión. Determinadas medidas ya no son potestativas de los gobiernos, sino que vienen impuestas por la OMC.
10. El sistema fomenta el buen gobierno y la disciplina.

Explicado así, el panorama no puede resultar más idílico. Se nos muestra como una organización eminentemente administrativa, un conjunto de convenciones comerciales en evolución permanente, en «perpetuo proceso de negociación». La OMC se presenta como un lugar neutral donde los gobiernos pueden llegar a acuerdos comerciales y resolver los conflictos, que surgen inevitablemente, de manera equitativa. Sin embargo, la organización no adopta una postura neutral sobre la política comercial. Está apasionadamente en contra del proteccionismo en todas y cada una de sus formas. Su objetivo es el «comercio justo», entendido como aquel en el que las condiciones son estables, previsibles y transparentes, una definición de justicia bastante chata y que, en general, favorece los intereses de algunos mientras perjudica los de otros. El objetivo principal de la OMC es la reducción del poder del Estado y del sector público en general. La desregulación y la privatización son sus principales instrumentos.

La postura oficial de la organización respecto a estas y otras críticas consiste en negar la mayor. Son «malentendidos». De hecho hay un documento de la OMC titulado precisamente «Diez malentendidos comunes» en el que se defiende de todas estas acusaciones. Uno de estos malentendidos es que «destruye puestos de trabajo y amplía la brecha entre ricos y pobres», a lo que la OMC responde de la siguiente manera: «No es cierto: la acusación es errónea y simplista. El comercio puede ser una fuerza poderosa para la creación de empleos y la reducción de la pobreza. A menudo es eso precisamente lo que sucede. A veces son necesarios ajustes para hacer frente a la pérdida de empleo, y aquí el panorama es complicado. En cualquier caso, el proteccionismo no es la solución». Afirman que en muchos casos los trabajadores de las industrias exportadoras disfrutan de mejores salarios y tienen una mayor seguridad en el trabajo. Para los países exportadores puede que eso esté bien, aunque no hay que olvidar que la mejora de salario en muchos casos supone pasar de ganar 10 euros al mes a ganar 10,50. Una enorme mejora salarial, qué duda cabe. La peor parte se la llevan los productores y trabajadores que antes estaban protegidos por los aranceles, pues se encuentran súbitamente expuestos a la competencia extranjera. Claro que para la organización estos también se benefician: «Algunos sobreviven por ser más competitivos, mientras que otros no lo hacen, y algunos trabajadores se adaptan rápidamente para encontrar un nuevo empleo, mientras que otros tardan más». Un chollo, vamos. Las consecuencias del libre comercio en el desempleo dependen, según la doctrina de la OMC, de la adaptabilidad de los trabajadores y la competitividad de los productores para responder al «reto», eufemismo neoliberal que significa, simple y llanamente, perder el trabajo. Es la supervivencia del más fuerte, una muestra más del darwinismo social que tanto gusta a las organizaciones que estamos analizando.

La camisa en los calzoncillos

Afortunadamente las medidas de la OMC, que no olvidemos que en el fondo son las imposiciones arbitrarias de un organismo no electo, deben ser aprobadas por los parlamentos locales y los políticos pueden sufrir, al menos en los países democráticos, un fuerte castigo por parte de los electores si las medidas aplicadas son excesivamente impopulares. La OMC, que piensa en todo, ha ideado argumentos para que los políticos locales maquillen las medidas de manera que puedan resultar aceptables al menos para las capas de la población no afectadas directamente. «Todos somos consumidores», por lo que nos beneficiaríamos de las ventajas del libre comercio a través de mayores ingresos personales, más variedad de productos, reducción de los precios y muchas otras cosas. Es un planteamiento bonito y populista, pero que no termina de aclarar de dónde salen los ingresos para comprar todos esos maravillosos productos en un país cuya columna vertebral industrial ha quedado fracturada y a merced de la dictadura de las multinacionales.

Por si aún no había quedado suficientemente claro, hay que añadir que la OMC no practica la neutralidad de una mera organización burocrática, sino que defiende con fuerza una determinada posición ideológica basada en el libre comercio.

El sentido común nos indica que el libre comercio, lejos de ser una panacea, puede traer incontables complicaciones a muchos países, en especial a los de economías frágiles e industrias nacientes. En este tipo de Estados mantener las barreras aduaneras no es fruto del capricho, la codicia o la ideología, sino una necesidad para proteger su economía. Sin embargo, a día de hoy, por muy perentoria que sea esa necesidad, ningún país tiene la posibilidad real de oponerse a las políticas de la OMC, Estados Unidos, Canadá, Japón y la Unión Europea controlan el 80 por ciento del comercio mundial. En contrapartida, la parte del comercio correspondiente a los cuarenta y nueve países más pobres del mundo es un ridículo 0,5 por ciento del total según los estudios de la Conferencia de la ONU sobre el Comercio y el Desarrollo, CNUCED.

Resistirse a las políticas de la OMC equivale, de facto, a un embargo comercial. Podemos vislumbrar este sesgo ideológico en la elección de Michael Moore como director general de la OMC entre 1999 y 2002. En su libro *Una breve historia del futuro*, Moore afirmaba que «el Banco Mundial y el Fondo Monetario Internacional se ganaron durante la Guerra Fría la reputación de ser "antipobres" y "antipaíses en desarrollo". [Pero] ya nadie cree eso, salvo unos pocos locos inadaptados en los arrabales de las más oscuras universidades, la gente que se mete la camisa dentro de los calzoncillos, restos de grupos de presión y unos pocos individuos, carne de geriátrico, que afirman que el marxismo, como el cristianismo, no ha sido probado aún». Ante semejante diatriba no es de extrañar que Moore fuera participante activo en los debates internacionales sobre la liberalización del comercio. El 1 de septiembre de 1999 Moore se convirtió en director general de la OMC, justo a tiempo para que le estallara en la cara la protesta de Seattle, una buena muestra de lo que puede hacer la gente a pesar de tener la camisa metida dentro de los calzoncillos.

La pregunta a la que la organización parece no haber respondido satisfactoriamente aún es: ¿por qué los países en desarrollo, en efecto, comercian actualmente más que nunca (un gran éxito para la OMC), pero cada vez ganan menos? El volumen del comercio en los países en desarrollo ha crecido a una velocidad fulgurante, muchas veces muy a su pesar. El comercio se ha liberalizado, pero a la larga los tratos acaban beneficiando siempre a los mismos. Bueno, no siempre, pero casi siempre... En algunas ocasiones se ha logrado que ciertos acuerdos puedan cuajar en países africanos que necesitaban defenderse del monopolio de los cultivos transgénicos, que no permite al campesinado una práctica tan natural y antigua como guardar semillas de su cosecha para sembrar al año siguiente o defenderse del monopolio farmacéutico, que pone trabas de todo tipo para producir medicinas imprescindibles destinadas a combatir enfermedades que causan miles de muertos en esas zonas, incluso cuando esas medicinas se derivan de productos que son parte de su cultura. Un caso emblemático es la triterapia contra el sida, monopolio de grandes compañías que fijan precios imposibles de pagar para los enfermos de los países pobres.

Ha habido algunos tímidos éxitos en ese terreno, pero generalmente estas iniciativas han fracasado. Una de esas victorias pírricas fue el acuerdo sobre medicinas en el Consejo General de la Organización Mundial del Comercio de 2003, que fue presentado por la OMC como una victoria para los países más pobres. Una victoria habría sido que con ese acuerdo la población tuviera un acceso más fácil a medicinas, cuando en realidad ocurrió lo contrario al establecer regulaciones que van muy por detrás de las excepciones que ya existían dentro de la OMC. El tema de fondo es que las farmacéuticas luchan denodadamente por extender en todo el mundo la vigencia de sus patentes monopolísticas, eliminando así el derecho de los países a producir sus propias medicinas o a comprarlas al que las produzca más barato, amparándose en los acuerdos sobre Aspectos de los Derechos de Propiedad Intelectual relacionados con el Comercio (ADPIC). El argumento para defender sus patentes es que deben recuperar los gastos de investigación y desarrollo de los medicamentos. Sin embargo, un estudio de la Oficina de Evaluación Tecnológica de Estados Unidos, que abarcó veinticinco años de producción farmacéutica, mostró que el 97 por ciento de los productos lanzados al mercado no eran más que copias de medicinas ya existentes a las que se hicieron arreglos cosméticos para prolongar el monopolio de la patente cuando la original estaba a punto de expirar. De las medicinas realmente nuevas, la mitad tuvieron que ser retiradas del mercado debido a efectos secundarios que no habían sido estudiados antes de ponerlas a la venta.[7]

El reconocido lingüista y profesor del Instituto Tecnológico de Massachusetts, Noam Chomsky, subraya: «Si estas propuestas se hubieran aplicado durante los últimos doscientos años, entonces los poderes industriales y comerciales del mundo hoy probablemente serían India y China». Los británicos protegieron sus industrias y emplearon tecnologías esencialmente robadas de India para desarrollar su imperio; más tarde Estados Unidos también usó aranceles para cubrir sus nacientes industrias y pirateó tecnología de los ingleses para desarrollar la economía más rica del mundo.

Los daños del libre comercio

Por otro lado, el aumento masivo de las exportaciones no ha contribuido significativamente a los ingresos de los países en desarrollo. Muchos basan su economía en la producción de productos primarios como los agrícolas y los recursos naturales. Los que han dado el salto a la producción de manufacturas basadas en sus propios recursos naturales lo han hecho en condiciones que no resultan competitivas en los mercados mundiales dominados por las multinacionales, que obtienen acuerdos muy ventajosos en comparación a la posición nego-

---

[7] *Fármacos*, volumen 6, nº 5, 30 de noviembre de 2003.

ciadora débil de los países en desarrollo. Al final los países más desfavorecidos acaban compitiendo entre sí en el único factor que tienen a mano para abaratar de forma fácil sus productos: la reducción de los costes de producción por medio de salarios cada vez más bajos. Esta tendencia afecta incluso a algunos de los países más grandes, como China. Por el contrario, Taiwán (con una mayor intervención estatal en la planificación de la economía) ha visto disminuir los niveles de inversión extranjera, pero ha experimentado un importante crecimiento de las exportaciones y un aumento en el PIB.

Estas contradicciones son fruto directo de la aplicación del ideario de la OMC, que aspira a un mundo en el que la mano invisible del mercado pueda resolver todos los problemas. Pero es una creencia sin base empírica. Es más, la experiencia de los países en desarrollo contradice por completo este planteamiento.

Los miembros de la OMC se comprometen a hacer regularmente una apreciación de sus políticas y de las prácticas de sus socios comerciales (cada dos años aproximadamente). El proceso incluye la visita de un equipo de la organización (dos o tres miembros) al país objeto de examen, durante la cual se consulta con agencias gubernamentales, cámaras de comercio, institutos de investigación y otros actores relevantes de la vida económica. La revisión cubre todos los aspectos de las políticas comerciales del país, incluidos leyes y reglamentos nacionales, el marco institucional, los acuerdos preferenciales bilaterales y regionales, etc. Sin embargo, las conclusiones de estos informes suelen resultar mucho más benévolas con los países del norte, que subsidian a sus agricultores e invaden a los países pobres con sus excedentes agrícolas, los cuales llegan a un precio mucho más bajo del que les correspondería de haber un comercio realmente justo y leal. Por el contrario, los productos agrícolas de los países pobres llegan a los mercados del norte en muy raras ocasiones.

Y es que, según la versión de la OMC, la revisión de políticas comerciales es un proceso útil, democrático, neutral y casi científico. En realidad no lo es. Un caso emblemático es el informe sobre Brasil del año 2000. En nombre de los países del Tercer Mundo, Brasil se quejó de los problemas derivados de la aplicación de las políticas y prácticas comerciales impuestas de forma unilateral por los países desarrollados, todo lo cual ejerció un impacto negativo en la balanza comercial. El informe de la OMC no mencionaba nada de esto. Se felicitaba a Brasil «por continuar un programa de reforma económica, iniciado hace una década, que ha dado lugar a una mayor apertura comercial». Y así se quedó la cosa. Tanto la estructura de la organización como sus órganos para resolver conflictos comerciales están diseñados de forma que su utilización sea muy complicada para los países pobres, que además no cuentan con representación permanente.

Otro de los caballos de batalla de los críticos de la OMC son los daños ambientales que generan sus políticas. La estrategia de la organización en este caso consiste en negar la mayor y defender a capa y espada que el comercio beneficia al medio ambiente. La ecuación es sencilla. La protección del medio ambiente es una cuestión de recursos materiales y humanos, por lo que el crecimiento del ingreso per cápita conlleva un mayor gasto medioambiental. Un país con una economía estancada, por el contrario, tiende a gastar menos en la mejora del medio ambiente. Del mismo modo, el comercio puede ayudar a los consumidores a tomar decisiones ambientalmente beneficiosas, al poner a su alcance productos menos perjudiciales que los que se emplean de forma tradicional. Además los problemas ambientales serían más el resultado de procesos de producción contaminantes, ciertos tipos de consumo y la eliminación de los productos de desecho. El comercio, como tal, rara vez sería la causa de la degradación ambiental, a excepción de la contaminación asociada con el transporte de mercancías.

Una de las maravillosas propuestas de la organización en este sentido es la liberalización completa del comercio de bienes ambientales. A primera vista parece algo beneficioso, pero, como todo lo relacionado con la organización, esta medida tiene una segunda lectura mucho más inquietante. La supresión de los aranceles sobre los bienes ambientales conduciría a una oleada de importaciones hacia los países en desarrollo y los volvería dependientes de estas, lo que dificultaría o incluso imposibilitaría la supervivencia o el desarrollo de las industrias nacionales que producen bienes ambientales. Por añadidura los países en desarrollo se volverían dependientes de la tecnología de los países desarrollados a no ser que se adoptaran medidas suplementarias para asegurarse la capacidad de obtener y diseñar sus propias tecnologías.

Descartando expresamente las solicitudes de los movimientos ecologistas y de las organizaciones solidarias del Tercer Mundo, la OMC ha rehusado incluir en su carta una cláusula social y otra ecológica que habrían permitido prohibir la libre circulación de mercancías producidas en condiciones sociales o ecológicas intolerables.

Trabajos forzados

Tras unos cuantos años en los que la organización pasó virtualmente desapercibida para la opinión pública, los disturbios de Seattle fueron el punto de partida de la lucha contra la OMC. Un comunicado de prensa redactado a principios de noviembre de 1999 por Jerry Mander, presidente del Foro Internacional sobre Globalización, y un grupo de investigación compuesto por unos sesenta investigadores, activistas y economistas de veinte países abrió los ojos de muchos sobre la verdadera naturaleza de la organización. Los argumentos en los que se centraban eran los siguientes:

1. La OMC ha recibido poderes inéditos, incluyendo importantes facultades ejecutivas más allá de los otorgados a cualquier otra organización internacional, incluida la ONU.
2. La OMC ha presidido la mayor transferencia real de poder económico y político de los estados a las corporaciones globales.
3. La OMC ha llegado a rivalizar con el FMI como una de las organizaciones más poderosas, secretas y antidemocráticas, y amenaza con convertirse en un gobierno mundial no elegido.
4. Entre los poderes de la OMC se encuentra la capacidad de desafiar las constituciones de cualquier país miembro para revocar leyes y normas que sean consideradas como obstáculos al libre comercio si así lo dictaminan sus propios tribunales, cuyas deliberaciones son a puerta cerrada.
5. Estos tribunales han fallado consistentemente en contra del medio ambiente y los intereses de los países subdesarrollados.
6. Los obstáculos al libre comercio que la OMC quiere eliminar son en realidad las leyes nacionales, estatales y provinciales que defienden el medio ambiente, a los pequeños agricultores, la salud pública, a los consumidores, la seguridad alimentaria, la cultura local, las pequeñas empresas y a los trabajadores.
7. El objetivo de la OMC es el de ampliar la libertad de las corporaciones para actuar fuera del alcance de las regulaciones nacionales y reducir los derechos de los gobiernos nacionales para regular el comercio en nombre de los seres humanos y la naturaleza.

Los casos concretos nos pueden dar una idea de las prácticas permitidas e indirectamente fomentadas por la OMC que resultan devastadoras socialmente. Es bien sabido que buena parte del material deportivo del mundo se produce con trabajo infantil. En Pakistán, por ejemplo, el mayor exportador de balones de fútbol, hay más de siete mil niños de menos de catorce años que cosen balones, cobrando 0,6 dólares por pelota. Coser un balón de fútbol no es ni mucho menos tarea fácil, requiere fuerza y habilidad. Para hacernos una idea de las condiciones que soportan estos niños, baste decir que ni siquiera los más mayores pueden coser más de tres o cuatro balones en el transcurso de una jornada laboral. No es ni mucho menos el único caso que encontramos sin necesidad de salir de Pakistán. En el valle del Indo se confeccionan de forma artesanal unas bellísimas alfombras que tienen como característica primordial estar tejidas con finos hilos de seda. En su elaboración trabajan niños menores de quince años con salarios similares a los de los niños que cosen balones. En este caso los niños y niñas deben ser de la menor edad posible, ya que esta delicada tarea precisa de dedos lo más finos posible para tejer los delicados hilos, casi invisibles. Además se trata de un trabajo dañino para la vista. Muchos de los niños se dejan literalmente la vista en los telares y, cuando quedan ciegos, sus patrones los devuelven a sus familias como material inservible. Estas alfombras se venden a precio de oro en lujosos establecimientos de París, Nueva York o Londres.

En China los practicantes del culto Falun Gong constituyen dos tercios de las víctimas de tortura y la mitad de los detenidos en los campos de «reeducación por el trabajo». Es muy paradójico que sea en un país nominalmente comunista donde se llevan a cabo prácticas que dotan de un nuevo e insospechado sentido a la expresión «capitalismo salvaje». Cientos de miles de prisioneros políticos, religiosos o de etnias excluidas trabajan en grandes campos de prisioneros produciendo piezas para artículos electrodomésticos que luego son vendidos por el Estado chino en Corea, Japón o Singapur. Gracias a la OMC estos productos del trabajo esclavo tienen libre acceso al mercado mundial.

Pero a veces el producto que se va a comercializar no es el trabajo esclavo de los prisioneros, sino los propios prisioneros. Las cifras anuales de ejecuciones arbitrarias y desapariciones de practicantes de Falun

Gong exceden con mucho al del resto de grupos víctimas del partido. En el libro de David Matas y David Kilgour *Cosecha sangrienta* se descubrió que desde 2001 miles de practicantes de este culto han sido asesinados para extirparles sus órganos vitales y comerciar con ellos con destino a ciudadanos chinos o extranjeros. No es leyenda urbana, es una cruel realidad. Dice el libro: «Continúa hasta hoy la extirpación de órganos a los practicantes de Falun Gong a gran escala. Llegamos a la conclusión de que desde 1999 el gobierno chino y sus organismos en muchas partes del país, en particular los hospitales pero también centros de detención y tribunales populares, asesinaron a un gran número sin especificar de presos de conciencia de Falun Gong. Sus órganos vitales, incluyendo riñones, hígados, córneas y corazón, fueron extraídos sin su consentimiento para venderlos a precios elevados, a veces a extranjeros que normalmente tienen que esperar mucho tiempo para donaciones voluntarias de tales órganos en sus países de origen».

En Estados Unidos los reclusos son subcontratados sobre todo para gestionar las reservas de numerosas compañías aéreas, sin que por esta razón sean excluidas del comercio internacional. Birmania, país miembro de la OMC, utiliza trabajadores forzosos de manera habitual y no por ello se ha contemplado su exclusión.

La activista Susan George explica cómo la OMC fomenta estos abusos con la más completa indiferencia: «La realidad del comercio actual se explica así: una vez que un producto llega al mercado, pierde todo recuerdo de los abusos que se han cometido en su elaboración, tanto en el plano humano como en el de la naturaleza».

El consenso de los ricos

Al no estar vinculada con la ONU, la OMC no está sujeta a la Declaración Universal de Derechos Humanos, ni al Pacto Internacional de

Derechos Económicos, Sociales y Culturales, ni a la Carta de Derechos y Deberes Económicos de los Estados. Eso sí, la OMC está compuesta casi en exclusiva por países que sí son miembros de la ONU y que, como tales, están sometidos a estos documentos. Sin embargo, en ninguno de los acuerdos de la OMC figuran las palabras «derechos humanos». En dos ocasiones la Subcomisión de Derechos Humanos de las Naciones Unidas ha reaccionado oficialmente ante el director de la OMC para recordarle la primacía de los derechos humanos sobre las políticas y programas económicos. De momento estas iniciativas no han tenido ningún efecto.

Por otro lado, la responsabilidad ante estas decisiones y criterios se diluye en un laberinto de instituciones, órganos y normativas. Antes, cuando los damnificados por una política pública dirigían sus protestas al gobierno de su país, en esa instancia se encontraban los auténticos responsables. Ahora, sin embargo, con mucha frecuencia, cuando dirigen sus críticas al gobierno local se encuentran con que este redirige la responsabilidad a una instancia internacional más global: la Organización Mundial del Comercio, el Fondo Monetario Internacional, el Banco Mundial, la Unión Europea... Muy raramente las protestas se globalizan. El mundo es uno, y en muchos de los laberintos en que nos encontramos solo es posible hallar la salida si es una salida global.

A pesar de todo, la OMC puede parecer a primera vista más democrática que el Banco Mundial o el Fondo Monetario Internacional. Las decisiones se toman en el marco de lo que la organización denomina «democracia integral», esto es, de común acuerdo y por consenso de todos los miembros. En el hipotético caso de que haya que recurrir a una votación, se aplica el principio de «un país, un voto», en lugar del principio que suele imperar en el FMI de «un dólar, un voto». En la práctica, la situación está bastante lejos de cualquier planteamiento de democracia, integral o no. Hay que reconocer que efectivamente se practica la toma de decisiones por consenso, pero no un consenso de todos y cada uno de los miembros. En el plano real basta con que se llegue al común acuerdo de los países que forman el denominado «Cuadrilátero», es decir, los cuatro miembros más poderosos de la organización: Canadá, Japón, la Unión Europea y los Estados Unidos.

A continuación viene una revelación ciertamente sorprendente. Aunque los estatutos de la organización teóricamente lo permiten, nunca, ni una sola vez, se ha registrado una votación en el seno de la organización. Nunca ha hecho falta, ya que siempre se acaba llegando a un «consenso». Lo que aparentemente es un gran logro, si lo miramos de cerca, nos damos cuenta de que se trata de un ejercicio de la hipocresía más descarada. El tan cacareado consenso consiste en hacer la voluntad de las naciones industrializadas y las multinacionales, que controlan el 82 por ciento del comercio mundial. Ocupan una posición dominante sin contrapeso en la OMC y, cuando hay una reunión en Ginebra, su palabra es ley y el resto de los representantes no tienen más remedio que plegarse al «consenso». Si algún Estado de la periferia tuviera la osadía de oponerse, las presiones a las que se ve sometido son tan enormes que no tiene más remedio que doblegarse.

Por otro lado, muchos de los estados miembros ignoran lo que se cuece en una organización que no es ni mucho menos un dechado de transparencia. Resulta prácticamente imposible permanecer al corriente de todo, incluso para países que definiríamos como medianos, a no ser que se empleen una serie de recursos considerables para mantener una plantilla de expertos y una representación permanente en Ginebra. Como decía un embajador, «la OMC es como un cine multisalas. Uno tiene que saber qué película desea realmente ver porque no podrá verlas todas».

Michael Moore, refiriéndose al fracaso de la reunión ministerial de Seattle en diciembre de 1999, dijo algo muy revelador a este respecto: «La agenda era demasiado ambiciosa y los objetivos de cada país eran muy dispares. Eso exige muchas concesiones de una parte y de la otra... A esto hay que agregar que los países que no tienen misión permanente en Ginebra no pueden comprender las encrucijadas de Seattle».

Según los estatutos, el sur debe beneficiarse de un «trato especial y diferenciado» y disfrutar de derogaciones y moratorias para la aplicación de los diferentes acuerdos de manera que puedan adaptar sus economías para que el impacto de la aplicación de las medidas sea el menor posible para la población. En realidad esto no ocurre casi nunca y las medidas caen como un mazazo sobre las industrias locales. Aunque siempre se puede llegar a acuerdos particulares. De esta forma el chantaje que ejercen permanentemente los ricos contra los pobres asegura la «unanimidad» y el consenso.

Las represalias pueden ser devastadoras para un país pequeño. Pongamos como ejemplo un caso célebre en el que el afectado no es ningún país de segunda fila, sino la mismísima Unión Europea. Como ya indicamos, la UE fue condenada en apelación por su rechazo a importar carne de ternera alimentada con hormonas de Estados Unidos y Canadá, al considerar que no se habían aportado pruebas científicas que justificasen este veto. Sin embargo, la UE, poniendo en primer plano la salud de sus ciudadanos, no acató la sentencia. La organización fijó entonces que el perjuicio anual sufrido por Estados Unidos y Canadá se elevaba a 116 y 13 millones de dólares respectivamente. De este modo se autorizó a ambos países a poner aranceles del cien por cien en los productos europeos del sector que libremente eligieran (en este caso, la alimentación). Estados Unidos escogió respecto a Francia el queso roquefort, la mostaza de Dijon y el *foie-gras*, además de otros productos exportados por distintos países europeos como las trufas blancas de Italia o los jamones daneses. Tan solo el Reino Unido escapó a las represalias.

Los «Yes Men»

Si esto le puede ocurrir a la Unión Europea, una de las potencias dominantes de la OMC, no cuesta demasiado imaginar la situación de los países más desprotegidos. Los acuerdos que están obligados a suscribir les imponen de hecho «un desarme económico unilateral».

Otro buen ejemplo del poder de la organización es lo ocurrido con la Convención de Lomé, un tratado entre la Unión Europea y sus antiguas colonias de África, Caribe y Pacífico que garantiza el acceso y otorga precios preferenciales a determinados productos de estos países, como el plátano. La compañía Chiquita Brands (la antigua United Fruit Company, capaz de derribar gobiernos en Latinoamérica en su propio beneficio) considera intolerable esta convención, pues limita los mercados de sus plátanos cultivados en Ecuador y América Central. Chiquita transmitió sus quejas al presidente Clinton después de hacer principescas aportaciones a sus fondos de campaña. Y es así como se produce la curiosa circunstancia de que Estados Unidos, en cuyas tierras jamás ha crecido un solo plátano, interpusiera una querella contra la Unión Europea. Como de costumbre, la OMC dio la razón a los norteamericanos. A Europa, en el fondo, la resolución de este conflicto le dio bastante igual. A fin de cuentas los plátanos de fuera de la UE era indiferente de dónde vinieran, y los de Canarias ya tienen su propia diferenciación en el mercado gracias a su superior calidad. El problema fue para los productores de plátanos del Caribe, cultivados sobre todo por pequeños agricultores, a menudo mujeres; los de Chiquita proceden de plantaciones enormes con mano de obra muy mal pagada y criterios de producción industriales. No había competencia posible en cuanto a precio.

Los países más pobres se ven sometidos a la liberalización forzada de sus economías, abriendo sin restricción sus territorios para la implantación de empresas extranjeras que inundan sus mercados con bienes, capitales y patentes.

Otra cosa que diferencia a unos países de otros dentro de la organización es que algunos privilegiados, principalmente los Estados Unidos, no tienen ni siquiera que denunciar, les basta con la amenaza. Ha habido cuarenta y una discrepancias solucionadas en la fase de «consulta», un eufemismo para designar la forma en que Estados Unidos utiliza la espada de Damocles de la OMC para doblegar a sus socios comerciales.

Lo verdaderamente increíble de muchos planteamientos de la OMC es que, a pesar de ser injustos y perniciosos hasta el surrealismo, todo el mundo los acepta como lo más natural del mundo. Y esto, aunque pudiera parecer una mera opinión, no lo es y podemos sustentarlo con la más increíble de las pruebas. A principios del año 2000 un conocido grupo de activistas que se hace llamar RTMark transfirió el dominio www.Gatt.org —que comúnmente se confunde con el sitio oficial en la red de la Organización Mundial del Comercio— a un grupo de impostores conocidos como los «Yes Men», convirtiéndolo en una fina parodia que denunciaba los desmanes del comercio internacional. Pero la parodia es tan fina que muchos no se dan cuenta de que lo es; medios de comunicación y organizadores de encuentros y conferencias se pusieron en contacto con Gatt.org creyendo que estaban realmente hablando con la OMC, y les invitaron a participar en todo tipo de eventos y en programas de televisión.

En mayo de 2000 los Yes Men recibieron un *e-mail* invitando a Michael Moore, director general de la OMC, a hablar sobre la organización en una conferencia sobre materias relacionadas con el comercio internacional. Así que los Yes Men decidieron intentar satisfacer esta demanda lo mejor posible. A finales de octubre un tal Dr. Andreas Bichlbauer —el «sustituto» de Moore— habló en la conferencia. Su lectura describía las ideas de la OMC y sus últimos propósitos en términos que horrorizarían a cualquiera con dos dedos de frente, sugiriendo cosas como, por ejemplo, la sustitución de las instituciones democráticas por ser ineficientes desde el punto de vista de que dejan asuntos importantes en manos de ciudadanos poco informados y manipulables. Y también ofreció soluciones novedosas y eficaces impulsadas desde el sector privado, como la subasta de votos al mejor postor entre las grandes corporaciones mundiales. Ninguno de los abogados presentes mostró la menor consternación por las propuestas del Dr. Bichlbauer, y alguno hasta celebró lo novedoso de las propuestas.

Tal y como suele hacer la OMC, el bueno del Dr. Bichlbauer se quejaba amargamente en su conferencia de las barreras que «inhiben el comercio. Entre estas barreras hay leyes como las que prohíben la importación de atún pescado con redes que matan a los delfines o las que impiden la importación de comida con residuos de pesticidas cancerígenos, o las que vedan la ropa manufacturada realizada por personas esclavizadas». A su alrededor las cabezas asentían con aprobación ante semejantes «excesos» legislativos.

Más adelante el buen doctor daba su versión del contencioso de la OMC con la Unión Europea a propósito de los plátanos, tema del que hemos hablado hace unas páginas: «Y es cierto que en América Central se han cometido actos de violencia a favor de empresas como Dole y Chiquita. Es cierto que los salarios son de unos 5 dólares al día y que la afiliación a sindicatos es casi inexistente, que no existe legislación sobre el trabajo infantil ni normas de seguridad y salud laboral. Pero al mantener los "plátanos violentos" fuera de Europa, la UE está poniendo en peligro la competencia y, por lo tanto, todo el edificio de la modernidad». Nuevamente grandes muestras de asentimiento. Qué demonios, un plátano es un plátano. ¿A quién le importa de dónde venga?

Las aventuras de los Yes Men en programas de la televisión americana y congresos de derecho mercantil se recogen en un libro y una película que son un compendio de episodios a cada cual más alucinante e ilustrativo sobre las manos en las que está la vida económica del planeta. Lo más increíble es que casi nadie pilla el chiste. Los Yes Men pueden decir las barbaridades más desquiciantes sobre el funcionamiento del mercado global subidos a un estrado y no pasa nada. Practican lo que llaman una «corrección de identidad»: fingen ser representantes de poderosas organizaciones o compañías y se aprovechan de la autoridad de estas entidades para expresar verdades que, evidentemente, estas organizaciones no se atreverían nunca ni a mencionar.

En una de sus últimas intervenciones aparecieron en la BBC como portavoces de Dow Chemicals, empresa causante de la catástrofe de Bhopal en India, en la que murieron sesenta mil personas. Al declarar que la empresa admitía por fin sus responsabilidades, los Yes Men consiguieron crear un escándalo público de dimensiones mundiales. Esta vez Dow Chemicals sí que pilló la broma y actuó en consecuencia... El proveedor de conexiones de banda ancha Verio, propiedad de la japonesa NTT, decidió rescindir el contrato que mantenía desde siete años antes con Thing.net, el principal suministrador de servicios para artistas y activistas de Nueva York durante los diez últimos años y que daba soporte a los Yes Men. La decisión fue motivada por las presiones de la empresa Dow Chemical Corporation. Los Yes Men habían utilizado un servidor hospedado en Thing.net para enviar la nota de prensa en nombre de Dow que motivó la entrevista. En el falso comunicado se afirmaba que Dow no pudo reconocer sus responsabilidades a la hora de defender los intereses de sus accionistas. Thing.net hospedaba unas trescientas páginas web de artistas y activistas y también de instituciones prestigiosas como el MOMA o el PS1.

Los Yes Men están legítimamente orgullosos de su labor: «¿Sabes cómo los espejos deformantes exageran tus rasgos más horrorosos? Nosotros hacemos esta misma operación, pero con las ideas. Nos parece bien que mientras hablamos la gente pueda ver distorsionadas sus ideas en nuestro juego de espejos. O por lo menos esto es lo que tratamos de hacer, pero resulta que esta imagen distorsionada siempre les resulta absolutamente normal».

Los compartimentos

Como hemos visto, el propósito fundamental de la organización que nos ocupa no es otro que gestar una suerte de paraíso fiscal de escala planetaria: conforme a este proyecto, los capitales habrán de moverse a lo largo y ancho del globo sin ninguna cortapisa, arrinconando progresivamente a los poderes políticos tradicionales y desentendiéndose, por añadidura, de cualquier consideración de cariz social o medioambiental. Esta apuesta, tan desmesurada, ha empezado a inquietar —por lo que parece— a algunos de los que en su momento no dudaron en refrendarla, hoy por hoy recelosos ante el riesgo de que al amparo de ese paraíso fiscal de dimensiones planetarias prospere un caos incontrolable. Hasta hoy las instancias directoras de la OMC han preferido hacer oídos sordos, sin embargo, a los riesgos, y los propios Estados Unidos hubieron de plegarse a las exigencias de la organización y no tuvieron más remedio que permitir los juegos de azar a través de Internet, servicio que provenía de servicios *offshore* y que era ilegal en los Estados Unidos de acuerdo a las leyes federales que restringen el suministro transfronterizo de servicios de juegos de azar.

Tampoco hay que alarmarse, se trata de un caso aislado. Los intereses de los países desarrollados en general, y de Estados Unidos en particular, rara vez resultan perjudicados. De hecho los adalides principales de las políticas de la OMC, los países ricos, son paradójicamente los que de una forma más descarada e impune siguen manteniendo subvenciones y ventajas de todo tipo para un gran número de sus productos. Digámoslo con claridad: al tiempo que exigen a otros que se eliminen cualquier traba para la introducción de sus productos en el sacrosanto nombre del libre comercio, cuando se trata de asumir en sus propias economías las reglas correspondientes el panorama cambia como de la noche al día. Cada año se entregan más de 350.000 millones de dólares en subsidios a los agricultores en Europa y en los Estados Unidos. Estos subsidios en los países ricos tienen un efecto devastador para los países pobres. Los agricultores de los países ricos pueden así vender sus productos en los mercados mundiales a precios con los que no pueden competir las economías del Tercer Mundo.

En 2004 los productores de algodón en los Estados Unidos recibieron más de 11.000 millones de dólares, un enorme colchón que les permite aniquilar a los pequeños productores del Tercer Mundo. Para solucionar esta injusticia son muchos los que, ante la pasividad de la OMC, se levantan para pedir la supresión de estos subsidios.

Merced a estos grandes subsidios, a fines de la década de 1970 Estados Unidos y el Mercado Común se transformaron en exportadores netos de alimentos, obteniendo el control del mercado mundial. En los llamados acuerdos de la Ronda de Uruguay, que dieron lugar al nacimiento de la OMC, los países ricos solo se comprometieron a reducir los subsidios a sus exportaciones agrícolas. Sin embargo, los países ricos no solo no han cumplido con sus compromisos de reducción, sino que de hecho han incrementado los subsidios. Los países desarrollados otorgan subsidios en diversas modalidades, siendo la más importante los subsidios directos al productor (que pueden ser ayudas para el sostenimiento de los precios, por compra de equipo, fertilizantes o semillas, por volumen de producción…).

Los países desarrollados cuentan con mecanismos legales para evadir sus compromisos de reducción a través de las llamadas cajas ámbar, verde y azul. En la terminología de la OMC las subvenciones se identifican en general por «compartimentos» o «cajas» a los que han dado los colores de las luces del semáforo: verde (permitidas), ámbar (frenar-deben reducirse), rojo (prohibidas). En el sector de la agricultura las cosas son más complicadas. El Acuerdo sobre la Agricultura no tiene compartimento rojo, si bien la ayuda interna que sobrepasa los niveles de compromiso de reducción en el compartimento ámbar está prohibida. Y existe un compartimento azul para las subvenciones vinculadas a programas que limitan la producción. También existen exenciones para los países en desarrollo (denominadas a veces «compartimento trato especial y diferenciado»).

¿Vuelta al proteccionismo?

La propia organización reconoce que la recuperación económica se encuentra amenazada por el aumento del llamado «proteccionismo de baja intensidad» difundido a través de los paquetes de estímulo económico y de apoyo financiero de los gobiernos desarrollados para afrontar la crisis. Según uno de sus documentos oficiales, «el número de nuevas medidas con efectos de restricción o distorsión del comercio desde el 1 de marzo de 2009 es más de dos veces superior a las nuevas medidas de liberalización o facilitación del comercio».

Cualquier circunstancia es aprovechada para establecer medidas proteccionistas. Según el secretariado de la OMC, un total de treinta y nueve países ha aprovechado la pandemia de gripe A (H1N1) para introducir prohibiciones sobre la carne de cerdo o sus derivados, a pesar de la ausencia de riesgos sanitarios en los casos analizados. En algunos países han prohibido la importación de carne en general. Sin duda lo más relevante del análisis de la OMC es el daño para los países en desarrollo que ocasiona el llamado «proteccionismo financiero» debido al giro nacionalista de los países ricos. Solo en el cuarto trimestre de 2008 los créditos a países en desarrollo disminuyeron en 280.000 millones de dólares.

«Las reglas son principalmente para los débiles; los ricos hacen más o menos lo que se les antoja», señala Noam Chomsky. El poder real, agrega, está en lo que durante años la prensa de negocios ha caracterizado, con cierta ironía, como el gobierno mundial de facto. «En cierta medida se trata de Estados Unidos y sus aliados junto con las principales empresas multinacionales, las instituciones financieras internacionales y otros que forman esa especie de gobierno mundial». Dejada a su libre albedrío, la OMC puede terminar con la soberanía de los países y convertir a los gobiernos electos en meros espectadores o correveidiles de la organización. No se trata de oponerse al progreso ni, por supuesto, al comercio mundial. Pero el comercio mundial no debería ser regido por medio de una serie de reuniones secretas en las que se discute el futuro de millones de personas. En las mesas de negociaciones existen grandes presiones por parte de los países más fuertes dirigidas a imponer a países económicamente más débiles —y por tanto vulnerables— unos términos que en la mayoría de los casos repercutirán de forma nefasta en su ciudadanía.

Hace unos años la Unión Europea presentó un caso ante la OMC quejándose del embargo estadounidense contra Cuba, y en particular de los aspectos de ese embargo que permiten imponer penas al comercio de terceros países con la isla. Con el ideario de la organización en la mano, no cabe la menor duda de que la OMC tendría que haber fallado a favor de la Unión Europea, ya que cualquier traba al libre comercio constituye una clara violación a las reglas de la organización. Sin embargo, cuando los representantes norteamericanos fueron requeridos al respecto, estos informaron a la OMC de que el embargo a Cuba es una política estadounidense que se lleva desarrollando desde 1959 para derrocar el régimen castrista —en este caso nadie puede acusarles de no ser claros— y que ninguna potencia extranjera tiene el derecho a interferir con las directrices de la política exterior estadounidense, en especial en asuntos que afectan a la seguridad nacional. Así que, simplemente, rehusaron participar en cualquier debate en la OMC sobre el tema, hasta que la Unión Europea abandonó su protesta.

En cualquier caso, la organización no pasa por sus mejores momentos. El 31 de mayo de 2011 el director general de la Organización Mundial del Comercio, Pascal Lamy, anunció una nueva agenda en el marco de una reunión informal del Comité de Negociaciones Comerciales. Una versión *light* de un eventual tratado multilateral de comercio podría alcanzarse en tres etapas sucesivas a partir de diciembre de 2011. Los embajadores ante la OMC habrían admitido la imposibilidad de alcanzar un tratado multilateral para diciembre de ese año en temas tan difíciles como los subsidios a la agricultura, el acceso al mercado de los productos no agropecuarios, servicios, propiedad intelectual y disciplinas no arancelarias. Los tiempos son difíciles y nadie está dispuesto a inmolar su economía en el altar del libre comercio. Lamy plantea fraccionar el tratado multilateral abordándolo a tres velocidades: rápida, media y lenta. El carril lento estaría reservado para favorecer a los países más pobres de la OMC (los «least developed countries» o LDC). En un segundo «carril» se acordaría un programa de trabajo para los demás temas pendientes, como los asuntos relativos a facilitar el comercio (eliminación de trámites engorrosos), los subsidios a las exportaciones, la liberalización del comercio en bienes y servicios ambientales, las subvenciones a la industria pesquera y a otras actividades agropecuarias y las previsiones acerca de los acuerdos regionales de comercio. En un tercer carril se procedería a finalizar el tratado multilateral entre estos sectores y los países con economías más sólidas.

La situación se encuentra profundamente atascada después de diez años de negociaciones. Los países industrializados de Europa,

Norteamérica y Asia se resisten a eliminar los subsidios a la agricultura y las subvenciones a sus industrias no competitivas, mientras que los grandes países emergentes, como Brasil, India y China, esperan mayores concesiones de los países industrializados a cambio de bajar sus aranceles a los productos industriales.

Este acuerdo *light* supondría otorgar concesiones a las exportaciones de los países más pobres, algo que pueden permitirse sin demasiado esfuerzo los países ricos, ya que aquellos representan solo el 3 por ciento del comercio mundial de mercancías, dejando a un lado, para fecha posterior e indeterminada, los temas más contenciosos que sí afectan de manera decisiva a las naciones industrializadas, como los subsidios a la agricultura, los aranceles a productos industriales y la infinidad de trabas que los países más avanzados ponen a la importación de bienes agarrándose a los más variados y originales subterfugios legales.

Los especialistas temen que un acuerdo parcial y fragmentado sería una victoria de los países industrializados en detrimento de las economías emergentes y de los beneficios económicos de un tratado integral, calculados por el Banco Mundial en 160.000 millones de dólares. Más grave aún, no le falta razón a quienes sostienen que la OMC como institución quedaría seriamente disminuida, si no irrelevante. Por eso el expresidente de México, Ernesto Zedillo, ha declarado que «suenan los tambores del proteccionismo» y ha hecho un llamamiento a los jefes de Estado para que concluyan un tratado multilateral de trascendencia histórica. La indignación de los países en desarrollo no tiene límites, ya que durante mucho tiempo, cuando le convenía a los más ricos, les han vendido las ventajas del libre comercio y ahora que los vientos soplan en otra dirección los países ricos no tienen el menor rubor a la hora de blindar sus fronteras económicas.

Capítulo 5

LOS TRUCOS SUCIOS

En 2004 se publicó un libro que se convirtió no solo en un gran *best-seller*, sino en una obra extremadamente polémica. *Confessions of an Economic Hit Man,* publicada en español como *Confesiones de un gángster económico* o *Confesiones de un sicario económico.* Es la autobiografía de un hombre llamado John Perkins en la que relata los pormenores de su carrera en una conocida firma de consultoría y cómo llegó a convertirse en lo que se denomina «sicario económico».

Perkins define a los sicarios económicos como «profesionales altamente remunerados que tienden trampas de miles de millones de dólares a los países del mundo. Sus herramientas de trabajo son informes financieros fraudulentos, manipulación de elecciones, sobornos, extorsiones, sexo y asesinatos».

En este libro Perkins confiesa que él mismo fue un sicario económico que trabajó para una firma de consultoría internacional con la misión de convencer a los países más pobres para que aceptaran enormes préstamos del Banco Mundial y el FMI, asegurándose de que todos los proyectos en los que se invertirían esos préstamos fueran concedidos a compañías estadounidenses.

Una vez que estos países estaban atados con deudas enormes, el gobierno estadounidense los podía manejar casi a su antojo, solicitando a sus dirigentes toda clase de favores, que incluían acceso a los recursos naturales del país, cooperación militar y apoyo político.

Pero ¿qué sucedía con los que no aceptaban? Perkins hace una siniestra acusación: «El libro iba a estar dedicado a los presidentes de dos países, hombres que habían sido mis clientes, a quienes yo respeté y de pensamientos afines: Jaime Roldós, presidente de Ecuador, y Omar Torrijos, presidente de Panamá. Los dos murieron en accidentes de avión. Sus muertes no fueron accidentales. Fueron asesinados porque se opusieron a esa fraternidad de corporaciones, gobiernos y élites bancarias cuya meta es el imperio global. Nosotros, los sicarios económicos, fallamos con Roldós y Torrijos, y otro tipo de sicarios, los chacales de la CIA que siempre estaban detrás de nosotros, llevaron a cabo su tarea».

Ni que decir tiene que un libro de estas características se encontró con múltiples dificultades para ver la luz. Antes de ser publicado el manuscrito pasó por los despachos de no menos de veinticinco editoriales estadounidenses cuyos responsables se deshicieron primero en alabanzas sobre lo que allí se contaba y luego en excusas por no poder publicarlo. Finalmente, una pequeña editorial se decidió a lanzarlo, convirtiéndose inmediatamente en un gran éxito de ventas. Los grandes periódicos estadounidenses como *The New York Times* y otros no tuvieron más remedio que reflejar su larga permanencia en los primeros puestos de las listas de los más vendidos, pero no se dignaron a hacer ni tan siquiera una mínima reseña del libro, aunque fuera negativa.

Una de las acusaciones que más han llamado la atención, y que más críticas han suscitado, es la de que los informes y pronósticos económicos de instituciones muy prestigiosas están en realidad manipulados para reflejar la verdad más conveniente a determinados intereses políticos, y que la ayuda exterior al desarrollo es más una herramienta diseñada para que las grandes corporaciones puedan hacer negocios ventajosos que una serie de medidas altruistas para aliviar el sufrimiento de los más desfavorecidos. Sin embargo, esta denuncia ya se había hecho en más de una ocasión y por personajes tan prestigiosos como Joseph Stiglitz, antiguo economista jefe del Banco Mundial y Premio Nobel de Economía, que en su libro *La globalización y sus descontentos* escribía lo siguiente: «Para hacer que los programas del Fondo Monetario Internacional *parezca* que funcionan, para hacer que los números "cuadren", los pronósticos económicos deben ser ajustados. Muchos de los que utilizan estos informes no son conscientes de que no se trata de pronósticos ordinarios; en ellos las predicciones del producto interior bruto no están basadas en un sofisticado modelo estadístico, ni siquiera en las estimaciones de los que tienen un buen conocimiento de la economía del país en cuestión, sino que son simplemente las cifras que han sido *negociadas* como parte de un programa del FMI [...]. La globalización, tal y como ha sido defendida, parece a menudo que trata de reemplazar las dictaduras de las élites nacionales por la dictadura de las finanzas internacionales [...]. Para millones de personas la globalización no ha funcionado [...]. Han tenido que contemplar cómo sus empleos eran destruidos y sus vidas se volvían más inseguras».

Si hubiera que colocar un lema en el escudo del nuevo imperio global sería, sin lugar a dudas, «libre mercado». Como ofrenda por su ayuda, tanto el Fondo Monetario Internacional como el Banco Mundial solicitan a sus «clientes» el abandono de cualquier política de desarrollo planificada por el Estado, incluyendo aranceles, subvenciones a la exportación, control de las divisas o programas de sustitución o limitación de las importaciones. Los miembros de la Organización Mundial del Comercio también deben plegarse a la ortodoxia del FMI.

Claro que se da la curiosa circunstancia de que el modelo de desarrollo que se pretende implantar es justamente el contrario del que llevó a los países desarrollados a su actual bienestar. Como señala el economista de la Universidad de Cambridge, Ha-Joon Chang, los países del Primer Mundo pasaron de ser economías rurales y agrícolas a urbanas e industrializadas gracias a legislaciones tremendamente proteccionistas que adoptaban la práctica totalidad de las medidas que ahora se prohíbe que tomen los países en desarrollo. El Imperio británico se convirtió en el adalid del libre comercio solo cuando ya estuvo firmemente consolidado como una gran potencia industrial.

Érase una vez en África

La economía norteamericana nació y creció resguardada tras un muro de medidas proteccionistas que se extendieron hasta más allá de la Segunda Guerra Mundial. En épocas más recientes las cuatro economías más prósperas de Asia, China, Japón, Corea del Sur y Taiwán, que desde luego se concentraron en un modelo de desarrollo basado en la exportación, tenían no obstante estrictas leyes que prohibían o limitaban la importación de bienes que pudieran competir con los producidos en el país. ¿Es tan importante esta diferencia? Lo es, y mucho… Imaginemos a los técnicos del FMI diciendo a los fabricantes de automóviles japoneses que mejor se dediquen a otra cosa, ya que competir con las firmas europeas y norteamericanas es inútil. Toyota es hoy en día el mayor fabricante de automóviles del planeta.

Resumiendo, a través de las políticas propuestas por el FMI, el Primer Mundo retira a los países en desarrollo la escalera que ellos mismos utilizaron para alcanzar su estatus privilegiado. Cuando uno oye hablar de comercio libre es inevitable acordarse de Adam Smith, pero hasta el más acérrimo defensor de los postulados del autor de *La riqueza de las naciones* tendrá que admitir que el libre mercado al que él se refería era entre iguales y en igualdad de condiciones, cosa que, como vemos, no se cumple ni remotamente.

Ghana, por ejemplo, fue forzada por el FMI en 2002 a abolir todos los aranceles sobre la importación de alimentos. Como resultado llegó al país una avalancha de productos alimenticios procedentes de la Unión Europea, a precios muy baratos, que arruinaron a los granjeros locales. Lo realmente escandaloso es por qué esos alimentos europeos llegaban a Ghana a precios tan ventajosos, y es que no hay que olvidar que la producción agraria europea está acogida a múltiples subsidios y ayudas que, desde luego, se alejan bastante de la ortodoxia del libre mercado predicada por el FMI. Como resultado, la carne de pollo congelada que llegaba de la UE costaba un tercio de lo que se cobraba por la carne del país. La demanda de pollería local ha caído hasta amenazar el sustento de los más de cuatrocientos mil granjeros avícolas de esta pequeña nación del África Oriental.

El mercado ghanés está inundado de pollo barato importado de la Unión Europea. En su mayoría se trata de mollejas, patas y alas congeladas, con mucha grasa y en paquetes sin etiquetar. En 2002 Ghana importó más de 26.000 toneladas de pollo. En 2004 se alcanzaron las 40.000 toneladas. En 1992 los granjeros de Ghana copaban el 95 por ciento del mercado ghanés. Actualmente su participación es meramente testimonial, un 11 por ciento.[8]

Este fenómeno se conoce como *dumping*. Los países desarrollados colocan los excedentes de producción, altamente subvencionados, en los países en vías de desarrollo a precios tan bajos que hunden la producción nacional. Casi una tercera parte de las exportaciones avícolas europeas procede de los Países Bajos, según estadísticas publicadas por

---

[8] Revista *Mientras Tanto*, nº 31, diciembre de 2005.

el Instituto de Investigación de Economía Agrícola (LEI) de este país y Eurostat.

Lo que puede parecer sorprendente es que, como en Ghana, el número de granjas y granjeros de los Países Bajos también disminuye rápidamente. Durante el último medio siglo el número de granjas ha bajado a la cuarta parte de las trescientas quince mil que había en 1950, dando empleo al 3 por ciento de la población holandesa. La solución a este enigma estadístico es que casi todos los pollos son de empresas gigantescas que exportan a Europa y al resto del mundo.

Nutreco, que es una de las mayores empresas comercializadoras de productos agrícolas del mundo, con central en el diminuto pueblo de Boxmeer, es el mayor productor de pollos del país y tiene unas ventas globales de casi 4.000 millones de euros. Pingo, su división avícola, emplea a menos de mil personas.

El Parlamento ghanés intentó salvar la situación imponiendo un arancel adicional del 20 por ciento sobre el pollo importado. Solo dos meses después de que la ley fuera aprobada, el Servicio de Aduanas (CEPS), el cuerpo responsable de aplicar los aranceles, emitió una orden revocando la decisión. El Fondo Monetario Internacional había bloqueado la propuesta. Lo sorprendente es que el FMI dejó sumamente claro que se oponía al aumento de los aranceles porque quizá afectaría al programa de «reducción de pobreza» en Ghana. En cierto sentido es cierto: afectaría muy positivamente a la reducción de la pobreza de los granjeros locales. Alphecca Muttardy, representante del FMI en Ghana, indicó que este país solo podría aumentar los aranceles con un permiso especial. En una frase digna del mafioso Corleone, declaró: «Nosotros le señalamos al gobierno que el aumento de los aranceles no era una buena idea, ellos lo meditaron y nos pusimos de acuerdo».

Sin embargo, el aumento de los aranceles aduaneros no rompe los acuerdos de la Organización Mundial del Comercio. Según el acuerdo de Ghana con la organización, los aranceles pueden llegar hasta el 90 por ciento. El acuerdo de la OMC sobre subsidios y medidas de compensación permite a los países miembros imponer tasas más altas a los productos que hayan sido subvencionados en sus países de origen si tales subsidios causan o amenazan con causar problemas a la industria del país importador. La Unión Europea, origen de la mayoría del pollo importado, subvenciona con 43.000 millones de euros anuales a sus granjeros.

El resultado de las medidas para la «reducción de la pobreza» ha sido que la mayoría de los cuatrocientos mil miembros de la Asociación Nacional de Granjeros Avícolas de Ghana, antes prósperos, ha abandonado sus explotaciones. Y las industrias del arroz y del tomate están igualmente amenazadas. En la capital grandes carteles anuncian el arroz largo americano que, gracias a los astronómicos subsidios de las autoridades estadounidenses, ha desplazado al arroz ghanés de los puntos de venta. Según Intermon Oxfam, solo una empresa, Ricelands, de Arkansas, fue destinataria de subsidios agrícolas del gobierno federal americano que ascienden a 380 millones de euros entre 1995 y 2003.

Ghana estaba en camino de ser autosuficiente en la producción de arroz en la década de 1970, pero el programa de ajuste estructural del FMI eliminó los subsidios a los productores de arroz. Ahora Ghana solo produce 150.000 toneladas de arroz, el 35 por ciento de sus necesidades nacionales. Imposibilitados para cultivar debido a los altos costes de semillas, abonos y herramientas de labranza necesarias para competir en productividad con los agricultores de otras latitudes, los jóvenes de Ghana iniciaron un éxodo rural hacia las ciudades intentando conseguir trabajos inexistentes. Los desplazados de los sectores del arroz y la avicultura se han convertido en delincuentes, marginados, pobres y chabolistas que infestan el paisaje de la ciudad, provocando toda clase de problemas sociales. El Ministerio de Agricultura admite la gravedad de la situación, pero dice que no está a favor de aumentar los aranceles, ya que el FMI tiene al gobierno atado de pies y manos.

El exceso de confianza en el pollo importado también tiene sus riesgos. En Camerún, donde la situación es muy similar y se ha estado importando pollo congelado desde hace años, dos asociaciones, el Servicio de Ayuda a las Iniciativas Locales (SAILD) y la Asociación para la Defensa de Intereses Comunes (ACDIC), llevaron a cabo en 2004 el estudio de doscientas muestras de pollo. El 15 por ciento estaba infestado con salmonela. En un informe titulado «Dinámica de cultivo», de la ONG belga SOS Hambre, se revela que el pollo se congela y descongela varias veces en su viaje desde la UE a África. La integridad de la cadena del frío es un verdadero chiste en estos casos. Según el informe, «el pollo congelado no tiene valor en la UE ya que no hay ni demanda ni mercado para este producto. Si los comerciantes venden este producto a África, es debido al precio, que es mayor que el que ofrecen los productores de comida para perros».

Otras veces las medidas impuestas tienen efectos, lógicos, que se alejan muy mucho de cualquier cosa que pueda considerarse beneficiosa para el desarrollo. Sin salir de Ghana, el FMI insistió en que el gobierno estableciera tasas para ir a la escuela, con lo que el número de familias rurales que podían permitirse el lujo de enviar a sus hijos se redujo en dos tercios.

En la década de 1970, tras la crisis del petróleo y el colapso de los precios de los productos básicos, Zambia tuvo que acudir al FMI y al Banco Mundial en busca de créditos. Las reformas que las dos instituciones le impusieron a cambio provocaron la pérdida de decenas de miles de empleos, la destrucción de industrias clave, disturbios sociales y un aumento de la pobreza en el que una vez fue uno de los países más ricos del África subsahariana. La liberalización del comercio, la desregulación, el desmantelamiento del sector público y las privatizaciones masivas fueron la causa de la caída de Zambia del lugar 130 del

Índice de Desarrollo Humano en 1990 (un lugar ya de por sí no demasiado lucido) al 163 en 2001. El caso de Zambia, que adoptó un régimen democrático tras su independencia en 1964 y ha sido uno de los pocos países de la región que no ha estado jamás en guerra, es una de las pruebas más claras del fracaso de las políticas del FMI y el Banco Mundial.

En Zambia el FMI insistió en recortar el gasto en salud y el número de bebés que murieron al poco de nacer se duplicó. Además Zambia fue obligada por el FMI a abolir los aranceles a las importaciones de ropa, que servían para proteger a una pequeña industria local de unas 140 empresas. Inmediatamente el país se vio inundado por importaciones de ropa de segunda mano, muy barata, que arruinó en poco tiempo a 130 de esas 140 empresas. El número de empleos en el sector cayó de 34.000 a 4.000: «Solíamos suministrar a los intermediarios 3.500 toneladas de ropa por año, pero ahora solo les vendemos 500 toneladas», declaró en su día a la prensa Ramesh Patel, dueño de una empresa textil. Hace ocho años la firma tenía 250 empleados, ahora solo 25.

Lo realmente increíble es que, si las empresas textiles de Zambia hubieran querido exportar sus productos a la Unión Europea, se habrían encontrado con los mismos aranceles que se les había obligado a abolir a ellos.

En otro orden de cosas, el propio Banco Mundial no tuvo más remedio que reconocer en 2000 que la eliminación de los subsidios al cultivo de maíz y a los fertilizantes provocó «estancamiento y recesión en lugar de ayudar al sector agrícola de Zambia». Un buen baremo para medir la eficacia de las medidas es el producto interior bruto por habitante de Zambia, que cayó de 1.455 dólares en 1976 a 892 dólares en 2000. Este declive económico tiene su fiel reflejo en el terreno de lo social. Por ejemplo, la proporción de la población desnutrida, con un consumo de calorías inferior a los requerimientos mínimos de energía, aumentó del 45 por ciento en 1990 al 50 por ciento en 2001.

Cuando se pregunta al FMI por todos estos casos, la cantinela de siempre es «consecuencias inesperadas». Y si hemos de poner un ejemplo de las «consecuencias inesperadas» del FMI el mejor es, sin lugar a dudas, Perú.

Medidas de choque

El 8 de agosto de 1990 el primer ministro Juan Hurtado Miller anunció en un mensaje a la nación el «Fujishock», un paquete de medidas desafortunadamente llamado así en honor del presidente Alberto Fujimori: «Nuestros principales objetivos son recortar el déficit fiscal y eliminar las distorsiones de los precios». De un día para otro el precio de los combustibles aumentó un 2.968 por ciento (unas treinta y cuatro veces) y el precio del pan 1.150 por ciento (unas doce veces). El espíritu «liberal» de estas medidas quedó perfectamente reflejado en el hecho de que estos precios se fijaron mediante un decreto presidencial con lo que, en un auténtico alarde de originalidad, el gobierno peruano inventó el «liberalismo planificado». El objetivo del Fujishock era presuntamente aplastar la hiperinflación que se había cebado con el país. Sin embargo, esto se pretendía conseguir mediante un aumento del 446 por ciento en los precios de los alimentos en un solo mes.

Muchos países de Latinoamérica han sufrido en sus propias carnes el «tratamiento de choque», pero la envergadura de las medidas de «ingeniería económica» en Perú no tienen precedentes. Las consecuencias sociales fueron devastadoras: mientras que un trabajador agrícola en las provincias del norte de Perú recibía en agosto de 1990 unos 7,50 dólares al mes, más o menos el precio de un menú Big Mac de McDonald's, en Lima los precios eran más elevados que en Nueva York.

IMPACTO DEL TRATAMIENTO DE CHOQUE
EN LOS PRECIOS AL CONSUMIDOR
(Zona metropolitana de Lima, agosto de 1990. Precios en intis)

Producto	*Antes del 3 de agosto*	*Después del 9 de agosto*	*Aumento en porcentaje*
Queroseno (gal)	19	608	3.100
Gasolina (84 oct) (gal)	22	675	2.968
Gas propano (924 lb)	41	1.120	2.632
Pan (36 g/unidad)	2	25	1150
Frijoles (kg)	240	2.800	1.067
Papas blancas (kg)	40	300	650
Harina (kg)	220	1.500	531
Leche (1 l)	60	290	383
Espagueti (kg)	180	775	331
Aceite vegetal (1 l)	220	850	236
Arroz (grado A) (kg)	94	310	230
Leche en polvo (410 g)	100	330	230
Huevos (kg)	170	540	218
Pollo (kg)	213	600	182

El primer programa de estabilización macroeconómica de Perú se inició a mediados de la década de 1970, a raíz del golpe de Estado de 1975 contra el gobierno militar y populista del general Velasco Alvarado, como condición para la renegociación de la deuda externa de Perú. Estas reformas se negociaron directamente con los bancos acreedores, sin la participación del FMI. En 1978 se firma un convenio formal con el FMI. Estas primeras reformas económicas, adoptadas antes del lanzamiento formal del programa de ajuste estructural a principios de la década de 1980, habían sido diseñadas siguiendo las aplicadas en Chile por el general Pinochet desde 1973.

Al igual que en Ghana y otros lugares la reducción de los aranceles contribuyó también a socavar los sectores clave de la economía nacional. Este programa, apoyado por el FMI, fue implementado por el gobierno: la bonanza de bienes de consumo importados resultante de la liberalización del comercio coincidió con el descenso de las exportaciones. La combinación de estos dos factores contribuyó a exacerbar la crisis de la balanza de pagos, dando como resultado una reducción del PIB del orden del 12 por ciento en 1982 y una tasa de inflación de más del cien por cien en 1983.

Esto son solo números, pero las consecuencias reales no tardaron en hacerse sentir. Entre 1980 y 1983 los niveles de desnutrición infantil aumentaron hasta tasas desconocidas previamente. El consumo de alimentos cayó un 25 por ciento con respecto a su nivel de diez años antes. El salario mínimo disminuyó en más del 45 por ciento.

En abierta confrontación con las instituciones de Bretton Woods, el recién elegido presidente Alan García presentó el llamado Plan Económico de Emergencia en julio de 1985. Este programa iba directamente contra las prescripciones económicas del FMI y consistía en reactivar la demanda de los consumidores. Las tasas de interés fueron obligadas a descender y se congelaron los precios de servicios públicos y productos de primera necesidad. Durante su campaña electoral el presidente Alan García se había comprometido a pagar precios más elevados a los agricultores con el fin de reactivar la producción y animar la economía de las zonas rurales. Durante el primer año de funcionamiento del paquete económico, según el Banco Mundial, hubo un incremento del comercio del 75 por ciento.

Además, en cuanto asumió la presidencia, el presidente García declaró una moratoria del pago de la deuda, que no debía exceder el 10 por ciento de las ganancias por exportaciones. Inmediatamente la comunidad financiera internacional puso a Perú en la lista negra. No se volvió a conceder ningún préstamo comercial a Perú. Como consecuencia, y a pesar de la moratoria, la deuda externa peruana aumentó dramáticamente, un 9 por ciento por año durante el gobierno de García.

Así pues, el programa no pudo sostenerse más allá del corto plazo. En 1988 la reserva de divisas se desplomó a menos de 252 millones de dólares. En julio de ese mismo año el gobierno inició un nuevo plan de emergencia y en septiembre se introdujo un programa antiinflacionario más «ortodoxo». El paquete de septiembre de 1988 contenía la mayor parte de los ingredientes importantes del programa corriente del FMI, eso sí, sin la ideología neoliberal y el apoyo de los acreedores internacionales: devaluación y unificación de la tasa de cambio, promulgación de los aumentos de precios de los servicios públicos y la gasolina, recortes sustanciales en los gastos del gobierno e introducción de la recuperación de costos para la mayoría de las empresas públicas.

Finalmente, con el acceso al poder de Alberto Fujimori, llegó el Fujishock. Se dice que mientras el nuevo presidente volaba a Washington para reunirse con Michel Camdessus, director general del FMI, se encontraba pensativo y cabizbajo, hasta que finalmente le dijo a su principal asesor económico: «Si el choque económico llegase a funcionar, seguramente el pueblo peruano me perdonaría». A su regreso de Washington y Tokio, de sus reuniones con los acreedores internacionales de Perú, el presidente electo se había convertido en un inflexible defensor de la «medicina económica fuerte», algo contra lo que había predicado notoriamente durante la campaña electoral. Surgieron fuertes divisiones en el equipo de asesores económicos, así que el presidente, simplemente, cambió de asesores.

El tratamiento de choque de agosto de 1990 no solo se ajustaba como un guante a las prescripciones del FMI, sino que iba mucho más allá de lo que se esperaba normalmente de un país endeudado como condición para la renegociación de su deuda externa. Se decía que la causa de la hiperinflación de Perú era la desproporción de la demanda y que esto requería de un recorte aún mayor de salarios y gastos sociales, junto con despidos masivos de trabajadores del sector público. La propagación de la epidemia de cólera en 1991, atribuible a la pobreza y al desmantelamiento de la infraestructura de salud pública del país, fue uno de los primeros resultados del plan. El aumento del 3.000 por ciento del precio del combustible trajo consigo que buena parte de la población, incluyendo a las clases medias, ya no pudieran hervir el agua o cocinar los alimentos. La epidemia de cólera, con doscientos mil casos declarados y dos mil muertes en un periodo de seis meses, fue una consecuencia directa del salvaje ajuste económico.

El gobierno Fujimori había esperado que el «choque económico» abriera el camino para la formación de un grupo de apoyo internacional y la concesión de un paquete de rescate. Al menos esa era la teoría, porque entre los acreedores no estaba la idea de conceder nada. Perú estaba pagando fielmente sus obligaciones y la política macroeconómica era conforme a lo dictado por el FMI, pero nadie veía razón alguna por la que conceder nuevos préstamos a pesar de que funcionarios del FMI y el Banco Mundial ocupaban puestos en el Ministerio de Economía y Finanzas.

El objetivo principal del gobierno al aceptar incondicionalmente reembolsar los pagos atrasados de la deuda era que el país dejara de figurar en la lista negra del FMI. Si eso se conseguía, se esperaba que el Fondo concediera nuevos préstamos con los que saldar las deudas antiguas, aliviando la presión financiera. Ni un solo dólar de este dinero llegaría a entrar realmente en Perú.

Las medidas de austeridad del FMI fueron decisivas para la desaparición de los programas del gobierno: la reducción de los gastos de salud y educación y el desmantelamiento de la administración civil en las regiones, etc. El principal beneficiario de esta situación fue Sendero Luminoso, el poderoso grupo guerrillero local que controlaba algunas regiones de la selva y la sierra. Con las duras medidas de ajuste el Estado comenzó a perder el control del territorio nacional, no solo en las zonas de la sierra y la selva, sino cada vez más en la zona metropolitana de Lima.

Fujimori aprovechó la represión de la insurgencia de Sendero Luminoso como pretexto para el hostigamiento por parte de las fuerzas de seguridad contra la oposición civil al programa del FMI, incluyendo la tortura y el asesinato de miembros de sindicatos, líderes campesinos y estudiantiles, etc., en el marco de la conocida como guerra sucia contra Sendero Luminoso, cuya premisa era: «Ni prisioneros ni heridos».

Por otro lado, el choque económico de agosto de 1990 creó las condiciones para que el comercio de drogas continuara creciendo. Como en tantos otros lugares la producción agraria local no podía competir con los productos importados, así que los campesinos empobrecidos de la sierra emigraron a las zonas productoras de coca en el valle del Alto Huallaga. En la sierra el cultivo de coca comenzó a desarrollarse a gran escala, hasta el punto de que, a pesar de que la fama se la suelen llevar otros países, Perú es con mucho el mayor productor mundial de hoja de coca.

En aquella época tanto Perú como Bolivia eran productores directos que vendían pasta de coca a los cárteles colombianos que la procesaban como cocaína en polvo. Sin embargo, con el desmantelamiento del cártel de Medellín y el crecimiento del cártel de Cali, tanto Perú como Bolivia se hicieron más autónomos en el comercio de la droga, algo que, como explicaremos a continuación, no le venía nada mal al gobierno. Los narcodólares habían provocado la aparición de un mercado informal de divisas en las calles de Lima, el mercado

Ocoña. Desde mediados de la década de 1980 el Banco Central había venido utilizando periódicamente el mercado callejero de Ocoña para rellenar sus decrecientes reservas internacionales. En otras palabras, la capacidad de Perú para cumplir con sus obligaciones dependía del reciclado de los narcodólares en el mercado de divisas, en un volumen que llegaba a superar los 10 millones de dólares al día.

Gran parte del apoyo que Estados Unidos otorgó a Perú fue en forma de ayuda militar, bajo el paraguas formal del Programa Antidroga, aunque todo parece apuntar a que el interés de los militares estadounidenses en acabar con la narcoeconomía peruana era bastante escaso. A este respecto vale la pena mencionar que existe evidencia abundante de que la CIA utilizó el lavado de dinero de la droga para financiar sus operaciones encubiertas y apoyar a grupos paramilitares en todo el mundo. Reforzar la narcoeconomía servía también a los intereses de los acreedores internacionales de Perú, ya que contribuía a generar los ingresos en dólares requeridos para poder cumplir con sus obligaciones.

Propiedad biológica

Mientras tanto, los precios que reciben los países del Tercer Mundo por sus exportaciones tradicionales (café, cacao, arroz, azúcar y algodón) continúan disminuyendo. El valor relativo de sus exportaciones ha disminuido aún más. Por ejemplo, en 1975 un tractor costaba el equivalente a 8 toneladas de café africano, pero en 1990 el mismo tractor costaba 40 toneladas. Estos países tampoco pueden pasar a la producción de bienes más sofisticados, con mayor valor, debido a la falta de capital, la dificultad de acceso a los mercados y la insuficiente formación de los trabajadores. De hecho, muchos programas del FMI han exigido recortes en el gasto en sanidad y educación.

Las élites del Primer Mundo controlan y manipulan los mercados a pesar de su constante invocación a las bondades de los mercados libres. Así, se ha insistido en la implantación del Acuerdo sobre los Aspectos de los Derechos de Propiedad Intelectual, que permite el uso de las patentes y otros monopolios de la propiedad intelectual para cerrar a los productores del Tercer Mundo los mercados más lucrativos. Como parte de esta estrategia, Estados Unidos ha insistido en la inclusión del material genético, incluyendo semillas, células humanas y microorganismos como elementos patentables. Así, las empresas del Primer Mundo pueden extraer recursos genéticos del Cono Sur y luego patentarlos, en una estrategia llamada «biopiratería». En una maniobra particularmente perversa, RiceTec, una compañía de Texas, solicitó y obtuvo una patente sobre el arroz basmati de India.

Otro de los casos más sonados fue el de la ayahuasca, una planta medicinal cultivada desde tiempos precolombinos y considerada sagrada por muchas comunidades indígenas. Esta planta fue patentada por la International Plant Medicine Corporation de Estados Unidos, acción que fue calificada de «inmoral e ilegal» por diversas organizaciones humanitarias y ecologistas. Esta patente movilizó a diversas organizaciones indígenas de nueve países sudamericanos, que consiguieron su cancelación por parte de la Oficina de Marcas y Patentes de Estados Unidos.[9]

Investigadores de la Universidad de Colorado patentaron una variedad de la quinoa, cereal rico en proteínas y parte esencial de la dieta de millones de personas en la región andina; la empresa francesa Dupont patentó una variedad de maíz con un alto contenido en aceite que ya era tradicional en México; un importador de madera

---

[9] «Las patentes biológicas, expolio de las comunidades indígenas», *Gara*, 22 de enero de 2007.

americano patentó algunos usos del árbol nim, empleado desde hace milenios como planta medicinal en India. Al igual que ocurrió con la ayahuasca, estas patentes también han sido revocadas después de muchos años de perseverancia en los tribunales.

Miguel Ángel Soto, responsable de la campaña de bosques de Greenpeace, aporta casos más recientes: «En el mercado suelen aparecer de forma frecuente productos procedentes en su mayoría de países tropicales, donde existen culturas indígenas no transformadas que acumulan muchos conocimientos sobre plantas con principios activos». Comenta que en Ecuador existe una rana cuya piel segrega una sustancia venenosa que es utilizada para la caza con cerbatanas. Se trata de un potente analgésico que ahora se vende, patentado bajo el nombre de Epibatidine. Otro ejemplo: los indígenas de Tanzania y Sudáfrica utilizan un cactus denominado hoodia para soportar el hambre y la sed en época de escasez, porque es un buen reconstituyente. Como inhibe el apetito, fue luego patentado para combatir la obesidad.

Expolios biológicos aparte, la deuda mantiene a los países del Tercer Mundo bajo control. Dependientes como se han vuelto de la ayuda, los préstamos y la deuda, se han visto obligados a reestructurar sus economías y reescribir sus leyes para cumplir con las condiciones establecidas por el FMI y el Banco Mundial en sus programas de ajuste estructural. Caso muy diferente es el de Estados Unidos, que controla la moneda de reserva del mundo, por lo que no puede vivir fuera de su alcance por mucho tiempo sin crisis financiera. Como señala Doug Henwood, autor de *Después de la nueva economía*, «Estados Unidos sería ahora mismo un candidato ideal para un ajuste estructural si estuviéramos hablando de un país normal. Estamos viviendo más allá de nuestras posibilidades, tenemos una deuda externa masiva y en constante crecimiento, un déficit gigantesco y un gobierno que no muestra ningún interés en hacer nada al respecto... Si este fuera un país normal, Estados Unidos tendría al FMI llamando a la puerta, ordenándonos que mantuviéramos las cuentas dentro del balance, consumir menos, invertir más y ahorrar más. Pero dado que Estados Unidos es Estados Unidos, no es nada probable que tal cosa suceda. Si esas recetas no son buenas para nosotros, entonces ¿por qué son tan buenas para todos los demás?».

Todos los demás, incluida la hasta el momento intocable Europa. Los senderos por los que discurren las decisiones políticas de gran calado son sinuosos y no siempre evidentes para los espectadores externos, en especial si se sustrae a la opinión pública una parte esencial de la información. Muchas veces se trata de complicadas jugadas de billar en las que lo que se pretende es que el efecto deseado se haya desencadenado indirectamente por las acciones cometidas.

En el terreno económico y comercial, Europa comienza a presentarse como un formidable enemigo para los Estados Unidos. La ampliación de la Unión Europea hace que la situación de amenaza sea aún mayor, si cabe, para la economía estadounidense. Ya han sido varios los frentes en los que se han declarado abiertamente las hostilidades. Uno de los más virulentos ha sido el de la industria aeronáutica. Los multimillonarios contratos de este sector y su importancia estratégica lo convierten en una pieza clave para la economía estadounidense. Tanto es así que incluso los servicios de inteligencia estadounidenses han ayudado a las empresas de este país a la hora de conseguir determinados contratos, como ya denunciara en su momento el Parlamento europeo.

Disputa en los cielos

En 1997, tras seis meses de cerrada oposición, la Unión Europea finalmente autorizó a Boeing-McDonnell Douglas a operar en su territorio. Nunca hasta entonces las tensiones comerciales entre ambas potencias habían alcanzado un grado tal de hostilidad y solo un trabajoso acuerdo de último minuto pudo evitar la declaración de una guerra comercial abierta entre ambas potencias. El entonces presidente Clinton había amenazado con «un amplio rango de represalias comerciales» si los europeos se oponían a la fusión; la Unión Europea, por su parte, no se sintió intimidada y anunció que respondería atacando intereses norteamericanos en el Viejo Continente.

No era para menos. La fusión de Boeing y McDonnell Douglas marcó el nacimiento de un monopolio de dimensiones mundiales, proveedor exclusivo del 78 por ciento de las compañías mundiales de aviación. Baste decir que su competidor directo, el consorcio europeo Airbus, provee en exclusividad a tan solo el 4 por ciento. Además Boeing-McDonnell es responsable del mantenimiento del 84 por ciento de los aviones actualmente en vuelo, lo que le otorga una ventaja formidable para la renovación de las flotas.

La fusión de Boeing con McDonnell Douglas —especializada en la construcción de aviones militares, vehículos espaciales y satélites— abre a esta empresa las puertas a la investigación y desarrollo del Pentágono y la NASA, un bocado en absoluto despreciable que hará crecer aún más a este gigante. No nos extraña, pues, saber que la fusión de estas dos empresas fue directamente impulsada por el Pentágono y la Casa Blanca, como parte de su política de «consolidación industrial» o, dicho menos eufemísticamente, de monopolización industrial. Las fusiones impulsadas por el gobierno norteamericano en la industria de la defensa y la integración de la aeronáutica civil y militar tienen el objetivo de monopolizar estos decisivos mercados mundiales; son maniobras diseñadas para dificultar las cosas a Airbus y, de paso, echar a la cuneta a la industria europea de defensa.

Frente a este titán la posición europea es más bien precaria. Airbus —integrada por DASA (alemana), Aerospatiale (francesa), British Aerospace (británica) y Casa (española)— no es una empresa, sino una confederación de socios que actúan por consenso, una situación que se ha agravado últimamente teniendo en cuenta las diferencias de criterio que en lo tocante a Estados Unidos mantienen España, Francia y Alemania dependiendo del color de los gobiernos de turno.

Más triste todavía es la situación de conjunto en la industria europea de defensa, fragmentada en innumerables empresas nacionales de escaso calado que poco o nada pueden hacer para competir con los gigantes norteamericanos. A pesar de ello, la solución a este problema no se ve cercana, ya que pocos gobiernos europeos están dispuestos a ver desaparecer sus fábricas nacionales de armas en favor de un grupo paneuropeo.

La industria aeronáutica europea tiene ante sí un negro panorama, condenada a desaparecer o a convertirse en subsidiaria de la norteamericana, algo que ya está sucediendo en el caso de algunas grandes empresas, como la francesa Snecma y la británica Rolls-Royce, que actualmente fabrican más motores para la Boeing que para Airbus. La capitulación ante Boeing y el gobierno norteamericano no es una simple escaramuza: es una gran batalla ganada para los estadounidenses y un paso más del retroceso europeo en grandes ramas de la producción.

La alimentación es otro de los campos de batalla en los que se dirime la guerra comercial entre Estados Unidos y la Unión Europea. En 1999 Washington amenazaba con la imposición de sanciones a varios productos alimenticios europeos. El propósito del gobierno estadounidense era poner fin a la prohibición impuesta por la Unión Europea diez años antes respecto a la importación de ganado estadounidense que hubiera recibido tratamientos hormonales.

El entonces representante comercial estadounidense para agricultura, Peter Scher, publicó una lista de cien productos europeos exportados a Estados Unidos que iban a sufrir un cien por cien de impuestos: la carne vacuna y de aves, verduras, motocicletas y goma de mascar... Dicha medida fue anunciada como represalia por el rechazo de Europa a comprar ganado vacuno estadounidense engordado con hormonas. Los países de la Unión Europea argumentan que dicha carne podría constituir un peligro para la salud humana, pero Washington insiste en que la prohibición es injusta y arbitraria. No les falta razón. ¿Por qué iban a ser ellos los únicos en padecer el problema endémico de obesidad que sufre su población, posiblemente a consecuencia de la ingesta de esta carne? En agosto de 1997 la Organización Mundial del Comercio sucumbió a las presiones estadounidenses y decidió que la prohibición europea era ilegal, dando un plazo de quince meses para que Bruselas realizase estudios científicos que justificasen su teoría.

Otro episodio de esta guerra comercial ha venido marcado por la decisión norteamericana de limitar la importación de acero mediante aranceles. La industria europea del acero es la principal víctima de esta medida que el presidente norteamericano George Bush calificó de temporal con el propósito de dar tiempo a la industria del acero de su país para adquirir «competitividad». Esperemos que no se refiera al mismo tipo de competitividad que disfrutan sus sectores armamentista y aeroespacial. Europa es de esta forma castigada por haber saneado sus acerías a duras penas y a costa de una reconversión industrial que ha dejado cicatrices aún visibles en muchos países. Europa tuvo que pagar como precio miles de puestos de trabajo, pero alcanzó el objetivo. La industria del acero en Europa funciona de forma eficaz y moderna, siendo por consiguiente más competitiva que la norteamericana. Estados Unidos ha pospuesto el saneamiento de ese sector y ahora opta por el proteccionismo en perjuicio de la situación europea.

La Comisión Europea opina que la actitud norteamericana no solo viola los reglamentos de la Organización Mundial del Comercio, sino que supone un acto de cinismo de la peor especie, ya que llama la atención ver cómo el adalid del libre comercio mundial impone medidas arancelarias para proteger su mercado.

Cleptocracia consentida

La corrupción sirve como mecanismo a la vez de lucro y de control, desviando la atención de los resortes reales de poder. Líderes corruptos del Tercer Mundo, como Mobutu Sese Seko de Zaire, que robó al menos la mitad del dinero de la ayuda recibida por el país, se encuentran lógicamente muy a gusto soportando una deuda adicional innecesaria que deberán pagar los ciudadanos.

Mobutu Sese Seko fue uno de los líderes más corruptos de la historia, hasta el punto de que su gobierno dio lugar a la palabra «cleptocracia» y *The Wall Street Journal* le bautizó como «el déspota subsidiado». Su fortuna personal estaba estimada en más de 10.000 millones de dólares, a lo que se suman sus incontables propiedades inmobiliarias en todo el planeta. Tenía por costumbre recompensar la lealtad de sus lugartenientes con regalos extraordinarios como coches deportivos o casas. También era muy tolerante a la hora de extender su política de saqueo del país no solo a él y su familia, sino también a sus amigos, a los que permitía malversar fondos públicos a su antojo, hasta el punto de nacionalizar varias empresas privadas para entregárselas en concesión.

En 1978 el FMI colocó a Edwin Blumenthal como director del Banco Central de Zaire como condición para que el país volviera a recibir ayuda económica. Blumenthal dimitió dos años después en un estado lamentable de estrés emocional, harto de extorsiones, presiones, amenazas e intimidaciones por parte del ejército y la aristocracia zaireñas al intentar, iluso él, impedir las enormes y continuas irregularidades de las que era testigo a diario. Llegó a declarar que la «corrupción sórdida y perniciosa» era tan grave que «no hay posibilidad, repito, ninguna posibilidad de que los numerosos acreedores de Zaire recuperen alguna vez sus préstamos». Sin embargo, el FMI continuó prestando a manos llenas a Zaire. De hecho, el FMI y el Banco Mundial parecían sumamente contentos de seguir prestando a Zaire, a pesar de que sus propios investigadores les advirtieran repetidamente de que el dinero estaba siendo robado. El apoyo a las políticas de Mobutu por parte de Washington durante la Guerra Fría podría haber tenido algo que ver con este entusiasmo, pero, básicamente, se trataba de hacerse con el control del país a través de la deuda, dando igual en qué fuera empleado el dinero.

Otro buen ejemplo de esto es Filipinas. Cuando en 1966 Ferdinand Marcos asumió el poder en Filipinas, la deuda externa del país no llegaba a los 1.000 millones de dólares. Veinte años de latrocinio y rapiña por parte de la familia Marcos elevó esta relativamente modesta cifra a unos abultados 27.000 millones. Un tercio del incremento del saldo deudor fue a parar directamente a los bolsillos del dictador y de su esposa Imelda Romuáldez, que, aparte de ser la orgullosa propietaria de la mayor colección de zapatos de señora del planeta, también se dedicó a llevar a cabo inversiones mucho más convencionales (doscientas setenta sociedades, fincas, edificios en Nueva York, obras de arte, etc.), sin olvidarse de algunas abultadas cuentas personales en Suiza.

Afortunadamente la paciencia de los pueblos suele tener un límite y, aunque a veces hagan la vista gorda con los que roban su dinero, se suelen indignar bastante más con quienes roban su libertad. Un amplio fraude en las elecciones presidenciales de 1986 —en las que Marcos proclamó haber derrotado a Corazón Aquino— fue la espoleta que hizo estallar una revolución que terminó con los Marcos exiliados del país. Ferdinand Marcos falleció el 28 de septiembre de 1989 en Honolulu, donde pasó sus últimos años defendiendo en los tribunales, con uñas y dientes, los miles de millones que había sacado del país y que ahora le reclamaba el nuevo gobierno filipino. Su viuda, que regresó a Filipinas en noviembre de 1991 para presentarse como candidata en las elecciones presidenciales, tuvo igualmente que vérselas con la justicia, aunque resultó absuelta. Hasta el momento Manila no ha podido recuperar nada más que las propiedades filipinas del dictador.

Y como no hay dos sin tres, citaremos también el caso de Haití. La dictadura familiar de los Duvalier gobernó el país durante tres largas décadas en el decurso de las cuales la represión fue brutal como pocas veces antes se había visto. François Duvalier se autoproclamó presidente de por vida en 1957, en el marco de la Guerra Fría, con el apoyo del gobierno estadounidense. En 1971 fue reemplazado por su hijo Jean-Claude, quien conservó el mandato hasta su derrocamiento en 1986. La deuda externa en el considerado por muchos el país más pobre del planeta es en la actualidad de 1.200 millones de dólares y fue en gran parte contraída por la dictadura, en especial al comienzo de la década de 1980 en el marco de las políticas neoliberales impuestas por el Banco Mundial y el FMI.

Este es un secreto a voces. Se sabe que al menos la mitad de los fondos obtenidos por los mayores deudores son sustraídos de una u otra forma durante el mismo año en que llegan los préstamos. El autor John Christensen, en su libro *Dinero sucio: dentro del mundo secreto de la banca extraterritorial*, describe cómo las cuentas secretas en paraísos fiscales como Jersey y las Islas Caimán son ampliamente utilizadas por las élites del Tercer Mundo para ocultar el dinero que han robado, malversado u obtenido de actividades ilegales como sobornos o tráfico de drogas.

Estos bancos también permiten a las empresas del Primer Mundo ocultar sus ganancias al fisco, dejando que los ciudadanos se encarguen de la engorrosa tarea de pagar las cuentas del país. ¿Por qué existen entonces estos bancos? Porque también los gobiernos los utilizan para sus operaciones inconfesables. El Banco de Crédito y Comercio Internacional (BCCI), constituido bajo las leyes de Luxemburgo y protagonista de un sonado escándalo, es uno de los ejemplos más gráficos a este respecto.

El brazo armado del dinero

Allá por la década de 1980 el BCCI defraudó a sus clientes por un monto de 13.000 millones de dólares en lo que el abogado de Manhattan, Robert Morgenthay, denominó en su día el «mayor fraude bancario en la historia financiera mundial». Eran otros tiempos, más inocentes, y que un banco estafara 13.000 millones a sus clientes parecía una gran cosa. ¡Qué lejos estábamos de las hipotecas *subprime*! La posterior investigación sacó a la luz que el BCCI también actuó como el principal conducto para lavar dinero de las actividades clandestinas de la CIA, un dinero que se destinaba para fines que iban desde apoyar a los muyahidines afganos hasta la financiación de los intermediarios en el asunto Irán-Contra.

Los programas de privatización impulsados por el FMI ofrecen excelentes oportunidades para tales manejos. Según Joseph Stiglitz, execonomista jefe del Banco Mundial, se convenció en su día a varios líderes nacionales para que privatizasen el suministro de agua y las compañías de electricidad de sus países a cambio de comisiones pagadas en cuentas bancarias en Suiza: «Cuando se dieron cuenta de la magnitud de la oportunidad que tenían enfrente, las objeciones a la venta de industrias estatales se quedaron en nada».

Pero ¿qué sucede con los líderes que quieren mantener una política populista, aquellos cuyas agendas incluyen el control de los recursos, aquellos que no sucumben a la corrupción o al atractivo de los lujos del Primer Mundo? Pues no sucede nada: el plan tiene que cumplirse, tanto si quieren como si no. Y los organismos internacionales disponen de recursos para hacer que así sea.

La subversión del proceso político es una manera de controlar un país díscolo. El gobierno estadounidense y otros poderes establecen relaciones con políticos, militares, hombres de negocios, medios de comunicación, académicos y sindicatos, a los que se financia y acerca a las propias posturas, de forma que, si el país no coopera, pueden comenzar a producirse tensiones crecientes. Los medios de comunicación se ocupan de azuzar el estado de alarma entre la población. Si el gobierno recibe el mensaje y agacha la cabeza, sale el sol de nuevo: el dinero empieza a circular y las diversas fuerzas sociales comienzan a cooperar en amor y concordia. Venezuela ofrece un caso de estudio interesante a este respecto. Fracasado el golpe de Estado, la oposición —con el respaldo del Departamento de Estado y del National Endowment for Democracy (NED) o Fondo Nacional para la Democracia— diseñó un nuevo plan, de dos fases, para derrocar al presidente Chávez, esta vez por la vía electoral:

- En una primera fase presionaron para que se adelantaran las elecciones, a sabiendas de que violaban la Constitución. También fracasaron.
- A continuación, pretendieron que se realizara un referéndum revocatorio presidencial.

El National Endowment for Democracy fue creado en noviembre de 1983 mediante la Ley Pública 98-164 del Congreso de los Estados Unidos con la finalidad de «promover la democracia en el mundo». La ley prevé que sus programas sean financiados por el Congreso de los Estados Unidos. No obstante, desde sus inicios el NED comenzó a desnaturalizar sus propósitos. A raíz del escándalo originado en 1984, cuando utilizó parte de su dinero para financiar la campaña electoral del candidato a la presidencia de Panamá, Nicolás Ardito Barletta, el Congreso aprobó el 16 de agosto de 1985 una enmienda a esta ley, en la cual se estableció que «ningún fondo podrá ser utilizado, ni por el NED ni por ninguno de sus beneficiarios, para financiar las campañas de candidatos a cargos públicos».

En Venezuela, a su vez, está prohibida la financiación de procedencia foránea en organizaciones que participen en el debate político. En consecuencia, las organizaciones de la sociedad civil que reciban dinero extranjero para realizar actividades políticas en Venezuela actúan al margen de la ley. Sin embargo, el NED está apoyando a partidos políticos de la oposición en Venezuela: Primero Justicia, Acción Democrática, COPEI, Movimiento al Socialismo (MAS) y Proyecto Venezuela.

En 2002 el NED aportó más de un millón de dólares a varios empresarios, medios de comunicación y grupos de trabajo para que llevaran a cabo una ruidosa campaña contra Hugo Chávez en los meses que precedieron el fracasado golpe de 2002 contra el presidente venezolano.

Mercenarios

Las fuerzas militares privadas (mercenarios, para hablar claro) o paramilitares son a menudo útiles. Un buen ejemplo es el caso del petróleo de Nigeria, sobre el que tanto China como el mundo occidental han posado sus codiciosos ojos. En 1995 el poeta y líder del movimiento pacífico ogoni, Ken Saro-Wiwa, que llevaba más de cinco años manifestándose contra los abusos de Shell en el país —con la complicidad del gobierno—, fue ahorcado junto a otros ocho activistas a resultas de un juicio que ha sido calificado como una farsa por organizaciones de derechos humanos de todo el mundo.

En el sistema judicial norteamericano existen leyes que permiten perseguir y juzgar crímenes ocurridos fuera del territorio de los Estados Unidos y que habilitan a las víctimas de tortura y asesinatos extrajudiciales en el extranjero para llevar a juicio a sus presuntos verdugos. Las pruebas contra Shell, reunidas por familiares de las víctimas y ONG, resultaron tan contundentes que el tribunal norteamericano a cargo del caso las admitió a trámite sin ningún tipo de discusión.

Shell, la segunda compañía petrolera del mundo, lleva tiempo teniendo más peso en el país que el propio gobierno de Nigeria, tanto en tiempos de democracia como durante la dictadura. La empresa opera en el país desde 1958, cuando se descubrió que Nigeria, que aún era colonia británica, albergaba las mayores reservas de crudo del continente africano. El Movimiento Ogoni fue creado en 1990 por Saro-Wiwa para impedir que continuaran las actividades petroleras que ocasionaban graves perjuicios medioambientales, como contaminación de ríos por vertidos de residuos, muerte de peces, privación del acceso al agua potable a la población local y una lluvia tóxica que arruina las cosechas. Según un informe de la organización Human Rights Watch, entre 1976 y 1996 se han producido 4.835 vertidos de petróleo en la región del delta del caudaloso río Níger, vertidos equivalentes a 12 toneladas diarias de metano altamente contaminante.

Los activistas ogoni fueron apresados y condenados a muerte durante la dictadura de Sani Abacha, periodo político que se vio interrumpido abruptamente cuando un paro cardíaco, causado por ingerir altas dosis de Viagra, se llevó por delante la vida del rijoso dictador. Cuando se conoció en occidente la noticia de la muerte del líder ogoni, la imagen de Shell sufrió un varapalo importante ante la opinión pública mundial, aunque los directivos afirman no solo que ellos no tuvieron nada que ver con el asunto, sino que intercedieron ante el gobierno de Abacha para que tuviera clemencia. Esto es discutible, o al menos poco probable, ya que es sabido que los sucesivos gobiernos nigerianos respetan muy mucho las opiniones de Shell y protegen las instalaciones de la compañía para evitar sabotajes por parte de los ambientalistas y los robos de los vendedores de petróleo que operan en el mercado negro. Para ello Shell suele correr con los gastos de equipamiento de buena parte del ejército nigeriano.

Tras la ejecución de Saro-Wiwa otras comunidades crearon sus propias guerrillas para combatir al ejército y a Shell. La más importante fue el Movimiento por la Emancipación del Delta del Níger, formado por miembros de la etnia ijaw. Si bien es cierto que hubo varios atentados contra las instalaciones de Shell, hay que diferenciar estos sabotajes de los robos de petróleo con fines comerciales, algo de lo que también se ha acusado a los guerrilleros. Diversos analistas señalan como culpables de estos hechos a mercenarios financiados por la empresa petrolera francesa ELF, que quedó excluida de las concesiones petrolíferas del país al morir el dictador Abacha.

Además no deja de ser extraño que tras la llegada de empresas petroleras chinas a Nigeria en 2006 los ataques de los ijaw descendieran considerablemente, lo que ha servido para levantar la sospecha de que Pekín también podría haber financiado a esta guerrilla para debilitar la posición de Shell en la región y consumar la entrada del capital chino en el octavo país exportador de petróleo del mundo.

Si el juicio contra Shell prospera, podrían abrirse otros casos contra las empresas petroleras. Chevron podría verse obligada a pagar 27.000 millones de dólares por contaminar la selva ecuatoriana. Exxon Mobil ha sido acusada por nativos de Indonesia que sufrieron graves abusos por parte de los militares que protegen una planta de gas de la compañía en ese país.

Capítulo 6

EL CONSENSO DE WASHINGTON

Tras todo lo que está ocurriendo en la actualidad se encuentra el fracaso de un concepto que ha marcado la vida económica de las últimas dos décadas: el Consenso de Washington. Se trata de una serie de políticas económicas concebidas durante la década de 1990 por el FMI, el Banco Mundial y otras instituciones económicas con sede en la capital norteamericana (de ahí su nombre). Esta doctrina fue aceptada como la más idónea para que los países en desarrollo pudieran impulsar su crecimiento. A lo largo de la década estos fundamentos económicos e ideológicos adquirieron la forma y la fuerza de una verdadera doctrina, convirtiéndose en un programa general.

Todo surgió de la resaca de entusiasmo capitalista subsiguiente a la caída del Muro de Berlín. Lo cierto es que desde hacía años el socialismo real como sistema económico iba siendo progresivamente cuestionado o abandonado en muchas partes del mundo, pero aquel acontecimiento histórico, que fue percibido como la victoria definitiva del modelo capitalista, resultó determinante para que en ciertos círculos económicos se intentara formular un listado de medidas de política económica que constituyera un paradigma único para la triunfadora economía capitalista, dotando al capitalismo liberal, que como su nombre indica se había desarrollado de una forma libre, espontánea y autorregulada, de algo parecido a un corpus doctrinal. La utilidad de una doctrina establecida consistía sobre todo en servir de orientación y guía a los gobiernos de países en desarrollo y a los organismos internacionales (sobre todo a nuestros amigos del Fondo Monetario Internacional y el Banco Mundial) para que pudieran valorar los avances en materia de ortodoxia económica. Era el temario de examen al que los organismos someterían a los países solicitantes de ayuda. En definitiva, una forma de unificar criterios y que nadie se pudiera llamar a engaño en cuanto a la pertinencia o la ortodoxia de las medidas que se les solicitaban.

El Consenso de Washington no fue algo espontáneo, sino que tuvo un padre reconocido. Fue formulado originalmente por John Williamson en un documento de Word en noviembre de 1989 («What Washington Means by Policy Reform», que puede traducirse como «Lo que Washington quiere decir con política de reformas» o «Lo que en Washington se entiende como política de reformas»). Fue elaborado también en un documento de Excel para una conferencia organizada por el Institute for International Economics, al que pertenece John Williamson.[10]

Hasta entonces se aplicaba para el desarrollo de las naciones un modelo que estuvo vigente aproximadamente entre los años 1933 y 1980, conocido como «industrialización mediante la sustitución de importaciones». Su agotamiento, puesto de manifiesto por el fracaso de la experiencia comunista, sirvió como punto de partida para establecer las bases destinadas a emprender una serie de reformas estructurales que se consideraban necesarias y que permitirían cambiar el rumbo económico de los países en desarrollo, en especial en América

---

[10] Consenso de Washington, *http://es.wikipedia.org/wiki/Consenso_de_Washington.*

Latina. Al tiempo que se delineaba este giro económico, algo histórico sucedió en la región entre 1982 y 1990: una quincena de países logró realizar la transición política desde la dictadura a la democracia adoptando todos el sistema de economía de mercado como modelo.

Es pues este el contexto histórico en el que se unen dos factores clave para la elaboración y difusión del programa: la necesidad y la oportunidad. Así las cosas, el propio Williamson cuenta que en su histórico borrador incluyó «una lista de diez políticas que personalmente pensaba eran más o menos aceptadas por todo el mundo en Washington». Originalmente ese paquete de medidas económicas estaba pensado para su aplicación tan solo en los países de América Latina, pero con los años alguien cayó en la cuenta de que las condiciones de este continente tampoco eran tan especiales y que, en el fondo, las mismas medidas podían servir de plantilla para todo el planeta, por lo que se convirtió en un programa general. Las medidas propuestas por Williamson eran:

1. Disciplina fiscal.
2. Reordenamiento de las prioridades del gasto público.
3. Reforma impositiva.
4. Liberalización de los tipos de interés.
5. Un tipo de cambio competitivo.
6. Liberalización del comercio internacional.
7. Liberalización de la entrada de inversiones extranjeras directas.
8. Privatización.
9. Desregulación.
10. Protección de la propiedad privada.

Le suena, ¿verdad? Por supuesto: son las mismas medidas que se proponen en la actualidad para combatir la crisis y, además, son los mismos conceptos que nos han llevado a esta situación.

El papel de las recetas del Consenso, y muy especialmente la desregulación, en el tsunami económico de 2008 es un hecho admitido por todos, salvo quizá por los más contumaces defensores del neoliberalismo, que en los últimos tiempos oscilan entre la decepción y el desconcierto sin saber demasiado bien qué carta quedarse. Así que la imparable hemorragia financiera que a día de hoy está secando las menguadas energías de las bolsas mundiales pese a las contundentes y costosas inyecciones de liquidez que se practican desde gobiernos e instituciones se ha cobrado como una de sus víctimas más notables al propio Consenso de Washington. La tangana que en su momento escenificaron desde sus tribunas de opinión el mismísimo John Williamson y Dani Rodrik (al que el creador del sistema llama su «hijo ilegítimo», al menos a nivel de teoría económica) supuso para los atónitos espectadores que siguieron la disputa desde las páginas salmón de los diarios la prueba más palpable del resquebrajamiento de este decálogo.

Ahora el Consenso de Washington es cualquier cosa menos consensuado. Quien más y quien menos dentro del complejo político-económico-intelectual que tiene sede en Washington (organismos financieros internacionales, el Congreso de los Estados Unidos, la Reserva Federal, los altos cargos de la administración, y los *think-tanks* económicos) ha reculado de su anterior apoyo incondicional a la doctrina. Hay que recordar en su honor que el propio Williamson subrayó que debería aplicarse con criterio, pero la gente tiende a simplificar, en especial cuando les ponen en la mano una presunta varita mágica. Así que la lista pronto se convirtió en lo que más o menos pensaban los economistas que era necesario para el progreso de todos los países en vías de desarrollo. La primera llamada de atención sobre la falta de validez del método fue que, en contra de lo previsto, los ciclos de auge y recesión no terminaron.

Reducción del déficit, reducción del bienestar

El Consenso de Washington ha sido visto desde el principio como el enésimo intento de la clase política y económica para socavar el poder basado en el pueblo y sustituirlo por una estructura de poder alternativa al sufragio universal, la célebre dictadura de los mercados. Esto es lo que se oculta detrás de lo que se ha dado en llamar «globalización» o lo que subyace en el fondo de la gran mayoría de los actuales tratados de comercio. Los más suspicaces ven incluso los principios del Consenso contaminando muchos artículos del tratado para crear una constitución en la UE.

Toda objeción fue tachada de paranoia de radicales e izquierdistas trasnochados hasta que comenzó a ser evidente que el Consenso no logró los resultados esperados. La parte favorable a la teoría es que se llegó a demostrar que el crecimiento, efectivamente, está ligado al comercio, pero se deben dar incentivos para dicho comercio; es más, la liberalización del comercio a veces deteriora esos incentivos. Mientras fue posible, se logró el crecimiento a través del comercio con incentivos como la reducción de los derechos a las exportaciones, un tipo de cambio más competitivo, la industrialización sustitutiva de importaciones, las mejoras de la infraestructura para el comercio exterior y la creación de zonas francas.

En los últimos años han proliferado propuestas para matizar o superar el Consenso. Las más audaces han llegado a proponer un Posconsenso de Washington que podría desembocar en un necesario cambio de paradigma en lo relativo a cuestiones de desarrollo económico.

Uno de los principales problemas detectados en la aplicación de estas recetas es que en la mayor parte de los casos las estrategias se centraron más en la eficiencia del sistema de intercambio comercial que en ampliar la productividad y por ende el crecimiento, por lo que estas reformas no servían para inducir el crecimiento. Es más, en muchas ocasiones el efecto era justo el contrario del pretendido, con industrias locales que se venían abajo, impotentes para competir frente al producto importado libre de aranceles. Así que lo único que mejoraba eran las cuentas de resultados de las multinacionales extranjeras y las cifras de desempleo de los países en los que se aplicaban las recetas.

La cosa comenzaba a ser desastrosa desde el primero de los conceptos del decálogo, la disciplina fiscal: no más déficit fiscal, presupuestos equilibrados. La disciplina presupuestaria es un elemento esencial en los programas negociados por el Fondo Monetario Internacional con los miembros que desean obtener sus préstamos. Y para que no se dijera que los estadounidenses no tomaban la misma medicina que recetaban al resto del planeta, el concepto también obtuvo un notable eco en Washington, lo que condujo a la institucionalización de los presupuestos equilibrados mediante la aprobación de la Ley Gramm-Rudman-Hollings en 1993, la misma contra la que ha tenido que bregar recientemente el presidente Obama frente a su Parlamento.

La teoría era, al menos sobre el papel y hablando solo de números, perfectamente admisible. Grandes y sostenidos déficits fiscales constituyen la fuente primaria de los trastornos macroeconómicos que se manifiestan como procesos inflacionarios: déficit de balanza de pagos y fuga de capitales. Un déficit presupuestario que sobrepase el 2 por ciento del PIB se considera prueba fehaciente de que las políticas económicas del gobierno están fallando estrepitosamente, a menos que este exceso de gasto público se haya utilizado en inversiones de infraestructura productiva, que siempre terminarán dando réditos a medio o largo plazo y equilibrarán el dispendio anterior. El problema es que todo esto está muy bien en el campo teórico, pero cuando hablamos de gobiernos reales que tienen que administrar las vidas de ciudadanos reales, la teoría hace aguas por todos lados. Para empezar, el equilibrio fiscal es una entelequia que casi nunca ha sido alcanzada (ni aun en los países desarrollados y mucho menos en Estados Unidos). Si se quiere tender a ello, el único camino es la disminución del gasto público, fundamentalmente en los sectores sociales. Y aquí sí que no hay recetas mágicas. Menos gasto público solo puede significar un deterioro de los servicios públicos y del Estado del Bienestar, en especial en los sistemas de salud, educación, seguridad social, etc. Otra cosa muy distinta es intentar reducir el déficit adelgazando el gobierno, esto es, persiguiendo con mano dura el derroche de los gobernantes, eliminando cargos inútiles, etc.

Por otra parte, la contención en el gasto público puede ser muy útil en un escenario de crecimiento sostenido —escenarios en los que, curiosamente, le da por gastar más a los gobiernos—, pero cuando se trata de aplicar en situaciones de crisis puede no servir para otra cosa que para aumentar el sufrimiento de una población ya de por sí castigada, impidiendo acumular capital y aumentar la productividad.

Por lo que se refiere al diagnóstico de las crisis económicas, las causas que los pensadores y economistas neoliberales encontraron fueron esencialmente dos, ambas, por cierto, inaplicables en la situación global actual. La primera, el excesivo crecimiento del Estado, del proteccionismo, de la regulación y del peso de las empresas públicas, numerosas e ineficientes. La segunda, el llamado populismo económico, consistente en la incapacidad de los gobiernos para controlar tanto el déficit público como las demandas de aumentos salariales del sector público y privado. Traducido al lenguaje del común de los mortales, la gente trabaja poco, gana mucho y vive muy bien, protegida por sus indemnizaciones por despido, su seguro de desempleo y su sanidad pública. Y eso, al parecer, es malo. Todo eso estaba muy bien hasta que llegó en 2008 una crisis planetaria que algunos ya califican de sistémica y cuyo origen no puede estar más alejado de estos dos focos.

Ciertamente puedo entender el escepticismo de algunos ante estas críticas por mi parte, que a fin de cuentas, y como ya he confesado en la introducción del libro, soy un «analfabeto económico». Afortunadamente no estoy solo. Me acompañan personalidades tan relevantes como Joseph Stiglitz, Premio Nobel de Economía 2001 y exvicepresidente del Banco Mundial, Noam Chomsky o Naomi Klein, que ven en el Consenso de Washington un medio para abrir el mercado laboral de las economías del mundo subdesarrollado a la explotación por parte de compañías del Primer Mundo.

«No tenemos la culpa»

Pero aún hay más en cuanto a los intereses en imponer este modelo a escala mundial, que podrían ser no solo económicos, sino también geoestratégicos. En su documento de estrategia de Seguridad Nacional, presentado en septiembre de 2002, la Casa Blanca no solamente consolidaba el concepto de supremacía militar por medio de la guerra preventiva para mantener su papel en el mundo y afrontar posibles amenazas, sino que hacía referencia expresa al Consenso de Washington, algo que llama la atención en un entorno esencialmente militar: «Trabajaremos activamente para llevar la esperanza de la democracia, el desarrollo, el libre mercado y el libre comercio a cada rincón del planeta». Hay que entender, aunque a algunos nos resulte ciertamente cuesta arriba, que en el sistema intelectual neoliberal la «única libertad real es la libertad comercial». Lo notable es que el evangelio de marras es, ante todo, una cuestión de fe, ya que lo que nos demuestra la experiencia empírica en todos los lugares donde se han aplicado estas medidas es que la población ni es más libre ni vive mejor, más bien al contrario.

Los países del Primer Mundo imponen las políticas del Consenso de Washington sobre los países con economías débiles mediante el Banco Mundial y el Fondo Monetario Internacional, además de recurrir sin el menor atisbo de pudor a todas las formas imaginables de presión política y extorsión que, de ser practicadas por particulares, entrarían de lleno en el Código Penal. El Consenso de Washington no ha producido ninguna expansión económica significativa salvo la de la deuda externa, que mantiene a decenas de países anclados al subdesarrollo.

Hay una verdad incómoda que nadie se atreve a formular. Para los países desarrollados, y en especial para los Estados Unidos, la formulación del Consenso representaba la concreción de medidas para que los países desarrollados aprovecharan las oportunidades derivadas y evitaran los inconvenientes de la emergencia de nuevos competidores en el mercado. Las oportunidades, desde luego, fueron utilizadas de la forma más beneficiosa posible. En cuanto a los nuevos competidores, no hubo problema: jamás aparecieron, al menos no en la órbita de los países que recibieron la «ayuda» del FMI y el Banco Mundial.

En todo caso los conflictos que han sacudido la teoría y la práctica económica están haciendo que tanto el FMI como el Banco Mundial se replanteen sus metodologías de actuación. El «estatalismo» excesivo, por supuesto, sigue descartado; pero el FMI y el Banco Mundial han evolucionado e incorporado (en virtud de su carácter práctico) propuestas sociales a sus programas de ajuste. Ya no se discute sobre conceptos contrapuestos de planificación y mercado, políticas de demanda y políticas de oferta, sustitución de importaciones y apertura de las economías. En realidad ya no se sabe qué hacer.

Otro aspecto superado de la doctrina es el de su segundo punto, el control de la inflación como parámetro central de la economía. De aquí venía el manejo de la política monetaria vía tasa de interés encareciendo y limitando la oferta monetaria en los momentos de auge para evitar el sobrecalentamiento. Ahora el sobrecalentamiento no es precisamente lo que más preocupa, sino todo lo contrario.

El principal problema del Consenso de Washington es que excluye el tema de la equidad. Es grave, porque los lugares en donde más se aplican las políticas de ajuste derivadas del consenso e implementadas por el FMI son precisamente aquellos en los que la desigualdad es más grande y en los que esta representa el mayor impedimento para el desarrollo. En el año 1990 Williamson argumentaba la exclusión directa de los problemas de equidad del modo siguiente: «Intenté describir lo que normalmente se creía acertado, más que exponer mi opinión. Es decir, mi pretensión era elaborar una lista positiva más que una lista normativa [...]. De manera deliberada excluí de la lista cuanto fuera básicamente redistributivo —no lo que tuviera consecuencias equitativas como un subproducto de la búsqueda de objetivos de eficiencia—, porque pensé que el Washington de los ochenta era una ciudad muy desdeñosa con las preocupaciones sobre la igualdad».

Muy revelador. El Consenso no contempla la igualdad porque, en el fondo, en Washington la igualdad era algo que traía bastante sin cuidado. ¿Hay entonces que entender que a las instituciones supranacionales que han hecho esta doctrina, como la OMC, el FMI, el Banco Mundial, la Comisión Europea o las Naciones Unidas, les pasa lo mismo? Es posible. Estas organizaciones legislan y dictan patrones de comportamiento (qué está bien, qué está mal), pero lo hacen sin que la ciudadanía les pueda pedir cuentas (sus dirigentes no se eligen por sufragio popular), de forma que toman decisiones que no convienen a casi nadie para que así los gobiernos puedan adoptar medidas impopulares y a la vez decir: «No es nuestra culpa», «Nos lo mandan desde la OMC», «Nos lo manda la Comisión Europea», «Es para cumplir con el parámetro de estabilidad».

El Consenso excluye igualmente temas como el problema ecológico, que son vitales. Las propuestas son antiestatalistas, pero se habla muy poco de la obligación gubernamental de luchar para mantener condiciones auténticas de competencia en los mercados.

El Banco Mundial puso en práctica un enfoque que supuso un cambio parcial de planteamiento, ya que admitía que la intervención del Estado podía ser positiva siempre que se limitara a sustentar al mercado y se circunscribiera a los siguientes campos:

1. Garantizar la estabilidad macroeconómica.
2. Efectuar inversiones públicas en capital humano y físico.
3. Crear un entorno competitivo para el sector privado.
4. Promover el desarrollo institucional.
5. Salvaguardar el medio ambiente.
6. Proteger a los grupos sociales vulnerables.

Aunque con algunas novedades, la reconsideración de las funciones del Estado que hizo el Banco Mundial a partir de su «Informe sobre el Desarrollo Mundial» de 1991 no fue, a la postre, sino una prolongación del planteamiento de la década de 1980 y estuvo sometida a críticas muy considerables. Se podría decir que admitir que el Estado sirve para algo no era precisamente revolucionario: simplemente lo reconocía como factor de desarrollo y le asignaba funciones aceptadas por todo el mundo.[11]

Mejorando a peor

Uno de los personajes más críticos con el Consenso ha sido el economista Paul Krugman. Ya a mediados de la década de 1990 describía cómo la realidad se daba literalmente de bofetadas con lo establecido y lo previsto por la lista de Washington, y anticipaba (entre julio y agosto de 1995) los problemas que, efectivamente, han terminado por surgir, desembocando en la actual crisis: «... el dominio de cinco años del Consenso de Washington se puede considerar, de manera muy

[11] Pablo Bustelo, «Desarrollo económico: del Consenso al post-Consenso de Washington y más allá», *Estudios en homenaje al profesor Francisco Bustelo*, Editorial Complutense, Madrid, 2003.

práctica, como una especie de burbuja especulativa que afectaba no solo al proceso económico habitual, para el cual el excesivo optimismo del mercado puede constituir una profecía que se cumpla por sí misma temporalmente, sino un proceso político más sutil a través del cual las creencias comunes de los políticos e inversores demostrarán que son mutuamente fortalecedoras. Por desgracia, cualquier proceso de autofortalecimiento de estas características tiene que enfrentarse, al final, con una comprobación con la realidad, y si resulta que esta no es tan buena como el mito, la burbuja estalla».

Y cuando estalla la burbuja, los gobiernos se acaban olvidando de Washington, del Consenso y de la ortodoxia, y los afortunados que no dependen para su supervivencia del FMI o el Banco Mundial entonan un «sálvese quien pueda» que, en la coyuntura económica actual, significa que gobiernos que antaño presumían de ser muy liberales están interviniendo hasta el límite de sus posibilidades mediante un mayor proteccionismo, más regulaciones y aumento del gasto público.

Todo el mundo parece haberse dado cuenta de que las recetas del Consenso no funcionaron tan bien como parecía en un principio. Es como los medicamentos, que suelen contener algunos productos que pueden perjudicar la salud de los destinatarios y provocar los célebres efectos secundarios. Si no hay un buen médico cerca, esos medicamentos, en principio concebidos para curar, pueden acabar matando al enfermo.

A mediados de la década de 1990 ya parecían claras las insuficiencias que quedaban de manifiesto en los resultados prácticos del Consenso de Washington. La aplicación, de la mano del FMI, de los postulados del Consenso a la transición desde la planificación central a la economía de mercado (en Rusia y en los países de Europa Central y Oriental) no había tenido precisamente resultados positivos. La población, que ya venía de unas condiciones de vida muy duras bajo el comunismo, acabó descendiendo a los abismos de la miseria. En América Latina y el Caribe el ritmo de crecimiento no fue lo bastante alto como para reducir sustancialmente la pobreza. Además, la crisis financiera mexicana de 1994-1995, registrada en un país que hasta entonces había sido alabado como el alumno más brillante y aventajado de las instituciones financieras internacionales, puso en solfa las pretendidas bondades del Consenso. Basta un simple vistazo a las cifras de variación del PIB per cápita en varias regiones del Tercer Mundo y en Rusia en el periodo 1991-1995, en comparación con las correspondientes a 1974-1990, para darse cuenta de que las zonas en las que se aplicaron con mayor claridad las recomendaciones del Consenso registraron tasas negativas (Europa Central y Oriental, así como toda África) o bien positivas pero bajas (América Latina y el Caribe). Por el contrario, las que se mantuvieron al margen, como Asia Oriental y, en menor medida, Asia Meridional, crecieron de manera sostenida e incluso espectacular. Finalmente, las graves crisis asiáticas de 1997-1998 acabaron de dar la puntilla a un enfoque que había insistido mucho en la liberalización financiera como requisito esencial del desarrollo.[12]

TASAS DE VARIACIÓN ANUAL MEDIA DEL PIB PER CÁPITA, 1974-1995

	1974-1990	1991-1995
Países de ingresos altos	2,1	1,3
Países de ingresos medios y bajos	1,4	0,5
– Asia Oriental	5,6	9,1
– Asia Meridional	2,6	2,6
– América Latina y el Caribe	0,4	1,4
– Europa y Asia Central	2,2	-6,7
– (Federación Rusa)	(2,9)	(-9,8)
– Oriente Próximo y norte de África	-1,7	-0,1
– África subsahariana	-0,7	-1,1

Fuente: Banco Mundial, *Global Economic Prospects 1997*, Banco Mundial, Washington D. C., 1996, cuadro A. 2.

[12] Pablo Bustelo, *op. cit.*

Joseph Stiglitz explica estos datos: «Algunos países han seguido muy de cerca los dictados del modelo, pero no han experimentado incrementos económicos especialmente fuertes. Otros países han ignorado muchos de los dictados —como mínimo respecto a detalles cruciales de secuenciación— y han experimentado algunas de las tasas más altas de crecimiento sostenido que el mundo haya visto jamás. Concentrándose en un grupo excesivamente estrecho de objetivos —incremento del PIB—, otros objetivos, como la equidad, pueden haber sido sacrificados [...]. Intentando forzar una transformación rápida —a menudo imponiendo una acentuada condicionalidad al recibir la asistencia más necesaria— no solo se han visto minados los procesos democráticos, sino que se ha debilitado, a menudo, la sostenibilidad política».

Del dicho al hecho

Un gran ejemplo de cómo una misma concepción teórica puede funcionar de maravilla en un sitio (por razones completamente imprevistas e insospechadas) y ser catastrófica en otro es la desregulación. El Consenso establecía que la desregulación es una forma de promover la competencia. Este proceso fue iniciado en los Estados Unidos por la administración Carter, pero fue profundizado durante el mandato de Reagan. Como todos sabemos, la desregulación del mercado financiero ha sido determinante en los abusos que han conducido a la presente crisis. Sin embargo, se puede argumentar que en otros países, especialmente en América Latina, donde había economías de mercado altamente reguladas, al menos sobre el papel, la cosa funcionó relativamente bien. Es cierto, pero no porque la desregulación sea buena, sino porque incidió sobre un mal mayor: la corrupción. En un buen número de países de América Latina las redes regulatorias son administradas por burócratas mal pagados. El potencial para la corrupción es, por lo tanto, alto. La actividad productiva puede ser regulada por la vía legislativa, por decreto gubernamental o por decisión tomada caso por caso. Esta última práctica está bastante difundida en Latinoamérica y resulta perniciosa, ya que crea incertidumbres y provee oportunidades para la corrupción. También suele ser discriminatoria en contra de los pequeños y medianos empresarios, los cuales, a pesar de que son importantes creadores de empleo, raras veces tienen acceso a las esferas más altas de la burocracia. Pues bien, si eliminamos buena parte de las regulaciones, también nos quitaremos de en medio una gran cantidad de mordidas y sobornos que se quedan en los bolsillos de los reguladores. La economía, como resultado, mejora. ¿La desregulación es mala? No. La corrupción es mala.[13]

Así pues, según Stiglitz, los objetivos de la política económica no pueden reducirse al incremento del PIB y meros criterios numéricos. Se deben incluir otros factores que el Consenso pasa por alto de manera sistemática:

1. La mejora del nivel de vida, con especial acento en materias que, además, inciden de forma decisiva en el desarrollo global de la sociedad, como la educación y la salud.
2. Un desarrollo sostenible ecológica y políticamente. Esto último es fundamental, porque no basta con que un determinado gobierno tome una serie de medidas que luego serán revocadas por el siguiente. Tiene que haber una continuidad.
3. Un desarrollo igualitario.
4. Un desarrollo democrático.

Resulta pues evidente que el Consenso de Washington es una agenda incompleta. Incluso sus defensores reconocen que no se tuvo

---

[13] Edith Franco, «El ALBA contra el ALCA», *www.rebelion.org*.

en cuenta el papel de las instituciones en el desarrollo económico y que se tendió a minimizar el de la política social. El caso de Rusia es citado como ejemplo del simplismo y la ignorancia histórica con la que, a veces, se ha defendido el Consenso de Washington. El proyecto, apoyado por la administración norteamericana y presentado por el FMI, de convertir a Rusia, en pocos años, en una economía de mercado moderna basada en el modelo de capitalismo anglosajón ha fracasado dramática y espectacularmente. El FMI desembolsó decenas de miles de millones de dólares durante años no ya sin resultado positivo visible, sino con un resultado aparente absolutamente negativo. El PIB ruso cayó de hecho a mínimos históricos.

Otro caso, bastante cruel, es el de Bolivia y sus «ajustes estructurales». Bajo otro modelo Bolivia sería una potencia económica (población diminuta de nueve millones de habitantes en un territorio amplio de poco más de un millón de kilómetros cuadrados e inmensamente rico en gas) en lugar de ser el país más pobre de América del Sur. En general, los datos del continente para el que fue concebido originalmente el Consenso no pueden resultar más descorazonadores. América Latina entró en el tercer milenio con más de cuatrocientos cincuenta millones de habitantes, más de un tercio de su población viviendo en la pobreza (con ingresos inferiores a los 2 dólares diarios) y casi ochenta millones de personas padeciendo pobreza extrema, con ingresos inferiores a 1 dólar diario. Dada la magnitud de la crisis que estamos viviendo en todo el mundo y que según datos de la FAO significa un retroceso de quince años en la lucha contra el hambre, podemos ver las consecuencias del llamado Consenso de Washington, y no es de extrañar que el propio Williamson se retracte de muchos de sus planteamientos originales.[14]

---

[14] Ramón Casilda Béjar, «América Latina y el Consenso de Washington», Boletín ICE 2.803.

En un país tras otro de los que han aplicado estas medidas la población se ha desanimado y con razón, apareciendo lo que los autores han bautizado como la «fatiga reformista». Las encuestas de opinión de finales de la década de 1990 en Latinoamérica son sospechosamente similares en sus resultados a los que se pueden observar ahora mismo en Europa. Los latinoamericanos sentían que sus economías no marchaban bien, que su calidad de vida era más baja que la de generaciones anteriores y que la pobreza alcanzaba índices sin precedentes. La gente mostraba gran angustia acerca del empleo y los ingresos. La percepción del presente no era favorable y la del futuro era aún más incierta. Hoy, algo más de diez años después, si hiciéramos la misma encuesta en Lisboa, Roma, Madrid, Atenas o Dublín nos encontraríamos con los mismos resultados.

De no haber sido por la crisis financiera actual, que ha sido vendida como una especie de catástrofe natural, seguiría estando vigente el concepto de que la globalización es buena para todo el mundo, y si la evidencia parece indicar a algún ciudadano despistado que no es buena para él, eso se debe probablemente a que:

1. No trabajó lo suficientemente duro;
2. No fue lo suficientemente competitivo, o
3. No esperó lo suficiente para que sus beneficios fueran evidentes.

Claro que desde esos mismos sectores es desde donde se han dado las interpretaciones más libres del postulado del Consenso. «Disciplina fiscal» pasa a significar «acumular grandes excedentes presupuestarios y no gastarlos aun cuando una gran cantidad de personas en el país padezcan hambre». «Reordenamiento de las prioridades gubernamentales» se traduce como «practicar la recuperación de costos con respecto a la salud y la educación y hacer que la población pague por la totalidad de los gastos en esos sectores». «Reducir el gasto público» significa «eliminar los subsidios a los alimentos básicos, la energía, el transporte público y demás». La «reforma tributaria» tiende a equivaler en la práctica a menores impuestos para los ricos. «Tasas de interés flexibles» significa siempre aumentar estas tasas, ya que la flexibilidad en raras ocasiones se aplica hacia abajo. La «privatización» se convierte en oportunidades para el pelotazo de particulares avispados o bien relacionados, además de para las corporaciones transnacionales.

Los efectos de esta retórica se han dejado sentir en todo el planeta. La austeridad fiscal ha generado paro y ruptura del contrato social; el énfasis excesivo en la lucha contra la inflación ha elevado los tipos de interés y se ha sustentado a menudo en monedas apreciadas, lo que ha provocado más desempleo. La privatización de empresas públicas ha desembocado en precios más altos de bienes y servicios. La liberalización comercial ha destruido empleo y ha aumentado la pobreza. La liberalización de los mercados financieros sin un marco regulatorio adecuado ha provocado un fuerte aumento de los tipos de interés y ha sido fuente de la inestabilidad financiera. Las tasas de interés flexibles, unidas a la crisis financiera, han conseguido que los créditos sean escasos y onerosos, especialmente para las pequeñas y medianas empresas, que son las que ofrecen la mayor parte de las oportunidades laborales. De nuevo tenemos otro factor que contribuye al desempleo.

Eligiendo lo malo

Cuando Carlos Saúl Menem asumió la presidencia de la República Argentina, en julio de 1989, el país se encontraba sumido en un profundo caos económico y social. En el lapso de diez años Menem revolucionó el país a través de un atrevido «plan de convertibilidad» que prácticamente polarizó la economía argentina aplicando, contra viento y marea, las recetas más ortodoxas del Consenso de Washington.

Nombró ministro de Economía a Miguel Roig primero y luego a Néstor Rapanelli, ambos altos ejecutivos de la empresa Bunge y Born. El llamado Plan Bunge y Born estableció el control de precios, el cierre a las importaciones y la convocatoria de negociaciones entre empresarios y sindicatos. También se aprobaron la Ley de Reforma del Estado y la Ley de Emergencia Económica, que esbozaban un amplio plan de privatizaciones y dotaban al ejecutivo de amplias facultades. El plan fracasó. La inflación no se detuvo y la recesión fue en aumento. En consecuencia asumió la cartera de Economía Antonio Erman González, quien en 1990 lanzó un nuevo plan. Una de las primeras medidas fue el canje compulsivo de depósitos a plazo fijo por bonos externos. Esto ocasionó pérdidas irreparables al sector de pequeños y medianos ahorradores que cayeron, víctimas del Consenso.

El contumaz fracaso del Consenso de Washington es la prueba más palpable de que la economía no es una ciencia. Si lo fuera, los economistas habrían modificado sus hipótesis hace mucho tiempo, dado que los resultados de sus experimentos sociales han sido devastadores, al menos si se aplican los criterios de reducción de la pobreza, desigualdad y crecimiento. Si un edificio se viene abajo o una vacuna mata a los pacientes, el arquitecto o el laboratorio responsables son demandados ante los tribunales. Han hecho mala ciencia y son culpables de negligencia criminal. Pero cuando se aplican políticas sociales desastrosas, que afectan a las vidas de millones de personas, no hay responsables. La economía tiene tanto de ciencia como de ideología junto con un tercer ingrediente: la conveniencia de los que hoy en día sostienen la balanza del poder mundial.

Cabe preguntarse cuál es la razón de que estas políticas no dejaran de practicarse tan pronto, ya que era evidente su ineficacia. Las razones ideológicas pasan aquí al primer plano. Solo entre 1982 y 2002 fundaciones privadas neoliberales en Estados Unidos gastaron más de 1.000 millones de dólares en *think-tanks*, centros de investigación, universidades, patrocinio de académicos individuales y sofisticadas estrategias de comunicación. El resultado fue volver a poner en circulación planteamientos socio-darwinistas que llevaban décadas siendo considerados obsoletos, radicales y absurdos. Hace apenas treinta años ningún líder político o académico se habría atrevido a expresarse en unos términos que, hasta el estallido de la crisis financiera, se convirtieron en corriente mayoritaria.

El grado de prepotencia que llegó a adquirir esta doctrina queda puesto de manifiesto en las palabras de Jeffrey Sachs, el promotor de las «políticas de choque» que llevaron a Bolivia a la ruina: «Siempre le dije a los bolivianos que lo que tenían era un país miserable y una economía pobre con hiperinflación; si eran valientes, tenían estómago y hacían todo muy bien, finalizarían con una economía pobre y con precios estables».

Pero si hemos de ser justos, hay que reconocer que no toda la culpa es de los «malvados capitalistas neoliberales». Las fuerzas progresistas han sido absolutamente incapaces de plantear cualquier desafío ideológico serio contra el pensamiento y la política neoliberales. De hecho, ni siquiera lo han intentado seriamente, y si el neoliberalismo está en crisis no es porque ellos hayan hecho absolutamente nada, sino por la fuerza de los hechos. Desde la oposición se ha vociferado mucho, pero cuando se ha llegado al gobierno se ha asumido la concepción de que no se puede actuar «contra los mercados» sin correr el riesgo de una crisis provocada por el poder omnímodo de las empresas multinacionales. Algunos han intentado convencer al enemigo vendiéndole la idea de que el Estado benefactor constituye un elemento clave en el comportamiento eficiente de una economía capitalista, ya que no solo mejora el capital humano de la sociedad (en educación y en sanidad), sino que contribuye a la cohesión social y a la participación de los ciudadanos, factores más incentivadores de la productividad que la inestabilidad o directamente el miedo.

Por otro lado, estas teorías, por perversas que nos parezcan al común de los mortales, siempre encontrarán defensores porque hay que reconocer que el Consenso de Washington ha sido muy generoso con algunos. Cada año la lista de multimillonarios del mundo publicada por la revista *Forbes* se hace más larga; en la actualidad asciende a setecientos noventa y tres. De combinarse su riqueza se podría acabar con la deuda global de los países en desarrollo. ¿Le parece exagerado? Pues ahí va otro dato igualmente cierto y revelador: la suma de las fortunas de los tres individuos más ricos del mundo es mayor que la suma del PIB de los cuarenta y ocho países más pobres.

Esta es la esencia del misterio de que algo tan evidentemente ineficaz haya reinado durante tanto tiempo. El Consenso de Washington fue promovido por unos pocos cuyos intereses no llamaban a engaño. Si uno se fija en máximos valedores del engendro, queda bastante claro dónde tienen puestos sus afectos. El secretario del Tesoro norteamericano, Robert Rubin, proviene de Wall Street, al igual que los anteriores secretarios, Roger C. Altman y Nicholas Brady. Todos trabajan en sociedades de inversión. Ernest Stern, antiguo presidente del Banco Mundial, es director de la banca J. P. Morgan, y el actual presidente, James Wolfensohn, también era directivo de un banco de inversión.

La guerra sin guerra

Los misterios y los contrasentidos de la economía actual no tienen límites. El número de pobres crece sin parar, pero el de ricos también… La cantidad de individuos con patrimonios elevados identificados cada año por Merrill Lynch y Cap Gemini en su «Informe sobre la Riqueza en el Mundo» así lo demuestra, con sus flamantes quinientos mil ingresos anuales en el Olimpo de las almas afortunadas con activos de más de un millón de dólares por encima del valor de su residencia principal. Aquí estaríamos hablando de unos diez millones de individuos, cuya riqueza total igualaría el PIB de todos los países de la OCDE.

Modelo económico e ideológico lanzado al mundo en 1776 por el libro de Adam Smith *La riqueza de las naciones*, el liberalismo ha vivido su época de mayor éxito en las últimas dos décadas. Karl Marx se equivocaba de medio a medio cuando calificó a esta doctrina de «cadáver ambulante», a no ser que se refiriera a que posee la resistencia contumaz que muestran los zombis que nos presenta el cine. De hecho, en honor a la verdad hay que dar completamente la razón a sus defensores, que la califican como «la ideología más exitosa de la historia de la humanidad», además de una visión coherente, sistemática y sobre todo «realista», aunque a veces la realidad apesta.

Las desigualdades en todo el mundo nunca fueron tan severas. De acuerdo con cifras del FMI, si dividimos al mundo en países avanzados y el resto del mundo (incluyendo a China e India), en 1980 los países avanzados (18 por ciento de la población mundial en aquel entonces) acapararon ellos solitos el 71 por ciento del ingreso mundial. En el año 2000 los países avanzados habían incrementado su parte del pastel al 81 por ciento. Es decir, que el 84 por ciento de la población tuvo que apañarse con el 19 por ciento de la riqueza restante. Eso sin contar con que la riqueza total disponible es cada vez mayor y China e India han mejorado notablemente sus economías.

Estas cifras nos indican que en la globalización definida como el proceso por el que la creciente comunicación e interdependencia entre los distintos países del mundo unifica mercados, sociedades y culturas a través de una serie de transformaciones sociales, económicas y políticas que les dan un carácter global, fluye todo menos el dinero, que, como si fuera atraído por la imparable gravitación de un agujero negro, acaba siempre yendo en la misma dirección.

Las doctrinas del Consenso de Washington han aportado una ventaja política al norte sobre el sur que no se veía desde los tiempos de los imperios coloniales, afianzado el sometimiento financiero de los países más pobres. Ha supuesto una victoria militar en toda regla. Pensar en la guerra como en algo que solo tiene que ver con bombas y disparos es una concepción un tanto chata del asunto. Tal como expresó Karl von Clausewitz, el propósito de la guerra es «obligar al enemigo a que acate nuestra voluntad». El estratega chino Sun Tzu escribió en el año 500 a. C. que los grandes generales eran los que nunca tenían que librar una batalla. Si unimos estas dos concepciones tenemos que el Consenso de Washington es la campaña militar más exitosa de la historia.

Si cualquier ejército del mundo hubiera tenido que imponer por la fuerza de las armas algunas de las medidas del FMI, la experiencia habría costado miles de muertos. Pero la magia de la deuda hace que los gobiernos soberanos acaten la voluntad foránea sin rechistar. He aquí algunos ejemplos solo del año 2008:

RECOMENDACIONES SOBRE POLÍTICAS Y CONDICIONANTES IMPUESTOS POR EL FMI EN 2008

Djibuti	Introducir una ley para fijar un IVA con tasa única en 7 por ciento para el año 2009.
Honduras	Ajustar las tarifas en el sector eléctrico en función de la recuperación de costos. Aumentar la tasa de interés en 25 centésimas de punto porcentual.
Mali	Eliminar todas las franquicias aduaneras.
Níger	Reducir la tasa del impuesto sobre las utilidades del 35 al 30 por ciento.
Pakistán	Eliminar los subsidios de las tarifas eléctricas.

→

República del Congo	Introducir la comercialización y retirar paulatinamente los subsidios de los precios de combustibles para el año 2011.
Ucrania	Prohibir las prácticas de tipos de cambio múltiples. Lograr un equilibrio fiscal de cero.
Zambia	Ajustar las tarifas en el sector eléctrico en función de la recuperación de costos.

La deuda no solo es un poderoso aliado, sino también tremendamente conveniente. El colonialismo a la antigua usanza es muy caro. Indudablemente daba sus frutos, pero requería de una inversión económica y humana muy importante, ya que precisaba un ejército y una administración colonial. Para colmo, la ocupación de las tropas coloniales provoca el rechazo de la población y la aparición de focos de resistencia que hay que reprimir, a menudo con medidas brutales que dan mala publicidad. Pero tener colonias está muy bien, así que, simplemente, había que buscar un método que hiciera todo menos evidente y oneroso. El Consenso de Washington fue la respuesta perfecta.

Tras los procesos de descolonización y la consolidación de los nuevos Estados africanos, se puso de manifiesto el fracaso del modelo político occidental en el continente negro. Durante las décadas de 1960 y 1970 el monopartidismo presidencialista y los abusos de poder se convirtieron en la norma generalizada de estos nuevos países. La competencia este-oeste por el control de los países africanos fue sustituida en la década de 1990 por el papel activo de la comunidad internacional en la promoción de las democracias formales africanas. En este nuevo mundo unipolar la única forma de mantener el control sobre esos países es la economía. La deuda es el mecanismo que hace que gran parte del hemisferio sur sea obediente y se mantenga bajo control.

Polarización

La polarización, el aumento de la desigualdad entre regiones y países, ha sido una consecuencia directa de la aplicación del Consenso de Washington, pero se habla mucho menos de la polarización dentro de los propios países, con enormes masas de población obligadas a sumergirse en economías precarias y miserables, una clase media destruida y herniada por el peso del coste del Estado, y unos pocos que llamaremos «ganadores». Este es el peligro de aplicar las recetas del Consenso en los países occidentales como consecuencia de la actual crisis financiera, que se produzca una «tercermundialización» de Europa, en la que todos pierdan menos un reducido grupo de privilegiados formado fundamentalmente por el gobierno, la oligarquía vinculada a ese gobierno y los representantes o intermediarios locales del capital transnacional extranjero.

Naturalmente, cuanto más pequeño y más débil es un país, más obligado se verá a seguir las políticas de libre mercado amistosas con el capital y las empresas extranjeras. Los países africanos son mucho más vulnerables que, por ejemplo, Brasil. Pero incluso Brasil se ha abstenido de causar cualquier agravio a los mercados financieros y también acumuló grandes excedentes presupuestarios a pesar de los graves problemas de pobreza del país.

Volviendo al caso argentino, Menem tuvo que aliarse con sectores tradicionalmente antiperonistas que ocuparon importantes cargos en el gobierno. Hacia el final de la presidencia de Menem virtualmente no quedó ninguna empresa en manos del Estado. Se privatizaron la petrolera YPF, Aerolíneas Argentinas, Entel, Gas del Estado, la Caja Nacional de Ahorro y Seguro, Obras Sanitarias, los aeropuertos, Correos, la energía eléctrica, la seguridad social, dos plantas siderúrgicas, el Mercado de Hacienda de Liniers, las radios, los canales de televisión, las carreteras y los ferrocarriles. Lo curioso es que, aunque la doctrina liberal dictaminaba terminar con los monopolios estatales, las empresas adjudicatarias gozaron de un monopolio virtual, con lo que se había sustituido el monopolio del Estado, que a fin de cuentas tenía como objetivo primordial el servicio público, por el monopolio privado, cuyo fin es el lucro. Los usuarios se convirtieron en rehenes de las empresas, que fijaron tarifas abusivas y redujeron los servicios a los territorios que menores ganancias les brindaban alegando criterios de rentabilidad. El servicio ferroviario, por ejemplo, quedó reducido al gran Buenos Aires y dejó aisladas importantes zonas del país.

Entre 1980 y 1995 los activos totales de las cien principales multinacionales aumentaron un 697 por ciento y el empleo total de las mismas empresas en ese periodo disminuyó un 8 por ciento. El Consenso de Washington ha sido el peor enemigo de la clase obrera, los empleados y los pequeños y medianos empresarios.

Detrás de estas empresas se encuentra un ejército de pequeños y grandes inversores. Los pequeños inversores, ciudadanos corrientes de los países industrializados, no tienen la menor idea de los efectos políticos de la rentabilización de su capital en los pueblos del Tercer Mundo. Los grandes inversores, que suelen ser bancos o empresas afines, son los que llevan la batuta del espectáculo.

Latinoamérica, víctima principal del Consenso, es un claro exponente de cómo las desigualdades internas se han acentuado en los países y regiones en los que se aplicaron las recetas. En 1980 había ciento veinte millones de pobres en el continente, pero en 1999 el número había aumentado hasta doscientos veinte millones. En este continente el 20 por ciento más rico es casi diecinueve veces más rico que el 20 por ciento más pobre, cuando la media mundial es que los ricos sean solo siete veces más ricos que los más pobres. Ferrocarriles, telecomunicaciones, líneas aéreas, suministros de agua potable y energía fueron prácticamente liquidados en todo el continente y entregados a macroempresas estadounidenses y europeas; se redujeron gastos públicos en educación, salud, vivienda y ayudas sociales; se abolieron las medidas de control de precios, se congelaron salarios y millones de trabajadores fueron despedidos por los nuevos dueños de las empresas públicas privatizadas. También se realizaron importaciones masivas (con disminución de tarifas aduaneras, por supuesto) para alimentar el consumismo de las clases altas y de las clases medias con ganas de ser altas, lo que provocó la desaparición de empresas nacionales y un incremento adicional de las tasas de desempleo. Según la Organización Internacional del Trabajo, el 84 por ciento de los empleos que se crearon en los años dorados de aplicación del Consenso fueron precarios y con salarios inadmisibles. Vamos, lo que viene siendo todo un éxito.

Pero las cosas pueden ser peor. Durante la Guerra Fría, en especial durante la década de 1980, si no querías liberalismo por las buenas, te acababa cayendo por las malas, en el seno de lo que se dieron en llamar «guerras de baja intensidad» (los campos de entrenamiento militar en la Escuela de las Américas, la Contrarrevolución en Nicaragua, la paramilitarización en Guatemala o Colombia, los Escuadrones de la Muerte en El Salvador...). Fue la edad de oro de los dictadores, que encontraron apoyos encubiertos a sus golpes de Estado y posteriormente a sus regímenes dictatoriales, a condición de que asumieran las tesis económicas que se les sugerían (algo que hicieron gustosos Pinochet, Videla, Ríos Montt y un largo etcétera).

Todos esos desmanes son posibles porque el neoliberalismo es una máquina y, por lo tanto, amoral. ¿Puede decirse, ahora que está de capa caída, que el Consenso de Washington ha fracasado? Bueno, según se mire... Para quien lo impulsó y para los que han prosperado a su costa, desde luego que no ha fracasado. Para los países que lo aplicaron cándidamente pensando que, como les decían, era lo mejor para su desarrollo, ha sido más bien una estafa. Joseph Stiglitz señala tres evidencias claras de ese fracaso: la trayectoria de los países poscomunistas, la generación de economías duales y el milagro asiático, cuyo éxito económico coincide con la no aplicación del Consenso de Washington en parte de esta región.

El Consenso de Pekín

Y si el Consenso de Washington no vale, ¿qué es lo que viene ahora? Algunos expertos están hablando ya del Consenso de Pekín. El Banco Mundial reconoce que el camino trazado por China es una alternativa interesante y merece la pena revisarlo, estudiarlo y ajustarlo, aunque pueda recibir muchas críticas. El presidente del Banco Mundial, Robert Zoellick, ha dicho que China ha demostrado en los últimos treinta años que puede lograr avances importantes en prosperidad.

El problema es que el modelo chino puede ser una forma de darle una nueva vuelta de tuerca al capitalismo, ya que los asiáticos han cimentado su crecimiento en un más que dudoso respeto por los recursos naturales del planeta y los derechos de los trabajadores. Sin embargo, cada vez parece más probable que el modelo autoritario de China pueda dominar el mundo en el siglo XXI. Los datos son incontestables. China se ha convertido en la segunda economía más grande del mundo. Hace dos años rebasó a Estados Unidos en número de internautas y desde 2009 es el primer socio comercial de Brasil y Japón, y el potencial de crecimiento del país es todavía alto.

El atractivo del modelo chino se está viendo impulsado por la mera fuerza de los hechos. La crisis económica está teniendo consecuencias devastadoras para los países en desarrollo, pero el mundo en desarrollo considera, y con razón, que está pagando el pato de algo de lo que no tienen la menor culpa. La crisis tiene su origen en los países industrializados, en la codicia de los agentes económicos y en la ineficiencia de los sistemas de control por parte de las autoridades económicas.

Por otro lado, todo el mundo empieza a ser consciente de que hay que pensar más en el mercado interno para equilibrar la propia economía, debido a que el consumo en los países desarrollados se está desacelerando por razones obvias y, por lo tanto, es impensable que en el futuro el crecimiento pueda ser sostenido mediante exportaciones.

Sobre el Consenso de Pekín hay mucha menos literatura, pero no está de más ir observando y analizando cuál es, si hay alguno, el modelo chino. Puede acabar influyendo en las medidas que adopten en un futuro cercano terceros países en la búsqueda de su desarrollo. El modelo del Consenso de Pekín se podría resumir en:

1. Más herramientas para la toma de medidas políticas.
2. Responsabilidad de gestión empresarial hacia el Estado, y no solo ni principalmente hacia el mercado.
3. Alta disponibilidad de recursos por parte del gobierno para llevar a cabo su programa.
4. Planificación a largo plazo.

Frente a todas las bondades del modelo chino, uno de los problemas que surge de su aplicación es la inflación, ya que pese a las alzas en las tasas de interés y los requisitos de reservas bancarias, dicho fenómeno ha alcanzado en China niveles del 6,5 por ciento. Esa sería la cruz, pero la cara de la moneda está en el hecho incontestable de que China, a pesar de sufrir también la crisis actual, ha mantenido tasas de crecimiento del PIB próximas al 7 por ciento, además de que en las tres décadas anteriores ha mantenido tasas de crecimiento del 10 por ciento. Estos hechos, unidos a que posiblemente China sea de los primeros países en salir de la crisis global, podrán otorgar una mayor credibilidad y el respaldo necesario al Consenso de Pekín.[15]

A pesar de que parece que a los chinos no les va nada mal, y de que los consejos del Banco Mundial nunca han sido un modelo de eficacia, la institución se permite ponerle peros al desarrollo chino. La

---

[15] Jorge Coronel López, «Del Consenso de Washington al Consenso de Pekín», *www.portafolio.co.*

idea del Banco Mundial es presentar a finales de 2012 un documento que describa una serie de acciones que China debería realizar con el propósito de reequilibrar su economía, mejorar el medio ambiente, disminuir la desigualdad y elevar la calidad de vida de sus habitantes, pero manteniendo su rápido crecimiento.

China no desea participar en una carrera armamentista, lo que, por cierto, fue el error que condujo al precipicio a la antigua Unión Soviética. Actualmente el gigante asiático busca fomentar buenas relaciones internacionales. Su propia prosperidad, dado que se ha convertido en la fábrica del planeta, se basa en que se mantenga en el resto del mundo un entorno pacífico y en evitar su aislamiento. Y lo logrará en el momento en el que consiga aclarar algunos temas de futuro como la transición hacia una economía de mercado, el fomento de la innovación en una economía que fabrica mucho pero que diseña poco, la manera de avanzar en el desarrollo ecológico (la gran asignatura pendiente de China), la forma de brindar igualdad de oportunidades y seguridad social a sus ciudadanos, y el fortalecimiento del sistema fiscal.

Lo cierto es que el modelo económico occidental ya no es el único percibido como exitoso. Esto ha tenido también consecuencias en el ámbito político. La democracia liberal parece perder atractivo. Los años que van desde la elección de Putin en 1999 hasta el inicio de las revueltas árabes en 2011 han sido de regresión democrática, de Rusia a Etiopía, de Venezuela a Zimbabue. Los dictadores de todo el planeta han tenido una coyuntura de virtual carta blanca para oprimir con más fuerza a sus ciudadanos. Han tenido que ser los ciudadanos árabes, con su valentía en las calles, los que han puesto al descubierto el engaño que supone equiparar autoritarismo con crecimiento.

Con todo lo modélica que pueda ser China en términos de crecimiento, los puntos negros a nivel de sistema político y régimen carcelario, entre otros aspectos, no pueden ser ignorados. El Consenso de Pekín no debe construirse en oposición al de Washington: su meta debería ser la de mostrar vías alternativas al unilateralismo y no desplazarse hacia un nuevo liderazgo. El poder increíble de China, ahora el primer banquero de Estados Unidos, con préstamos superiores a 600.000 millones de dólares, y el mercado potencial que representa su población de más de 1.300 millones de habitantes no nos debe inducir tampoco a esperar mucho de un país que todavía no ha experimentado la democracia.

Y ahora, ¿qué?

La revista británica *The Economist* no es lo que denominaríamos un semillero de revolucionarios, extremistas o conspiranoicos. No obstante, el comentario que hizo del Consenso de Washington rebosa ironía: «Los antiglobalizadores consideran el Consenso de Washington como una conspiración destinada a enriquecer a los banqueros. De hecho, no andan del todo desencaminados».

Antes de que él mismo pasara a ser historia, el jefe del Fondo Monetario Internacional, Dominique Strauss-Kahn, dictaminó que el Consenso de Washington, que orientó la política económica de países en vías de desarrollo durante décadas, ya era historia y que tras la crisis financiera de 2008 que devastó la economía mundial el Estado debe ejercer un mayor papel y controlar los excesos del mercado: «El Consenso de Washington tenía una serie de lemas básicos: reglas simples para la política monetaria fiscal y monetaria garantizarían la estabilidad, la desregulación y la privatización, liberalizarían el crecimiento y la prosperidad, los mercados financieros canalizarían los recursos a las áreas más productivas... Todo esto se derrumbó con la crisis. El Consenso de Washington ya es historia». Además dijo que ante la imposición de países emergentes como nuevos motores del crecimiento mundial ese consenso debería ser superado mediante una nueva política económica, con acento en la cohesión social y el multilateralismo.

El principal problema del término «Consenso de Washington» no es el consenso, es Washington. Y muy especialmente el tema de la manipulación monetaria. De hecho, los Estados Unidos controlan la liquidez mundial casi en exclusiva. El Troubled Asset Relief Program (TARP) fue creado en 2008 para comprar activos de instituciones financieras por más de 300.000 millones de dólares estadounidenses, dinero impreso sin ningún tipo de control, sin ninguna contrapartida o respaldo (en oro por ejemplo), sin ningún vínculo con la producción real de bienes y servicios. Este tipo de políticas monetarias generan en los otros países una tensión presupuestaria e inflacionaria terrible. A pesar de todo, Estados Unidos, a través de su Reserva Federal, puede emitir la cantidad de moneda que desee, sopesando al realizar esta maniobra mucho más el interés doméstico que el mundial. La masa monetaria que se crea no tiene ningún tipo de relación ni con el sistema productivo ni con el volumen de comercio. En Europa también han aplicado las mismas recetas, prestando miles de millones de euros a las instituciones bancarias para salvarlas de la crisis. Obviamente esta política debe parar. Esta asimetría de poder en asuntos monetarios debe cesar. Con este tipo de instrumentos Estados Unidos logra exportar parte de sus problemas al resto del mundo, y al poner de relieve esta triste realidad, no debe extrañarnos que exista una gran especulación a lo largo y ancho del planeta, ni tampoco que las crisis se sucedan una tras otra.

Los mercados cambiarios permiten actualmente la especulación monetaria por parte tanto del mercado como de los propios Estados, e incluso la guerra comercial vía devaluaciones estratégicas, lo que genera gran vulnerabilidad exterior para las economías nacionales más débiles. Si realmente se desea abandonar el viejo sistema y hacerle un reinicio a la economía global se debe tender a un sistema financiero más coordinado y racional, que desincentive la especulación. La solución, según muchos expertos, pasa por implantar una verdadera moneda internacional únicamente utilizada en las transacciones entre países. Sería básico recuperar el concepto de que el objetivo de la economía es el de procurar el bienestar de todas las personas, de todos los pueblos, por encima de los intereses comerciales y financieros de las corporaciones y de los estados.

Lo único realmente malo del final del Consenso de Washington es que nadie parece tener demasiado claras las posibles alternativas. La globalización representa importantes retos en el campo de la solidaridad. La internacionalización de las inversiones, de la producción y del consumo entra más y más en contradicción con la base nacional de los sistemas fiscales, que tienen que asegurar una solidaridad mínima, así como con las finanzas de los Estados del Bienestar allí donde estos siguen existiendo. Además, poco se puede hacer desde los gobiernos nacionales cuando existen otros que se convierten en auténticos coladeros para las prácticas fraudulentas, inmorales y/o directamente atentatorias contra los intereses de la mayoría, como los paraísos fiscales o los lugares donde la legislación laboral permite que la mano de obra sea prácticamente esclava. La línea de separación entre lo nacional y lo internacional, entre la política doméstica y la extranjera, tanto a nivel de las normas jurídicas como del medio ambiente se ha desdibujado por completo. Cada vez que una nueva oleada de inmigrantes arriba a nuestras costas a bordo de sus precarias embarcaciones se está haciendo una llamada de atención para los que piensan en la Unión Europea que las relaciones con África son un tema de política exterior. Esta situación es más clara aún si tomamos como ejemplo las relaciones entre Estados Unidos y México.

La falta de un marco financiero realmente eficaz para la innegable realidad de una economía globalizada hace necesario el establecimiento de un nuevo método multilateral de regulación del precio internacional más importante: el del dinero. Dejar que los tipos de cambio se muevan al azar, como si fueran un elemento más del clima, es no solo suicida, sino inviable en un futuro. Una institución independiente que opere sobre criterios objetivos podría ser la solución a esta necesidad. El objetivo principal de esa institución sería evitar crisis financieras sistémicas mediante una estrecha vigilancia de los desequilibrios comerciales y de los desajustes de los tipos de cambio tanto en los países con superávit como en los países con déficit. Puede ser una solución controvertida y seguramente no sea la única posible, pero lo que es inviable es seguir permitiendo que la economía actúe de facto como un arma de destrucción masiva.

Capítulo 7

CÓMO HEMOS LLEGADO HASTA AQUÍ. CRISIS, BONOS Y AGENCIAS CALIFICADORAS

El 6 de octubre de 2008 el gobierno islandés cerró los bancos y congeló el movimiento de todo el capital al exterior porque estaba al borde de la quiebra. El sector bancario islandés había sido de propiedad estatal hasta 2001, año en que el Partido Independiente Liberal lo privatizó. Como resultado, los bancos comenzaron a practicar políticas extraordinariamente agresivas, prestando dinero a manos llenas. Si en el pasado la isla vivía de la pesca, la liberalización de la circulación de capitales provocó un *boom* de la industria financiera, que ha crecido por encima de sus posibilidades gracias a sus filiales en el exterior y la banca por Internet. Muchos de esos préstamos no se establecían en coronas islandesas, que tenían elevadas tasas de interés, sino en divisas extranjeras. Una lenta decadencia de la corona a comienzos de 2008 se vio agravada por el hecho de que un gran número de islandeses, alrededor de 40.500 personas, mucha gente en un país con una población de solo 300.000 habitantes, tuvieran esos préstamos en moneda extranjera. La pérdida de valor de la corona puso a estos 40.500 habitantes en una mala situación porque cuando la corona bajaba —y era algo que sucedía con demasiada frecuencia— el coste de sus préstamos subía abruptamente. La corona islandesa perdió un 50 por ciento de su valor frente al euro entre enero y octubre de 2008. El 8 de octubre de

2008 el Banco Central abandonó su tentativa de mantener un cambio fijo en 131 coronas por euro. Al día siguiente la corona islandesa se cotizaba a 340 por euro.

Las transacciones en bolsa fueron suspendidas y los tres grandes bancos, Kaupthing, Landsbanki y Glitnir, fueron nacionalizados, arruinando a sus accionistas, condenando al paro a gran parte de sus empleados y provocando el pánico entre los ahorradores atraídos durante los últimos años con la promesa de altas remuneraciones en sus depósitos.

Los activos de los bancos en ultramar estaban congelados, proceso que comenzó cuando el gobierno del Reino Unido utilizó la legislación antiterrorista para impedir el movimiento del dinero de los bancos islandeses fuera del país. En un mundo con finanzas globales, la quiebra de la banca de Islandia provocó pérdidas por más de 5.000 millones de euros a 300.000 particulares y 108 ayuntamientos británicos. El conflicto económico derivó en otro diplomático por la negativa de Reikiavik a cubrir los depósitos de sus bancos en el extranjero. Mientras el plan de rescate de Wall Street obligó a Estados Unidos a poner sobre la mesa el equivalente al 5 por ciento de su PIB, los activos de la banca islandesa equivalen a varias veces el producto nacional de Islandia.

El Gobierno de Islandia se tuvo que dirigir a Rusia para pedir un crédito urgente de 5.500 millones de euros. «No hemos recibido la ayuda que esperábamos de nuestros amigos y en una situación como esta hay que buscar nuevos amigos», explicó el primer ministro islandés, Geir Haarde.

El primer ministro británico, Gordon Brown, tenía un enorme problema cifrado en 1.400 millones de libras (1.766 millones de euros), que es lo que se estima que tenían depositados en los bancos islandeses más de un centenar de ayuntamientos. Algunos tenían depositadas cantidades modestas, pero otros habían invertido más de 50 millones de euros, una cantidad enorme para un ayuntamiento. El gobierno no quiso comprometerse a cubrir estas inversiones porque la reciente legislación para proteger a los ahorradores estaba pensada para dar confianza a los particulares y porque la ley obliga a los ayuntamientos a actuar con cautela en sus inversiones financieras y las altas remuneraciones de la banca islandesa eran el señuelo para atraer a inversores amantes del riesgo.

El problema no era solo de Islandia, ni mucho menos. La versión del capitalismo llamada «modelo anglosajón» se había extendido por todo el mundo. La fórmula implicaba la liberalización de los mercados, la desregulación de la economía, especialmente del sector financiero, la privatización de los bienes del Estado, impuestos bajos y el mínimo gasto público posible. Sobre el papel la teoría no es mala. El papel del Estado se reduce a no obstruir la capacidad de creación de riqueza de los individuos y las empresas, pero en la práctica no resulta todo tan bonito. Estas son las políticas que suele imponer el FMI cuando interviene en países que necesitan ayuda financiera, con resultados bastante desastrosos por lo general.

El modelo se forjó en la década de 1970 y se impuso con contundencia en la década siguiente con el triunfo electoral de Ronald Reagan en Estados Unidos. Sin embargo, esta teoría, que ha funcionado durante tres décadas, lo que ha dado como fruto final es una crisis de enormes implicaciones. La autorregulación y la superación por sí mismo de ese modelo de capitalismo no han funcionado. La ambición, la ineficacia y la corrupción —elementos que forman parte de la naturaleza humana— han provocado circunstancias que nadie esperaba. Aunque el gobierno estadounidense no lo acepte, su sistema bancario está nacionalizado. Ante el tamaño del problema que se creó tuvo que recurrir a una medida extrema que, en los tiempos difíciles de América Latina hace unos cuantos lustros, habría obtenido una calificación reprobatoria por parte del Fondo Monetario Internacional. El rescate, con un coste de 700.000 millones de dólares, es una medida a corto plazo que tiene como fin impedir el colapso del sistema bancario estadounidense. No obstante, esta inyección monetaria solo garantiza las deudas bancarias de manera temporal, lo que, si bien contribuye a apuntalar a los bancos a corto plazo, no incrementa de manera significativa la confianza de los ahorradores.

Vamos a contar cómo sucedió todo este proceso, pero antes hay que entender muy bien que todos los acontecimientos posteriores tuvieron un precursor, sin el cual nada de esto habría tenido lugar: la caída del Muro de Berlín, el hundimiento de la Unión Soviética y el fin de la Guerra Fría.

Como señala en la edición peruana de *Le Monde Diplomatique* Oswaldo de Rivero, el Muro de Berlín se derrumbó por falta de mercado y Wall Street se ha desplomado por exceso de mercado: «El primero fue consecuencia de un sistema de planificación central que quiso suplantar el mercado y terminó planificando la escasez. El segundo fue el resultado de una desregulación del mercado que llevó a una especulación de productos financieros complicados y nada transparentes que terminaron por hundir todo el mercado financiero global. Entre ambos está la amarga lección del paso del mundo bipolar a la hegemonía neoliberal».

La bestia desencadenada

El Muro de Berlín se tragó en su colapso las economías centrales planificadas e hizo colapsar a la Unión Soviética y sus aliados del Pacto de Varsovia. Sin embargo, el desplome de Wall Street no significa el fin de la economía de mercado, sino de una forma extrema de esta (el modelo anglosajón).

La caída del Muro de Berlín hizo desaparecer a la URSS e incorporó a la escena mundial a Rusia como una potencia regional euroasiática. El paradigma de la crítica económica al capitalismo parece haber desaparecido también con el Muro, aunque en cierto sentido ha resurgido a raíz de la crisis tomando la forma de los movimientos de «indignados».

Lo cierto es que la crisis financiera de 2008 encuentra al mundo en un estado de total hegemonía financiera norteamericana junto a mercados globales sumamente frágiles por la extrema dependencia que plantea el orden financiero. Según Oswaldo de Rivero, esta destrucción del liderazgo de los Estados Unidos se acrecentará aún más con el rescate de Wall Street, porque demostrará que Estados Unidos no practica la ideología neoliberal que predica: «Con la crisis financiera global el mundo comienza a darse cuenta de que el neoliberalismo es un falso liberalismo, que los mercados financieros no se autocorrigen, que necesitan regulación para no convertirse en armas económicas de destrucción en masa. La crisis, la recesión mundial y las tendencias proteccionistas que surgirán revelarán que el libre comercio se practica en un solo sentido. Que los únicos que han liberado su comercio son los países en desarrollo a través de ajustes del FMI y tratados de libre comercio, mientras que los Estados Unidos, la Unión Europea y toda la OCDE gastan cientos de miles de millones de dólares en subvencionar su agricultura y cientos de ramas industriales, además de proteger en exceso la propiedad intelectual».

Además, la competencia ideológica y propagandística entre los dos bloques trajo como consecuencia un marcado aumento del bienestar y del nivel de vida de los trabajadores occidentales. Nadie quería que la población se llevara la equivocada idea de que «en el otro lado se estaba mejor». Bueno, en realidad en el bloque comunista sí que la tenían, pero el remedio aplicado fue la represión y el estado policial. En occidente, en cambio, gobernantes y empresarios se volvieron mucho más sensibles a las demandas sociales: escolaridad y medicina universal gratuitas, vacaciones pagadas y otros derechos fueron incorporándose rápidamente a la vida de los trabajadores europeos.

La situación que se había creado en el mundo antes de la caída del Muro de Berlín resultaba beneficiosa para el Estado del Bienestar. La única forma de evitar que el comunismo se extendiese por el mundo era promover políticas sociales para que la opinión pública pensara que no eran patrimonio tan solo del comunismo. El Estado del Bienestar, a partir de la Segunda Guerra Mundial, se cimentó más como freno ante posibles avances del imperialismo soviético que como una auténtica convicción en lo que se estaba haciendo. Con la caída del Muro de Berlín, ya no era necesario tanto esfuerzo, por lo que rápidamente los neoliberales se emplearon a la tarea de desmantelar ese Estado del Bienestar que frenaba tantas posibilidades de hacer negocio.

Curiosamente desde la disgregación del bloque comunista los derechos sociales y las condiciones de los trabajadores en occidente, incluso en países donde tampoco eran ninguna maravilla, como los propios Estados Unidos, han entrado en franco retroceso. Desde 1970 los ingresos de la quinta parte mejor pagada de Estados Unidos han crecido el 60 por ciento. El resto gana el 10 por ciento menos.

La victoria ideológica del capitalismo tuvo su reflejo en la actitud de la banca, que cada vez más libre de frenos se entregó a lo que mejor sabe hacer: ganar más dinero y obtener más primas (primas que, dicho sea de paso, constituyen el 60 por ciento de los ingresos del empleado de un banco de inversión). ¿Cómo? Muy sencillo: bastaba con asumir más riesgos.

Para describir esta situación nos permitimos reproducir los extractos del ensayo *The Quiet Coup*, de Simon Johnson, profesor del MIT y exjefe del FMI hasta 2007, un texto que no tiene desperdicio y que es una de las mejores reflexiones que se han hecho hasta el momento de esta situación:

Si los expertos del FMI pudieran expresarse libremente, dirían a las autoridades de los Estados Unidos lo que le dicen a todos los países en esa situación: que fracasará la recuperación a menos que se quebrante la oligarquía financiera que está bloqueando las reformas esenciales [...]. A lo largo de la crisis el gobierno ha puesto un cuidado extremo en no perturbar los intereses de las instituciones financieras sin cuestionar las líneas básicas del sistema que nos ha traído hasta aquí [...].

Contemplando solo la crisis financiera y dejando a un lado los problemas de las grandes economías nos enfrentamos al menos a dos problemas principales interrelacionados. El primero es un sector bancario gravemente enfermo que amenaza con ahogar cualquier recuperación incipiente que puedan generar los estímulos fiscales. El segundo es un equilibrio político de poderes que concede al sector financiero una fuerza para vetar la política pública, aun cuando ese sector pierde apoyo popular [...].

Los retos a los que se enfrentan los Estados Unidos son un territorio familiar para la gente del FMI. Si usted oculta el nombre del país y solamente les muestra los números, no cabe duda de que los veteranos del Fondo le dirían que se nacionalicen los bancos en apuros y que se fragmenten del modo que sea necesario [...].

Porque se trata de una oligarquía financiera, resurgida no hace mucho, que es única como la más avanzada del mundo y que, a pesar del daño que ha causado, se considera en una posición segura basada en la creencia generalizada aún de que lo que es bueno para Wall Street es bueno para los Estados Unidos [...].

La sabiduría convencional entre la élite sostiene todavía que la actual depresión «no será tan mala como la Gran Depresión». Y esa visión es errónea. La realidad es que a lo que nos enfrentamos podría ser peor que la Gran Depresión porque el mundo está ahora mucho más interconectado y el sector bancario es mucho más grande. Nos enfrentamos a una disminución sincronizada de la actividad económica en casi todos los países, a la debilitación de la confianza de personas y países y a problemas importantes en las finanzas de los gobiernos. Si nuestros líderes hacen frente a las consecuencias potenciales es posible que todavía veamos la adopción de acciones espectaculares en el sistema bancario y la ruptura de la vieja élite. Esperemos que no sea demasiado tarde.

El todopoderoso mercado de bonos

La izquierda de todo occidente se comenzó a sentir un poco huérfana tras la caída del Muro. Las diferencias programáticas entre los partidos comenzaron a ser mínimas en el terreno económico. Lógicamente los partidos de corte liberal se sentían como pez en el agua ante esta situación. Los de corte socialdemócrata tenían que hacer muchos más esfuerzos para justificar ante su electorado según qué medidas, aunque como la economía iba bien y el clima de prosperidad estaba generalizado, lo cierto es que tampoco nadie les exigió demasiadas explicaciones.

Los únicos que han venido tradicionalmente denunciando esta situación han sido los partidos de la izquierda tradicional. Ya en 2008 el coordinador federal de Economía y Empleo de Izquierda Unida, Javier Alcázar, afirmaba que el PSOE y el PP tienen el «mismo modelo económico que ha potenciado en los últimos años los beneficios de las entidades financieras y la especulación, y ha abandonado la inversión productiva».

De hecho, llegados al momento de la crisis ha dado bastante igual el color del partido gobernante en cada país, ya que se han venido aplicando en todos, más o menos, las mismas recetas. La pericia con que se haya hecho ya es otro cantar.

Aparte de los bancos, a la llamada del dinero fácil acudieron muchos otros: *brokers*, financieras, asociaciones crediticias, fondos privados de inversión, especialistas en titulización, fondos de mercado de dinero, fondos de cobertura, compañías de seguros... cada uno de ellos buscando resquicios en las legislaciones reguladoras que les permitieran hacer más y más dinero, especialmente en algo que constituye uno de esos grandes misterios insondables para los profanos: el mercado de bonos.

El nacimiento del bono constituyó una gran revolución en la historia del dinero. Los gobiernos (mediante bonos del Estado) y las grandes empresas (mediante bonos corporativos) utilizan este vehículo como medio para recibir dinero prestado de un abanico más amplio de personas e instituciones que en el caso de que acudieran únicamente los bancos. Es una forma de conseguir dinero materializada normalmente mediante emisiones de títulos de valores.

Como decía el filósofo griego Heráclito, «la guerra es la madre de todas las cosas» y, de hecho, fue la madre de los bonos. Durante los siglos XIV y XV las ciudades-estado de la Toscana (Florencia, Pisa y Siena) vivían en una situación de guerra perpetua entre ellas. En vez de reclutar a sus propios ciudadanos para esta guerra decidieron recurrir a los mercenarios que, por definición, tienen un gran inconveniente: hay que pagarles. Pero en Florencia se encontró una solución ideal para este pequeño inconveniente: los ciudadanos más ricos se vieron obligados a prestar dinero a su propio gobierno, recibiendo, eso sí, suculentos intereses. Tales préstamos tenían una ventaja adicional: podían venderse a otros en el caso de que se necesitase dinero en efectivo.

Desde entonces el mercado de bonos ha crecido hasta alcanzar un tamaño inmenso. Hoy el valor total de los bonos negociados es de decenas de billones de dólares. El endeudamiento se ha convertido en un instrumento de la política monetaria y fiscal de los países. A todos, nos guste o no, nos afecta el mercado de bonos. Por ejemplo, una gran parte del dinero que ahorramos para nuestra vejez (incluidos planes de pensiones y seguridad social) acaba invertido en el mercado de bonos. Además, es el mercado de bonos el que establece los tipos de interés a largo plazo para la economía en su conjunto.[16]

El mercado de bonos es poderoso debido en parte a que diariamente juzga la credibilidad de todas las políticas fiscales y monetarias de los gobiernos, pero su verdadera fuerza reside en su capacidad de castigar a un gobierno elevando los costes de sus bonos. Incluso una variación al alza aparentemente pequeña, digamos de medio punto porcentual, puede dañar a un gobierno que ya tenga déficit.

El crédito es la base de la economía moderna. Cuando los bancos van mal, todo va mal. Una crisis bancaria se da cuando el pánico obliga al cierre, fusión o absorción por parte del sector público de una o más instituciones financieras o, si no existe pánico, sí se dan cierres, fusiones, absorciones o ayudas a gran escala de un gobierno a una institución financiera importante (o grupo de ellas). Si esto sucede, los efectos son catastróficos porque, no olvidemos lo que hemos aprendido en el capítulo anterior, es precisamente en los bancos donde nace de verdad el dinero.

Balance y apalancamiento

En cierto sentido el crédito es la economía. Pero cuando hablamos de creación de dinero a partir de la deuda, del registro del movimiento del dinero, de la contabilidad, es fundamental algo cuya importancia es a menudo despreciada por los profanos: el balance general. El balance suministra la radiografía completa de cualquier empresa.

---

[16] Emma Rodríguez, «El mercado de bonos», *http://pepoladas.over-blog.es/article-el-mercado-de-bonos-43929312.html.*

Se suele atribuir la paternidad del invento a Luca Pacioli, italiano nacido en Sansepolcro en 1445. Las partes segunda, tercera y cuarta de su obra *La Summa* tratan de aritmética comercial, teneduría de libros y monedas, una extensa exposición de la contabilidad por partida doble. El profesor Fernández Pirla, en su obra *Teoría económica de la contabilidad*, reproduce una frase lapidaria legada por el gran genio alemán Goethe: «El método de partida doble es una de las más maravillosas invenciones del género humano». Y refuerza esta opinión, en lo que al autor de *La Summa* se refiere, con otra cita no menos erudita correspondiente a Oswald Spengler: «Monje genial, brillante matemático (fue profesor de Leonardo da Vinci), puede colocarse sin reparo junto a sus contemporáneos Colón y Copérnico».

La grandeza del invento reside en que desde entonces se puede ver con claridad meridiana y en dos columnas bien diferenciadas el activo (lo que tienes) y el pasivo (lo que debes) de cualquier empresa y muy especialmente de los bancos. Y es precisamente en las disonancias entre esas dos columnas en lo que reside la clave de la actual crisis.

El colapso generalizado de las bolsas mundiales con Wall Street a la cabeza fue indicativo de que la burbuja financiera del capitalismo especulador sin fronteras, la reproducción del dinero por el dinero, se desmoronaba merced al apalancamiento financiero (el endeudamiento sin respaldo) y la «economía de papel» fundada sobre el cadáver de la economía real. La filosofía especuladora del apalancamiento (una economía virtual montada sobre el crédito y el endeudamiento) estalló cuando la falta de confianza de los tenedores de bonos y acciones (el dinero de papel) los llevó a «efectivizarlos» en dinero real.[17]

---

[17] «Citi y HSBC en lista de espera para que quiebren: por qué se hunde el sistema financiero imperial», *http://www.cherada.com/articulos/citi-y-hsbc-en-lista-de-espera-para-que-quiebren-porque-se-hunde-el-sistema-financiero-imperial.*

Entonces se destapó la mentira y la falta de respaldo de centenares de miles de millones de dólares transferidos por asientos financieros y papeles que, cuando los tenedores quisieron convertirlos en dinero contante y sonante, se encontraron con la sorpresa de que el efectivo no estaba donde debería estar: en los bancos.

Hay expertos que sostienen que una cantidad equivalente a algo más de la suma del PIB de Estados Unidos y la UE juntos circula en papeles sin respaldo. La caída del sistema de apalancamiento financiero dejó una montaña de papeles inútiles llamados «activos tóxicos», que aún permanecen en la cartera de los bancos y empresas que controlan los sistemas financieros y económicos productivos de los países a escala global. Los banqueros no los blanquean por temor a mostrar que han quebrado. Nadie quiere oficializar sus pérdidas vendiendo los títulos sin valor que tiene en propiedad, por lo que sobreviven con ayudas estatales o compras temporales de los bancos centrales. Lo cierto es que existen miles de millones de dólares en deudas incobrables.

Un banco es una institución cuya primera operación básica consiste en recibir dinero, pagando un interés, para prestarlo con un interés algo más alto. Los depósitos de cuenta corriente y a plazo y los préstamos tomados constituyen el pasivo del banco. Los créditos otorgados y los títulos en los que el banco invirtió el dinero constituyen su activo, junto a la reserva monetaria con la que el banco hace frente a los requerimientos cotidianos de liquidez por parte de los depositantes.

Además, está el capital de los accionistas, que representa la riqueza neta del banco. En el balance surge de la diferencia entre el activo y el pasivo. Los gobiernos y los bancos están obligados a mantener una cierta relación capital propio/activos. En términos generales es del 8 por ciento sobre el conjunto de activos.

Sin embargo, si los inversores advierten que el banco está en situación de insolvencia, se desprenderán rápidamente de las acciones, precipitando la caída. El nivel medio de apalancamiento de los bancos estadounidenses es de 35 a 1, y de 45 a 1 en el caso de los europeos. Esto es, si en Estados Unidos falla 1/35 del activo del banco, este entra en quiebra; en la Unión Europea la misma consecuencia tendría la pérdida de operatividad de 1/45 del activo. Evidentemente se trata de una situación de gran precariedad. Basta una pequeña caída del valor de los activos para eliminar todo el capital de estos bancos.

Señalemos además otra forma de apalancamiento que también agravó la crisis bancaria. Una forma de aumentar las ganancias bancarias consistió en tomar préstamos a muy corto plazo, por los que pagaban una baja tasa, para invertir en títulos a largo plazo que rendían una tasa más alta. Los bancos tomaban muchos préstamos que debían renovar semanalmente o incluso en plazos más cortos. En el momento del estallido de la crisis los bancos de inversión estaban fondeando más de un cuarto de sus balances con deuda que se renovaba cada veinticuatro horas.

¿Por qué se incurría en semejantes riesgos? Porque a mayor riesgo, mayor beneficio, y a mayor beneficio, mayor bonificación para los que han tomado ese riesgo. Al menos así fue hasta que estalló la burbuja. Las gigantescas bonificaciones de las que disfrutaban la mayoría de los banqueros provenían de aumentar el riesgo en el que ponían a sus respectivos bancos, a sus inversores y al resto de la sociedad. En una perversión del sistema se estaba premiando principescamente una actitud perniciosa: el acrecentar cada vez más el peligro de que su pasivo llegase a superar el activo, es decir, de caer en la insolvencia.

Los activos tóxicos no son otra cosa que inversiones fallidas, algunas de las cuales no contaban con las más mínimas garantías. El término en sí es engañoso y contribuye a extender la idea de que el colapso del sistema es producto de una especie de epidemia de un virus maligno y sorpresivo, cuando en realidad estamos hablando, simple y llanamente, de una mala gestión. No se trata de activos cuyo precio haya caído o sea difícil de determinar: es mucho peor que eso. Se trata de activos incobrables que nadie quiere ni va a querer comprar. Bueno, en realidad sí que habría gente dispuesta a comprarlos por un precio irrisorio, pero aquí volvemos a la magia de la contabilidad. Los dueños de esos activos no pueden venderlos a ese precio porque mientras los tengan, tóxicos o no, siguen siendo activos, pero si se deshacen de ellos a su precio de mercado automáticamente pasan al capítulo de pérdidas, dejando las finanzas del propietario en una situación muy delicada.

Un buen ejemplo de ello son los inmuebles que muchas entidades bancarias tienen a la venta. El sector financiero español posee activos inmobiliarios problemáticos «no reconocidos» de 50.000 millones de euros. Dentro de los activos tóxicos se incluyen suelos y viviendas adjudicadas, crédito promotor y constructor moroso o subestándar e hipotecas morosas. Si los propietarios los vendiesen a precio de mercado, se encontrarían con un inmenso agujero en su balance. Esto es justo lo que ha sucedido en todas las quiebras que hemos visto en los últimos tiempos.

La otra forma que tiene un banco de quebrar es el pánico bancario, una retirada masiva de depósitos bancarios llevada a cabo por gran cantidad de clientes de un banco. Estos retiran sus depósitos cuando creen que el banco es o podría ser insolvente. Se trata de una especie de profecía autorrealizada: cuantas más personas retiran sus depósitos, la probabilidad de impago se incrementa y esto estimula posteriores retiradas. Tal cosa ocurre porque, como hemos visto, los bancos solo guardan en caja una parte muy pequeña de la cantidad depositada. Lo peor del asunto es que los clientes de los otros bancos, al ver quebrar el primero, se contagian del pánico y la resultante cadena de bancarrotas puede causar una larga recesión. Hasta ahora no hemos tenido pánico bancario, por fortuna, pero eso no ha evitado una cadena de bancarrotas cuyas consecuencias estamos pagando todavía.

Del apocalipsis a la invasión de los zombies

A principios de 2008 el panorama de apalancamiento, activos tóxicos y contabilidades insostenibles comenzó a ser evidente para los expertos. El ciudadano común y buena parte de la clase política seguían en Babia. Todo empezó en marzo, con la quiebra del banco de inversión Bear Stearns. Al poco tiempo, el 7 de septiembre, se nacionalizan Fannie Mae y Freddie Mac,[18] la base financiera de la industria hipotecaria norteamericana. Y desde ahí, en un mes, la crisis se hace plenamente visible.

Ocho días después se produce la mayor bancarrota de la historia, la del banco de inversión Lehman Brothers. Los rescates multimillonarios comenzaron veinticuatro horas después, cuando el gobierno se hizo cargo del 79,9 por ciento de la aseguradora AIG. El 14 de septiembre uno de los símbolos del capitalismo mundial, el toro de Wall Street, recibió una importante estocada. Merrill Lynch, el banco del que es símbolo el astado, fue intervenido por el Bank of America. El 21 de septiembre los dos mayores bancos de inversión de Estados Unidos, Goldman Sachs y Morgan Stanley, se fusionaron para poder acceder a las ayudas de la Reserva Federal a cambio de un importante incremento en el nivel de supervisión. El 28 de septiembre los gobiernos de Luxemburgo, Bélgica y los Países Bajos nacionalizaron el Banco Fortis, el mayor de Bélgica, operación que costó 1.300 millones de euros de los contribuyentes. El 29 de septiembre fue nacionalizado el banco británico Bradford & Bingley. En este caso el coste

[18] Tanto Fannie Mae (Asociación Nacional Federal de Hipotecas) como Freddie Mac (Coorporación Federal de Hipotecas para Viviendas) son grandes compañías hipotecarias cotizadas en bolsa, patrocinadas por el Congreso para ofrecer financiación en el mercado de viviendas.

ascendió a 41.300 millones de libras. A primeros de octubre se produce la catástrofe del sistema bancario islandés. La crisis está servida.

Cuando bancos y gobiernos fueron conscientes de la existencia de los activos tóxicos y de la preocupante insolvencia bancaria, ya era demasiado tarde. El problema se hizo general cuando los bancos, viendo lo que le estaba sucediendo a sus vecinos, echaron bruscamente el freno a los préstamos para intentar recapitalizarse a fin de evitar el riesgo de quiebra. Y así se acabó la fiesta de la abundancia, la prosperidad y el consumismo. Los bancos dejaron de ofrecer dinero a manos llenas y comenzaron a dedicarse a la tarea que les supone el imaginario popular: acumularlo. Cuanto más mejor o, dicho en la jerga económica, «desapalancarse». Desde luego, para los bancos, dada la situación anterior, es lo más sensato, pero para el resto de la economía es algo tremendamente destructivo.

Las cifras son espeluznantes. En 2011 la banca española tiene que refinanciar 98.000 millones de euros y corta las líneas de crédito a las empresas cada vez con mayor intensidad. Tampoco dan préstamos hipotecarios, pues ello drenaría su tan necesaria liquidez, dificultaría la salida del *stock* inmobiliario y dilataría la agonía de las empresas promotoras. El desapalancamiento de la banca está arrastrando a muchas empresas (ya de por sí castigadas por la caída del consumo) al abismo.

Pero por si le faltaba algún ingrediente a la película de terror en que se ha convertido la economía, al acecho está la amenaza de los «zombies»: los bancos zombies. Veamos: ¿qué hacen los bancos con el dinero que han recibido del Gobierno de Estados Unidos? La nacionalización parcial americana es de hecho solo una aportación de capital; las acciones que el Tesoro ha comprado no tienen derecho a voto. El gobierno los mantiene a flote y los riesgos del pasado son una losa psicológica importante, así que ¿qué hacer? Pues la respuesta no puede ser ni más desalentadora ni más negativa para la economía: nada, absolutamente nada.

Hay capital, pero ya no existe la presión de los accionistas exigiendo dividendos. El Estado se conforma con que no haya pérdidas. Esto son los bancos zombies, un fenómeno que ya se dio en Japón en la década de 1990 y que ha prolongado la crisis económica en este país durante más de veinte años... y lo que queda. Entidades seguras gracias a un cheque en blanco de inyecciones públicas de capital, pero totalmente apáticas y sin el más mínimo ánimo de poner dinero en ningún sitio. En (casi toda) Europa los gobiernos han entrado en los bancos con voz y voto; en teoría, debería evitarse la banca zombie a costa de tener a los políticos empujando a estas entidades a hacer banca populachera. Pero unos Estados Unidos invadidos por los zombies pueden lastrar la recuperación de toda la economía mundial.

Entre pillos anda el juego

A raíz de la crisis miles de personas escucharon por primera vez un término fundamental en este asunto y que les producía el respeto reverencial de aquello que te dicen que afecta profundamente a tu vida, pero no acabas de entender: los derivados financieros. Quizá una de las mejores y más divertidas fuentes para entender este concepto sea una antigua comedia de John Landis titulada *Entre pillos anda el juego* (*Trading Places*, 1983). La trama principal es un cambio de identidad, a la manera del príncipe y el mendigo de Twain, protagonizado por un importante hombre de negocios (Dan Aykroyd) y un *homeless* (Eddie Murphy). Pero la película alcanza su punto clave —y se vuelve sumamente didáctica sobre el mercado de derivados financieros— en las escenas protagonizadas por los Duke, dos viejos zorros de Wall

Street (Don Ameche y Ralph Bellamy) que se benefician de la compra-venta de acciones de jugo de naranja congelado gracias a la utilización ilícita de información privilegiada sobre las cosechas. Veamos: gastas 10.000 euros en una opción de compra de x toneladas de zumo de naranja de California por, digamos, un millón en el plazo de seis meses. Transcurridos los seis meses resulta que la cosecha es peor de lo que se esperaban los agricultores, los precios suben por la escasez y esa misma cantidad de zumo ahora mismo vale en el mercado 1,2 millones. Has hecho un magnífico negocio. Tienes la posibilidad de comprar por tan solo un millón y vender a precio de mercado su zumo de naranja o, en el caso de que no te interese hacerte mayorista, tienes en el bolsillo una opción que cualquiera comprará gustoso por una cantidad cercana a los 200.000 euros.

También puede suceder lo contrario. Una cosecha magnífica puede saturar el mercado del zumo y hacer bajar los precios hasta 900.000 euros. Por supuesto no vas a ser tan tonto de comprar por un millón algo cuyo precio de mercado está 100.000 euros por debajo. Así que, simplemente, dejas pasar su opción, dando por perdidos los 10.000 iniciales.

El ejemplo del zumo de naranja, el mismo que se usa en la película, no es casual. Las opciones y los futuros nacieron en los mercados de materias primas, en especial en el Chicago Mercantile Exchange, donde son lógicos y útiles. Pero, como suele suceder, alguien un buen día tuvo una mala idea y se le ocurrió que si se podían hacer derivados que extraían su valor de la leche o el cobre, por qué no hacerlos sobre acciones o productos financieros. Así, poco a poco, los negocios con mercados a futuro se desligaron de los negocios subyacentes y adquirieron un carácter predominantemente especulativo, no solo en las cantidades apostadas (sí, por si alguien no se ha dado cuenta todavía, estamos hablando simple y llanamente de apuestas) sin fundamento en la economía real.

El mercado total de productos derivados en todo el mundo se sitúa hoy en centenares de billones de dólares. Sí, ha leído bien: centenares de billones, mucho más que los alrededor de 70 billones en los que está cifrado el producto económico mundial real. Un contrasentido como este no puede quedar sin consecuencias. La lista de operadores individuales que han perdido en una sola operación cifras cercanas o superiores a los mil millones de dólares sobre derivados financieros es alarmantemente larga.

Nick Leeson, del Barings Bank, perdió 827 millones de libras y fue condenado a seis años y medio en la cárcel. En 1995 el Barings Bank apostó contra el mercado japonés y perdió lo suficiente como para quebrar. Leeson fue sentenciado a seis años y medio en una prisión de Singapur. Ahora vive en Irlanda.

Toshihide Iguchi, del Banco Daiwa, perdió 1.100 millones de dólares y fue condenado a cuatro años de cárcel. Menos conocido que Leeson, ahora es un autor de *best-sellers*.

En 1996 Yasuo Hamanaka, conocido con ese apodo de Mr. Cooper debido a su destacado papel como operador de futuros del cobre en Sumitomo Corp., se dejó 1.800 millones en operaciones no autorizadas en la Bolsa de Metales de Londres. Sumitomo admitió más tarde que el monto de las pérdidas fue mucho mayor, 2.600 millones, y fue condenado a ocho años de cárcel.

John Rusnak, del Allfirst, perdió 691 millones de dólares y fue condenado a siete años y medio en la cárcel. Parecía que los operadores sin escrúpulos habían entrado en hibernación durante el *boom* de las puntocom, pero en 2002 la increíble historia de John Rusnak llegó a los titulares de los periódicos. Había escondido 691 millones de dólares en pérdidas, lo que tiene su mérito, porque no creo que sea una cantidad precisamente fácil de esconder, en Allfirst, subsidiaria en Baltimore de AIB. Rusnak pasó algo menos de seis años tras las rejas. Es más, todavía está pendiente el pequeño asunto de la devolución de los 691 millones, aunque los fiscales establecieron que la cantidad devuelta dependerá de la cantidad de dinero que pueda reunir, lo que, tratándose de un sujeto con semejantes antecedentes, supone un peligro en sí mismo.

Chen Jiulin, de China Aviation Oil, perdió en 2005 un total de 550 millones de dólares en futuros de combustible para esa firma. Fue una espectacular caída en desgracia para una auténtica leyenda de los negocios, el «rey de Aviation Oil». Fue condenado a una pena de cuatro años de prisión.

Jérôme Kerviel, de Société Générale, parece tener el récord absoluto. Entre 2006 y 2008 este banquero francés hizo desaparecer la impresionante cifra de 4.900 millones de euros trabajando en Société Générale. El banco se cubrió las espaldas diciendo que Kerviel actuó solo y sin autorización. Sin embargo, él afirma que ver a otras personas haciendo cosas similares era algo común en la empresa y que la administración hacía la vista gorda mientras hubiera ganancias. Kerviel fue condenado a tres años y se le ordenó devolver el dinero, aunque la sentencia está pendiente de apelación.

Robert Citron, del condado de Orange, California, tuvo suerte de que sus andanzas se produjeran en una época en la que los tribunales no estaban tan concienciados de las devastadoras consecuencias sociales de los delitos financieros, por lo que ni siquiera llegó a pisar la cárcel. En 1994 Citron, tesorero del condado de Orange en California, acumuló un déficit de 2.000 millones de dólares en futuros. El condado de Orange fue a la quiebra, todos los departamentos y servicios públicos, de la sanidad a los bomberos, tuvieron que sufrir recortes brutales y más de tres mil empleados fueron despedidos. Citron se defendió afirmando que carecía de la formación económica necesaria para entender los productos que le habían vendido. Salió magníficamente bien parado, con tan solo cinco años de libertad condicional supervisada y mil horas de servicio comunitario.

Armas de destrucción masiva

Es muy posible que en el caso particular de Citron la base de su defensa ante los tribunales, «no entendí lo que me estaban vendiendo», sea cierta. Una característica de los derivados es su complejidad. Lo que comenzaron siendo sencillas estimaciones ha alcanzado una complejidad tal que, no ya los compradores, sino muchos de los vendedores, en el fondo, no tienen la menor idea de con qué están comerciando. Si, como todo parece indicar, la situación actual es el escenario de la muerte de la economía tal como la conocemos, en la lápida se podría leer: «Descanse en paz. Murió de complejidad». Derivados de formas desconcertantes e incomprensibles se encuentran en el corazón de la crisis financiera global.

La filosofía que sustenta el éxito y el desmedido crecimiento de los derivados es la idea de que los riesgos pueden ser transferidos a instituciones más capaces de soportar el esfuerzo. La práctica es muy diferente, como ya avisó en 2002 el financiero Warren Buffett, que calificó los derivados como «armas financieras de destrucción masiva». El genio de los derivados está ahora fuera de la botella, y estos instrumentos se multiplicarán casi con seguridad en variedad y número hasta que algún acontecimiento ponga de manifiesto su toxicidad. El conocimiento de lo peligrosos que son ya se ha hecho presente en las empresas de electricidad y de gas, en las que el estallido de importantes problemas provocó una espectacular disminución del uso de derivados. Sin embargo, en todas partes el negocio de los derivados continúa expandiéndose de forma descontrolada. Los bancos centrales y los gobiernos no han encontrado hasta ahora una manera eficaz de controlar los riesgos que plantean estos contratos, ni siquiera de seguir su evolución.

Uno podría preguntarse: ¿ha sido todo siempre tan complejo? Y la verdad es que no. Se trata de un fenómeno relativamente reciente debido a la «matematización» del mundo financiero, que llevó a que cientos de matemáticos y físicos aterrizasen en Wall Street en la década de 1990 para hacer lo que a sus empleadores les parecía magia. Esta nueva generación de alquimistas de Wall Street recibió incluso un nombre genérico: los *quants*.

Intentando simplificar mucho los terriblemente complejos manejos de estos personajes, se podría decir que los *quants* de Wall Street pretendían hacer algo que desde hacía mucho se venía haciendo, a una escala infinitamente menor, en el mundo de las apuestas deportivas: las apuestas compensadas. Es decir, apuestas cruzadas que, sea cual sea el resultado final del evento deportivo, terminan dando un beneficio.

A pesar de los dictados del sentido común, que nos dice que a mayor complejidad de un sistema, mayores son las probabilidades de que ocurra un fallo mínimo que dé al traste con todo, la cosa parecía funcionar a las mil maravillas. ¿Qué fue entonces lo que falló? Algo que en el mundo de los servicios de inteligencia se conoce como el «Maldito Inconveniente Imprevisto» (MII). Estas tres letras hacen que aparezcan sudores fríos en las frentes de los espías más experimentados y consiguen que los responsables de las operaciones más sofisticadas pierdan el sueño. El MII, el «Maldito Inconveniente Imprevisto», esa pequeña cosa impensable con la que no se podía contar, que era prácticamente imposible que ocurriera y que, sin embargo, ocurre. Los matemáticos financieros pueden plantear modelos como verdaderas catedrales de números en las que está contemplado casi cualquier riesgo expresado en probabilidades. Pero el mundo real es el reino de la incertidumbre donde, de tarde en tarde, ocurre lo impensable, donde todas las semanas le toca la lotería a alguien que tenía una posibilidad entre un millón de ser el afortunado, donde se dan maremotos de nivel 9 en la escala de Richter frente a centrales nucleares preparadas para resistir un seísmo de 8,9.

Wall Street vivía completamente de espaldas al MII. Con relativa frecuencia los equipos de banqueros celebraban un ritual tribal, el *off-site weekend*, que consistía en reunirse en algún lugar soleado para celebrar sus éxitos con yates, prostitutas de lujo, champán de a mil dólares la botella... Una de estas reuniones, celebrada en 1994 por un grupo de banqueros de J. P. Morgan en el Boca Raton Resort & Club de Florida, se convirtió en un episodio legendario en la intrahistoria de la meca de las finanzas. Pero no fue porque las prostitutas fueran más bellas o más dispuestas, los excesos de comida y bebida más caros y extravagantes o la fiesta más ruidosa y divertida. Nada de eso. De hecho, como fiesta fue bastante decepcionante en comparación con la media de las que se celebraban aquellos días. En realidad los banqueros de J. P. Morgan pasaron la mayor parte del fin de semana enclaustrados en una sala de conferencias dándole vueltas a una cuestión tan vieja como la banca misma: ¿cómo mitigar el riesgo cuando se le presta dinero a alguien ? Por aquella época en los libros de J. P. Morgan figuraban columnas interminables de préstamos a empresas grandes y pequeñas y a gobiernos extranjeros por valor de decenas de miles de millones de dólares. Las leyes federales les obligaban a mantener grandes cantidades de capital en reserva, enormes recursos financieros desaprovechados, tan solo por si se daba la circunstancia de que alguna de esas operaciones saliese mal. Pero ¿y si ellos diseñaban un dispositivo que protegiese los préstamos y, de esta manera, poder liberar ese capital?

Tendría que ser una especie de póliza de seguro: un tercero asume el riesgo de la deuda y, a cambio, recibiría los pagos regulares del banco. Así nació el «*swap* de incumplimiento crediticio» y J. P. Morgan fue el primer banco en aplicarlo. Contrató a *quants* procedentes del MIT (Massachusetts Institute of Technology) y Cambridge para crear estos productos: «He conocido a personas que trabajaron en el Proyecto Manhattan —dice Mark Brickell, que en ese momento era director gerente de J. P. Morgan— y nosotros teníamos el mismo tipo de sensación de estar presentes en la creación de algo muy importante». La analogía con el Proyecto Manhattan no deja de ser llamativa, ya que lo que estaban creando era, precisamente, el arma de destrucción masiva a la que se refería Warren Buffett.

En poco tiempo los *credit default swaps* se convirtieron en una herramienta extraordinariamente popular. Luego vino el auge de la vivienda en Estados Unidos y, con él, la locura. A medida que la Reserva Federal bajaba los tipos de interés, los estadounidenses comenzaron a comprar casas en cantidades crecientes y los valores respaldados por hipotecas se convirtieron en la nueva inversión caliente. Las hipotecas se empaquetaron en bonos que fueron comprados por casi todas las instituciones financieras imaginables: bancos de inversión, bancos comerciales, fondos de cobertura, fondos de pensiones... Y con estos valores respaldados por hipotecas aparecieron los correspondientes *credit default swaps* para proteger a los inversores contra el incumplimiento.

Empresas aseguradoras como AIG también se emplearon con entusiasmo en la emisión de *credit default swaps*. En el momento en que AIG fue rescatada tenía 440.000 millones de dólares en *credit default swaps*. En AIG creyeron cándidamente que un *swap* era un seguro de toda la vida con un nombre *molón*. Y se equivocaron. La diferencia fundamental es que si alguien tiene un accidente de tráfico eso no aumenta en absoluto el riesgo de que se produzcan más. Pero los bonos son otra historia. De hecho, las compañías de seguros son sumamente reacias a asegurar contra catástrofes naturales y eso es precisamente lo que ocurrió con las hipotecas que respaldaban esos bonos, una catástrofe global. Cuando los valores respaldados por hipotecas empezaron a ir mal, AIG tuvo que hacer frente a miles de millones de dólares de *swaps* de incumplimiento crediticio. Pronto se hizo evidente que no iba a ser capaz de cubrir sus pérdidas. La consecuente caída de sus acciones y sus efectos en el Dow Jones no contribuyeron más que a extender el pánico.

Las agencias de calificación

El mercado de bonos es, como hemos visto, una enorme y compleja maquinaria que constituye el verdadero motor de buena parte de la economía. Para los gobiernos y para muchas corporaciones los bonos son el medio fundamental de obtener dinero. Y todo depende de que los inversores compren o no esos bonos basándose en la seguridad —o inseguridad— que les inspiran. Una parte fundamental de este asunto son las agencias de calificación. Las más conocidas son Fitch, Moody's y Standard & Poor's.

En *The New York Times* el periodista y escritor Calvin Trillin se recreaba cruelmente explicando cómo los intelectualmente menos dotados de su universidad se veían obligados a trabajar en Wall Street, una perspectiva aburrida con una remuneración moderada. Con el tiempo Wall Street se convirtió en el centro del universo, el lugar más excitante del planeta, donde «sucedían las cosas» y, de paso, donde se pagaban sueldos jamás soñados. ¿A dónde fueron los zoquetes de la clase? «Los tipos que no pueden tener un empleo en Wall Street se van a trabajar a Moody's». Fueron estas agencias las que convirtieron las hipotecas *subprime* y otros ingenios bancarios en una trampa, otorgando la máxima calificación a productos que ahora se consideran basura y además aceptando encargos remunerados para que esos productos tóxicos tuvieran la máxima nota. Pero no nos confundamos, no fue porque en ellas trabajen zopencos que no pueden encontrar hueco en ningún otro lugar de la industria financiera, sino, posiblemente, por razones mucho más oscuras.

De hecho, si analizamos su trabajo, parece tratarse de algo sumamente complejo. Cuando una empresa o un gobierno quieren emitir deuda requieren los servicios de una o más calificadoras de riesgo. El equipo de analistas pasa semanas o meses revisando la información que les proporciona el cliente. Si se trata de riesgo soberano, las agencias analizan el riesgo político (desde el nivel de democratización y la libertad de prensa, hasta la seguridad pública), la estructura económica y la perspectiva de crecimiento, las vulnerabilidades frente al exterior, la política fiscal y la monetaria. Luego el equipo informa a un comité formado por cinco o siete empleados de alto nivel que decidirá la promoción o degradación de la nota por mayoría. Es una decisión colegiada. El emisor tiene el derecho a apelar si se siente agraviado por el resultado. Las calificaciones son revisadas cada doce meses si la situación del país es estable. De lo contrario, se cambia inmediatamente.

Es decir, podemos decorarlo como queramos pero, en el fondo, estamos hablando de estimaciones, de apuestas. Apuestas de muy alto nivel, qué duda cabe, pero apuestas a fin de cuentas. Las agencias miden el grado de probabilidad de que alguien cumpla a corto o largo plazo, pero, a pesar de su presuntamente altísimo grado de especialización, el número de variables que entran en juego es tan descomunal que resulta casi imposible acertar de pleno. A pesar de ello nadie en el mundo económico se toma estas estimaciones como algo meramente orientativo, sino que más bien se asumen como palabra revelada.

Las agencias constituyen un cártel opaco y sumamente poderoso: las tres grandes controlan más del 90 por ciento del mercado de calificaciones de empresas y países. Si todo funcionase como debiera, las notas de solvencia contribuirían a mejorar la información que hay en los mercados sobre un determinado producto financiero o la deuda de un país. Lo que sucede es que las cosas funcionan de una manera algo distinta: cualquier lector de prensa financiera ya sabía a mediados de 2007 que la banca de inversión estadounidense, y en particular Lehman Brothers, estaba atravesando una época muy complicada. Sin embargo, las agencias mantuvieron su calificación hasta el día mismo de la bancarrota.

Lo llamativo es que ni siquiera es la primera vez que ocurre algo así. Las agencias han fallado en muchas y notorias ocasiones, desde el escándalo de Enron a la quiebra de Venezuela. «No vieron llegar la crisis por ningún lado y ahora se dedican a hacer el problema más grave con una sucesión de rebajas de las calificaciones exageradas para no perder más credibilidad», explica José Luis Alzola, del Observatory Group. En opinión de Guillermo de la Dehesa, presidente del Center for European Policy Research, las agencias «tienen un serio problema, y es que no responden de su información equivocada como lo hacen, por ejemplo, los auditores que dan fe de la bondad de las cuentas auditadas. Están dados de alta como periodistas financieros, protegidos por la libertad de expresión refrendada por una enmienda de la Constitución de Estados Unidos. Pero al mismo tiempo sus ingresos provienen de haber conseguido una licencia entregada por los reguladores financieros públicos para llevar a cabo dicho servicio público de suministro de información independiente y veraz en un régimen de oligopolio».[19]

Cabe entonces preguntarse legítimamente de dónde procede el inmenso poder de estas empresas, especialmente cuando se ha demostrado por activa y pasiva que las calificaciones van siempre a la zaga de la realidad. Es más, empeoran notablemente la realidad. Tal como dice un postulado de la física moderna, el observador influye en el resultado del experimento. No solo son incapaces de ver la crisis con antelación, sino que, cuando esto ha ocurrido, rebajan la cali-

---

[19] Claudi Pérez, «El escándalo de los calificadores», *El País*, 7 de julio de 2011.

ficación, provocando que el país o la empresa en cuestión desciendan otro peldaño hacia el abismo.

Portugal es el mejor ejemplo de este proceso. En junio de 2011 Moody's rebajó de golpe cuatro tramos la calificación portuguesa, metiéndola de lleno en el terreno de los bonos basura y agravando aún más una situación ya de por sí delicada. Lo más curioso es que la situación en ese momento era igual, si no levemente mejor, que la de los meses anteriores.

Moody's justificaba su decisión por el hecho de creer que Portugal necesitaría un segundo rescate, cosa que ellos mismos están contribuyendo a que se produzca. La rebaja de Moody's lo complica todo y supone una suerte de profecía autocumplida: al bajar la nota cuatro escalones de golpe alerta del riesgo de Portugal y eleva de golpe los tipos de interés en los mercados de deuda, lo que hace más difícil el acceso de Lisboa a los mercados y supone una invitación a los especuladores.

Errores y chantajes

A pesar de las críticas, las calificadoras de riesgo desempeñan un papel necesario en el sistema financiero global. Las empresas y países interesados en endeudarse deben recurrir a ellas. La función de estas compañías es brindar una opinión calificada e independiente sobre la capacidad de repago de la entidad. Cuanto mayor sea la calificación, menor es la probabilidad de que se produzca un incumplimiento. Cuanto más baja sea la calificación, mayor es la probabilidad de que el inversor no recupere su dinero. El sistema de calificación viene a ser como sigue: el grado más alto en la calificación de deuda es AAA. Luego, de más a menos, vienen los grados AA, A, BBB, BB, B, CCC y finalmente R, que viene a ser que el bono en cuestión no vale ni lo que el papel en que está impreso. Los valores por encima de BBB reciben el nombre de «grado de inversión», y los que están por debajo son considerados como bonos basura. Si las agencias otorgan a un determinado bono una calificación alta, por pura ley de la oferta y la demanda rendirá una tasa de interés más baja (a mayor seguridad, menor rentabilidad). Si, por el contrario, se le otorga una calificación más baja, tendrá que pagar más.

Con todo esto el BCE y los gobiernos europeos comienzan a mostrar su hartazgo de las agencias calificadoras en términos cada vez menos ambiguos. «Hay que acabar con el oligopolio de las agencias», ha dicho el ministro de Finanzas alemán, Wolfgang Schaüble. El presidente de la Comisión Europea, José Manuel Durão Barroso, reclama cada vez con más insistencia la creación de una agencia europea: «Parece extraño que no haya una sola agencia de calificación crediticia de Europa. Muestra que podría haber un sesgo en los mercados cuando toca evaluar asuntos específicos de Europa», ha explicado antes de recordar que «hay algunas ideas sobre la posibilidad de crear agencias originarias de Europa». En la misma línea, el portavoz económico de la Comisión Europea, Amadeu Altafaj, ha afirmado que la decisión de Moody's «vuelve a poner en cuestión el comportamiento de las agencias de calificación y su clarividencia».[20]

La decisión de Moody's de recortar la nota de solvencia de Portugal al nivel de bono basura ha sido la gota que ha colmado el vaso de la paciencia de las autoridades europeas. Para la Comisión Europea esta rebaja entra en el terreno de lo dudoso, ya que está basada en «escenarios altamente cuestionables». Además, ha acusado a las agencias de actuar siguiendo los intereses del mercado.

---

20 «Bruselas carga contra Moody's por alentar la especulación en los mercados», *El País*, 6 de julio de 2011.

En menos de doce meses diversas instituciones portuguesas, como bancos y empresas públicas, han cancelado o suspendido sus contratos con alguna de las tres principales agencias. La Comisión Europea analiza restringir el poder de las agencias calificadoras de riesgo. A la propuesta de elaborar un marco normativo para regular su funcionamiento y la creación de una agencia de evaluación propia, se suma la posibilidad de prohibir por ley que esas empresas emitan análisis sobre las deudas soberanas de los miembros de la zona euro: «Tenemos que trabajar en pos de lograr una mayor competencia, hacer más transparente su modo de trabajar, afinar sus métodos sobre la calificación de deudas soberanas y limitar su papel, es decir, su poder», dice el comisario de Mercado Interior de la UE, Michel Barnier. Por otra parte, el exsecretario general de la OTAN, Javier Solana, cuestionó la neutralidad de las agencias de calificación y consideró que sus directivos forman parte de las causas que detonaron la crisis financiera internacional.

El cuestionamiento sobre estas empresas no se limita a las autoridades europeas y tampoco se agota en su comportamiento durante la crisis de la Eurozona. Las calificadoras de riesgo asignaron riesgo casi nulo a los bonos estructurados con las hipotecas *subprime* que detonaron la crisis financiera internacional. Por su parte, el gobierno argentino es un fuerte crítico de estas empresas, fundamentalmente Moody's y S&P, que a pesar del sostenido crecimiento del país durante el estallido de la debacle global rebajaron la calificación de la deuda en 2008 y, a lo largo de los últimos años, pronostican una inminente crisis, que no parece terminar de llegar, y reclaman un ajuste del gasto y la demanda.

Lo realmente increíble para empresas sobre cuyas espaldas descansa la responsabilidad de buena parte del mercado de bonos es que el error, el error garrafal, no les es ni mucho menos ajeno. A principios de 2007 Moody's revisó las calificaciones del banco holandés

ABN AMRO, que no estaba nada contento con la bajada que le había otorgado la agencia, y descubrió un error informático que había llevado a calificar con la triple A, la categoría que se concede a los valores de menor riesgo, a miles de millones de dólares de productos de deuda estructurada. Inmediatamente se informó a los altos directivos de la compañía, que decidieron mantener las calificaciones de esos productos hasta enero del siguiente año, cuando fueron rebajadas discretamente en medio de la ralentización del mercado, esperando que nadie notara la metedura de pata. Los productos implicados, dirigidos a inversores institucionales, supusieron pérdidas de hasta un 60 por ciento. Finalmente *The Financial Times* descubrió todo el asunto en sus páginas y el escándalo fue de primera magnitud.

En agosto de 2010 la Securities and Exchange Commission (SEC), la entidad que regula el mercado de los Estados Unidos, dictaminó que Moody's había violado la ley federal al no haber comunicado el error al mercado. No hubo consecuencias: la misma SEC dijo que no había ninguna ley que permitiera llevar el caso ante los tribunales. Fue tan solo el primer caso de un verdadero rosario. Eric Kolchinsky, un exanalista de Moody's, denunció ante investigadores del Congreso de los Estados Unidos que la agencia calificadora había inflado sus valoraciones, según informaba el diario *The Wall Street Journal*. En una carta fechada en el mes de julio que cita el periódico, Kolchinsky acusa a Moody's Investor Service de emitir en enero una alta calificación a un complejo título de deuda, pese a que planeaba rebajar la valoración de los activos que respaldaban tales valores. Según este analista, «Moody's emitió una opinión que sabía que era equivocada», y además cita otros ejemplos en los que la agencia pudo supuestamente realizar las mismas prácticas. El diario señala que un portavoz de Moody's declinó hacer comentarios sobre el asunto, y explica que Kolchinsky fue despedido porque había rechazado cooperar con una investigación sobre este hecho.

La credibilidad de las agencias de calificación financiera no puede estar más en entredicho. Si episodios como su ceguera ante la quiebra de Lehman Brothers ya las dejó en evidencia, causa aún más desconcierto cuando estas agencias se contradicen entre ellas. Ya sucedió en el caso de España, cuando Fitch presentó un informe en el que alababa los bancos españoles, subrayando que habían afrontado con éxito la crisis y, solo tres días antes, la agencia Moody's dibujaba un escenario radicalmente distinto, asegurando que la situación era de enorme riesgo y que la banca estaba ocultando el deterioro de sus activos. Es indudable que los criterios de evaluación de estos organismos son erráticos y que su reforma no puede esperar más.

Los errores son una cosa, pero hay actividades mucho más sórdidas con las que han sido relacionadas estas empresas. Actividades como el chantaje. Imaginemos por un momento la cara que debió de poner el circunspecto Wilhelm Zeller, presidente de una de las compañías de seguros más grandes del mundo, cuando recibió una carta de Moody's, correcta y profesional, pero que dejaba traslucir una de esas ofertas que no se pueden rechazar y que tanto gustaban a Corleone. Moody's quería informar a la empresa de Zeller —el gigante de los seguros alemanes Hannover Re— que habían decidido calificar su salud financiera sin costo alguno. Bueno, sin costo, pero la carta sugería que Moody's esperaba que Hannover pagara por el servicio. Al margen de la carta, Zeller garabateó una nota urgente a su jefe de finanzas: «*Hierbesteht Handlungsbedarf*», «Tenemos que actuar».

Hannover Re se había convertido en una de las mayores reaseguradoras del mundo, con aproximadamente la mitad de su negocio en los Estados Unidos. Las aseguradoras deben ser capaces de demostrar que tienen capacidad financiera. Y es que Hannover Re ya estaba pagando cifras más que considerables a las otras dos compañías de calificación, y ambas le habían dado altas calificaciones, por lo que se le comunicó a Moody's que no veían necesidad de contratar otra calificación:

«Por lo tanto, muchas gracias por la oferta, realmente lo apreciamos. Sin embargo, no vemos ningún valor añadido», escribió Herbert K. Haas, director financiero de Hannover Re. Como Haas recuerda, un empleado de Moody's le recalcó que si Hannover pagaba por una calificación, eso «podría tener un impacto positivo» en el resultado.

¿Que no había necesidad? A lo mejor sí...

Impuesto revolucionario

Moody's, por su cuenta y riesgo, decidió afrontar la evaluación de Hannover Re de todos modos y publicar los resultados durante varios años, esperando que la empresa contratara sus servicios. Sin embargo, la aseguradora se negó a pagar. Haas recuerda: «Mi primera reacción fue pensar: "Esto es chantaje puro"». Para Moody's era solo una cuestión de negocios. S&P ya estaba estableciéndose en Alemania y en toda Europa en la calificación de las actividades aseguradoras. Moody's iba a la zaga. Haas pensó que Hannover Re representaba una manera rápida de que Moody's alcanzara a su competidor. En pocas semanas Moody's emitió una calificación no solicitada contra Hannover, dándole una calificación de Aa2, un escalón por debajo de la dada por S&P. Haas suspiró con alivio. En ninguna parte del comunicado de prensa se hacía la más mínima mención a que la calificación se había llevado a cabo sin la cooperación de Hannover Re. Sin embargo, Haas estaba relativamente satisfecho. Podría haber sido peor.

Y vaya si fue peor. En julio de 2000 Moody's bajó la calificación de Hannover Re de estable a negativa. Seis meses después Hannover Re bajaba un tramo, a Aa3. Según iba incrementando el castigo, Moody's seguía tratando de vender sus servicios a Hannover Re. En el invierno de 2001 rebajó la calificación de la aseguradora en dos escalones más a A2. En diciembre de 2002 la calificadora puso a

Hannover Re en revisión para otra posible rebaja. Aquello ya había llegado demasiado lejos, la dignidad está bien, pero la empresa se podía permitir el gasto que suponía esa extorsión, que de cualquier forma ya sería menor que las pérdidas que estaban ocasionando esas calificaciones. Haas recomendó a sus jefes que cedieran: «Le dije: "En última instancia no se puede ganar contra una agencia de calificación. Vamos a morder la bala y pagar". Pero para Willie [Zeller] era una cuestión de principios. Me dijo: "Yo no voy a pagar a estos tipos"».

En 2003 a los responsables de Moody's se les acabó la paciencia y, a pesar de que otros evaluadores de crédito continuaban dando a Hannover Re un certificado de buena salud, Moody's calificó de repente a Hannover Re en la categoría de bono basura. Accionistas en todo el mundo, alarmados por la rebaja, comenzaron a deshacerse de las acciones de la aseguradora, que perdió 175 millones de dólares de valor de mercado en cuestión de horas. Los analistas estaban justificadamente confundidos, ya que no había ninguna información de dominio público para justificar la rebaja.

Lo que pasó con Hannover Re sirvió para que los más suspicaces comenzaran a explicarse por qué muchas empresas y gobiernos comenzaron en su día a crecer casi milagrosamente al amparo de las tres grandes calificadoras de riesgo, que se han convertido en potencias mundiales sin estar sometidas a ningún tipo de supervisión formal. Si lo que nos indica este caso es cierto, estas empresas podrían haberse convertido en los matones del barrio económico, a los que hay que pagar a cambio de su «protección».

Las empresas de calificación son libres de establecer sus propias normas y prácticas, lo que a veces conduce al abuso. La base del multimillonario negocio de los evaluadores de crédito radica en convencer a la sociedad de que necesita de sus calificaciones, incluso en contra de sus deseos, como en el caso de Hannover Re. En otros casos no hay por qué dar calificaciones bajas, basta con no darlas, un movimiento que puede aumentar los pagos de interés de los bonos afectados por esta medida.

El modelo de negocio de S&P, Moody's y Fitch se basa en el concepto de que el «emisor paga», es decir, las empresas y los gobiernos pagan por sus calificaciones, en vez de hacerlo el inversor que usa la información. Esto explica el 95 por ciento de sus ingresos anuales, que sumaron más de 6.000 millones de dólares para S&P y Moody's entre 2002 y 2007. No obstante, no es un sistema homogéneo. S&P actualmente solo califica a países bajo demanda (actualmente califica a ciento veintiséis Estados; Moody's a ciento diez); mientras que Moody's, como hemos visto, ha calificado sin petición y sin pagos. Fitch, por su parte, también realiza análisis no solicitados y, según la empresa, «no hay ninguna diferencia de criterio».

El poder de estas empresas es tal que Moody's a veces ha utilizado su influencia para fijarse ella misma sus honorarios sin llegar siquiera a negociar con sus clientes. Compuware Corp. es un fabricante de *software* al que le sucedió esto a finales de 1999. Compuware solicitó en su día dos calificaciones. Standard & Poor's cobraba un monto inicial de 90.000 dólares, más una cuota anual de 25.000, según Laura Fournier, directora financiera de Compuware. Pero Moody's cobró 225.000 dólares por la evaluación inicial, aunque en principio no añadió cuota anual. Menos de un año después Moody's comunicó unilateralmente a su cliente que tendría que pagar una cuota anual de 5.000 dólares, que se triplicaría si la compañía no emitía valores adicionales que generasen nuevos pagos a Moody's. ¿Cuál era el servicio que la empresa prestaba a través de esta cuota anual? Ninguno. La compañía pagó de todos modos. Las empresas de calificación siempre están a la búsqueda de nuevos pretextos para extraer honorarios. Con frecuencia cobran a los clientes por cada uno de los valores que emiten, aunque todas las calificaciones vienen a ser lo mismo: una evaluación de las finanzas de la empresa.

El exjefe de finanzas de una importante firma de telecomunicaciones declaró en su día al *Washington Post* que se quedó atónito cuando Moody's y S&P le enviaron sus facturas iniciales de seis cifras cada una, sin contar la cuota de mantenimiento anual: «Recuerdo haber pensado que sus honorarios eran una barbaridad», dijo el exejecutivo al periódico, con el que habló bajo la condición de mantener el anonimato por temor a la ira de las empresas de calificación. Escamado, se fue con las facturas a su banco en busca de consejo. El banquero estudió las facturas, miró a su cliente con cierta condescendencia y le dijo escuetamente: «Tienes que pagar». Y pagó, como tantos otros: «Sí, es caro para un par de llamadas y un pequeño análisis», pero en realidad tampoco es que tuviera otra opción.

Existe otro motivo de preocupación. Los evaluadores de crédito tienen un privilegio que les da acceso a la información confidencial de la compañía clasificada. Las compañías de calificación afirman que necesitan esos datos. Pero cuando se producen crisis financieras como la actual, o los desastres anteriores de Enron, WorldCom o Parmalat, los evaluadores afirman que, a pesar de haber tenido acceso a información privilegiada, no pueden ser culpados por las pérdidas de los inversores, ya que una cosa es analizar los datos que les dan y otra detectar el fraude: «La tarea de asegurar la exactitud de la información de origen entra dentro del campo de los auditores y los reguladores», dijo en su momento Frances G. Laserson, portavoz de Moody's.

Claro que ese acceso a la información privilegiada no siempre es imprescindible. Cuando la calificación de una empresa se produce sin su cooperación, los calificadores de crédito dicen que no necesitan la información no pública. Ellos llaman a estas calificaciones «no solicitadas», aunque es un eufemismo para calificar algo que en el mundo financiero se conoce como «calificación hostil». Según las estimaciones de Moody's, tan solo un 1 por ciento de sus calificaciones pertenecen a esta categoría, mientras que James Jockle, un portavoz de

Fitch, afirmaba que más del 95 por ciento de las empresas «acordó pagar nuestros honorarios».

Al parecer existe un temor reverencial a las posibles consecuencias de no acceder al pago: las empresas a las que se acercan los evaluadores de crédito por lo general prefieren pagar una cuota en lugar de que les adjudiquen clasificaciones de riesgo en su contra hechas sin su cooperación. Un ejecutivo de S&P, que habló anónimamente con el *Washington Post*, reveló que estas empresas tienen sus propios comerciales —lo que llaman en su jerga un «equipo de origen»—, cuyo objetivo es mejorar los ingresos de sus empresas buscando nuevos clientes a los que cobrar una tarifa. Son «ventas en frío», esto es, nadie solicita la visita de los comerciales, la empresa visitada no ha requerido sus servicios. Cuando llega el comercial, en muchas de las empresas se le recibe con la sensación de que es alguien que ha llegado a cobrar una especie de «impuesto revolucionario».

A veces se llega más lejos en el afán recaudatorio. Northern Trust Corp. denunció que «se han enviado facturas por parte de las agencias de calificación que no fueron solicitadas y que no se había acordado previamente pagar... En ocasiones hemos pagado las facturas con el fin de preservar la buena relación con la agencia de calificación, pero creemos que esta práctica es propensa a abusos».

Accionariado y corrupción

En 1996 el Departamento de Justicia examinó las calificaciones no solicitadas llevadas a cabo por Moody's. Casi al mismo tiempo un distrito escolar de Colorado demandó a Moody's a causa de una calificación negativa no solicitada. El caso se solventó a favor de la calificadora, ya que el juez dictaminó que las declaraciones sobre el distrito escolar estaban protegidas por la Primera Enmienda, que da cobijo a la libertad de expresión. En 2001 Moody's fue condenada a pagar 195.000 dólares por obstruir a la justicia mediante la destrucción de documentos durante una investigación. Fitch también ha recibido no pocas críticas por sus calificaciones no solicitadas.

A finales de 1980 Moody's comenzó su expansión por Europa usando como ariete este tipo de calificaciones. Empezó a escribir cartas a las empresas europeas diciendo que tenían la intención de calificarlos. Moody's invitaba a las empresas a participar en el proceso de calificación de forma voluntaria. Sin embargo, si no lo hacían, se les dejaba bien claro que disponían de la información pública necesaria para hacer una calificación de todos modos. El gancho, básicamente, era una amenaza implícita.

Pero ¿quién son realmente estas empresas? ¿A quién pertenecen? ¿Quiénes son sus dueños o sus accionistas? ¿Qué empresas hay tras estas empresas? Pues, aunque parezca mentira, no es una pregunta fácil de contestar.

En 1916 se fundó la calificadora Poor's Publishing Company, pero surgió como S&P en 1941. En 1966 fue adquirida por el gigante editorial McGraw-Hill, y es la segunda calificadora del mercado. El accionariado de Standard & Poor's es sorprendentemente sencillo en apariencia: la totalidad pertenece a The McGraw-Hill Companies. ¿Qué demonios hace una editorial metida en semejante negocio multimillonario? En realidad no debería resultar tan sorprendente, ya que esta editorial sobre todo se dedica a la publicación de libros de texto de economía y lo que hace S&P es publicar datos económicos. La aparente sencillez del asunto se esfuma cuando analizamos en detalle el accionariado. Son datos aproximados, pero muy reveladores (en %):

Barclays PlC	10
Deutsche Bank AG	3,6
Fayez Sarofim & Co.	4,3

FMR Corp.	2,3
Goldman Sachs Group Inc.	3,6
MacKenzie Financial Corp.	2,3
Mellon Financial Corp.	2,2
State Street Corp.	3,1

Moody's fue fundada en 1909 por John Moody. Su principal accionista es el multimillonario inversor estadounidense Warren Buffett, a través de su compañía Berkshire Hathaway (en %):

AIG (American International Group)	2,1
AIM Management Group	3,1
Barclays PlC	3,1
Berkshire Hathaway	16,1
FMR Corp.	2,8
Goldman Sachs Group Inc.	5,3
State Street Corp.	2,8

Si comparamos ambos casos, veremos que algunos nombres se repiten. Pero si hiciéramos el desarrollo del accionariado de cada una de estas empresas, veríamos que, al final, acaban repitiéndose prácticamente los mismos nombres. La pregunta es: ¿cómo es posible que los gobiernos admitan que unas empresas privadas, participadas por poderosas firmas internacionales que, como es lógico, tienen sus propios intereses, vayan por ahí dictando sentencias de muerte económicas a diestro y siniestro?

Existe un tercer calificador de riesgo: Fitch Ratings. Fitch Publishing Company vio la luz en 1924. La mayor accionista de Fitch es la firma francesa de servicios de inversión Fimalac, presidida por Marc Ladreit, una de las mayores fortunas de Francia. Un reciente informe de la Comisión de Cambio y Bolsa de Estados Unidos criticó a las agencias por diversos problemas, incluyendo insuficientes controles sobre los conflictos de intereses de los empleados, por no hablar del accionariado. Es más, la Comisión se llevó una sorpresa mayúscula cuando descubrió que las empresas, en ocasiones, no siguen ni sus propios procedimientos. He aquí algunos de los ejemplos citados en el informe:

- Las agencias no tienen políticas ni suficientes ni eficaces para prevenir los conflictos que surgen cuando los analistas y los empleados del grupo tienen acciones en las compañías que califican.
- Dos de las tres agencias grandes no tienen políticas específicas para prevenir los conflictos que se generan cuando una compañía que evalúan posee una participación sustancial en la misma agencia.
- Una agencia no logró seguir sus propias fórmulas para calificar bonos.
- Otra tardó en avisar a los inversionistas sobre cambios en sus fórmulas.

Y ¿por qué el gobierno estadounidense empieza ahora a fijarse en las agencias de calificación? Porque ahora mismo ellos son también parte perjudicada del asunto. La degradación de la deuda de Estados Unidos por parte de Standard & Poor's, un hecho inédito en la historia económica, de AAA a AA+, ha sido un auténtico puñetazo sobre la mesa que pone de manifiesto que estas empresas no van a renunciar a su poder que, según ha exclamado el presidente del Banco Central de Austria, Ewald Nowotny, es «más grande que el de Dios».

Lo cierto es que el sistema no ofrece alternativas. Obtener una calificación es condición ineludible para que un título llegue a los mercados. Y, más aún, muchos fondos de pensión o aseguradoras compran los bonos si y solo si recibieron una calificación comprendida en el codiciado grado inversor. El Banco Mundial advirtió en un estudio que las calificadoras se enfrentan al «incentivo de sobreestimar» la calidad del título para mantener la relación con el cliente.

Durante una sesión de la Comisión de Investigación sobre la Crisis Financiera, creada por el gobierno de Estados Unidos, tres exanalistas de Moody's admitieron haber sido presionados por la gerencia para mejorar la nota de ciertos productos financieros. Mark Froeba, exvicepresidente de derivados de esta agencia, acusó a los directivos de premiar con bonificaciones y ascensos a los analistas que cooperaban con los bancos de inversión y de castigar a quienes no lo hacían.

Tradicionalmente, cuando a un emisor de deuda se le bajaba su *rating* era por no poder pagar (Grecia) o no querer pagar (Argentina). Sin embargo, en el caso de Estados Unidos la justificación se encuentra en un momento de incertidumbre política a raíz de las dificultades en el Congreso norteamericano para subir el límite máximo de deuda. Además S&P violó el sacrosanto (hasta ese momento) principio del «*country ceiling*» invocado tantas veces en el pasado contra empresas solventes ubicadas en economías emergentes: «Ningún emisor de deuda puede tener un *rating* superior al del país donde está domiciliado». S&P rompió con esta tradición y dejó a muchas entidades domiciliadas en Estados Unidos con una calificación AAA, un agravio comparativo que ha molestado a muchas entidades que, en el pasado, se han encontrado con la situación contraria.

La reacción de los políticos no se hizo esperar. La misma semana en que S&P humilló a Estados Unidos, William Harrington, un exanalista de Moody's, entregó a la Securities and Exchange Commission un documento de setenta y ocho páginas bastante comprometedor. En él Harrington describió el modus operandi de Moody's en términos cercanos a lo que se podría interpretar como corrupción generalizada.

Capítulo 8

LA CRISIS DE LA EUROZONA

Con el objetivo de salir de la encrucijada económica desatada en 2008, la UE diseñó un plan de estímulo para el cual debían invertirse 200.000 millones de euros. Este plan incluía distintas medidas para impulsar la demanda y la producción. Por su parte, el BCE comenzó una política de bajadas de los tipos de interés hasta llegar al 1 por ciento, récord en su historia. Esto, junto con los planes de estímulo, favoreció la recuperación del crecimiento. Sin embargo, estas intervenciones gubernamentales tuvieron efectos secundarios no deseados, siendo el principal de ellos la elevación del nivel del déficit y de la deuda. Así, desde mediados de 2009 comenzó a propagarse el temor de que el nivel de deuda de las economías consideradas más débiles pudiera amenazar la estabilidad financiera de la Unión Europea. A finales de 2009 emergió el temor de que Grecia se declarase en suspensión de pagos. En octubre de 2009 el Partido Socialista griego ganó las elecciones legislativas. Fue el momento crítico en el que se destapó el problema y se hicieron realidad los peores temores que circulaban por los mercados. El nuevo gobierno anunció que la situación del país era catastrófica y que el déficit presupuestario para aquel año sería del 12,5 por ciento en lugar del 3,7 por ciento que había anunciado el gobierno precedente. También se reveló que, al menos desde hacía una década, las cuentas que rendía Atenas ante la Unión Europea eran absolutamente ficticias. El endeudamiento había alcanzado el 113,4 por ciento para el año 2009, muy por encima del límite del 60 por ciento fijado por la Unión Europea.

El 8 de diciembre las agencias de calificación bajaron el nivel de la deuda griega. Esto indicó a los inversores que invertir en ese país era suicida. Mientras tanto, en ese mismo mes de diciembre, el gobierno griego dijo que no pediría ayuda externa para reembolsar sus deudas, anunciando un plan de austeridad para complacer a los mercados financieros y a la Comisión Europea. Sin embargo, ese anuncio no fue suficiente, y en los días siguientes comenzaron los rumores de que el ejecutivo iba a declarar la suspensión de pagos. La Comisión Europea pidió más medidas de ajuste. Uno de los obstáculos para el gobierno griego en aquel periodo fue que las medidas generaron protestas, que encabezaron los sindicatos, además de enfrentamientos en las calles. Comenzó a cundir la desconfianza de los mercados sobre la capacidad del país para iniciar un cambio de rumbo en su política económica. En las semanas siguientes la UE le pidió a Grecia que hiciera algo con su deuda. A raíz de esta situación aparecieron los primeros recelos sobre si lo que estaba sucediendo en Grecia no terminaría por afectar a toda la zona euro. Así, Angela Merkel insistió varias veces en que cada miembro de la Unión debe ser responsable de sus propias finanzas públicas.

Los mercados no necesitaron más que las dudas dentro de la propia UE para reaccionar. La crisis de la deuda soberana de la Eurozona se desató a principios del año 2010, afectando directamente a los países que habían adoptado el euro como moneda. El gobierno griego desveló a principios de enero de 2010 un drástico plan de ajuste, a pesar del cual la desconfianza continuó y las tasas de interés para Grecia se dispararon. El 2 de febrero el gobierno revisó el plan de austeridad, endureciéndolo con nuevas medidas a pesar de que hubo nuevas huelgas generales.[21]

Se trataba de una crisis de confianza sin precedentes, con ataques especulativos contra los bonos de los diferentes países y una caída del valor del euro. La Unión Europea se encontraba en un dilema. No había cláusula en los tratados de la Unión que tuviera prevista la necesidad de rescates financieros. El rescate colectivo de un país por los otros miembros está prohibido, porque se supone que sería una medida incentivadora de la falta de contención presupuestaria. Así, durante semanas, Alemania se negó a ayudar directamente a Grecia.

Todos los países de la Eurozona se vieron afectados y comenzaron a ser vistos con desconfianza por los mercados. Por otro lado, una intervención del FMI no contentaba a todos los miembros de la Eurozona, porque recurrir al FMI habría supuesto admitir que la zona euro no tiene capacidad para solventar sus propios problemas.

Hubo temores de que los problemas griegos en los mercados financieros internacionales afectaran a otros países de la zona euro, en especial a Portugal (deuda del 77 por ciento de su PIB), España (déficit similar al griego, pero deuda pública sensiblemente más baja) e Italia (deuda pública más elevada, pero déficit mucho menor).[22] La situación griega alteró la confianza en los mercados financieros y llevó a los inversores a reaccionar retirando sus inversiones de los países sospechosos. El 3 de febrero, finalmente y después de darle muchas vueltas, la UE decidió respaldar el plan del gobierno griego para reducir su déficit, aunque sometería a Grecia a una supervisión severa

---

21 «Grecia subirá los impuestos y la edad de jubilación para atajar la crisis», *El País*, 2 de febrero de 2010.

22 «Un escenario "a la griega"», Radio France Internationale, 4 de marzo de 2010.

para garantizar que el país tomaba las medidas adecuadas. El anuncio fue insuficiente para calmar los temores de contagio a otras economías. El 11 de febrero la UE anunció su firme propósito de poner las medidas necesarias para sortear la crisis. Prometieron llevar adelante una acción coordinada para salvaguardar la estabilidad del euro, aunque sin concretar en qué consistiría el rescate, por lo que no se disiparon las dudas sobre la economía helena. En los días sucesivos la Unión Europea pidió de nuevo a Grecia que intensificase sus esfuerzos. Así, el 5 de marzo, después de una nueva huelga general, el gobierno griego anunció nuevas medidas.

A partir de marzo de 2010 la Unión Europea, liderada por Alemania y el FMI, comenzó a diseñar un paquete de medidas destinadas a rescatar la economía griega. El 15 de marzo, mientras los mercados financieros seguían especulando, el Eurogrupo llegó a un acuerdo no detallado, pero reiteró que Grecia no necesitaba un rescate y que la crisis griega era una cuestión estrictamente interna.

Los PIGS

Durante esas negociaciones comenzaron a surgir toda una serie de disensos en el seno de la Unión, en especial entre Alemania y el resto de los países y, ante la incapacidad de llegar a un acuerdo, la desconfianza aumentó en los mercados financieros mientras el euro comenzaba a desplomarse. La dificultad de llegar a un acuerdo se debía principalmente a una discrepancia entre Alemania, que se negaba a ayudar colectivamente a Grecia e incluso propuso excluir de la Eurozona a los países que no respetaran las reglas, y otros países de la Eurozona como Francia, que estaban a favor de una ayuda a Grecia y descartaban una exclusión. Finalmente, el 25 de marzo Francia y Alemania acordaron un plan de último recurso para rescatar a Grecia si llegaba a encontrarse en situación de suspensión de pagos. Sin embargo, en los días siguientes continuaron las dudas sobre el rescate. El 11 de abril los líderes del Eurogrupo anunciaron que los fondos estarían a disposición del país solo en caso de que pidiera asistencia, con tasas de interés del 5 por ciento (más baja que el 7 por ciento en los mercados). El dinero lo pondrían los países de la Eurozona y el FMI.

El 22 de abril cayó un nuevo jarro de agua fría cuando se cifró el déficit griego en el 13,6 por ciento del PIB, un monto muy superior al 12,9 por ciento calculado por las estimaciones previas. El día 23 el primer ministro griego le tomó la palabra al Eurogrupo y solicitó el rescate para antes del 19 de mayo. El plan no fue lanzado inmediatamente debido a las dudas de Alemania.

Así nacieron los PIGS (literalmente «cerdos» en inglés), un acrónimo peyorativo con el que los medios financieros anglosajones se refieren al grupo de países del sur de la Unión Europea, Portugal, Italia, Grecia y España (Spain en inglés), para incidir en los problemas de déficit y balanza de pagos de dichos países. Tras la crisis de 2008 a veces se reemplaza a Italia por Irlanda o simplemente se añade Irlanda (con el acrónimo PIIGS) para referirse a los países, algunos anteriormente puestos como ejemplo, que sufrieron una crisis aumentada en comparación al resto de Europa. El término se usa desde hace tiempo para señalar la fragilidad del crecimiento de ciertas economías de países históricamente pobres de Europa, protagonistas de un nuevo crecimiento en la década de 1990 usado por analistas académicos y comentaristas como una forma concisa de referirse a economías con problemas similares. Estos Estados tienen también en común ser países de la periferia europea, lo que facilita los prejuicios históricos en relación a los países mediterráneos o los prejuicios británicos sobre los irlandeses. El acrónimo tiene cierto paralelismo con el BRIC (Brasil, Rusia, India y China, economías emergentes), pero con intención opuesta, ya que *brick* significa «ladrillo».

En septiembre de 2008 el uso de este acrónimo por el periódico *The Financial Times* provocó las protestas de empresarios españoles y del ministro portugués de Economía. Ya había sido usado antes por publicaciones como *Newsweek*, *The Economist* o el diario *The Times*.[23]

Por otra parte, las cifras que muestran estos PIGS en contracción económica, desempleo, endeudamiento interno y externo, déficit público o burbuja inmobiliaria no son demasiado diferentes de las del Reino Unido o Estados Unidos en 2009, países de donde provienen las principales críticas. En este sentido se ha especulado sobre la idea de que la construcción mediática del concepto puede, en realidad, haber respondido a un deseo de los grandes centros de negocios anglosajones de desviar la atención sobre su propia situación financiera y fiscal. En cualquier caso el término fue un éxito a nivel de *marketing* y los recelos se reforzaron en particular para España, donde el desempleo había subido a un 20 por ciento, y Portugal, que tuvo un déficit elevado (9,3 por ciento del PIB en 2009).[24]

El 2 de mayo se acordó un plan de rescate de 750.000 millones de euros para tratar de evitar que la crisis alcanzara un punto de no retorno. Al mismo tiempo, todos los grandes países de la UE tuvieron que adoptar sus propios planes de austeridad.

La rentabilidad exigida por la deuda de numerosos países de la zona euro aumenta con cada nuevo indicio de que la recuperación caerá en el estancamiento —o la recesión— en 2012, y los países con más problemas para controlar su déficit, como España o Italia, sufren

---

[23] PIGS, *http://es.wikipedia.org/wiki/PIGS.*

[24] Eurostat, Public Balance, «Net borrowing/lending of consolidated general government sector as a percentage of GDP».

cada vez más dificultades para lograr financiación. Además, aunque Francia y Alemania cumplieron sus estimaciones de crecimiento del tercer trimestre, el temor es la previsible entrada en recesión técnica en países como España o Italia. Parece que a los mercados no les basta con los cambios de gobierno en los países críticos y siguen sin confiar en la capacidad de los líderes europeos de salir con éxito de la crisis de deuda soberana.

La máquina de los billetes

El Banco Central Europeo tiene recursos casi ilimitados (es el que tiene las llaves de la imprenta de los billetes) para defender la deuda de los estados y actuar como prestamista de último recurso, pero los eurócratas no quieren ni oír hablar de ello. Prefieren crear un cobarde fondo de emergencia. El Fondo Europeo de Estabilidad Financiera (FEEF, en inglés European Financial Stability Facility, EFSF) es una entidad jurídica especial aprobada por los veintisiete países miembros de la Unión Europea el 9 de mayo de 2010. Su principal objetivo es preservar la estabilidad financiera en Europa ofreciendo ayuda financiera a los estados de la zona euro que se hallen en una situación de crisis económica. El FEEF puede emitir bonos u otros instrumentos de deuda con el apoyo de la Oficina Alemana de Gestión de Deuda para recaudar los fondos necesarios para proporcionar préstamos a los países de la zona euro con problemas financieros, la recapitalización de bancos o la compra de deuda soberana. Las emisiones de bonos están respaldadas por garantías otorgadas por los estados miembros de la zona euro. El FEEF se puede combinar con préstamos de hasta 60.000 millones de euros del European Financial Stabilization Mechanism (que dependen de los fondos recaudados por la Comisión Europea con el presupuesto de la UE como garantía) y hasta 250.000

millones de euros del Fondo Monetario Internacional para obtener una seguridad financiera de hasta 750.000 millones de euros.[25]

Si no se realizan operaciones financieras, el FEEF cerraría después de tres años, el 30 de junio de 2013. Si hay una operación financiera, el Fondo existirá hasta que su última obligación haya sido reembolsada en su totalidad. El Fondo solo puede actuar tras una solicitud de asistencia realizada por un Estado miembro de la zona euro y el establecimiento de un programa para el país que se haya negociado con la Comisión Europea y el FMI. Dicho programa debe haber sido aceptado de manera unánime por el Eurogrupo (ministros de Finanzas de la zona euro). Si se produce una petición de ayuda por parte de un Estado miembro de la zona euro, se tardará de tres a cuatro semanas en elaborar un programa de apoyo, incluyendo el envío de expertos de la Comisión, el FMI y el BCE al país en crisis. Una vez que el Eurogrupo ha aprobado el programa nacional, el FEEF necesitaría varios días para recaudar los fondos necesarios y desembolsar el préstamo.

Lo que no se cuenta es que el Fondo está apalancado de forma masiva y que solo ofrece un 20 por ciento de garantía sobre los bonos soberanos. Así, por ejemplo, si Italia se va a pique durante el próximo año y no puede pagar sus deudas, entonces los tenedores de bonos recibirán como compensación la muy poco consoladora cifra de 20 céntimos por euro invertido. Hace poco se anunció la ampliación del Fondo Europeo de Estabilidad Financiera hasta un billón de euros. Y ¿quién va a poner todo ese dinero sobre la mesa? Los economistas del BCE no tienen ninguna gana de hacer girar la manivela de los billetes y los bancos y empresas europea están más para que les den que para dar. El generoso inversor en esta ocasión va a ser China, que lo hace de mil amores sabiendo que bue-

[25] Fondo Europeo de Estabilidad Financiera, *http://es.wikipedia.org/wiki/European_Financial_Stability_Facility.*

na parte de ese dinero va a ir tarde o temprano a la adquisición de productos chinos. Esto va a dar un nuevo giro a las ya de por sí complicadas relaciones comerciales y financieras entre China y Europa, ya que los chinos, con todo el derecho del mundo (el que paga manda), exigirán un mejor acceso a los mercados europeos, lo que contribuirá a deteriorar todavía más la balanza comercial y el empleo en Europa.

Los costos de endeudamiento de Italia han alcanzado niveles récord, lo que subraya su vulnerabilidad en el corazón de la crisis de la deuda de la zona euro y el escepticismo sobre si el gobierno puede llevar a cabo reformas vitales.

Los bancos de toda Europa han anunciado que recortarán más de 775 millones de euros de sus balances en los próximos dos años para reducir a corto plazo las necesidades de financiación y lograr el 9 por ciento de liquidez exigido por el Comité de Supervisión Bancaria. Los bancos necesitan, por su parte, reducir el apalancamiento, pero si optan por hacerlo mediante la reducción de activos y no por la obtención de capital, eso tendrá consecuencias negativas para la economía.

Para bregar con todo el monumental lío de la crisis del euro el BCE cuenta con un nuevo hombre al mando, el italiano Mario Draghi. La llegada de Draghi tiene un especial significado si tenemos en cuenta que entre enero de 2002 y diciembre de 2005 fue alto ejecutivo de Goldman Sachs, el gran banco de inversiones estadounidense que precisamente durante esos mismos años estaba ayudando a Grecia a ocultar debajo de la alfombra su monumental deuda a través de instrumentos financieros opacos.

Gobierno Sachs

Atenas incurrió durante una década, con la ayuda de Wall Street en general, de Goldman Sachs en particular y de Draghi en especial, en prácticas que le permitieron disimular los límites de deuda establecidos por Bruselas. Incluso cuando la crisis fiscal de Grecia estaba en un punto de no retorno, los bancos de Wall Street estaban buscando mecanismos para ayudar a ese país a evitar preguntas incómodas por parte de Bruselas y de los países de la zona euro. De hecho, tres meses antes de que Atenas se convirtiera en el epicentro de la preocupación global por la mala situación de sus cuentas públicas, un equipo de Goldman Sachs llegó a la capital griega con una propuesta «muy moderna» bajo el brazo para gobiernos con dificultades para afrontar sus gastos. Los banqueros, liderados por el presidente de Goldman, Gary Cohn, ofrecieron a Grecia un producto financiero que permitiría a ese país redistribuir parte de la deuda de su sistema sanitario para que no tuviera que hacerle frente hasta mucho más adelante. Atenas no aceptó la última propuesta de Goldman Sachs, pero cabe preguntarse a cuántas propuestas similares accedió previamente.

Al igual que en la crisis de las *subprime*, los productos financieros de derivados desempeñaron un papel fundamental en la fase previa a la crisis de deuda de Grecia. La Agencia Estadística Europea, Eurostat, no conocía estas transacciones, pero rápidamente se puso al corriente de los hechos y lo que descubrió bajo la alfombra griega puso los pelos de punta a más de uno. Cuando se conoció por fin la verdad de las cuentas griegas, ya en 2009, cundió el pánico en la Eurozona: fue el inicio formal de la crisis europea, que empezó en Atenas, siguió en Irlanda y Portugal e infectó tanto al conjunto de la UE que aún amenaza con llevarse por delante hasta la construcción europea misma.

Los griegos ya están dando más del 53,5 por ciento de sus ingresos fiscales anuales a los bancos para servir una deuda artificial que crece exponencialmente, en vez de reducirse. En 2009 el nuevo ejecutivo griego del socialista Yorgos Papandreu se encontró de sopetón y sin esperárselo con los trucos contables creados por Goldman Sachs.

Su primera medida fue colocar al frente de la Agencia de Deuda Pública griega a Petros Christodoulou, que no solo había trabajado en Goldman Sachs, sino que en 2006 era el responsable de Mercados y Banca Privada del Banco Nacional de Grecia, la entidad privada que a partir de ese año vehiculó el *swap* griego diseñado por Goldman Sachs a través de una cuenta en Delaware (Estados Unidos), territorio considerado un paraíso fiscal.

Su nombramiento no impidió que el antiguo responsable de mercados del Banco Nacional de Grecia se encontrara en el centro de una investigación de la Reserva Federal de Estados Unidos sobre los contratos relativos a la deuda griega que implicaban a Goldman Sachs y otras empresas con tratos fraudulentos con el gobierno de Atenas. En especial, el instituto de emisión estadounidense se interesaba precisamente por la función desempeñada por Petros Christodoulou.

Christodoulou fue el primero de los «Sachs Boys» que comenzaron a acaparar cargos públicos, más o menos visibles, en puestos relacionados con la crisis de la Eurozona. No es un club de fútbol, pero Goldman Sachs puede presumir de fomentar una de las canteras más prolíficas del mundo. No son chavales ilusionados, sino prestigiosos economistas cuya reputación florece rápidamente tras trabajar para uno de los mayores bancos de inversión del mundo.

Los expertos procedentes de Goldman Sachs forman una auténtica red, a la vez oculta y pública, que gracias a sus agendas de contactos tienen abiertas las puertas de presidencias y cancillerías. En muchas ocasiones trabajan como consejeros, contratados con gran esmero y a precio de oro, y conocen hasta las más mínimas sutilezas de los entresijos del poder en el seno de la Unión Europea. ¿Quiénes son los miembros de la vertiente europea del «gobierno Sachs», como se suele denominar al banco por su poder de influencia en Washington? En el Reino Unido Goldman Sachs cuenta con *lord* Griffiths, consejero de la exprimera ministra Margaret Thatcher, y en Alemania con Otmar Issing, antiguo miembro de la dirección del Bundesbank y execonomista jefe del Banco Central Europeo. Mario Monti, también excomisario europeo, es asesor internacional de Goldman.

Y por supuesto, el recién ascendido a la cúspide del BCE, Mario Draghi, fue vicepresidente de Goldman Sachs International entre 2002 y 2005. Nombres todos ellos con importantes cargos que no supieron, o no quisieron, ver la relación de Goldman Sachs con el destrozo económico que ahora afronta Grecia.[26] Así no es de extrañar que Goldman Sachs supere todas las previsiones de beneficios año tras año. *The Washington Post* escribe al respecto: «El banco de inversión neoyorquino se benefició del torbellino financiero, de la ausencia de sus antiguos rivales y el continuo apoyo del gobierno federal». Los tentáculos del banco no solo se extienden por Europa. Los operadores financieros del Gobierno de Estados Unidos, muchos de los cuales son exejecutivos de la compañía, tienen mucho que ver con estos éxitos. En un controvertido artículo, el periodista Matt Taibbi denunció cómo Goldman Sachs ha estado detrás de las últimas burbujas financieras manipulando el mercado a su favor. Según Taibbi, Goldman Sachs ha logrado desestabilizar el mercado a voluntad debido a la influencia de sus exdirectivos en los diferentes gobiernos: han estado detrás de las decisiones financieras más importantes de los últimos tres presidentes de Estados Unidos y de algunos de los casos que han terminado desembocando en la crisis de la Eurozona. Taibbi sostiene que Henry Paulson dejó morir a Lehman Brothers, uno de los últimos competidores reales de Goldman Sachs, sin ayuda financiera del gobierno

---

[26] Josué Coello, «La prolífica cantera de Goldman Sachs», 2 de noviembre de 2011, *http://www.intereconomia.com/noticias-negocios/empresas/prolifica-cantera-goldman-sachs-20111102.*

mientras un día después prestaba 85.000 millones de dólares a la aseguradora AIG, la cual le pagó 13.000 millones que le debía a Goldman, que de esta forma fue recompensada por sus malas apuestas.

Henry Paulson, secretario del Tesoro en el último mandato de George W. Bush, fue antes presidente ejecutivo de Goldman Sachs durante ocho años, donde compartió despacho con Robert Rubin y Jon Corzine, otros destacados cargos públicos estadounidenses durante la década de 1990.

Inside Job en Europa

Estos datos vuelven a poner de manifiesto que, salvo los principales jugadores del tablero de la economía mundial, los demás seguimos siendo víctimas de un complejo espectáculo de manipulación que solo podemos presenciar, pocas veces entender y menos detener.

A medida que los mercados no tenían más remedio que aceptar el hecho de que los políticos forzaran al Banco Central Europeo a seguir comprando bonos de deuda soberana, los cambistas empezaron una masiva venta de bonos, apresurándose a salir del mercado antes de que el euro se desmoronase. Más que la crisis irlandesa o incluso la griega, lo que molestó a los mercados fueron los comentarios de la canciller alemana Angela Merkel sobre que los inversores tendrán que aceptar recortes. La compra de deuda soberana por parte del BCE hace cundir la impresión de que la deuda de la Eurozona no tiene ninguna base en la economía real.

Con la llegada de Draghi al trono del BCE ya son tres las palancas clave en la crisis de la Eurozona que estarán ahora controladas por exdirectivos del polémico banco que entre 2001 y 2008 ayudó a maquillar las cuentas griegas: el BCE, la división del Fondo Monetario Internacional para Europa y la Agencia griega de Deuda Pública.

Mientras, la crisis griega comienza a cobrarse víctimas en Estados Unidos. La empresa MF Global acumuló deudas por valor de 39.700 millones y se convierte en la octava quiebra más grande de Estados Unidos. Jon Corzine, su CEO (*chief executive officer*) y antiguo directivo de, cómo no, Goldman Sachs, es un amante del riesgo, y eso le llevó a apostar fuerte por la deuda soberana europea. La suspensión de pagos de MF Global no tiene el mismo peso que la caída de Bear Stearns o Lehman Brothers como para hacer temblar los pilares del sistema financiero, pero sí recuerda que lo que pasa en Europa tiene consecuencias en Estados Unidos.

La atención se estaba centrando hasta ahora en el impacto de la crisis europea en bancos de inversión como Morgan Stanley y Goldman Sachs por su exposición a los cinco países con más problemas. Pero donde hace realmente daño es en pequeñas firmas como MF Global, por lo que no se descarta que la fragilidad actual se cobre otras víctimas.

La noticia del ascenso de Draghi a lo más alto del BCE no tiene por qué ser necesariamente mala. Si pones a un tahúr de director de un casino, puedes evitar que te hagan trampas, porque el nuevo vigilante conoce bien los métodos de los malhechores.

El último en sumarse a este selecto grupo de los Sachs Boys en cargos de tremenda relevancia es el flamante nuevo primer ministro italiano. Efectuó estudios sobre el comportamiento de los bancos en un sistema monopolístico y más adelante, entre 1994 y 2004, fue comisario europeo.

Dentro de poco, y salvo imprevisto, los franceses van a elegir a un nuevo presidente de la República. Sería prudente por su parte que pidieran a los tres principales candidatos (François Hollande, Marine Le Pen y Nicolas Sarkozy) que se comprometieran a no dejarse imponer como primer ministro a... alguien procedente de Goldman Sachs.

Claro que en el limpio horizonte del banco todopoderoso hay algunos nubarrones. El anuncio de que Goldman Sachs debe afrontar cargos civiles por fraude, presentados por el regulador estadounidense, no es más que la plasmación de un secreto a voces, un fenómeno cuya verdadera magnitud nadie alcanza a comprender ni a medir. Sin embargo, el Reino Unido, uno de los centros del sistema financiero mundial, aún no ha presentado cargos contra ningún banco. El derrumbado banco de inversión Lehman manipuló con premeditación su hoja de balances con el fin de parecer más fuerte de lo que realmente era, cuentas que fueron auditadas previamente por la firma británica Ernst & Young. Da la impresión de que demasiada gente se ha dejado engañar deliberadamente por los bancos y los banqueros, creando un esquema para enriquecer a unos inversores privilegiados a expensas de los demás. Si se consigue demostrar el caso ante la Comisión de Valores y Bolsa, se acusará al vicepresidente de Goldman, Fabrice Tourre, de crear un instrumento financiero basura, empaquetado como hipotecas *subprime* sin valor alguno y venderlo a los inversores a sabiendas de que carecía de valor. Los casos como este que se han sucedido por todo el mundo tienen mucho en común: usar la complejidad financiera supuestamente para engañar y recurrir a los denominados expertos independientes para validar el engaño (abogados, contables, agencias de calificación crediticia, agentes de selección de cartera, etc.).

Los banqueros alegan que estos casos implican a uno o dos individuos sin escrúpulos, que la mayor parte de las actividades bancarias son lícitas y que esto ha sido un accidente. No obstante, hay expertos que creen lo contrario: «En la UE también tenemos un Inside Job, sin duda; está clarísimo que no es exclusivo de Estados Unidos», afirma Alejandro Inurrieta, profesor del Instituto de Estudios Bursátiles, en referencia a la exitosa película sobre la crisis financiera. La imagen ha ido reforzándose más aún si cabe en los últimos años porque el banco ha estado relacionado, directa o indirectamente, con las operaciones más polémicas desde que en 2007 estalló la crisis. Entre otras, el *swap* griego; el macrorrescate de la aseguradora AIG (cuyo hundimiento muy probablemente habría arrastrado al banco), mientras se dejaba caer a Lehman Brothers, archirrival de Goldman; el caso Galleon, el mayor escándalo de uso de información privilegiada en décadas que ahora tiene en el punto de mira a Rajat Gupta, exconsejero del banco; y, muy particularmente, Abacus, quizá el mayor escándalo en las hipotecas *subprime*, detonante del estallido de la crisis mundial.

Abacus es el nombre que el banco dio al producto financiero construido con hipotecas *subprime* de muy mala calidad que supuestamente puso a disposición de uno de sus mejores clientes, el *hedge fund* de John Paulson, a mediados de 2007, poco antes de que reventara la burbuja.

La amenaza amarilla

Pero aparte de la ineptitud, la ceguera o la codicia de muchos, existen otras explicaciones para la crisis de la deuda soberana en Europa. Son muchos los que creen que las desmesuradas y alarmantes reacciones de ese extraño objeto no identificado al que hemos dado en denominar «el mercado» son fruto de un ataque orquestado y premeditado contra Europa por parte de aquellos que pueden ver más afeada su conducta si se toma como modelo el Estado del Bienestar europeo: los Estados Unidos, donde conceptos tan básicos de protección social como un servicio nacional de salud son cuestión de ciencia ficción, y, sobre todo, China, que basa su modelo de crecimiento en tratar a su imponente masa laboral como mano de obra esclava. En este sentido ponen los pelos de punta las declaraciones de un personaje desconocido que, sin embargo, tiene una tremenda influencia en la economía mundial, Jin Liqun, presidente del fondo soberano chino CIC, que mueve la friolera de 300.000 millones de euros. Este personaje, crecido por los éxitos de la economía de su país, no duda en escupir el desprecio que le produce occidente en general y, de manera muy particular, Europa: «Si se miran los problemas de Europa, se ve que han sido causados exclusivamente por la acumulación de problemas de la sociedad del bienestar, donde las leyes laborales inducen a la pereza y a la indolencia en lugar de al trabajo duro». Las cifras cantan y lo cierto es que el bueno de Jin Liqun tiene todos los argumentos a su favor a la hora de sacar pecho. China se ha convertido en el taller del mundo. El ordenador con el que estoy escribiendo estas líneas, el monitor que tengo ante mí, el teléfono que está en mi mesa y el móvil de mi bolsillo, parte de la ropa que llevo puesta y un número incontable de objetos que tengo al alcance de mi vista ahora mismo han sido fabricados en China a pesar de estar firmados por prestigiosas y exclusivas empresas occidentales.

Ya nadie se libra. Fender es una de las firmas más emblemáticas y con mayor tradición en el artesanal sector de los instrumentos musicales, fabricante de productos de una gran calidad que se han vuelto míticos en manos de artistas como Jimi Hendrix, Eric Clapton o Mark Knopfler. La única pega es que se trata de instrumentos que no están al alcance de todas las economías. Una guitarra Fender fabricada en Estados Unidos viene a rondar los 1.000 euros en sus series más baratas, y de ahí en adelante. A pesar de tener una segunda marca que fabrica en Asia instrumentos de menor calidad, Fender deseaba expandir su mercado y abaratar sus productos, haciéndolos más accesibles al público. Así, abrió una factoría en México, cuyos productos se comercializan aproximadamente a la mitad del precio de sus equivalentes norteamericanos. Siguiendo esa dinámica, la firma acaba de sacar una serie de instrumentos, con las exigencias de calidad necesarias para llevar impresa la marca Fender, pero a un precio de tan solo unos 350 euros. Por supuesto, estas guitarras están fabricadas en China. Se trate de guitarras o de cualquier otra cosa, los precios ridículos que en muchas ocasiones se pagan por los artículos fabricados en

China no provienen, en contra de la creencia general, de recortes en el apartado de la calidad. Al contrario: los inspectores de calidad que patrullan las factorías chinas que tienen contratos con empresas occidentales son temidos y odiados por los trabajadores, que conocen su fama de inflexibles y exigentes, fama que se ha cimentado en las múltiples ocasiones que han mandado retirar partidas enteras de género por algún detalle nimio. El iPhone de Apple, posiblemente la pieza de tecnología más codiciada de la actualidad, se fabrica en China y, desde luego, nadie puede afirmar que sea un producto que no muestre una calidad exquisita en cada detalle. Entonces, ¿de dónde proceden esos increíbles precios de las manufacturas chinas que les están llevando a conquistar el mundo? Pues se consiguen a costa de explotar a unos trabajadores pésimamente pagados que trabajan como animales de tiro en condiciones precarias, por no decir infrahumanas. Con unos costes de mano de obra reducidos a su mínima expresión es lógico que China arrase y se haya convertido en el país con mayor liquidez. En una economía financista como la actual no importa ni la capacidad productiva, ni la calidad, ni el I+D.

Así se explican muchas cosas, como la difícil coyuntura en la que se vio el gobierno español cuando, apenas unos días antes de las elecciones generales, la prima de riesgo de la deuda española sobrepasó los 500 puntos, colocándola en zona de riesgo de rescate. Tres días antes de las elecciones, el mercado exigía una rentabilidad del 7 por ciento. De hecho, la situación era tal que, sencillamente, España no podía pagar su deuda. En opinión del economista Rubén Manso, uno de los expertos contables más reconocidos, hacía tiempo que España se encontraba en zona de rescate, que es «cuando un país no es capaz de pagar los intereses de la deuda». Según algunos cálculos, España destina cada día 75 millones de euros a pagar los intereses y las amortizaciones de su deuda. Los presupuestos del Estado para este año prevén una partida de 27.420 millones para ese fin.

El Tesoro Público de España ha conseguido colocar 3.562 millones de euros en obligaciones a diez años, pero con un tipo de interés que superaba el 7 por ciento, que es el más alto desde el año 1997 —cuando el Tesoro colocó obligaciones a diez años con un interés del 7,26 por ciento—. La prima de riesgo ofrecida a los inversores por los bonos españoles a diez años respecto a los alemanes ha llegado a tocar los 500 puntos básicos tras conocerse los resultados de la subasta, con un rendimiento del 6,762 por ciento, frente al nivel de 466,9 puntos básicos de la apertura.

Europeo rico, europeo pobre

Como el dinero es muy temeroso, estaba yéndose a Alemania. La prima de riesgo —la diferencia entre lo que pagamos los no alemanes y los alemanes— es cada vez más alta, no solo porque a nosotros nos suban el tipo, sino porque a los alemanes se lo están bajando. En cuanto a por qué los mercados no esperaron a que tuvieran lugar las elecciones generales en España para rebajar la presión sobre la deuda pública española, Manso explicaba que «al próximo gobierno todavía no se le ha visto funcionar. Si Rajoy el día 21 sale y hace unas declaraciones diciendo que va a cortar hasta la luz de las farolas para ahorrar, a lo mejor el mercado se calma».

Y todo ello tres días antes de unas elecciones que estaba claro que iban a dar un vuelco con esas medidas de ajuste duro que tanto gustan a los especuladores. Sin ninguna lógica financiera, porque 500 puntos de diferencia son una exageración si comparamos el déficit fiscal de Alemania y de España.

¿Qué había sucedido? Pues que durante la mañana del martes 15 de noviembre de 2011 fondos chinos y norteamericanos vendieron deuda europea, tan solo veinticuatro horas antes de que la alemana Angela

Merkel manifestara su firme apuesta por el euro. El Tesoro español se vio obligado a colocar deuda a unos tipos de interés récord y el diferencial español rebasaba, ante las miradas de estupor de muchos que veían esta situación como algo inconcebible, los 500 puntos, cota propia de un rescate financiero que, además, resulta imposible de mantener durante un plazo relativamente breve. Ante esta situación empresas estadounidenses y, sobre todo, los fondos soberanos chinos y del golfo Pérsico se frotan las manos y preparan el asalto al tejido industrial europeo, dado que las empresas del Viejo Continente están a precio de saldo. Lo que puede suceder en ese caso es algo inédito en toda la historia de la humanidad y es que Europa, el continente colonizador por excelencia, la sede de grandes imperios que han extendido sus redes por los cinco continentes, se vea colonizada por primera vez.

Tras rescates fallidos y ajustes eternos que no consiguen remontar la economía y crear empleo, en Europa cunde la idea de que la única solución a la crisis financiera consiste en las quiebras controladas, en no salvar ningún banco ni ninguna deuda soberana: sencillamente se trata de ir al concurso de acreedores, a la quita.

Parte de lo que ocurre en Europa Occidental tiene que ver con un factor que no suele aparecer en las grandes discusiones sobre economía: la demografía. Las poblaciones nativas de los países europeos continúan reduciéndose y envejeciendo en silencio, y los pueblos del Tercer Mundo vienen a llenar los espacios vacíos dejados por los europeos. Como el número de jóvenes que se incorporan a las fuerzas de trabajo europeas se reduce, mientras que el número de personas de la tercera edad crece, los fabricantes, para reducir costos, han subcontratado la producción allí donde la mano de obra es barata y abundante, los sindicatos no existen o son débiles, y las regulaciones de salud, seguridad y medio ambiente son poco estrictas.

Pero hay una pregunta fundamental a la que aún no hemos respondido. ¿Quién se beneficia de la crisis de la Eurozona? Hay tanto dinero de por medio que si alguien pierde es que alguien gana. Esta crisis de deuda beneficia a países cuyos bonos son considerados como refugio: Alemania, Suiza, Reino Unido o incluso Estados Unidos.

Gracias al desbarajuste económico imperante en el resto de la zona euro, Alemania ha podido emitir bonos a seis meses a una rentabilidad de solo el 0,08 por ciento; además, la deuda a diez años del país está en el 1,8 por ciento, cerca de sus mínimos históricos. En comparación, a principios de 2010 el gobierno federal tuvo que garantizar los bonos durante diez años a casi el 4 por ciento de interés.

Resumiendo, a Alemania le sale prácticamente gratis la financiación. Todo apunta a que el déficit presupuestario federal para 2011 se situará por debajo de los 25.000 millones de euros, en torno al 1 por ciento del PIB, frente a los cálculos que apuntaban a los 48.400 millones de euros. Además, Alemania se está beneficiando indirectamente del programa de compras del BCE, dado que su adquisición de bonos periféricos deja a los vendedores con liquidez suficiente para invertir en deuda alemana. Al igual que sucede con la ampliación del diferencial de rentabilidad entre Francia y Alemania, estos precios sugieren que los inversores están perdiendo la confianza en la unidad de Europa.

Por otro lado, el dinero prestado a griegos, irlandeses y portugueses da buenos intereses y no está afectado por el pago de la deuda soberana griega. Hasta el momento ha recibido 13.450 millones de euros, ya que Atenas paga a los alemanes puntualmente sus intereses. «En comparación internacional, Alemania tiene un alto nivel de deuda, pero también un buen desempeño económico», declaraba a la revista *Stern* el economista Andreas Haufler, profesor de Política Económica en la Universidad Ludwig-Maximilians de Múnich. En consecuencia, con el fin de obtener los bonos del gobierno alemán, los inversores están dispuestos a asumir grandes deducciones de interés en la compra. «En 2011 prevemos tener que pagar menos interés, a pesar de tener una deuda total más alta que en el último año», anunciaba exultante el portavoz de Hacienda germano.

Los bancos, en cambio, se ven perjudicados cuando sube la prima de riesgo: no pueden vender masivamente la deuda pública que tienen y esos activos pierden valor.

Gobernanza económica

Las deudas soberanas europeas parecen estar en caída libre con España, Italia y Grecia, a pesar de sus cambios de gobierno, en el ojo del huracán. Parece que a los mercados no les basta con los cambios de gobierno en los países críticos y siguen sin confiar en la capacidad de los líderes europeos de salir con éxito de la crisis de deuda soberana. La rentabilidad exigida por la deuda de numerosos países de la zona euro aumenta con cada nuevo indicio de que la recuperación caerá en el estancamiento —o la recesión— en 2012, y los países con más problemas para controlar su déficit, como España o Italia, tienen cada vez más dificultades para lograr financiación.

La presión sobre España es un mensaje directo al nuevo gobierno resultante de las elecciones, que tendrá que adoptar sin demora nuevas medidas de reducción del déficit —Bruselas ya duda de la capacidad para situarlo en el objetivo del 6 por ciento— para calmar la tensión de los mercados. Si finalmente Papademos en Grecia, Monti en Italia y Rajoy en España son capaces de llevar a buen puerto sus reformas, las bolsas cambiarán su tendencia.

Aparte de los beneficiarios interiores, también hay beneficiarios en el exterior. Los Estados emergentes, pese a lo que se ha dicho, no han entrado a comprar deuda de una manera importante. Los grandes beneficiados por la crisis de deuda de Europa, pero también de Estados Unidos, serían China y Rusia, porque siguen creciendo. En cualquier caso, estas economías, en especial China, no tienen ningún interés en la caída de la moneda europea, más bien al contrario. Si colapsa el euro, segunda moneda de referencia mundial, el mercado caerá, y eso es algo que China, que cimenta su desarrollo en el comercio exterior —y la UE es uno de sus principales clientes—, no puede permitir.

A pesar de que en la actualidad priman los intereses a corto plazo y quien más y quien menos se encuentra más preocupado por la salud de su propio bolsillo que por temas de mayor alcance, lo cierto es que una de las principales consecuencias de la globalización económica es de carácter mucho más grande e histórico de lo que muchos sospechamos. Los gobiernos de tecnócratas impuestos desde instituciones supranacionales auguran la desaparición de las soberanías nacionales, el fin de la era de las naciones-Estado iniciada con la independencia de los Estados Unidos en 1783 y la Revolución Francesa en 1789. Ese concepto abstracto e insidioso, el «Nuevo Orden Mundial», que todos los últimos presidentes de Estados Unidos y de los países europeos anuncian efusiva y reiteradamente desde el atentado de 2001 contra las Torres Gemelas, con una contumacia en la repetición que recuerda aquello que dijo Goebbels de que una mentira, si se repite lo suficiente, acaba convirtiéndose en verdad, no es más que el nombre con el que la élite de las altas finanzas ha bautizado a su proyecto político, cuya finalidad última es el establecimiento de un gobierno mundial, lo que implica la desaparición, después de dos siglos, de las naciones-Estado, los países soberanos.

En la actualidad las naciones-Estado tienen una capacidad cada vez más limitada para ejercer su autoridad, mientras que las grandes corporaciones privadas y las instituciones globales o multinacionales tienen cada vez mayor poder de decisión sobre las cuestiones fundamentales que afectan a la ciudadanía. Cuando un nuevo presidente accede al cargo ya es comentario común, no solo entre los ciudadanos, sino entre los analistas políticos, anunciar que el designado tendrá un campo de maniobra muy estrecho y su gestión y las medidas que tome dependerán en buena medida de los designios de Bruselas, el FMI, los mercados o lo que aconseje, siempre con la mejor de las intenciones, Angela Merkel. Los bancos y las grandes corporaciones, que en teoría deberían estar reguladas y regidas por los estados, se permiten el lujo de aconsejar e incluso amenazar directamente a estos. Si se tiene en cuenta que sus dictámenes influyen de modo decisivo en las tasas de interés que gravan los créditos de una nación, no resulta difícil de comprender que esos consejos rara vez caen en saco roto. La crisis sistémica —económica y financiera— que estalló en 2008 está acelerando aún más esa transferencia de soberanía. El «gobierno mundial» ha dejado de ser una quimera y ha empezado a tomar cuerpo a través de corporaciones privadas que ejercen auténticos oligopolios sobre sectores estratégicos de la economía gracias al imparable proceso privatizador inherente a la globalización.

De ahí que la crisis del euro solo pueda tener como desenlace lo que se conoce como «gobernanza económica europea», que consiste en la cesión de la soberanía fiscal y económica de los países europeos a una entidad no democrática cuyo funcionamiento no es transparente ni está expuesto al escrutinio público: la Comisión Europea. Los ejecutivos de Portugal, España, Grecia e Italia, quiéranlo o no sus ciudadanos, van a estar sometidos a estricta vigilancia, al menos a medio plazo, por el sacro imperio germánico de Angela Merkel, por su virrey en la Galia, Sarkozy, por el Banco Central Europeo, por el Fondo Monetario Internacional y, sobre todo, por esos mercados y agencias de calificación que hoy son los que marcan el paso del nuevo orden mundial. Se impondrán sacrificios y recetas que pasan por liberalizar servicios públicos, reformar la negociación colectiva para adaptar las condiciones laborales a las necesidades de cada empresa, reformar la contratación y el despido, endurecer los requisitos para la jubilación, reducir el salario de los funcionarios, adelgazar las cuentas públicas... En un mundo sometido a la dictadura de los mercados, donde el verdadero poder efectivo no reside en el pueblo, ni siquiera en las naciones, sino en corporaciones privadas globales, ¿qué soberanía, qué autoridad le queda a los estados? Se nos dice que la extrema flexibilidad en los salarios, si no directamente los recortes, son necesarios si el resto de la zona euro quiere recuperar con prontitud su competitividad respecto a Alemania.

El timo de la competitividad

Se parte de la base de que existe una relación directa y clara entre salarios y competitividad, como si un cambio unitario en los costos salariales equivaliese a un cambio unitario en la competitividad o incluso en el empleo. Un análisis reciente de la Comisión Europea (2010) concluyó que el dinamismo de la exportación alemana explica la práctica totalidad del 7,3 por ciento de aumento anual medio de su volumen de exportación entre 1999 y 2008, mientras que la fijación de precios competitivos apenas ha incidido (0,3 por ciento). Es decir, que una disminución de los precios no habría supuesto una gran diferencia en la demanda de productos a la exportación ni en el total de la producción, no habría supuesto más que un aumento limitado del total de los beneficios. En otras palabras, las empresas se han servido del sacrificio impuesto a los trabajadores alemanes durante todo un decenio para márgenes comerciales y dividendos, en lugar de crear más empleo siendo más competitivas.

Si se recortan los salarios, los países de Europa Meridional competirán por demanda de productos a la exportación con economías como Francia y los países de Europa Central y Oriental, o entre ellos mismos. Sin embargo, la economía francesa, con su elevado desempleo, no se encuentra precisamente demasiado bien situada para asumir el impacto que una ola de deflación salarial en los países del sur tendría para sus exportaciones. La competencia con Europa Central y Oriental basada en los salarios también es una causa perdida: los salarios en estos países siguen siendo mucho más bajos, la mayoría no pertenecen a la zona euro y pueden responder o responderán a una deflación de salarios competitiva con una devaluación competitiva de la moneda. Como el peso económico de la Europa Meridional en la zona euro se limita al 15 por ciento, mientras que el de Alemania es ni más ni menos que del 25 por ciento, la respuesta en materia de política monetaria será la que más convenga a los países del norte en general y a Alemania en particular. El tiempo demostrará que se está incurriendo en un grave error: la extrema flexibilidad salarial, aunque se presente como un tipo de «planificación central de los salarios» gestionada conjuntamente con los sindicatos, acabará resultando un recorte atroz en los recursos de la mayoría para beneficiar a una muy escueta minoría.

Por tanto, después de doscientos años de vigencia de un modelo político mundial basado en los estados-nación, nos encontramos por primera vez ante la aparición de un nuevo modelo que amenaza a la humanidad con desmantelar el Estado del Bienestar (consolidado a través de un siglo de luchas y conquistas sociales) y con la instauración de un gobierno mundial privado de corte plutocrático.

En Portugal la «troika» ya propuso que los salarios en el sector privado experimentasen los mismos recortes que ya se habían hecho efectivos en el sector público, con la eliminación «temporal» de las pagas extra de Navidad y verano, que también afectan a los pensionistas. Jürgen Krügger, jefe de la misión en Bruselas, insistió en que «la reducción en el sector público tendrá un impacto significativo en el sector privado», pero no lo considera algo negativo, sino más bien al contrario: «Contribuye a una mayor competitividad».

En cualquier caso, la troika del Fondo Monetario Internacional, la UE y el Banco Central Europeo impuso como condición para el acuerdo de tres años que estipula un préstamo por 110.000 millones de dólares de rescate financiero a Portugal una serie de recetas y condiciones cuya eficacia es bastante cuestionable, al menos desde el punto de vista de la economía real, la de los ciudadanos de a pie.

La salud de las finanzas públicas lusas ha comenzado a mejorar, eso está fuera de toda duda, pero la economía ya da muestras de una preocupante sangría, con una población sujeta a condiciones espartanas, cuya clase media se estima que perderá el 20 por ciento de su poder adquisitivo en 2012. La evolución económica en términos de PIB tampoco es mucho más esperanzadora. Un documento distribuido por la Comisión Europea, el brazo ejecutivo de la UE, indica que Portugal, con un retroceso económico del 1,9 por ciento del PIB este año, tiene prevista una caída aún mayor para 2012, concretamente del 3 por ciento, la más fuerte del bloque de los países rescatados o en riesgo de rescate, superando incluso a Grecia, cuyo producto descenderá un 2,8 por ciento respecto al año anterior.

Del sector financiero, en cambio, salen buenas noticias para el FMI, la UE y los mercados internacionales, pero no para la población portuguesa, que solo podrá mejorar su deteriorado nivel de vida con inversiones estructurales, según la crítica generalizada de la oposición de izquierda. Mientras el modelo impuesto por el FMI y la UE coloca a Portugal en el último lugar de Europa en todos los indicadores de crecimiento, Irlanda, que no aceptó esa vía, registrará en 2012 un aumento de su PIB del 1,6 por ciento. El profesor de economía Mario Gómez Olivares, de la Universidad Técnica de Lisboa, indicó que «la situación del país se agrava porque las autoridades están experimentando medidas estructurales como bajar la parte del PIB del Estado del actual 48 por ciento a un 40 o 42 por ciento». Asimismo, Pedro Passos Coelho decidió «bajar los salarios para recuperar competitividad en torno al 30 por ciento, mejorar los déficits de las balanzas comerciales y servicios a niveles controlables, al 6 o 7 por ciento, la mitad de los actuales, lo cual no es el caso de Irlanda, que tiene superávit comercial». En cuanto a las inversiones privadas, el pronóstico del gobierno de un 2,8 por ciento de incremento «es muy optimista y va a obligar a nuevos recortes salariales y probablemente a retirar algún subsidio», una medida ya aplicada a los funcionarios estatales.

Para añadir escarnio al oprobio, el pasado 24 de noviembre, en mitad de una huelga general que protestaba por las salvajes medidas de ajuste, la agencia de calificación crediticia Fitch rebajó en un escalón la nota de solvencia de la deuda a largo plazo de Portugal, que pasó a BB+ desde BBB-, lo que representa entrar en la categoría de bono basura. Asimismo, la agencia otorga al *rating* portugués una perspectiva negativa, lo que abre la puerta a más recortes de calificación a medio plazo. Fitch justificaba su decisión de recortar el *rating* de Portugal en los grandes desequilibrios fiscales del país, así como en el elevado endeudamiento en todos los sectores y las adversas perspectivas macroeconómicas. Fitch prevé una caída de la economía lusa del 3 por ciento en 2012 y advierte de que la recesión complicará los planes de consolidación fiscal del gobierno portugués y afectará negativamente a la calidad de los activos de la banca lusa.

Las otras cifras de Alemania

El cuadro es bastante deprimente, y no poco preocupante si miramos al sur de Europa, pero ¿cómo están las cosas en el país que nos presentan como modelo, Alemania? Sorprendentemente, un análisis detallado arroja resultados menos esperanzadores de lo que cabría esperar. Desde la década de 1990 la economía alemana se basa casi exclusivamente en las exportaciones a países como China, India y, sobre todo, el resto de Europa. Parece que la globalización no le ha ido mal a las empresas alemanas, pero ¿y a sus trabajadores? Ahí la cosa no es tan alegre. Los trabajadores alemanes viven en perpetuo chantaje con la externalización: en 2004 Mercedes amenazó con trasladar su producción a Sudáfrica si los trabajadores alemanes no liquidaban pluses de producción y prolongaban gratis la jornada de trabajo; todo ello le supuso a la empresa un monto de 500 millones de euros. En cambio, un campo en el que nadie puede darles lecciones es el de investigación y desarrollo. El esfuerzo de renovación tecnológica es muy grande. La inversión en I+D oscila entre el 2,4 por ciento del PIB (año 2002) y el 2,6 por ciento (año 2008). El número de patentes por millón de habitantes es uno de los más altos del mundo.

Con motivo de la crisis actual estas cifras están variando. En el campo de las exportaciones, por ejemplo, se está pasando del 75 por ciento de las exportaciones alemanas en 2007 a la UE al 62 por ciento en 2010, mientras que las cifras con China y Rusia están creciendo. Después de un periodo de crecimiento muy débil de 2001 a 2004 (crisis por la burbuja de las puntocom y efectos del 11-S en el mercado mundial) ha habido un crecimiento mayor en 2004-2007, para volver al estancamiento a partir de la crisis de 2008. Eso ha provocado enormes ajustes de plantilla. Gran parte de este ajuste de plantillas se ha producido en «empresas de toda la vida» en los sectores de la banca (Deutsche Bank, Dresdner Bank, Commerzbank, HypoVereinsbank, BayernLB), seguros (Allianz), automóviles (Volkswagen, Opel, Daimler-Chrysler, GM, Man), viajes (Lufthansa, TUI, Deutsche Bahn AG, Airbus), telecomunicaciones (Siemens, Deutsche Telekom, Mobilcom), construcción, minería y otras empresas como Krupp, Epcos, Grundig, Axel Springer, Henkel, Kirchmedia o Babook Borsig.

Aun así, las cifras de desempleo alemanas son puestas como modelo en toda la Unión Europea. ¿Cómo es posible el milagro de enviar miles de trabajadores a la calle y mantener baja la cifra del paro? Fácil:

mintiendo. Los datos de desempleo alemanes no son reales, sino que están muy cocinados. No se cuenta a los mayores de cincuenta y ocho años, ni a los trabajadores en paro que asisten a cursillos de formación, ni a los trabajadores que usan las agencias privadas de empleo para buscar trabajo, ni a 1,2 millones de trabajadores sin empleo no contabilizados como tales, ni a 4,2 millones de personas con trabajos a tiempo parcial. Y eso teniendo en cuenta que muchas de las medidas de ajuste que se pretenden imponer en muchos países de Europa llevan ya largo tiempo vigentes en Alemania. En 1996 se planteó liquidar las subvenciones al carbón y los gastos de personal de los funcionarios; en 1998 se sube el IVA del 15 al 16 por ciento para compensar la baja de las cotizaciones a la Seguridad Social; a partir de 2000 se rebajan los impuestos a las empresas al menos un 12 por ciento; en 2007 se rebaja el Impuesto de Sociedades del 39 al 30 por ciento. Hasta la ONU, en su informe de 2010, advierte a Alemania de la grave brecha social que se está abriendo en su país: se discrimina a los inmigrantes, se presta una deficiente atención a los ancianos, y se dan injusticias en el mercado de trabajo y en el régimen de la Seguridad Social.

Cabe preguntarse por qué si en Alemania se padecen tanto como en el resto de Europa los rigores de la crisis y de la globalización, nadie habla de ello. Por qué no sabemos nada, por ejemplo, de la ciudad de Wittenberge. Tenía la mayor fábrica de máquinas de coser de Europa, un gran puerto fluvial y una gran industria de la celulosa; hoy ya no hay ni industria ni puerto, y la ciudad ha perdido diez mil de sus treinta mil habitantes.

A comienzos del mes de octubre de 2011 la quiebra virtual del banco franco-belga Dexia constituía un signo más de la amplitud de la crisis que lleva a los gobiernos a ponerse por completo al servicio de los intereses privados, abusando de las finanzas públicas. Los gobiernos de Bélgica, Francia y Luxemburgo cerraron un rescate multimillonario que aislara los activos tóxicos en un banco residual, un «banco malo». El primer ministro belga, Yves Leterme, y el ministro de Finanzas, Didier Reynders, confirmaron en una rueda de prensa los términos del acuerdo, que incluye la nacionalización de Dexia Banca Bélgica, la filial belga de la entidad, lo que costará al Estado 4.000 millones de euros. Leterme ha explicado que el banco residual tendrá activos (tóxicos) por unos 90.000 millones de euros, que serán garantizados por los estados belga (60,5 por ciento), francés (36,5 por ciento) y luxemburgués (3 por ciento). De este modo a Bélgica le corresponderá garantizar unos 54.000 millones de euros, en torno al 15 por ciento del PIB, a Francia 32.850 millones y a Luxemburgo 3.150 millones. El valor contable del banco malo asciende a 180.000 millones de euros, según Bélgica.

Poco antes de esto, en septiembre de 2011, ante la amplitud de las amenazas que se cernían sobre el conjunto del sector financiero privado confrontado a los efectos de su arriesgada política, varios bancos centrales de Europa Occidental (Banco Central Europeo, Banco de Inglaterra y Banco de Suiza) y la Reserva Federal de Estados Unidos tomaron una medida de excepcional importancia: poner a disposición de los bancos privados toda la liquidez necesaria en dólares y euros por un periodo superior a tres meses con el fin de permitir a los organismos financieros pasar el fin de año de 2011.

El mercado interbancario se ha encogido tanto al dudar los bancos unos de otros debido a la cantidad de activos tóxicos que tienen en sus balances; los depósitos de la población, en periodo de crisis, también se encogen y, más grave aún, si se pierde confianza en uno o en varios bancos, estos corren el riego de ver ante sus ventanillas una cola de gente para retirar su dinero e intentar ponerlo a salvo —lo que provoca el pánico de los banqueros, de los bancos centrales y de los gobiernos que, como en Francia, limitaron la retirada de fondos por particulares—; empresas no financieras retiran sus fondos de los bancos (en septiembre *The Financial Times* reveló que la transnacional

Siemens había retirado 500 millones de euros del banco francés Société Générale para depositarlos en el BCE); y los *money market funds* cortaron el flujo de créditos a partir de junio de 2011.

Los gobiernos europeos han caído en su propia trampa: cuando se creó la UE y el BCE, los gobiernos decidieron que el Banco Central Europeo y los bancos centrales de los estados miembros de la UE no tuvieran el derecho de prestar directamente a los países. Si Estados Unidos estuviera regido por el mismo sistema y las transferencias del presupuesto federal estadounidense hacia los estados de la unión fueran tan bajas como las de la UE, una decena de estados se encontrarían en la misma situación que Grecia o Portugal: Virginia, Maryland, Nuevo México, Florida… Las economías débiles de la zona euro que acusan un déficit comercial respecto a los países más fuertes (Alemania, Francia, Países Bajos, Bélgica, Austria…) no tienen la posibilidad de apoyarse en una variación de los tipos de cambio con el objetivo de aumentar sus exportaciones.

Capítulo 9

PARAÍSOS FISCALES

Desde la Revolución Francesa los ricos han transferido sus bienes al exterior para proteger su patrimonio y eludir el pago de los impuestos sobre sus ganancias. Hay decenas de paraísos fiscales en el mundo y están bajo el amparo de las viejas potencias coloniales. Son países exentos de impuestos, el sitio preferido por aquellos que poseen dinero negro en grandes cantidades: constructores sin escrúpulos, políticos corruptos, dictadores bananeros, terroristas, narcotraficantes... Pero también artistas idolatrados o deportistas de élite son algunos de sus clientes, gente que o tiene mucho dinero para ocultar o quiere vivir en su propio país sin pagar un euro al Estado. Los paraísos fiscales son el escondrijo de una cuarta parte de la riqueza privada mundial, según datos del Fondo Monetario Internacional, que afirma que, de pagar impuestos, el dinero situado en ellos cubriría de sobra los Objetivos del Milenio.

Aprobados hace ya más de una década por ciento cuarenta y siete jefes de Estado y de Gobierno, los Objetivos de Desarrollo del Milenio distan mucho de haber llegado a un nivel mínimo aceptable de cumplimiento. La ONG Setem publicó recientemente un informe en el que explica cómo las entidades bancarias que contribuyen a la evasión de impuestos en paraísos fiscales están colaborando en el incumplimiento de los Objetivos del Milenio. El documento «Close to the Gap», llevado a cabo junto a la red internacional BankTrack, llama la atención respecto a las políticas de inversión, transparencia y rendición de cuentas de cuarenta y nueve grandes bancos europeos cuyos datos demuestran que los países emergentes pierden cada año 160.000 millones de dólares por la evasión fiscal. Para Setem, partiendo de las grandes cantidades de dinero destinadas a la concesión de préstamos y servicios de la banca de inversión, los bancos tendrían la capacidad de recaudar dinero y destinarlo a servicios públicos tales como seguridad social, sanidad e infraestructura. Sin embargo, continúan elaborando estrategias complejas con el fin de reducir e incluso evitar el pago de impuestos por parte de sus clientes a través de paraísos fiscales.

En nuestra imaginación colectiva tenemos la cueva de Alí Baba o los islotes solitarios en los que los piratas escondían sus tesoros previa elaboración de un mapa misterioso. Los más aficionados al género de espías es posible que piensen en las discretas bóvedas acorazadas de un banco suizo donde se guardan bonos y lingotes de oro. Todo es muy romántico, desde luego, pero los tesoros ahora son maletines rebosantes de divisas convertibles o, a veces, simples apuntes en un ordenador. Todo el dinero negro del planeta, procedente de todas las actividades ilegales y corruptas que imaginarse pueda, fluye como un río inacabable hacia esos lugares. Sin embargo, no todo es ilegal, usted también puede guardar allí sus ahorros sin cometer ningún delito.

La gran mayoría de las empresas que cotizan en el Ibex 35 tiene presencia directa o filiales en los paraísos fiscales: Repsol YPF, Grupo Santander, BBVA, Ferrovial, Gas Natural, ACS, Abengoa, Abertis, Inditex, Banco Sabadell, Telefónica, Grifols, Banco Popular, Endesa, Acerinox, Iberdrola, Arcelor Mittal, Mapfre, Acciona, Banesto, OHL, Sacyr, Criteria, FCC, Gamesa, Red Eléctrica Corporación, Técnicas Reunidas... Entre todas ellas cuentan con doscientas setenta y dos filiales con actividades no operativas en veintisiete países ocultos a Hacienda. Cada vez son más, según el informe del Observatorio de Responsabilidad Social Corporativa, dado que en 2007 la presencia en los paraísos fiscales representaba el 69 por ciento del Ibex 35. En el trienio de la crisis económica, precisamente, han aumentado en casi un 19 por ciento las empresas que han decidido instalarse en zonas opacas a Hacienda.[27]

Los paraísos fiscales son conocidos en inglés como «*offshore*» o extraterritoriales porque sus servicios financieros están diseñados para empresas o particulares no residentes. Principalmente los paraísos fiscales son utilizados por personas físicas que poseen un gran capital y no desean pagar impuestos sobre la renta de este, y también personas jurídicas que a través de compañías anónimas *offshore* desean hacer negocios y disminuir o eliminar la carga fiscal. No estamos hablando de nada ilegal necesariamente, aunque actúen en el filo de la legislación internacional. A pesar de la falta de transparencia, operar con estos territorios es legal siempre que lo conozca el fisco del país cuya fiscalidad se está eludiendo. La elusión fiscal consiste en evitar o retrasar el pago de determinados impuestos, utilizando para ello mecanismos y estrategias legales. Cuando los legisladores redactan una ley, tratan de hacerlo con la máxima precisión posible. A pesar de eso, no es infrecuente que se produzcan ambigüedades en los textos legales que dan lugar a diferentes interpretaciones. La ley puede entrar en conflicto con otras normas ya existentes o pueden surgir situaciones nuevas que no estaban previstas ni reguladas. [28]

Pero estos son unos paraísos muy particulares, y muy diferentes de aquel en el que es más difícil que entre un rico a que pase un ca-

---

[27] Juanjo Basterra, «El 82 por ciento de las empresas del Ibex acude a paraísos fiscales», *Gara*, 15 de febrero de 2011.

[28] Javier González, «Paraísos fiscales, escondrijos de una cuarta parte de la riqueza mundial», *El Mundo*, 12 de mayo de 2007.

mello por el ojo de una aguja. Más bien al contrario, lo difícil es que los pobres accedan a los paraísos fiscales. Como en tantas otras ocasiones, la clave del negocio es la exclusividad. No se trata de que no quieran el dinero de las clases más humildes (el dinero es dinero y la ganancia da igual de dónde venga), sino de que si los paraísos fiscales beneficiasen a todo el mundo, nadie pagaría impuestos, lo que sería desastroso para las naciones y generaría medidas que terminarían con el chollo. Por eso en los laberintos financieros de los *offshore* solo hay grandes patrimonios. La política de estos países beneficia solo a los ricos, pero ahuyenta a las pequeñas empresas y no favorece la entrada de inmigrantes, lo que explica por qué sus poblaciones suelen ser pequeñas a pesar de acumular tanta riqueza. Y es que resulta que buena parte de su censo de fervorosos y patrióticos ciudadanos no ha puesto jamás un pie sobre su suelo. Algunas jurisdicciones *offshore* anuncian en Internet la venta de ciudadanía en grados diversos mediante una aportación económica al microestado, permitiendo su utilización fraudulenta por delincuentes o individuos sospechosos. Esta adquisición de ciudadanía de un país que no tenga convenio de extradición con el país de origen del comprador representa nuevos obstáculos a la investigación policial o judicial, particularmente porque la ciudadanía adquirida lleva consigo «beneficios especiales», como el cambio inmediato de identidad y la posibilidad de viajes internacionales con el nuevo pasaporte sin necesidad de visado.

Durante el año 2001 el paraíso fiscal de la isla de Granada suspendió esta venta de ciudadanía incontrolada, pero otros paraísos fiscales como Belice, Dominica y San Cristóbal y Nieves en el Caribe, así como la isla Nauru en el Pacífico, seguían vendiendo pasaportes a delincuentes financieros y a terroristas. Como dato preciso, el informe registra que en diciembre de 2001 dos individuos adquirieron esta ciudadanía en Belice por 25.000 dólares por cada pasaporte e intentaron obtener visados para Estados Unidos como ciudadanos de Belice; visados que les fueron denegados por las autoridades consulares estadounidenses en Belice debido a su pertenencia a una organización terrorista.

Las islas del tesoro

En 1998 la OCDE especifica los criterios que debe reunir un país o territorio para que sea calificado como paraíso fiscal:

1. Ausencia de impuestos o impuestos meramente nominales para las rentas generadas por las actividades económicas.
2. Carencia de intercambio efectivo de información basado en una legislación y prácticas administrativas que permiten a las empresas y particulares beneficiarse de normas basadas en el secreto frente a la fiscalización de las autoridades, y que impiden el intercambio de información de sus contribuyentes con otros países.
3. La falta de transparencia en la aplicación de las normas administrativas o legislativas.
4. La no exigencia de actividad real a particulares o a empresas domiciliadas en esa jurisdicción fiscal por el hecho de que solo quieren atraer inversiones que acuden a esos lugares por razones tributarias.

Sin embargo, ante las presiones de la administración estadounidense, en julio de 2001 el Comité de Asuntos Fiscales de la OCDE, órgano encargado de realizar el seguimiento de las jurisdicciones identificadas como paraísos fiscales, alcanzó un compromiso por el cual estos lugares no serían sancionados por su régimen tributario propiamente dicho, sino por su grado de cooperación en la transparencia e intercambio de información con otros países. Esto supone en la práctica una corrección clara de la definición de paraíso fiscal, que a partir de ahora está más ligada a su grado de cooperación que a su régimen tributario. Importa más conocer el origen lícito o no del capital que aplicarle cualquier exención fiscal. Así, la organización identifica treinta y tres jurisdicciones que «hacen esfuerzos de intercambio de información», mientras acusa a cinco de ser totalmente opacas (Andorra, Liberia, Liechtenstein, Islas Marshall y Mónaco). La ONU, por su parte, llegó a contar setenta y cuatro centros financieros de este tipo en 2004.[29]

Estos territorios reciben un capital que busca la máxima rentabilidad al amparo de una serie de factores que los caracterizan:

1. Su existencia es real, no ficticia, con vías de transporte y de comunicación bien desarrolladas, con un régimen político estable, amparados en muchas ocasiones por los propios Estados a los que están vinculados o de los que son vecinos.
2. Gozan de plena estabilidad económica y usan una moneda fuerte (divisa) para garantizar las transacciones que realizan.
3. Disponen de una sólida estructura social, económica y jurídica.
4. Poseen un régimen tributario particular para no residentes que contempla beneficios o ventajas tributarias.
5. Respetan el secreto bancario.
6. Carecen de una política de control de cambios.
7. Carencia o limitación de los tratados de cooperación judicial entre Estados.

España maneja en la actualidad una lista de cuarenta y ocho paraísos fiscales, menos que los identificados en el Real Decreto 1080/91, aunque desde entonces varios de ellos fueron excluidos

---

[29] *http://www.guardiacivil.es/es/.*

gracias a la firma de acuerdos bilaterales. Los paraísos fiscales según la legislación española son:

- *En Europa*: Isla de Man, Guernsey, Jersey, Principado de Andorra, Gibraltar, Gran Ducado de Luxemburgo, Principado de Liechtenstein, Principado de Mónaco, República de San Marino, República de Malta, República de Chipre.
- *En América*: Anguila, Antigua y Barbuda, Bahamas, Barbados, Bermudas, Islas Caimán, Antillas Holandesas, Araba, República de Dominica, Granada, Jamaica, Montserrat, San Vicente y las Granadinas, Santa Lucía, Trinidad y Tobago, Islas Vírgenes Británicas, Islas Vírgenes Estadounidenses, República de Panamá, Islas Turcas y Caicos, Islas Malvinas.
- *En África*: República de Liberia, República de Seychelles, Islas Mauricio.
- *En Asia*: República de El Líbano, Reino de Jordania, Emirato de Bahréin, Emiratos Árabes Unidos, Sultanato de Omán, Macao, Hong-Kong, República de Singapur, Sultanato de Brunéi, Islas Marianas.
- *En Oceanía*: República de Nauru, Islas Salomón, República de Vanuatu, Islas Fiji, Islas Cook.

Lo más desalentador de este fenómeno, según el Centro de Análisis y Prospectiva de la Guardia Civil, es el amparo de los gobiernos occidentales a estos países. Las grandes potencias tienen importantes lazos que las vinculan a los paraísos fiscales. La mayor parte del Caribe son colonias de ultramar de la Commonwealth británica. Y otros países, como Panamá o Singapur, a pesar de su independencia, están ligados de forma íntima a la historia de potencias como Estados Unidos o China. El amparo que algunos países prestan a los paraísos fiscales más próximos reviste a menudo formas aparentemente inocuas. Por ejemplo facilitando las telecomunicaciones locales: en enero de 2003 el gobierno español concedió a Gibraltar 100.000 números de teléfonos fijos para sus 27.714 habitantes, con un nuevo prefijo dentro de la red de la provincia de Cádiz; hasta ese momento disponía de los 30.000 números que en 1986 había concedido otro gobierno. En apariencia se cumplía así uno de los acuerdos alcanzados en el marco de las negociaciones hispano-británicas sobre la soberanía de la roca: «Promover una mayor cooperación en materia de telecomunicaciones».

Las comunicaciones son de vital importancia si tenemos en cuenta que Internet es el instrumento más utilizado para lavar dinero según el Grupo de Acción Financiera. Este organismo intergubernamental, creado por el G-7, se encarga de promover medidas para combatir el fraude fiscal a través de *offshores*. La gran ventaja de la red para el estafador es la dificultad de asociar una gestión *online* con una actividad real de la empresa pantalla. Amparándose en el uso de las nuevas tecnologías, pequeños y grandes capitales viajan por la red hasta su destino en los llamados paraísos fiscales. En el peor de los casos, Internet se ha convertido en la herramienta perfecta para blanquear dinero del narcotráfico o el tráfico de armas. Las islas Barbados, Bahamas o las Caimán, otrora hogar de piratas, se han convertido ahora en guardianes del tesoro para inversores de todo el mundo.

Narcotráfico y dictadores

El problema es el de siempre cuando se trata de Internet: ¿quién le pone puertas al campo? ¿Cómo aplicar el sistema tributario convencional a un negocio totalmente virtual? Tal y como asegura Juan Hernández Vigueras, autor de *La Europa opaca de las finanzas*, la banca privada sigue siendo el gran mal endémico del sistema financiero internacional, ya que según su análisis el 90 por ciento de los ingresos de los estados procede de los impuestos. Y es evidente que en medio de un posible deterioro de la situación económica esta fuente de ingresos sufre una disminución y los gobiernos se ven entonces obligados a emitir deuda para conseguir financiación, lo que les deja vendidos al dictamen de los mercados.

Para enviar dinero a un paraíso fiscal, de forma legal o ilegal, el primer paso es contratar un abogado de aquel país. Si solo es una elusión fiscal, es probable que el letrado pida referencias bancarias y documentos de identidad para evitar problemas. En cualquier caso, el jurista crea una sociedad en el país, de la que será cabeza visible ante las autoridades, para gestionar el capital enviado. Estas sociedades tienen un efecto devastador sobre las finanzas del país de origen. El Observatorio de Responsabilidad Social Corporativa reconoce en su informe referido a 2009 que mientras las inversiones de las empresas en paraísos fiscales han experimentado un crecimiento vertiginoso, «la recaudación por el Impuesto de Sociedades se desplomó un 55 por ciento entre 2007 y 2009, pese a que los beneficios de las grandes empresas en ese mismo periodo descendieron en un 14 por ciento», y recuerda que «las grandes empresas se benefician de deducciones y exenciones, con lo que en la práctica solo pagan el 10 por ciento de media sobre los beneficios en el Impuesto de Sociedades». ¿No salen las cuentas? A lo mejor es que nos falta algún dato. Como denuncia el Observatorio, esas grandes empresas subieron el sueldo en un 15,5 por ciento a sus consejeros, con una media de 602.000 euros más que en 2008. Es un dato relevante en un contexto en el que existe un control de gastos salariales, se habilitan nuevas formas de despido y las diferencias entre lo que ganan los ejecutivos y administradores de las empresas cotizadas y el sueldo medio de los empleados se dispara hasta distancias cósmicas.

Las sociedades pantalla son especialmente útiles para los delincuentes que las usan para despistar a los investigadores policiales. Los ingresos de estas falsas compañías procederán de numerosos depósitos de dinero en pequeñas cantidades para evitar declarar ante el fisco. Para la policía es sumamente difícil seguir estos movimientos porque gracias a Internet el capital puede llegar desde cualquier punto del globo. Los bancos solo controlan sus propios movimientos, y el que evade capitales suele controlar multitud de empresas falsas dirigidas por «hombres de paja». Esta clase de elusión fiscal puede ser practicada por cualquier persona que cuente con un asesoramiento legal y tributario adecuado. Pero son las multinacionales y entidades financieras las que por lo general más se benefician de ella, al disponer de la estructura internacional y los recursos necesarios para poner en marcha auténticas estrategias de ingeniería fiscal.

Otro instrumento poderoso para el lavado de fondos procedentes del narcotráfico, la corrupción política, los delitos económicos o la evasión y el fraude fiscal son los juegos de azar y apuestas en Internet. En los últimos años han surgido cientos de casinos y despachos de apuestas deportivas virtuales, alegando en su publicidad estar ubicadas físicamente en la cuenca del Caribe. A comienzos de 2001, por ejemplo, los paraísos fiscales de Antigua y Barbuda habían concedido licencias de juego a más de ochenta páginas web por un precio de 100.000 dólares cada licencia. Los paraísos fiscales del Pacífico generan para sus gobiernos casi 1,2 millones de dólares mensuales por ese tipo de licencias, principalmente en las Islas Cook, aunque para 2002 en la región del Pacífico solo se tenía constancia de que Palau y Vanuatu seguían vendiendo licencias de juego.

Sin embargo, no todo es tan complicado como parece. Basta con estar bien asesorado. Como muestra de que este tipo de prácticas no es exclusivo de las grandes empresas o las organizaciones criminales, en los últimos tiempos han pasado a primer plano personajes famosos que han tenido problemas con el fisco. Ni que decir tiene que estos personajes son la punta del iceberg, aquellos a los que han pillado. La lista se podría extender al infinito.

El exdictador chileno Augusto Pinochet tuvo, entre sus múltiples problemas con la Justicia chilena, el caso Riggs. Una investigación del Senado de Estados Unidos, en julio de 2004, reveló que el exdictador tenía cuentas secretas en el Banco Riggs. Tras este hallazgo se descubrió que Pinochet llegó a tener ciento veinticinco cuentas bancarias fuera de Chile y también se conocieron las precauciones que habían adoptado el acusado y su familia para esconder una fortuna estimada en 27 millones de dólares. Según estableció la investigación, el Banco Riggs ocultó cuentas de Pinochet mucho tiempo después de su detención en Londres en 1998, ordenada por el juez español Baltasar Garzón, por el delito de genocidio, y de la subsiguiente orden internacional para la congelación de sus fondos. Para impedir su localización, el banco cambió la titularidad de las cuentas de «Augusto Pinochet Ugarte» a «A. P. Ugarte», entre otros nombres.[30]

El banco de Washington ayudó a Pinochet a crear sociedades fantasma en diversos *offshores* mediante nombres falsos para no llamar la atención. Pero en 2002 los organismos reguladores estadounidenses las descubrieron y, tras intentar ocultar información, el banco cerró las cuentas y envió los fondos no a los tribunales, sino al propio señor Pinochet para que los depositara en otra entidad. El 6 de enero de 2005, por orden judicial, son registradas las oficinas de Augusto Pinochet. El juez Muñoz pidió su desafuero y ordenó detener a su secretaria privada, Mónica Ananías, y a su exalbacea, Óscar Aitken.

El 7 de junio de 2005 le retiran la inmunidad por presunta implicación en cuatro delitos: fraude al fisco, uso de pasaportes falsos, de-

---

[30] «Cronología del "caso Riggs"», *El Mundo*, 3 de enero de 2007.

claración jurada de bienes falsa y por eludir medidas cautelares sobre sus bienes. La esposa y el hijo menor del exdictador también fueron procesados por complicidad en fraude tributario. Además, se descubre una conexión entre las cuentas de Pinochet y comisiones por compraventa de armas.

Terrorismo y banqueros

Los propios banqueros «serios» han tenido sus más y sus menos con el fisco. El primer banco alemán, el Deutsche Bank, y diez mil de sus clientes fueron condenados en 2003 por el Tribunal de Fráncfort a pagar más de 200 millones de euros por impago de impuestos.

En España hay dos casos célebres de los últimos tiempos. En 2006 la Guardia Civil y la Oficina Nacional de Investigación del Fraude (ONIF), perteneciente a la Agencia Tributaria, han cifrado en 1.800 millones de euros la cantidad defraudada por la trama empresarial desarticulada en el marco de la llamada «Operación Suéter», dirigida contra una organización creada para ocultar el origen y pertenencia de grandes fondos de dinero depositados en entidades bancarias españolas en cuentas de no residentes. Los fondos eran sacados de España a través de un entramado de cuentas creadas en la isla portuguesa de Madeira y en otros países. Posteriormente el dinero era enviado a través de Luxemburgo para volver a entrar en entidades bancarias españolas, pero a nombre de sociedades no residentes en nuestro país.

En 2007 el expresidente del BBVA, Emilio Ybarra, y otros cuatro exdirectivos de la entidad fueron llevados ante los tribunales por un delito continuado de falseamiento de cuentas anuales por las denominadas «cuentas secretas» que la entidad tenía en varios paraísos. Estas cuentas se utilizaron para realizar operaciones de ingeniería financiera para comprar acciones propias del banco. El Vizcaya mantuvo la autocartera y tras su fusión con el Banco de Bilbao, el 1 de octubre de 1988, se informó de su existencia a los miembros del consejo del BBV, que acordaron vender las acciones adquiridas y regularizar la situación, con lo que tuvieron lugar varias ventas de acciones. Entre 1992 y 1999 estas cuentas se utilizaron para cancelar deudas por operaciones especulativas fracasadas realizando pagos que quedaron sin rastro en la contabilidad oficial del banco. El dinero se utilizó para la compra del 5 por ciento de Argentaria en 1998, antes de la fusión, y para el pago de comisiones al partido del actual presidente de Venezuela, Hugo Chávez.

Cinco de los seis principales bancos españoles —Santander, BBVA, Popular, Banco Sabadell y Banesto— contaban al cierre de 2007 con participaciones en sociedades que tienen su domicilio en territorios considerados como paraísos fiscales. En el mundo de la política, la especulación urbanística ha dado mucho trabajo a los bancos de los paraísos fiscales.

El dinero blanqueado solo en Marbella podría ascender a 250 millones de euros. La cantidad procede de actividades delictivas de varios grupos de delincuencia organizada, nacionales y extranjeros, que presuntamente utilizaban los servicios de un despacho de abogados de Marbella. Fue la Operación Ballena Blanca, investigación de la que derivó la caída de toda la cúpula de poder marbellí al ser encarcelados en la Operación Malaya por presuntos delitos de corrupción.

Aunque los efectos perniciosos de los paraísos fiscales son cada vez más notorios sobre el sistema financiero mundial, los avances en el control internacional de estos lugares son más bien escasos, entre otras cosas porque pugnan contra la doctrina imperante aún del fundamentalismo del libre mercado. En 1987 la OCDE comenzó a interesarse por la cuestión al iniciar un análisis de «las prácticas fiscales perjudiciales» generadas por la competencia entre sistemas fiscales estatales, pero tardó once años hasta fijar en 1998 unos criterios que identificasen los casos extremos, esto es, los denominados paraísos fiscales; una identificación que no ha tenido mayores consecuencias hasta la fecha.

Por otro lado, el terrorismo es un problema que plantean los paraísos fiscales. ETA ha utilizado a estos países para blanquear dinero. Son muchas las organizaciones que participan de estas redes financieras, desde el integrismo islámico de Al Qaeda al narcotráfico de las FARC y los cárteles sudamericanos. Todo se realiza a golpe de ratón, sin que el dinero físico tenga que ser transportado en ningún momento, siempre lejos de los ojos de la policía. Si algo caracteriza a Internet es la capacidad de anonimato que ofrece al internauta. En este sentido no es de extrañar la proliferación de actividades delictivas tradicionales a través de los nuevos medios tecnológicos. Amparándose en la nula o escasa regulación específica y en la dificultad de asociar una actividad *online* a una situación física concreta, la evasión de impuestos y el blanqueo de dinero a través de la red se han convertido en actividades sumamente lucrativas y, lo que es peor, sencillas de realizar.

La economista y periodista italiana Loretta Napoleoni ha estudiado la financiación de los grupos terroristas. Ha dedicado los últimos diez años a comprobar algo que provoca un escalofrío, que «todo el mundo» en realidad hace negocio con el terrorismo. Que el fenómeno no lo inventó Bin Laden en una tarde mística de oración: «La primera fase, que surgió en plena Guerra Fría, fue la del terrorismo financiado por el Estado. Estados Unidos y la Unión Soviética pagaban a estos grupos armados. La segunda, que se desarrolló en los años setenta y ochenta, fue la privatización del terrorismo, su autofinanciación, cuyos ejemplos más claros son ETA y el IRA». Tras éstas, la etapa actual, la que «ahora vivimos con la globalización del terrorismo». En la década de 1990 aparece en escena Al Qaeda, «una organización terrorista transnacional con células en diferentes lugares y capacidad para financiarse en más de un país».

Blanqueo de dinero

La periodista descubrió también que la política no es la que mueve a estos grupos, sino que el dinero está detrás de todo. «Siempre necesitan dinero y siempre lo están buscando, por ello decidí investigar la economía del terrorismo». «Terminar con los paraísos fiscales sería el primer paso para cortar el suministro de dinero para el terrorismo». Para esta experta, el objetivo final del terrorismo islámico no es la derrota del sistema occidental, sino el cambio «en las élites corruptas que gobiernan los países árabes» y que son apoyadas por occidente. Por ejemplo, buscan la caída de la familia real saudí que, paradójicamente, dedicó millones de dólares al bienestar de Al Qaeda, según esta experta. Remite a un informe de la ONU, publicado en 2010, que dijo que antes del 11-S el 20 por ciento del PIB de Arabia Saudí se dedicó a financiar la organización de Bin Laden. «Debemos revisar nuestra política exterior. No sostener regímenes políticos que son impopulares en sus países».

Aunque los atentados del 11 de septiembre de 2001 dieron un vuelco a la lucha por el saneamiento del sistema financiero, ese viraje adoptó una dirección inesperada. Habría parecido lógico que las fallas del sistema bancario y financiero occidental —que permitieron que los terroristas financiaran sus operaciones— fueran auditadas con seriedad, en especial los paraísos bancarios y fiscales utilizados por Al Qaeda o las organizaciones criminales. La ocasión parecía perfecta para instaurar reglas internacionales comunes que terminaran con las prácticas de las estructuras *offshore* incansablemente denunciadas y detrás de las cuales operan todas las maniobras de ocultamiento. En octubre de 2001 Estados Unidos se apresuró a votar la Patriot Act, que coloca al sistema bancario y financiero bajo su control y obliga a los bancos de todo el mundo que se relacionan con Estados Unidos a garantizar la transparencia de sus estructuras y operaciones financieras. Sin embargo, esto no sirvió para que desapareciesen los paraísos fiscales, sino para que un país, unilateralmente, pudiera tener acceso a su información y a las ventajas que ello reporta.

Según datos del Observatorio de Responsabilidad Social Corporativa, los paraísos fiscales ingresan al año 250.000 millones de dólares procedentes de multinacionales. Los países más pobres son los más afectados por esta situación, ya que dejan de ingresar unos 130.000 millones de euros porque el comercio de sus bienes se realiza a través de paraísos fiscales. El presidente francés Sarkozy aseguraba ante el Parlamento europeo en Estrasburgo que contaba con «el apoyo de Luxemburgo para que la arquitectura financiera sea profundamente reconsiderada en el exterior y en el interior de nuestro continente», al tiempo que instaba a Luxemburgo, afamado por su secretismo financiero, a dar ejemplo en el ámbito de reforma del sistema financiero y de transparencia de las cuentas. La Red para la Justicia de la Tasación estima que cada año los gobiernos de todo el mundo pierden más de 188.000 millones de euros por la baja o nula imposición de los fondos colocados fuera del alcance de los departamentos de Hacienda. El informe realiza un repaso detallado sobre las empresas. De Red Eléctrica Corporación dice que «aporta datos sobre ganancias en el Estado español, Perú y Bolivia, pero llama la atención que no se informe de los impuestos pagados por la filial financiera en los Países Bajos, donde se darían un importante volumen de transacciones. No constan empleados trabajando en esa sede». Sobre Abertis destaca que explota tres aeropuertos en Bolivia en régimen de concesión: «Entre la compañía que ostenta el contrato de concesión en Bolivia y la sociedad cabecera del grupo Abertis en Barcelona figuran ocho sociedades intermedias. Se trata de una cadena de propiedad en la que cada sociedad posee el 90 por ciento de la anterior. La sociedad más pequeña, la que genera la actividad, es Servicios Aeropuertos Bolivianos, después figuran cuatro empresas en el paraíso fiscal de Delaware en Estados Unidos, otras cuatro en Londres y, la última, la matriz, en Barcelona».

Como hemos dicho la elusión fiscal no es un delito, pero es fácil comprender que no es vista con agrado por las autoridades tributarias. Al fin y al cabo por culpa de esta práctica se puede perder una parte importante de la recaudación. Por ello no es de extrañar que traten de combatirla con todos los medios a su alcance. Sin embargo, aquí caemos en una cierta contradicción, ya que la complicidad con los paraísos fiscales no es solo cosa de los bancos. También los estados miembros de la UE y sus economías son cada vez más vulnerables frente a las finanzas globales incontroladas, tal y como se ha puesto de manifiesto con la crisis de las hipotecas *subprime* generadas por Wall Street. La creciente institucionalización europea, además de acentuar la competencia entre los socios por aminorar los impuestos sobre el capital, acarrea también pérdidas de ingresos fiscales que suponen una amenaza para el Estado del Bienestar, amén de reducir la capacidad para proteger a los pequeños ahorradores e imposibilitar el combate eficaz contra el blanqueo internacional del dinero sucio y la corrupción inmobiliaria. La mayoría de los analistas reprochan a gran parte de las políticas europeas el ofrecer amparo a los paraísos fiscales que compiten en situación muy ventajosa, con sus especialidades financieras opacas y de escasa o nula tributación, como segundos clientes de la Eurozona tras Estados Unidos.[31]

---

[31] *http://paraisos-fiscales.info.*

La OCDE ha abordado la cuestión de las entidades y sociedades empleadas con fines ilícitos. Son muy diversas las entidades que desempeñan actividades comerciales en las economías de mercado, incluidas las grandes corporaciones, empresas medianas y pequeñas y agrupaciones de tipo empresarial con responsabilidades limitadas específicas, fideicomisos y fundaciones. Pero, pese a su legitimidad, en determinadas circunstancias son utilizadas para fines ilícitos como el blanqueo de dinero sucio. Todo esto se lleva a cabo a través de paraísos fiscales. A día de hoy los gobiernos europeos, tanto de izquierda como de derecha, toleran de forma desganada a las sociedades *offshore* y los paraísos fiscales y, por si esto fuera poco, en muchos casos las medidas que se utilizan para rescatar a los bancos de la crisis contienen aspectos que defraudan a las haciendas nacionales además de amparar vías para el blanqueo de dinero.

Y el FMI, ¿qué opina de esto?

Dadas las peculiaridades de estos territorios, a veces se dan situaciones surrealistas. En dos direcciones de Delaware coinciden cientos de empresas entre las que se encuentran Grifols, Abertis, ACS, OHL, Telefónica, Sacyr... No es el peor caso que se da por allí. *The New York Times* publicó que en un edificio de una planta, aparentemente una modesta vivienda unifamiliar, están registradas seis mil quinientas empresas. Corporation Trust Company gestiona ese local en el que tienen su sede empresas enormes como Ford, American Airlines, General Motors, Coca-Cola y Kentucky Fried Chicken. Esto sucede por la existencia de vacíos legales que favorecen la elusión. Muchos gobiernos, conscientes ahora más que nunca de la sangría que supone esto para sus arcas, trabajan en encontrar y corregir esos huecos, bien modificando la ley original o complementándola con reglamentos de carácter administrativo. Algunos países van más lejos y han establecido normas generales antielusión. Son conocidas bajo las siglas GAAR (General Anti-Avoidance Rules). Las aplican países como por ejemplo Canadá, Australia o Nueva Zelanda. Otros Estados, si bien no disponen de una norma general, sí han promulgado numerosas leyes antielusión o antiparaíso fiscal. Por su parte las grandes empresas solo buscan lo que se supone que deben buscar: dinero. Con este tipo de prácticas se explica que en 2010, en España, las empresas cotizadas en pleno año de crisis económica retribuyeran a sus accionistas con 24.593 millones, más que en 2005, 2006 y 2007.

Las tácticas que se usan para eludir al fisco son en la mayor parte de los casos sumamente ingeniosas. Una de las más utilizadas es la estrategia de la demanda judicial. De entrada los capitales ilegales se depositan clandestinamente en una cuenta bancaria de una compañía en, por ejemplo, las Islas Caimán. A continuación una sociedad de, por ejemplo, Boston, que es la que debe recuperar el dinero blanqueado, presenta una reclamación judicial contra la compañía de las Islas Caimán por un importe determinado. Ante ese proceso judicial abierto caben dos opciones: la transacción amistosa por la cual la compañía de las Islas Caimán acepta el pago reclamado y el sobreseimiento del pleito; o, en caso contrario, tiene lugar el proceso o se concierta un arbitraje, pero sea como sea el trámite finaliza con la condena de la compañía de las Caimán, que abona la cantidad supuestamente adeudada y reclamada. El falso proceso judicial es una técnica muy sencilla en principio, aunque requiere primero que el blanqueador disponga al menos de dos empresas, una en el paraíso fiscal donde deposita los fondos a blanquear y otra en el lugar de destino de los fondos blanqueados. Luego habrá de disponer de tiempo, pues ya se sabe que la justicia es lenta. Aunque se puede acelerar el proceso recurriendo al procedimiento de arbitraje, muy extendido en el comercio internacional. El colmo de la ironía estriba en que la indemnización percibida por la sociedad de Boston ganadora del pleito estará libre de impuestos y la justicia habrá servido de lavadora del dinero sucio.

Estas tácticas no solo son privativas de delincuentes internacionales, sino que también las utilizan respetables empresarios aconsejados por sus banqueros. En el informe del Observatorio de Responsabilidad Social Corporativa de 2009 se indica que los bancos «tienen un papel muy relevante, ya que funcionan como facilitadores para que otras empresas y particulares practiquen la elusión de sus servicios». Recuerda que en 2001 el Banco de España publicó ciertas conductas, que completó en 2003, para informar de las actividades en paraísos fiscales y exigió, entre otros elementos, transparencia en las cuentas anuales. «Santander, BBVA y Banco Sabadell afirman seguir los principios, pero como están desapareciendo países del listado de paraísos fiscales solo por el hecho de firmar acuerdos bilaterales con la OCDE o con el gobierno español, los tres bancos anuncian que dejarán de informar de su actividad en las Caimán, Antillas Holandesas, Hong-Kong, Man, Jersey». Según el Observatorio, «para estas compañías el tratamiento de cierto territorio como paraíso fiscal no tiene relación con las actividades que realicen en dichos lugares, con las condiciones fiscales que disfrute, ni con el grado de funcionamiento de los instrumentos de transparencia fiscal, sino solo con si está o no en las listas de la OCDE o en la española».

Los datos que ofrece el Fondo Monetario Internacional son escalofriantes:

- Las cifras de dinero que mueve el blanqueo representan entre el 2 y el 5 por ciento del producto interior bruto mundial.
- La mitad de los flujos de capital internacionales transitan por los paraísos fiscales o residen en ellos.
- Entre 0,6 y 1,5 billones de dólares de dinero negro sale o circula por ellos cada año.

- Su actividad gestiona alrededor del 20 por ciento de la riqueza privada mundial.
- Los beneficios acumulados en diez años llegarían a los 5 billones de dólares, el equivalente al total mundial de las deudas públicas acumuladas.
- La satisfacción universal de las necesidades sanitarias y alimenticias esenciales (comida, agua potable y sanidad) costaría 13.000 millones de dólares al año, es decir, el 0,01 por ciento de las sumas que circulan por los paraísos fiscales.
- Los beneficios anuales del tráfico de drogas representan entre 300.000 y 500.000 millones de dólares, esto es, del 8 al 10 por ciento del comercio mundial.
- El producto de toda la delincuencia mundial supera, según ciertas estimaciones, el billón de dólares anuales, cerca del 20 por ciento del comercio mundial. Suponiendo que las cargas (producción, gestión, pérdidas por confiscación, etc.) representen un 50 por ciento de la facturación, quedan todavía 500.000 millones de beneficio, una suma cuarenta veces mayor que la necesaria para erradicar los problemas de salud y nutrición que asolan a alrededor de mil millones de personas en el mundo.

Otro tema muy relacionado con el de los paraísos fiscales es el de la economía sumergida, que algunos analistas sitúan en una horquilla de entre el 16 y el 20 por ciento del PIB. La sociedad civil está comenzando a organizarse para tratar de canalizar la presión social contra esta situación. Así se ha creado INTERTAX, la primera red global de lucha contra los paraísos fiscales. Tras varios meses de debates, INTERTAX consiguió dar forma a una Declaración Global por una Justicia Fiscal, la cual fue presentada públicamente en un acto en el Parlamento de Londres. En esa declaración se denuncia explícitamente que «alrededor de la mitad del comercio mundial pasa por las jurisdicciones de los paraísos fiscales, ya que las grandes empresas desvían sus beneficios hacia donde pueden evadir el pago de impuestos [...]. Tal comportamiento es económicamente ineficiente, socialmente destructivo y profundamente no ético [...]. El desarrollo de los países más empobrecidos se ve amenazado por las enormes rebajas fiscales ofrecidas para atraer a las grandes corporaciones y por el enorme flujo de fondos desde los países en desarrollo hacia los paraísos fiscales».

Trucos sucios

Informes académicos o de instituciones y organismos internacionales como el Banco Mundial, Deutsche Bank, la OCDE, la OIT, el propio Banco de España o el Instituto de Estudios Fiscales reconocen la existencia de la economía sumergida y la cifran en una horquilla que va del 20 al 25 por ciento del PIB. Usando como términos de búsqueda vocablos como «*offshore taxes*», «*offshore services*» o «*taxes heaven*» se puede encontrar un listado de firmas dedicadas a este fin, y dada la naturaleza de Internet es imposible prohibir contratar servicios financieros más allá de las fronteras del usuario.

Pongamos como ejemplo algunos indicios sospechosos de que en la economía española está sucediendo algo más allá de lo evidente. En solo dos años los ingresos tributarios del Estado se han reducido en una cuarta parte: alrededor de 50.000 millones de euros. Esta reducción no tiene parangón en los países de nuestro entorno (la zona euro y Estados Unidos), también afectados por la crisis económica. Hay, además, otros indicadores muy reveladores, como que solo un 3 por ciento de los declarantes del IRPF afirma ganar más de 60.000 euros, el elevado volumen de billetes de 500 euros en circulación que no se ven por ningún lado o el desplome de la recaudación del IVA en un 40 por ciento en los dos últimos años (más de 21.000 millones de euros solo en 2009). Todo ello denota la realidad de la existencia de enormes bolsas de fraude. Una legislación más severa serviría en gran medida para hacer aflorar todo este dinero perdido. Sin embargo, y como es lógico, estas medidas son generalmente muy criticadas por la comunidad económica y financiera, que argumenta que en el afán de poner freno a la elusión fiscal muchas veces se dañan intereses comerciales y se atenta contra la libertad de inversión y la libre circulación de capitales.

Mientras tanto se dan situaciones tan ilógicas y escandalosas como que los trabajadores y pensionistas declaren, de media, entre 5.000 y 7.000 euros anuales más que los empresarios, o que la Agencia Tributaria solo sea capaz de recuperar 13 de cada 100 euros en lo referente a la gestión de las deudas con la administración.

En este tipo de chanchullos hay verdaderos artistas, y algunos han alcanzado la categoría de leyenda, como Franklin Jurado, que desarrolló una técnica de blanqueo de dinero que viene siendo aplicada desde las décadas de 1980 y 1990, cuando la inventó para el cártel de Cali como respuesta al problema que se planteaban los narcotraficantes colombianos de como conseguir que los fondos delictivos fueran más respetables. Jurado es un economista colombiano, graduado en Harvard, que en 1996 fue condenado por un tribunal federal de Nueva York por blanqueo de dinero. A través de diversas cuentas bancarias y sociedades se hacían circular millones de dólares procedentes de los beneficios obtenidos por la venta de cocaína en los Estados Unidos con el propósito último de dotar de legitimidad a esos fondos. El sofisticado plan fue finalmente descubierto por la quiebra de un banco en el paraíso fiscal de Mónaco, hecho que reveló una cadena de cuentas de difícil justificación.

El procedimiento comprende básicamente dos etapas. Una primera de blanqueo propiamente dicho, también llamada «kennedyficación» (en honor a Joseph Kennedy, que había hecho fortuna con el tráfico de alcohol mucho antes de que su hijo John fuera elegido presidente de los Estados Unidos), que comprende la colocación del dinero desde Colombia en un paraíso fiscal y su transferencia a una cuenta de un titular determinado en Alemania, de este a otro titular en Mónaco que seguidamente efectúa unos giros a cuentas de sociedades en Suiza y Luxemburgo, desde donde se gira el capital a una cuenta con pseudónimo en Austria. La segunda y última fase es la integración o «santificación», que se producía cuando el dinero se reintegraba a Colombia a través de empresas europeas, controladas por los miembros del cártel, en forma de inversiones industriales.

Otra técnica es la llamada «falsa especulación inmobiliaria». En este supuesto se combinan varias técnicas de blanqueo de dinero en un mismo proceso. Primero se giran los fondos ilegales a una cuenta *offshore* en Antigua, desde donde se remite un talón bancario por un importe determinado como pago a una compañía de seguros por la prima de la póliza de un seguro de vida a favor de un pariente. Por otro lado, dicha póliza sirve de garantía al beneficiario para la obtención de un préstamo bancario por el importe de esa garantía para la adquisición de un inmueble. Las dos operaciones se superponen, de modo que la operación aparente es la adquisición ante notario de un inmueble, que posteriormente, una vez remodelado y embellecido, se revende a precios de mercado obteniendo una plusvalía. En realidad no existe plusvalía alguna en la compra y posterior venta, porque el precio real pagado en la adquisición ha sido muy superior al importe abonado y obtenido mediante el préstamo garantizado por la póliza de seguro, al cual se ha sumado, además, otro pago «en negro» al vendedor, con dinero sucio suministrado por el blanqueador, hasta cubrir el precio real de mercado del inmueble; con la reventa del inmueble se persigue simplemente recuperar la inversión real efectuada.

En todas esas operaciones supuestamente comerciales la intervención de sociedades registradas en paraísos fiscales facilita el encubrimiento de la identidad del verdadero beneficiario.

Los profesionales del fraude

Con el pretexto de defender el derecho a la intimidad se imposibilita la información y se propicia que determinadas rentas queden ocultas. El dinero negro es un fenómeno consentido desde las instancias del poder y amparado y potenciado por las instituciones financieras. Existe una gran preocupación en los estados por lo que significa de pérdida de ingresos fiscales, efectos sobre la opinión pública por los continuos escándalos financieros que se producen y por la infiltración de las organizaciones criminales y de las instituciones económicas, erosionando gravemente las democracias de los países desarrollados.

Hay prácticas de este tipo que se han convertido en verdaderos clásicos, como el sistema conocido como «ida y vuelta», una práctica corriente en los mercados financieros. Consiste en la compra y venta simultáneas de valores o títulos por dos clientes supuestamente independientes, entre dos plazas financieras. Los dos clientes tienen confiada la gestión de sus cuentas a la misma agencia de valores. La agencia cursa dos órdenes sucesivas de compra y venta simultáneas. Este era el método que aplicaba el chiringuito financiero español Gescartera, según el informe pericial de Hacienda. Comprendía dos pasos. Primero tenía lugar la compraventa a la misma hora de un número de valores de una misma empresa, operación que realizaba esta agencia de valores dos veces al día, sin que perdiera o ganara. Y después los resultados eran cruzados (la venta más cara con la compra más barata y viceversa) con la finalidad de «que unos clientes ganaran lo mismo que otros perdían y, además, se podía elegir quién iba a ganar», de modo que las pérdidas se imputaban a un número muy reducido de testaferros. Las investigaciones policiales y judiciales suelen caer en la trampa de intentar seguir las huellas del camino por el que han transitado los capitales, peregrinando de un lugar a otro, hasta perderse en los laberínticos vericuetos hacia los que se han dirigido esos flujos financieros, como sucede en la maraña de procedimientos burocráticos que tienen que seguir cuando las autoridades competentes tratan de obtener datos relativos a denuncias presentadas en sus respectivos territorios.

Pero en realidad el dinero como tal circula muy poco: son meros apuntes contables que circulan a toda velocidad por el ciberespacio. Un buen ejemplo es el famoso caso de la Pizza Connection que hizo conocido al entonces fiscal de Nueva York, Rudy Giuliani. El dinero procedente de la venta de heroína por parte de la mafia era depositado en un banco *offshore* del Caribe; después se giraba a Luxemburgo, donde servía de garantía de un préstamo concertado por un cómplice en un banco de Londres. El dinero puesto a disposición del cómplice en Londres no tiene ninguna asociación aparente con el depósito original. Si no se reembolsa el préstamo, el banco londinense hará efectiva la garantía y el dinero habrá sido blanqueado. El procedimiento resulta sencillo y difícil de detectar al hacer uso de bancos en países diferentes, uno de ellos en un paraíso fiscal para enmascarar la ilegalidad de origen. Todo ello es posible gracias a la existencia de empresas como la británica International Company Services que, por la módica cantidad de 600 libras esterlinas, ofrece el registro de empresas en las Bahamas, en Gibraltar o en las Islas Jersey. Asimismo ofrecen servicios como «los nombres de accionistas y consejeros» para poder cubrir al verdadero propietario. Y otros como asistencia para abrir cuentas bancarias, y también facilitan firmas de terceras personas para que los movimientos se registren a su nombre.[32]

Este tipo de empresas (hay muchas) se mueven en un mercado muy competitivo y algunas hacen ofertas tan agresivas como explícitas. Tal es el caso de una agencia de servicios denominada INSAD S.A., Incorporación de Sociedades Offshore:

---

[32] *http://www.delitosinformaticos.com/articulos/98543596442778.shtml.*

Encontrará en nosotros interlocutores experimentados y discretos:

No conservamos los *e-mail* de consultas más de cuarenta y ocho horas.

Utilizamos *software* de destrucción de archivos electrónicos de alta tecnología (los mismos que los del U. S. Department of Defense).

No tenemos archivos al alcance de las autoridades fiscales de los países de residencia de nuestros clientes.

Nuestra organización de seguridad y nuestra estructura de socios-consultores evitan el riesgo de ver sus operaciones confidenciales puestas en conocimiento de empleados subalternos.

Si sus necesidades de operaciones *offshore* son puntuales, podemos ofrecerle como alternativa nuestros servicios de *factoring* (facturamos por su cuenta y de acuerdo a sus instrucciones y recibe el pago en el lugar que le convenga, totalmente liberado de impuestos y pagando solamente una comisión muy razonable).

«Salve su fortuna de impuestos injustos» o «¿Cómo hacer desaparecer su nombre de todos los ordenadores y bases de datos?» son títulos comunes dentro de la línea editorial de Scope International, compañía que ofrece un surtido elenco de manuales a tal efecto. Otros servicios se centran en facilitar pasaportes, según parece, para evitar «terroristas, secuestradores, multitudes exaltadas o fanáticos que atacan a ricos», ya que aseguran que «un pasaporte de camuflaje podría salvarle la vida». Se pueden elegir entre ciento veinte nacionalidades, incluidos países como Reino Unido o España, y su coste oscila entre los 10.000 y los 100.000 dólares.

En la mayoría de los supuestos de delincuencia financiera los profesionales que facilitan sus servicios podrían ser considerados delincuentes a tiempo parcial. Parecen ser profesionales honestos, y de hecho actúan como tales cuando no están encargándose de sus operaciones encubiertas. Son abogados, banqueros, agentes de seguros y auditores de cuentas que suelen contar con la complicidad de funcionarios o policías corruptos. Luego están las empresas que se han especializado en elusión fiscal y trabajan en la misma frontera de lo legal. Entre la multitud de compañías que ofrecen estos u otros servicios destacan: OCRA World Wide (asesoramiento fiscal internacional), Freedom International (que oferta un directorio de setenta jurisdicciones de fiscalidad «leve»), O. P. M. Corporation (según su publicidad, el sitio «número uno de los paraísos fiscales»), Lowtax.net (sitio web dedicado a la elusión fiscal) o *Offshore Finance USA Magazine*, una publicación dedicada al mundo de los paraísos fiscales. Baste decir que en un directorio como el del motor de búsqueda Google se pueden encontrar cientos de referencias a este tipo de actividad.

Impacto en el desarrollo

La importancia de todos estos movimientos es tal que los servicios de inteligencia han intentado en diversas ocasiones romper el secreto de los paraísos fiscales. Tal es el caso de las investigaciones del BND, el servicio de inteligencia alemán, llevadas a cabo entre 1999 y 2000, que se centraron en un prestigioso abogado de Liechtenstein, Herbert Batliner. Él solito administra más de diez mil fundaciones y empresas tapadera. Amigo del excanciller alemán Helmut Kohl, estuvo implicado como figura clave en el escándalo de la financiación ilegal del Partido Demócrata Cristiano alemán. Igualmente fuentes del servicio de inteligencia alemán le acusaron de haberse encargado del blanqueo de dinero del narcotraficante colombiano Pablo Escobar, del de Mobutu, el penúltimo dictador de Zaire, y de haber colaborado con el saqueo de las finanzas filipinas llevado a cabo por el dictador Ferdinand Marcos. Las autoridades del Principado le absolvieron de todos los cargos, pero la opinión de los servicios de inteligencia alemanes es que el tribunal fue indulgente de forma premeditada. La práctica de hacer la vista gorda con según qué actividades es común en los paraísos fiscales. El Grupo de Acción Financiera sobre el Blanqueo de Capitales (GAFI), dependiente de la OCDE, señaló a quince países o territorios que no cooperan en la lucha internacional contra el blanqueo de dinero. Los países o territorios citados por el GAFI fueron: Bahamas, Islas Caimán, Islas Cook, Dominica, Israel, Líbano, Liechtenstein, Islas Marshall, Nauru, Niué, Panamá, Filipinas, Rusia, San Cristóbal y Nieves, y San Vicente y las Granadinas.

Lo realmente trágico de todo este asunto de los paraísos fiscales es que los más perjudicados en este tipo de prácticas suelen ser, como de costumbre, los más pobres. Son muchos los que señalan el nefasto papel desempeñado por los centros financieros extraterritoriales en el atraso económico y social, agravando la inestabilidad económica y política de los países en desarrollo y, de este modo, exacerbando la pobreza mundial. La ONG Intermón Oxfam publicó en el año 2000 un documento en el que denunciaba los miles de millones de dólares generados en los países en desarrollo que terminan escondidos en los paraísos fiscales, contribuyendo así a la pobreza y la miseria del sur. Cada año se blanquean alrededor de 600.000 millones de dólares. Capital proveniente de negocios como el narcotráfico, la trata de blancas, la corrupción política, la apropiación indebida de fondos públicos o el tráfico de armas. Las autoridades estadounidenses creen que la mafia rusa ha canalizado hasta 10.000 millones de dólares a través del Bank of New York, el decimoquinto en importancia de Estados Unidos. «La mayoría de bancos estadounidenses tiene salvaguardas suficientes contra el lavado de dinero en lo que respecta a las operaciones correspondientes, y este problema es de hace tiempo, está extendido y continúa», indicó el informe realizado por esta organización.

Estas cifras son las que hacen que las estructuras corruptas y el crimen organizado representen el verdadero poder en muchos países. El documento de Intermón Oxfam apunta que los costes causados por los centros *offshore* son considerables. Según sus cálculos, el dinero sacado de los países en desarrollo y depositado en los paraísos fiscales asciende a 50.000 millones de dólares anuales, seis veces el coste anual que tendría el logro de una educación primaria universal y casi tres veces el coste de la atención sanitaria universal. Los países en desarrollo sufren unas pérdidas gigantescas en sus ingresos fiscales como consecuencia de los impuestos evadidos por las corporaciones extranjeras, lo que limita considerablemente la capacidad de los gobiernos de los países en desarrollo. Los paraísos fiscales atraen a evasores de impuestos en sus países de origen, reduciendo en estos la recaudación, que debe recaer entonces sobre los paganos habituales. Y han sido y son protagonistas indispensables de la actual crisis financiera internacional: acogieron y acogen a una banca en la sombra y sin control, que distribuyó las hipotecas y otros activos tóxicos empaquetados y disfrazados por la gran banca de inversión, que acabó en la quiebra y requirió el rescate ¡a cargo de los contribuyentes!

Pongamos un ejemplo: el Banco Central de Brasil informó de que de los 6.500 millones de dólares enviados al centro *offshore* de las Bahamas en 2001, solamente 3.000 volvieron a Brasil. Ese mismo año el país experimentó un desajuste de más de 1.000 millones de dólares entre el dinero enviado a las Caimán y el que regresó a Brasil, por lo que el país sufrió una fuga de capital de 4.000 millones de dólares únicamente desde esos dos centros financieros extraterritoriales. Este ejemplo sirve para ilustrar el coste crítico para el desarrollo que tiene la profusión de paraísos fiscales. Son el precio que se paga por un orden económico que opera cada vez más a un nivel global, mientras que los sistemas tributarios permanecen anclados dentro de sus fronteras nacionales. El movimiento de capital está sobrepasando la capacidad de los sistemas políticos para hacer tributar esos fondos, lo que lógicamente va en menoscabo de los servicios públicos que se financian con esas recaudaciones. Esto tiene un enorme impacto en el gasto social. Los que utilizan los paraísos fiscales extraen más ganancias de las que tienen derecho a obtener evadiendo responsabilidades fiscales en lugar de asumirlas como el resto de contribuyentes. Con ello escamotean ilegítimamente recursos que podrían haberse destinado a proveer infraestructura social y productiva en los países de los cuales extraen ese margen de ganancias extraordinarias.

Otro ejemplo fue el de Ecuador. Una fuga masiva de capital llevó a la quiebra a cuatro de los cinco bancos ecuatorianos entre 1998 y 1999, que fueron saneados a costa de la reducción del gasto social. El número de personas en condiciones de pobreza se dobló entre 1995 y 1999. Según el Banco Central de Ecuador, en ese periodo un 15 por ciento del PIB se había perdido en préstamos y depósitos *offshore*. En el fondo, el caso de Ecuador fue el precedente de lo que está ocurriendo actualmente en todo el mundo: «Esta crisis debe tener como consecuencia una forma distinta de hacer las cosas. Debería traer consigo una mayor transparencia en las cuentas públicas, en las compañías privadas, mayor control de los paraísos fiscales y del secreto bancario, así como una mayor regulación de los mercados financieros. Sin reformas reales solo podremos decir que cantidades nunca imaginadas de ahorro público se usaron para mantener a flote al sector financiero, sin tocar los mecanismos perversos que generaron la crisis. Con tan solo un 1 por ciento de los 18 billones invertidos en sostener a la banca y las grandes empresas se podrían conseguir las metas de erradicación de la pobreza», afirma Jaime Atienza, responsable de relaciones institucionales de Intermón Oxfam. Según esta organización hay tres formas fundamentales en que los paraísos fiscales afectan al desarrollo de las naciones. En primer lugar, han contribuido al incremento de las crisis financieras. La inestabilidad monetaria y las rápidas idas y venidas de flujos de capital han provocado crisis financieras con graves efectos negativos en el sur. Además, y como hemos visto, los centros financieros extraterritoriales proporcionan un reducto seguro para el blanqueo de capitales ilícitos, la corrupción política, la compraventa ilegal de armas, el tráfico ilegal de diamantes y el mercado global de la droga, facilitando el robo de fondos públicos por las élites corruptas. Todo ello contribuye a incrementar la delincuencia económica. Por último, proporcionan a las compañías e individuos adinerados una vía de escape a sus obligaciones fiscales.

Aún queda esperanza

Por fortuna, buena parte de la comunidad internacional comienza a ser consciente de la magnitud del problema y, aunque aún no se toman acciones enérgicas contra los paraísos fiscales existentes, sí que se ponen trabas a que nuevas naciones alcancen este estatus. Guatemala fue colocada dentro de la lista gris respecto al índice de opacidad financiera en 2009, después de lo cual debió realizar algunas reformas para no entrar en la lista negra:

1. Suprimir las acciones al portador.
2. Eliminar el secreto bancario.
3. Realizar convenios bilaterales de intercambio de información tributaria.

Las dos últimas reformas se encuentran actualmente en proceso.

Argentina en 2001, con su tremenda crisis económica, fue otro de los escenarios en los que se hizo evidente el tremendo poder destructivo de los paraísos fiscales, tal y como se lee en el informe final de la Comisión de Diputados del Congreso argentino sobre la fuga de capitales. En marzo de 2001 huyeron los inversores más poderosos. La fuga propiamente dicha de ese año 2001 rondaría los 16.000 millones de dólares, y la de 2002 estaría cerca de los 15.000 millones. Según el informe, el sector privado no financiero habría sido «el agente más dinámico de la fuga», mientras que los bancos habrían sido la «autopista que vehiculaba la salida». Finalmente, en 2009 el gobierno argentino tomó una medida que, de puro obvia, extraña que no se haya convertido en generalizada. Ante la continuada salida de capitales del país, estimada aquel año en unos 23.000 millones de dólares, el gobierno argentino prohibió a los agentes y sociedades de bolsa operar con los paraísos fiscales.

Es un principio para combatir esta lacra. Otra medida eficaz es algo que está actualmente en el listado de reivindicaciones de todos los movimientos de indignados que manifiestan su descontento por todo el planeta: una tasa sobre las transacciones financieras (que ha sido bautizada con el nombre de Robin Hood Tax). Con una cuantía de tan solo un 0,05 por ciento podría generar unos 400.000 millones de dólares anuales para hacer frente a los efectos de la crisis tanto a nivel doméstico como para luchar contra la pobreza y los efectos del cambio climático en los países más empobrecidos. La tasa sobre las transacciones financieras internacionales sería parte de un esfuerzo más amplio para poner coto a la evasión de impuestos que genera el uso de los paraísos fiscales. Para aplicarla habría que suprimir el secreto bancario, exigir que se ofrezca información efectiva a todas las autoridades tributarias del mundo y obtener transparencia en la rendición de cuentas de las multinacionales, que deberán estar obligadas a presentar sus cuentas país por país. Se evitaría así la elusión fiscal y se fortalecerían las capacidades tributarias nacionales de una manera justa, fortaleciendo a los estados para hacer frente a crisis económicas como la actual.

El camino hasta lograr este objetivo será largo y de final incierto debido a la multiplicidad de intereses poderosos en juego. Toda gran empresa transnacional procura maximizar sus ganancias, lo cual, en principio, es legítimo; lo que ya no es ni mucho menos tan legítimo es que solo algunas lo hagan respetando leyes y códigos de justicia y ética, mientras que otras aprovechan su presencia en diversas jurisdicciones territoriales para violar leyes y lucrarse a costa del expolio de víctimas indefensas que ni siquiera son conscientes de que lo están siendo ni de las consecuencias a las que están haciendo frente. Una de las formas para materializar esa ilegítima extracción de ganancias extraordinarias es a través de ventas y compras entre subsidiarias de un mismo grupo económico.

Para evadir el pago de impuestos en la jurisdicción en la que opera, una subsidiaria vende su producción exportable a menor precio que el de mercado a otra empresa del mismo grupo económico (o vinculada con ese grupo) localizada en un paraíso fiscal. El comprador basado en ese paraíso luego revende lo adquirido al precio, ahora sí, de mercado, reteniendo para su grupo económico la ganancia extraordinaria originada en la evasión fiscal. Muchas, o más bien todas, las multinacionales utilizan los servicios de los paraísos fiscales para aumentar los beneficios. El ahorro puede representar entre un 20 y un 25 por ciento. Entre las diez primeras multinacionales del mundo puede representar unos 150.000 millones de dólares.

Con todo lo que hemos visto, cuando usted vuelva a hacerse esa pregunta recurrente que se hace todo el mundo desde que empezó la crisis —¿dónde está todo ese dinero que se ha perdido?—, al menos ahora tendrá una respuesta: en los paraísos fiscales.

Capítulo 10

SOBRE LA AUSTERIDAD Y LA INDIGNACIÓN

Nos encontramos en una etapa histórica curiosa. Curiosa de un modo dramático y poco común. Las políticas neoliberales aplicadas sin reparo y la codicia de unos pocos nos han conducido a una crisis económica de la que nadie parece saber cómo escapar. Sin embargo, por mucho que se haya convertido en uno de los argumentos tópicos del movimiento de los indignados que se manifiestan en las plazas de medio mundo, lo cierto es que son los ciudadanos de a pie, aquellos que no han tenido culpa de todo este entuerto, los que menos se han beneficiado y los que más están padeciendo, los que tienen que pagar las consecuencias, no solo de un modo indirecto a través del deterioro de su calidad de vida, del miedo que se ha instalado como compañero perpetuo de viaje, de la desaparición de puestos de trabajo, de la dificultad para obtener crédito y, en los peores casos, del desahucio y la ruina, sino también financiando con el dinero de sus impuestos a los mismos bancos que nos han conducido a todos a esta lamentable situación. Y, como resulta obvio, los presupuestos del Estado no se pueden estirar, hay el dinero que hay y, si se dedican miles de millones a financiar a los bancos, hay otras partidas, las de los servicios públicos y sociales, que tendrán que sufrir severos recortes. Así nos encontramos con la amarga paradoja de que una crisis provocada por la liberalización se convierte, como por arte de magia, en la excusa perfecta para que las políticas avancen más radicalmente aún hacia el liberalismo despiadado, una inexplicable huida hacia adelante, apretando el acelerador para despeñarse con estilo por el precipicio de la realidad. Nos encontramos en una época de paro masivo, en vez de reanimar los esfuerzos públicos por crear empleo; se recita cada vez con más convicción el mantra de la austeridad, en la cual el gasto gubernamental y los programas sociales se recortan hasta dejarlos en lo mínimo que puede tolerar la población antes de llegar a la revuelta.

Para justificarlo se nos cuenta que el extraordinario esfuerzo público realizado durante la primera parte de la crisis, en efecto, sirvió para evitar, o al menos mitigar, el desastre económico y financiero, pero creó un grave desequilibrio de las arcas públicas que ha obligado a adoptar las actuales medidas de austeridad, sobre todo en la Unión Europea. Mantener las políticas de austeridad, aun a costa de padecer los problemas que se pueden generar a corto plazo —sobre todo el retraso en la reactivación económica—, es la única vía de asegurar a largo plazo una salida de la crisis sólida y duradera. Dicho sea en descargo de los defensores de esta teoría, el planteamiento, al menos sobre el papel, es impecable. Es la siempre obstinada realidad la que ha terminado poniendo, sin embargo, las cosas en su sitio. Las economías en crisis se encuentran aún lejos de haber tomado la senda del crecimiento y establecer una política de repliegue y austeridad del gasto y la inversión pública ha sido un nuevo golpe, en el mismo suelo, para las economías que pugnaban por levantarse.

Nos vendieron esta doctrina afirmando que no había ninguna alternativa —que tanto los rescates como los recortes del gasto eran necesarios para satisfacer a los mercados financieros— y también afirmando que la austeridad fiscal en realidad crearía empleo. Pero lo cierto es que esta ha sido una patraña más de toda esta historia. En los lugares donde han practicado las políticas de austeridad presupuestaria, la crisis no solo no ha remitido, sino que se ha agravado con tasas de paro mayores y un notable atasco del crecimiento. La austeridad presupuestaria ha sido defendida tanto por los republicanos del Congreso estadounidense, que se lo pusieron bien difícil a Obama en materia de incrementar el gasto público, como por el Banco Central Europeo, que el año pasado instaba a todos los gobiernos europeos —no solo a los que tenían dificultades fiscales— a emprender la «consolidación fiscal». El remedio ha sido peor que la enfermedad y la contumacia en el error de muchos gobiernos no presagia nada bueno. Cuando David Cameron se convirtió en primer ministro de Reino Unido, se embarcó inmediatamente en un programa de recortes del gasto, en la creencia de que esto impulsaría la economía (una decisión que muchos expertos estadounidenses acogieron con elogios aduladores). Y vaya si la impulsó: hacia abajo.[33]

Grecia se ha visto empujada por sus medidas de austeridad a una depresión cada vez más profunda; y esa depresión, no la falta de esfuerzo por parte del gobierno griego, ha sido el motivo de que en un informe secreto enviado a los dirigentes europeos se llegase a la conclusión de que el programa puesto en práctica en este país es inviable. En la última evaluación financiera realizada por la Comisión Europea y el FMI, un documento «confidencial» fue divulgado por *The Financial Times*, donde se puede leer que «la situación en Grecia dio un giro para peor» y que los «desarrollos recientes exigen una reevaluación». La contracción de la economía, consecuencia natural de la brutal disminución del consumo interno, ha superado de tal forma las metas establecidas que, de acuerdo con el documento entregado a los gobiernos de los veintisiete países de la Unión Europea, la reestructura-

[33] Paul Krugman, «Islandia, el camino que no tomamos», Universalnews.net.

ción de la deuda deberá ser del 60 por ciento, muy lejos del 21 por ciento previsto en el Consejo Europeo del 21 de julio de 2011.

La segunda recesión

Grecia necesita dinero para devolver unos 95.000 millones de euros que vencen a finales de 2013, a los que se suman otros 58.000 millones del préstamo que recibió en 2010 de la Unión Europea y los del Fondo Monetario Internacional por 110.000 millones de euros. El Banco Central Europeo y la Comisión Europea, junto a Francia, lograron que Alemania modificara su posición inicial (participación privada sustancial y cuantificable, con canje de títulos) que, según París, podría desatar un caos comparable a la bancarrota de Lehman Brothers en noviembre de 2008. Algunos economistas, como el norteamericano Paul Krugman, advierten de que el plan de ajuste no es la mejor solución para Grecia, cuya deuda externa actualizada a junio de 2011 alcanza los 485.000 millones de dólares, según un informe de *Bis Quarterly Review* citado por la BBC de Londres. El economista turco Nouriel Roubini, que anticipó la crisis financiera en 2008, opinó que Grecia no tiene otra elección que pagar su deuda y salir de la moneda única, porque esto le permitiría devaluar, mejorando su competitividad económica con exportaciones más baratas, informó el diario *The Guardian*. En Grecia la economía está en recesión (falta de dinero) y el desempleo se disparó al 16,2 por ciento en marzo, por lo que un total de 811.000 personas se encuentran sin trabajo de un total de 11,3 millones de habitantes, según informes oficiales.

De fondo, una preocupación común: la posibilidad de que la recesión sufrida por las principales economías, y de la que parecía que se empezaba a salir, no sea más que el preludio de una segunda crisis, si cabe más intensa. Parece que la única forma de evitar la tan temida recesión en dos fases (la *double-dip recession*) es un compromiso entre ambas visiones por el lado de la activación de la demanda y la puesta en marcha de las anheladas reformas estructurales —infraestructuras, educación, mercado laboral, etc.— del lado de la oferta. Sin embargo, los especialistas no se ponen de acuerdo en cómo lograr ese compromiso o, mejor dicho, no acaban de coincidir en la urgencia de actuar, en estos momentos, en el eje de la austeridad o en el del impulso.

La Organización de las Naciones Unidas avisó seriamente de que la búsqueda de medidas de austeridad por parte de unos cuantos países europeos podría volver a llevar a la Eurozona a la recesión (-0,3 por ciento), y que Estados Unidos y Japón corren un menor riesgo de vivir una segunda fase de recesión. Además de los niveles de austeridad y el elevado desempleo, la ONU dijo que la gran volatilidad en los mercados de divisas y el conflicto entre las grandes economías por las políticas que afectan a las tasas de cambio son una importante amenaza para el crecimiento. La ONU dijo también que espera que el crecimiento económico de Japón se desacelere al 2,2 por ciento desde el 2,7 por ciento de 2010, al tiempo que espera que el crecimiento en China se frene hasta el 8 por ciento frente al 10,1 por ciento del año previo a medida que cae la demanda de las economías desarrolladas. Un panorama desolador del que no se libra nadie y que, desgraciadamente, parece estar cumpliéndose en los últimos meses.

Stiglitz y otros economistas han denunciado la timidez del gobierno de Obama, y de otras administraciones europeas, a la hora de mantener el compromiso estatal para animar la demanda y la inversión en países donde los niveles de desempleo siguen en niveles históricos. Por contra, Edmund Phelps —también Nobel de Economía como Stiglitz—, economistas de renombre como Jeffrey Sachs y Martin Feldstein, y autoridades del peso de Jean-Claude Trichet alertan sobre los peligros de una vuelta a la política del impulso público sin haber dado tiempo a poner las bases de la sostenibilidad fiscal.

Según Feldstein la urgencia de la consolidación de las cuentas públicas es tal que bien se podría aceptar una recesión en dos fases como precio para poner las bases de una recuperación económica saludable a medio y largo plazo.

Algo parecido sucede en España, donde la sombra de una recesión en dos fases, cada vez más posible tras las medidas de austeridad, vuelve a resucitar el interés por el impulso de la inversión pública.

Crímenes contra la humanidad

Si han estado leyendo las crónicas sobre la crisis financiera, o viendo adaptaciones cinematográficas como la excelente *Inside Job*, sabrán que Islandia era supuestamente el ejemplo perfecto de desastre económico: ese país que el FMI de Rato ponía como ejemplo a seguir y que acabó completamente quebrado, hundido por los escombros de una banca cancerígena que convirtió la isla en un inmenso *hedge fund* y dejó una deuda equivalente a todo el PIB de ocho años y seis meses. Sus banqueros, fuera de control, cargaron al país con unas deudas enormes y al parecer dejaron a la nación en una situación desesperada. Mientras todos los demás rescataban a los banqueros y obligaban a los ciudadanos a pagar el precio, Islandia dejó que los bancos se arruinasen y, de hecho, amplió su red de seguridad social. Islandia arrancó una ambiciosa reforma constitucional que, por primera vez en la historia del mundo, es fruto de un proceso de democracia directa, al margen de los partidos.

Según la Corte Penal Internacional, crimen contra la humanidad es «cualquier acto inhumano que cause graves sufrimientos o atente contra la salud mental o física de quien los sufre, cometido como parte de un ataque generalizado o sistemático contra una población civil». El Estatuto de Roma considera estos crímenes como los «más graves de trascendencia para la comunidad internacional en su conjunto», y que por su gravedad y sistematicidad trascienden a las víctimas individuales, pues agravian a la humanidad como género. Desde la Segunda Guerra Mundial nos hemos familiarizado con este concepto y con la idea de que, no importa cuál haya sido su magnitud, es posible y obligado investigar estos crímenes y hacer pagar a los culpables.[34]

Que la solución que se propone para la crisis sea ahondar aún más en las políticas que nos condujeron a ella y que hacen que los que menos culpa tienen, los ciudadanos, sufran las consecuencias más terribles es algo que añade infamia al oprobio, una propuesta que responde al intento de debilitar las protecciones sociales, reducir la progresividad de los impuestos y disminuir el papel y dimensiones del gobierno mientras se deja a una serie de intereses establecidos tan poco afectados como sea posible.

Situaciones como las que ha generado la crisis económica han hecho que se empiece a hablar de crímenes económicos contra la humanidad. A nivel macroeconómico el concepto se usó en los debates sobre las políticas de ajuste estructural promovidas por el Fondo Monetario Internacional y el Banco Mundial durante las décadas de 1980 y 1990, que acarrearon gravísimos costes sociales a la población de África, América Latina, Asia y la Europa del Este. Muchos analistas señalaron a estos organismos, a las políticas que patrocinaron y a los economistas que las diseñaron como responsables, especialmente el FMI.

En un artículo publicado en *Business Week* el 20 de marzo de 2009 con el título «Wall Street's Economic Crimes against Humani-

---

[34] Lourdes Benería y Carmen Sarasúa, «Crímenes económicos contra la humanidad», *El País*, 30 de enero de 2011.

ty», Shoshana Zuboff, antigua profesora de la Harvard Business School, sostenía que el que los responsables de la crisis nieguen las consecuencias de sus acciones demuestra «la banalidad del mal» y el «narcisismo institucionalizado» en nuestras sociedades. Culpar solo al sistema no es aceptable, argumentaba Zuboff, como no lo habría sido culpar de los crímenes nazis solo a las ideas y no a quienes los cometieron. Hay responsables, y son personas e instituciones concretas: son quienes defendieron la liberalización sin control de los mercados financieros; los ejecutivos y empresas que se beneficiaron de los excesos del mercado durante el *boom* financiero; quienes permitieron sus prácticas y quienes les permiten ahora salir indemnes y robustecidos, con más dinero público, a cambio de nada. Son los responsables de que millones de familias hayan perdido sus hogares, millones de trabajadores vayan al paro, millones más incrementen la legión de pobres y el número de hambrientos crezca hasta sobrepasar los mil millones... Tienen nombre y apellidos o razones sociales.

Empresas como Lehman Brothers o Goldman Sachs, bancos que permitieron la proliferación de créditos basura, auditoras que supuestamente garantizaban las cuentas de las empresas y gente como Alan Greenspan, jefe de la Reserva Federal norteamericana durante los gobiernos de Bush y Clinton, opositor a ultranza de la regulación de los mercados financieros.

En Argentina existe un precedente, un tribunal creado para identificar en un registro especial a las víctimas de los delitos económicos cometidos durante la dictadura, ya que, según la ley que permitió crear este órgano, «hubo en el país una política de enriquecimiento individual por parte de funcionarios de la dictadura o de grupos económicos afines» en la que «en muchos casos intervinieron, junto a los jefes militares que están siendo sometidos a procesos judiciales, civiles que hasta ahora no han sido objeto de imputación por la responsabilidad penal que les cabe». Aparte de ese ejemplo puntual no existe ninguna norma ni costumbre nacional o internacional que reprima como crímenes de lesa humanidad los delitos con motivación económica. Para ser calificados como delitos de lesa humanidad los crímenes consistentes en asesinatos, secuestros, violaciones y torturas, al igual que otros delitos aberrantes, deben necesariamente formar parte de un plan previo, deliberado y premeditado que apunte contra la población civil en su conjunto o una parte de ella, motivado por razones políticas, raciales o religiosas. De todo lo expuesto en este libro se puede deducir que ese plan existía.

Estamos ante la aparición de un nuevo orden mundial, ante una transformación del Estado tal y como lo conocemos asociado a las naciones. No han desaparecido los estados-nación, pero es evidente que se han debilitado y ya no tienen la capacidad de respuesta de antaño. ¿Cómo es posible si no que las sugerencias de, por ejemplo, los burócratas del Banco Central Europeo provoquen que los gobiernos tomen a toda prisa y sin consultar con su población, como ha ocurrido por ejemplo en España, medidas tan graves como una reforma constitucional que suponen de facto limitar la soberanía del Estado? ¿Cómo es posible que «el mercado», ese ente amorfo, sin rostro, sin sede, sin nadie a quien reclamar, pero tan poderoso, pueda poner de rodillas a presidentes de gobierno para desguazar el Estado del Bienestar y seguir drenando recursos públicos para beneficio privado? Lo que hemos venido denunciando en las páginas precedentes es la aparición en la sombra de un gobierno mundial cuyas manos rectoras son desconocidas para la mayoría de nosotros. El Estado-nación, como concepto, se vuelve débil por momentos, hasta el punto de que cada día es menos capaz de regular la sociedad y se nos impone un nuevo orden mundial sin ningún control democrático.

Una figura sobre la que conviene reflexionar en esta situación es la del criminal de guerra nazi Adolf Eichmann, juzgado en Jerusalén hace cuarenta y cinco años. Durante aquel juicio que estremeció al mundo, la humanidad se enfrentó por primera vez a la aparición de un nuevo tipo de criminal, participante en lo que podríamos denominar una «masacre administrativa». Nunca empuñó un arma. Nunca dio una orden directa de asesinar o torturar a nadie. Nunca vio una ejecución. Él solo era el contable del infierno. Sus crímenes se cometieron bajo circunstancias en las que le bastaba con mostrar una extraordinaria diligencia a la hora de llevar a cabo la contabilidad y la logística de la «solución final». Si se dio cuenta o no de lo que estaba haciendo, es algo que no sabremos jamás. El sufrimiento que se ha instalado en muchas sociedades de este planeta se debe a la concienzuda labor de muchos Adolf Eichmann. La crisis económica no es el Holocausto, pero se deriva de la misma supresión generalizada del criterio moral. Eichmann lo hizo todo al servicio de un aparato al que servía de una forma acrítica. A medida que aprendemos más sobre el comportamiento de nuestras instituciones financieras vemos que la situación es, en el fondo, la misma. Todo el mundo acepta un sistema irresponsable, embolsándose el beneficio, pero rechazando la responsabilidad sobre las consecuencias de ese beneficio. Banqueros, corredores y especialistas financieros estaban dispuestos a participar en un modelo de negocio egoísta en sí mismo que celebra lo que es bueno para el negocio, mientras que reserva la deshumanización y el distanciamiento para los que vivimos fuera de su reducida esfera, en el mundo real.

Como los soldados en la guerra, como los asesinos en serie, como los torturadores de cualquier régimen dictatorial, la distancia emocional, el despersonalizar a los seres humanos convirtiéndolos en cosas, en cifras en este caso, facilitó la tarea de operar exclusivamente en interés propio, sin los sentimientos habituales de empatía que nos alertan sobre el dolor de los demás y nos definen como seres humanos. En los juicios de Núremberg los acusados se escudaban en que habían cometido atrocidades que eran «legales», incluso bien vistas por la sociedad. No se les podía juzgar por seguir la ley. El problema, entonces como ahora, es que los seres humanos tienen que ser capaces de distinguir el bien y el mal incluso cuando el que se guía por su propio juicio está en desacuerdo con la opinión unánime de todos los que le rodean.

La industria de las hipotecas de alto riesgo es, de hecho, culpable de crímenes contra la humanidad a través de sus acciones premeditadamente negligentes. Así como los alemanes bajo el yugo nazi estaban demasiado asustados para denunciar lo que estaba ocurriendo en el país y hacer lo correcto, las personas y empresas involucradas en la industria de las hipotecas de alto riesgo estaban demasiado asustadas como para detener la bola de nieve que muchos sabían que se estaba formando y amenazaba con arrollarnos a todos. Simplemente se centraron en hacer un montón de dinero.

Si uno piensa que lo que su empresa está haciendo es inmoral, entonces debe denunciar, actuar sin importar si se pierde el trabajo o los beneficios. Durante demasiado tiempo las empresas y las personas, por igual, han ignorado los principios morales en el mundo de los negocios y creado un ambiente donde la gente parece haber sido sometida a un lavado de cerebro.

La esclavitud de la deuda

Desde principios de la década de 1980 el FMI y su organización hermana, el Banco Mundial, han impuesto programas de ajuste estructural en más de setenta países en desarrollo que, si no constituyen delitos de lesa humanidad, están muy cerca de ello. Joseph Stiglitz, que debe de saber de lo que habla como antiguo economista jefe del Banco Mundial, recuerda que el FMI se involucró en una serie de programas de «asistencia» que afectaron a la mayoría de los países de África. El resultado fue que los ingresos en esos países se redujeron en un promedio del 23 por ciento. En el mundo desarrollado eso habría sido una catástrofe. En África, donde los ingresos apenas dan para la subsistencia, es un holocausto.

Las ayudas al desarrollo han pasado de ser precisamente eso, una ayuda, a convertirse en un negocio sumamente rentable. Un ejemplo es lo ocurrido en Brasil. Entre 1985 y 1987 el Fondo Monetario Internacional recaudó en este país 16.800 millones de dólares de beneficio neto sobre el dinero que había prestado. Cuando la coyuntura económica dificultó el pago de los intereses y el Estado tuvo que aceptar nuevas imposiciones del FMI, a las reuniones asistieron no solo los funcionarios del Fondo, sino representantes de la Reserva Federal estadounidense y financieros privados como George Soros, del fondo Quantum, el vicepresidente de Citigroup, William Rhodes, Jon Corzine de Goldman Sachs y David Komansky de Merrill Lynch. Entre julio de 1998 y enero de 1999, 50.000 millones de dólares procedentes de las reservas de moneda extranjera de Brasil cayeron en manos de instituciones financieras privadas, en su mayoría a través de opciones y contratos de futuros. Una vez más la participación del FMI en la crisis económica de un país permitió al capital extranjero apoderarse del mercado interior, reforzar su dominio sobre la banca nacional y apropiarse de los activos productivos más rentables a precios de ganga. Para ilustrar el grado de connivencia entre el comercio y las agendas políticas de occidente y las políticas del FMI, reproducimos una cita del «CIA World Factbook» de 2002: «Una serie de medidas del FMI, junto a la condonación masiva de la deuda externa, dio como resultado la participación de Egipto en la Guerra del Golfo junto a la coalición, ayudando a Egipto a mejorar su desempeño macroeconómico durante la década de los noventa».

Algunos países que comenzaban a descollar en diferentes terrenos y cometieron el error de recurrir al FMI vieron cómo el desarrollo de esos sectores florecientes se veía abortado. En la renegociación de 2002 de los acuerdos del FMI con Indonesia, una de las cláusulas que más llaman la atención es el virtual abandono por parte de este país de los tímidos intentos que había comenzado a desarrollar para establecer una política industrial estratégica centrada en el llamado «Proyecto Nacional de Automóviles» (una iniciativa que, al parecer, había molestado a los fabricantes de automóviles de Detroit y Tokio) y un plan para la fabricación y diseño de aviones de pasajeros (que había preocupado al parecer a Boeing). A cambio de esta autoinmolación, Indonesia recibió un dinero del que Goldman Sachs, elegido como principal sindicador de las emisiones de bonos de algunos de los mayores prestatarios del sudeste asiático, ya está recogiendo millones y espera reunir aún más decenas de millones de dólares en honorarios. El FMI es fuente de enormes beneficios para bancos como Goldman Sachs por medio de estos rescates internacionales. En este sentido, es interesante recordar que Robert Rubin, entonces secretario del Tesoro estadounidense, hizo mucho para facilitar el movimiento de fondos de rescate desde los Estados Unidos a México en un momento en que todavía tenía intereses en Goldman Sachs, uno de los principales beneficiarios del rescate financiero.

Cuando nos fijamos con detalle en las condiciones impuestas por el FMI a los países, está claro que estas condiciones son en su mayoría de naturaleza política y no en interés de la gente común de los países en cuestión. Alguna gran potencia también ha picado en el cebo del FMI. Es el caso de Rusia, que recibió préstamos del FMI, el Banco Mundial y directamente de los Estados Unidos a través de la OPIC (la Overseas Private Investment Corporation, una entidad del gobierno de Washington). Desde entonces el país vive inmerso en una trampa de endeudamiento. El economista ruso Boris Kagarlitsky, en una declaración ante el Congreso de los Estados Unidos, expuso la situación con enorme claridad: «Los teóricos del FMI insistieron en que la privatización conduciría automáticamente a una mejor gestión de las industrias y a la reducción del gasto del gobierno. También hicieron hincapié en la necesidad de gastar menos en educación, bienestar social, salud, etc. El FMI no solo alentó a los líderes de Rusia en la ilusión de que aplastar la inflación llevaría automáticamente al crecimiento, sino que los portavoces del FMI también alimentaron la falsa idea de que, si las cosas salían mal, habría un montón de dinero en el sistema financiero mundial para rescatar a los rusos». Una vez más la fórmula del FMI (que no hizo nada para mejorar la calidad de vida de los rusos comunes y corrientes, sino todo lo contrario) tuvo los resultados habituales: los precios aumentaron, los salarios cayeron y se redujo el gasto e inversión pública.

La esclavitud de la deuda es la ayuda a la inversa. Por cada dólar enviado a los países más pobres de la ayuda, 1,30 dólares fluyen de nuevo a los prestamistas. El gasto en sanidad ha disminuido en la mayoría de los países más pobres del mundo desde la década de 1980. Algunas importantes mejoras en este campo, adquiridas con considerable esfuerzo en las décadas de 1960 y 1970 han revertido a su estado original o llevan estancadas en muchos países desde la década de 1980, cuando la deuda comenzó a convertirse en el problema más grave de los países en desarrollo. A pesar de los vertiginosos avances de la medicina, el número de niños que mueren antes de cumplir cinco años ha aumentado en muchos países endeudados hasta las cejas, como Zimbabue, Zambia, Nicaragua, Chile y Jamaica, después de décadas de resultados cada vez más esperanzadores. Dado que los colegios se ven obligados por las políticas de ajuste a cobrar tasas a sus alumnos, cada vez menos personas son capaces de dar a sus hijos una educación, algo que se está convirtiendo en un privilegio solo disponible para los más acomodados, en lugar del derecho universal que debería ser. En el África subsahariana el daño a la educación ha sido particularmente significativo: el porcentaje de niños matriculados en la escuela ha caído de casi el 60 por ciento en 1980 a menos del 50 por ciento en 1990.

Los salarios reales en la mayoría de los países africanos se han reducido en un 50 o 60 por ciento desde principios de 1980. El desempleo ha aumentado en muchos países de África y América Latina desde la década de 1980. Las agencias internacionales incitan a los países a aumentar sus cultivos de exportación, los mismos para todos los países pobres, lo que genera un exceso de oferta en el mercado internacional y la consiguiente caída de los precios. No entra dinero en los bolsillos de los campesinos y en el campo solo tienen café o algodón para comer. Es más, como hemos visto, esos cultivos de exportación de los países en desarrollo compiten directamente en los mercados con los de los países desarrollados, altamente subsidiados y protegidos, y que utilizan todas las técnicas agrarias disponibles en la actualidad para mejorar su calidad y maximizar su producción.

¿Soluciones verdaderas o más de lo mismo?

Desmanes como estos son los que tienen como resultado algo evidente para cualquier observador: junto a los más grandes recursos científicos y técnicos y los mayores avances en organización social que la humanidad haya tenido nunca, dos tercios de los habitantes de nuestro maltratado planeta son pobres y más de mil millones de personas conviven a diario con el fantasma de la malnutrición y la muerte por hambre. La economía se ha convertido en una ciencia sin conciencia al servicio de los intereses de muy pocos y en contra de los de la inmensa mayoría. Los grandes avances en la econometría y los modelos matemáticos encubren con un velo supuestamente científico sus propias carencias y los intereses a los que sirven. Las cifras y los porcentajes, los beneficios y el crecimiento son los grandes protagonistas de la ciencia económica y muy pocos, desgraciadamente, se preocupan por las repercusiones sociales de las políticas económicas. Para los países de Iberoamérica, África, Asia y el este de Europa, que han padecido en sus carnes la imposición de las máximas del Consenso de Washington, la desregulación, los programas de ajuste del FMI, la manipulación de sus monedas y el saqueo por parte de filibusteros de maletín y traje a medida de sus menguados recursos, el resquebrajamiento del orden económico vigente y de las teorías que lo sustentan no deja de ser una noticia esperanzadora. Al que tiene el agua al cuello, cualquier cosa le da esperanza, pero no hay demasiados datos objetivos a favor del optimismo. Para empezar, todo el mundo sabe, lo quieran admitir o no, que el modelo económico agoniza, pero nadie sabe qué vendrá después. Existen propuestas alternativas, qué duda cabe, pero su implantación tiene que luchar con la maraña de intereses existentes. Por otro lado, la realidad es que la crisis está siendo devastadora, pero no para los millonarios de Wall Street sino, sobre todo, para los más débiles. Los centros de poder financiero se las están arreglando a las mil maravillas para trasladar a la economía real sus problemas sin que se lo impida el control democrático de las instituciones públicas.

En el otro platillo de la balanza está el ejemplo de Islandia, de ciertas economías emergentes y de lo que se exige por amplios sectores de la sociedad civil en Europa y Estados Unidos. Existe la posibilidad y el reto de que de este caos surja una nueva arquitectura económica y financiera nacional e internacional que instaure formas de desarrollo económico menos irracionales, desequilibradas e injustas. El primer paso ya se ha dado. La actual crisis ha supuesto para muchos, inexplicablemente aún no para todos, la pérdida de la fe en el mercado y en la eficacia de la mano invisible que por arte de birlibirloque regula la economía como si de un ecosistema perfecto se tratara.

El problema de todas las soluciones que se están proponiendo radica en que resolviendo la crisis de Europa y del euro, en lugar de tener miras más amplias y centrarse en rediseñar el modelo quebrado de la civilización consumista, resolveremos con toda probabilidad, y más tarde que temprano, la presente crisis, pero manteniendo nuestras economías a golpe de préstamos condicionados por curas de austeridad. Así puede que se salve la situación a medio plazo pero, de hecho, será lo único que se salvará. Las economías funcionarán un tiempo, hasta el siguiente cataclismo, a costa de haber hundido a los pueblos en la desesperación. Muy pocos son los que se atreven a pedir las medidas que dicta el sentido común, pero que se han convertido en herejías dentro del pensamiento único económico, como la implementación de políticas arancelarias encaminadas a la reconstrucción del aparato productivo en defensa de las actividades nacionales. Como todas las herramientas, el proteccionismo puede tener efectos negativos y perversos —algo que ya hemos visto en otras partes de este libro a raíz de los diferentes criterios que se tienen de lo que es «libre mercado» en función de lo rico que sea el país al que se aplica el concepto—. Sin embargo, va a ser indispensable recurrir a estos y otros recursos de manera inteligente y, sobre todo, justa, si queremos resolver las crisis actuales de forma que todos se puedan beneficiar.

Mientras resulta imposible que la comunidad internacional, en especial Estados Unidos, acepte una tasa sobre las transacciones financieras —tasa que ya no es una reclamación exclusiva de ilusos, indignados y países en desarrollo, sino que han adoptado como suya primeros espadas de la Unión Europea, como el presidente francés Nicolas Sarkozy o la canciller alemana Angela Merkel—, la austeridad asesta un duro golpe a los asalariados y las clases medias e inferiores con descensos de las remuneraciones, reducción de prestaciones sociales, retroceso de la edad de jubilación, etc. En todo el mundo la idea de la implantación de esta tasa va ganando terreno. Se trata de una medida justa que podría generar miles de millones de euros para paliar la crisis entre los que más la sufren, combatir lacras como el hambre en el mundo y hacer frente a los efectos adversos del cambio climático. Este impuesto se denomina de formas diferentes dependiendo del país del mundo en el que se plantee —Robin Hood Tax en el Reino Unido, Steuergegen Armut o impuesto contra la pobreza en Alemania, o Zerozerocinque en Italia—. La idea es tan sencilla que lo que llama la atención es que no hubiera surgido antes: una pequeña tasa que significará poco para las instituciones financieras, pero que implica contar con unos recursos impensables hasta ahora para combatir algunos de los problemas más vergonzosos del mundo.

¿En cuánto podríamos cifrar esos recursos? Pues en una cifra escalofriante, ni más ni menos que en unos 300.000 millones de euros anuales adicionales para combatir la pobreza. Cada vez son más los defensores de esta idea y cada vez tienen más dificultades sus detractores, como la administración del presidente Obama, para justificar su postura. Cada día se producen millones de transacciones entre las instituciones financieras. Como hemos visto, muchas de esas transacciones son directamente perjudiciales para la economía mundial y el bienestar general. ¿Es realmente tan descabellado solicitar esa insignificante tasa? No debe de serlo cuando muchos y notables economistas, como los premios Nobel Joseph Stiglitz y Paul Krugman, el director del Herat Institute, Jeffrey Sachs, y más de mil economistas de todo el mundo se han adherido a la solicitud. Según las estimaciones, un impuesto de alrededor del 0,05 por ciento podría generar hasta 520.000 millones de euros. Este impuesto, uno de los más justos y oportunos que jamás se hayan planteado, podría ser la palanca que permitiera resolver la mayoría de los grandes problemas de nuestro mundo, y todo ello sin que le cueste nada a los ciudadanos de a pie, recayendo el peso —muy, muy liviano— de la medida entre aquellos que más tienen, que más acaparan y que son los causantes directos de la situación actual.

Sin embargo, y de momento, las cosas van en una dirección muy distinta. Es más, siguiendo los dictados del FMI y sus instituciones hermanas, se ha iniciado internacionalmente una carrera por la austeridad y la presunta competitividad que trae aparejada, lo cual pone las cosas cada vez más complicadas para los ciudadanos de a pie. Un país anuncia un descenso de los sueldos y de los gastos sociales del 20 por ciento y enseguida hay otro que, por no quedarse atrás y, sobre todo, para poder colocar con mayor holgura su deuda pública en los mercados, anuncia que lo hará mejor con un 30 por ciento de reducción, y seguramente habrá un tercero que se apresure a añadir medidas todavía más rigurosas. Esta política de austeridad no puede engendrar otra cosa que un ciclo deflacionista que enquistará la crisis y dificultará la recuperación; para cuando sean conscientes del error, los estados ya no podrán salvar los bancos a golpe de millones porque, sencillamente, ya no habrá dinero para hacerlo.

Deuda odiosa

Antes de que esto suceda es muy probable que alguien, en algún lado, ponga en práctica algo de lo que no se quiere ni oír hablar en los foros económicos internacionales. La «teoría de la deuda odiosa» no solo es manejada por los economistas apocalípticos, sino que cada vez voces más autorizadas y, sobre todo, con una posición más elevada en la pirámide social, están empezando a hacer circular casi en tono de velada amenaza esta idea. Consiste en que si un prestamista (por ejemplo, un banco o el mismísimo FMI) otorga un préstamo a un gobierno que a todas luces es cleptomaníaco, corrupto, irresponsable o proporciona información no fidedigna (en estas clasificaciones se encontrarían el 90 por ciento de las dictaduras, un gran porcentaje de los países en desarrollo y hasta algunos gobiernos de la Unión Europea), los siguientes gobiernos no tendrían por qué estar obligados a saldarla.

Lo cierto es que la idea no está ni mucho menos exenta de lógica y se encuadraría en el avance global en materia de derechos humanos. En la Edad Media era posible enviar a la prisión a un niño cuyos padres hubieran muerto dejando deudas pendientes y todos tenemos en mente los encarcelamientos por deudas que se reflejan en la literatura de Dickens. Estas medidas salvajes servían para, de alguna forma, controlar el crédito en niveles razonables, ya que el castigo en caso de incumplimiento era mayúsculo. La contrapartida era que la vida de los endeudados quedaba virtualmente en manos de los usureros. Bueno, en eso realmente tampoco es que hayamos avanzado mucho. De hecho, las naciones obtienen préstamos de modo que los niños de una generación terminan heredando las deudas de sus antepasados sin importar que estas hayan sido contraídas por un megalómano irresponsable o por un corrupto cuyos descendientes juegan alegremente al polo en su mansión de un paraíso fiscal. El concepto, aplicado con mesura, sería un avance sin precedentes en materia de derechos humanos. Ningún dictador volvería a obtener dinero para financiar guerras, represión y genocidio porque los banqueros tendrían muy presente el riesgo de que en el futuro esa deuda fuera reconocida como odiosa y un nuevo régimen democrático pudiera proceder a su impago con todo el derecho internacional de su parte.

¿Se podría recurrir a este mismo concepto en casos como el de Grecia? Por lo que concierne a la deuda pública, su anulación correría el peligro de afectar no solo a los bancos, especuladores e instituciones internacionales que, de un modo u otro se han estado beneficiando de la situación que nos ha conducido a la crisis, sino también directamente o indirectamente a los pequeños ahorradores que confiaron su dinero a un valor teóricamente seguro o a aquellos que ni siquiera son conscientes de haber invertido en deuda pública, pues tienen su dinero en fondos de inversión en los que se manejan bonos del Estado. Sería más deseable una reconversión negociada (lo que equivale a una bancarrota parcial), con una auditoría que determine la parte abusiva de la deuda.

La dicotomía a la que se enfrentan las naciones más afectadas por la crisis no es fácil de resolver. Por un lado, en su mayoría se encontraron con que habían votado a partidos con programas prácticamente socialdemócratas —incluso muchas veces tratándose de partidos conservadores— que les prometían el mantenimiento a toda costa del Estado del Bienestar. Sin embargo, una vez se alcanza el gobierno, las promesas no es que se olviden, que algo de esto hay también, sino que se revelan como prácticamente imposibles de cumplir. Ese gobierno se ve sometido a la presión de los mercados financieros y no tiene más remedio que imponer a sus ciudadanos una política de recortes sociales y austeridad que recuerda a los peores tiempos del Consenso de Washington. Pero es que no hay más remedio: el gobierno en cuestión, si es de la UE, tiene las manos atadas ante Bruselas y el Fondo Monetario Internacional, que piden el plan de ajuste haciendo uso de todos los mecanismos de presión que tienen a su alcance, que son muchos.

Grecia, uno de los seis países de la Unión Europea que nunca ha convocado a votar nada que remotamente tenga que ver con la Unión Europea, sorprendía a propios y extraños cuando el presidente Yorgos Papandreu anunció su intención de plantear un referéndum para aprobar el plan de rescate de los socios comunitarios. Cundió el pánico, la máquina diplomática comenzó a funcionar a toda presión y el resultado fue que el referéndum nunca se llevó a cabo. Papandreu cedió a presiones y chantajes por parte de los socios europeos, que no podían asumir un referéndum cuyo resultado, a poco que se pulse el cabreo monumental de la población griega, era más que previsible.

El episodio del referéndum griego constata el dominio de los mercados en la política de la Unión Europea en general y de cada país en particular. El anuncio de Grecia de promover una consulta ciudadana viene de que esa ayuda exige draconianos ajustes y el despido de miles de funcionarios. La tormenta fue de las que se han visto pocas veces en Europa. Las bolsas entraron en pánico y palabras como «irresponsable» e «incendiario» se escucharon desde las cancillerías europeas dirigidas al gabinete de Papandreu. Se presionó a Grecia hasta hacerle renunciar a su idea original, igual que se hizo con países pequeños como Dinamarca o Irlanda cuando sus ciudadanos votaron en contra de proyectos europeos. De hecho, en estos dos casos todos fuimos testigos del esperpéntico espectáculo de ver cómo los ciudadanos eran convocados a las urnas una y otra vez hasta que, por fin, salió el resultado deseado. La desilusión de muchos ante la cancelación del plebiscito griego es la de la constatación de que la Unión Europea solo funciona con el mercado y no tiene en cuenta a los ciudadanos.

En realidad nunca los ha tenido en cuenta. La Unión Europea es una iniciativa elitista, hecha a espaldas de la población. No había ninguna demanda popular de una Europa unida. Todo se ha construido de arriba abajo, en un ejercicio que habría henchido de orgullo a los promotores del despotismo ilustrado: «Todo para el pueblo, pero sin el pueblo». Por otro lado, la UE está desde sus mismos inicios lastrada por un componente económico muy fuerte que, lejos de perderse, mitigarse o enriquecerse con otros contenidos, se ha acentuado en los últimos tiempos. Las reuniones de ministros de Asuntos Exteriores de la Unión son un acto menor si las comparamos con las de los ministros de Economía. Ahí es donde de verdad «se corta el bacalao».

Ruido de sables en Grecia

Merkel y Sarkozy pusieron toda la carne en el asador para encauzar a los griegos al redil. A fin de cuentas, si Grecia se declara en bancarrota y deja de pagar su ayuda exterior, las bancas de Alemania y Francia pueden pasar por una situación muy complicada. Pero el verdadero cortafuegos que impidió a Papandreu llevar a cabo su plan fue su propio parlamento y, más concretamente, los diputados de su propio partido. ¿A qué presiones de todo tipo se habrán visto sometidos estos diputados? Eso es algo que solo podemos imaginar, pero no debieron de ser dos días fáciles para ellos.

En cualquier caso, Grecia se encontraba entre la espada y la pared. Por un lado, las durísimas medidas de ajuste que lleva aparejado el rescate. Por otro, las previsibles y terroríficas consecuencias de la ruptura con el euro (repudio por lo menos parcial de la deuda pública, expulsión de la Unión Europea, embargo por parte de los países más perjudicados, huida de capitales, etc.).

Y aún había más, una amenaza mucho más insidiosa. El presidente de la Comisión Europea, José Manuel Durão Barroso, hizo en su momento una declaración en la que llevaba a cabo un llamamiento a la unidad de Grecia poco después de que el presidente Yorgos Papandreu cambiara la cúpula militar griega por sorpresa: «Quiero hacer un llamamiento muy urgente y sincero por la unidad nacional y política en Grecia. En la Unión Europea hemos acordado medidas de amplio alcance para apoyar a Grecia. Pero para que estas medidas sean implementadas es de vital importancia que haya estabilidad en el país».

El jefe europeo hizo una petición «al gobierno y a los líderes políticos de Grecia para que demuestren que están preparados para trabajar por la unidad política y para conseguir el amplio apoyo necesario para implementar el programa». Papandreu decidió el relevo de la cúpula militar horas después de anunciar el referéndum. El general Ioannis Giagkos fue reemplazado por el teniente general Michalis Kostarakos; el teniente general y jefe del Estado Mayor Fragkos Fragkoulis dejó su lugar al teniente general Konstantinos Zazi; el máximo responsable de la Marina, el vicealmirante Dimitros Elefsiniosis, fue relevado por el contralmirante Chistidikis Kosmas; y el jefe de la Fuerza Aérea, Vasilios Klolozas, fue sustituido por el mariscal del aire Antonis Tsantirakis. Los diarios griegos *Ta Nea* y *Athens News* remarcaban que estos cambios habían sido por sorpresa, al tiempo que también se apuntaba a que había rumores de sables y que por este motivo se decidió cambiar toda la cúpula militar. Grecia ya sufrió un golpe de Estado en 1967, con el derrocamiento del rey Constantino II, que condujo al país a una dictadura durante siete años. La muerte de un diputado y un estudiante fue la excusa para el alzamiento militar que desembocó en la denominada Dictadura de los Coroneles.

En Portugal las cosas no están mucho mejor. El primer ministro, el conservador Pedro Passos Coelho, anunció durísimas medidas que suponen la eliminación de una paga extra para los funcionarios, que serán dos para los que cobren más de 1.000 euros, y el aumento de la jornada laboral en el sector privado en media hora semanal. Tras el discurso de Passos, en Portugal había cierta sensación de apocalipsis, de fin de un modo de vida, a través un salto cualitativo de las medidas que se aplican desde mayo de 2010, cuando estalló la crisis griega. En el horario de los informativos televisivos nocturnos Passos Coelho se dirigió a la nación para dar a conocer las líneas maestras del presupuesto de 2011, aprobado por el Consejo de Ministros tras doce horas de deliberación. En tono lúgubre el jefe del Gobierno portugués explicó que, si no se aplican nuevos ajustes, Portugal se arriesga a quedarse sin ayuda externa y a tener que cerrar servicios del Estado, al impago de salarios o a afrontar la imposibilidad de importar bienes básicos como alimentos y medicamentos. En 2011 Portugal lo va a compensar absorbiendo fondos de pensiones de la banca, pero para el año 2012 necesita reducir drásticamente los gastos del Estado, en un contexto adverso internacional, que provocará que se agrave la recesión de la economía lusa, de manera que su PIB caiga más del 2,5 por ciento previsto por el gobierno.

En estas circunstancias, Passos anunció que, en el sector privado, el gobierno autorizará durante los dos próximos años la prolongación de la jornada laboral como forma de estimular la producción. En el sector público los sacrificios que impone el gobierno no consisten en trabajar más por el mismo dinero, sino en cobrar menos, como ya sucedió este año con el recorte del 5 por ciento de la masa salarial. En 2012 los funcionarios que perciben más de 1.000 euros al mes se quedarán sin las pagas extras de Navidad y de verano. Esta medida da continuidad a la tomada por Passos durante el verano de cobrar un impuesto sobre un tercio o más de la paga extra de Navidad de 2011 del conjunto de los asalariados.

Mientras tanto, la fortuna de los tres hombres más ricos de Portugal equivale a 6.380 millones de euros, un 3,6 por ciento del producto interior bruto nacional, y se incrementó en 1.400 millones en 2010 a pesar de la crisis. Hablamos de fortunas de diez cifras, hecho que dificulta mucho su cuantificación porque la mayoría de portugueses tiene un salario medio que oscila entre los 1.000 euros y el salario mínimo (485 euros). Si a la fortuna de Américo Amorim (el hombre más rico de Portugal, pero que fue acusado de falsificación de documentos, fraude y desvío de fondos, y al que la Unión Europea exigió una indemnización de 77 millones de euros por uso fraudulento de fondos de formación profesional entre 1985 e 1988) sumamos las de Alexandre Soares dos Santos y Belmiro de Azevedo, globalmente valoradas en 6.380 millones de euros, podemos llegar a la conclusión de que la fortuna de los tres multimillonarios supera los ingresos de tres millones de portugueses. Las desigualdades sociales existentes en un país cuyas instituciones fueron asaltadas por los grandes grupos económicos son enormes. Las fechorías se ejemplifican en los casos de BPN, BPP, BCP o en los procesos de Furacão, Portucale, Casino de Lisboa, Submarinos, Edificios dos CTT y Face Oculta, entre muchos otros casos.

El efecto Ponzi

El predominio del capital financiero, según ha expresado el periodista francés Jean Daniel, ha provocado que la sociedad entera se transforme en una bolsa de valores que ya solo puede optar entre un individualismo cínico y un latrocinio organizado.

Luego, cuando hay que pagar las deudas, las burbujas revientan y los acreedores intervienen, junto a los organismos internacionales, para imponer severos ajustes que exprimen las condiciones sociales para generar un excedente y poder cobrar. Es entonces cuando se manifiestan claramente las contradicciones que se han ido acumulando, de un lado, entre el Estado y las sociedades a las que representan y, por el otro lado, el capital financiero que opera a escala global. Tal vez la idea sea que en un régimen democrático los ciudadanos tienen que avalar sin chistar las acciones de quienes gobiernan y que también deben respaldar los excesos especulativos de los bancos y los criterios correctivos de los burócratas internacionales. La experiencia dice, desde una visión superficial, que las economías se recuperan de los ajustes. Pero los datos no muestran, por ejemplo, las condiciones en las que queda la gente que pierde su empleo, las familias que ven reducidos sus patrimonios, las empresas pequeñas y medianas que en el mejor de los casos se estancan o simplemente, cierran, o la degradación de los patrones de consumo.

Habrá que irse preparando para el siguiente episodio de crisis, ya que no solo son recurrentes, sino que tienden a surgir cada vez a intervalos más cortos. No es la primera vez que suceden cosas así, aunque sí es la más grave. Un hecho significativo por su semejanza con la crisis actual es la conocida «burbuja inmobiliaria de Florida». La euforia especulativa de la década de 1920, que terminó con el Crack del 29 y sumió al mundo en la Gran Depresión, surgió en Florida de la forma más insospechada posible: con el atractivo de un clima soleado y la proximidad del mar se comenzaron a vender terrenos para construir viviendas y centros de vacaciones que mes tras mes iban aumentando de precio, de manera que nuevos y cada vez más voraces inversores entraron en el juego de la compraventa, multiplicando los precios, hasta que finalmente los fraudes (se vendieron sobre el papel terrenos presentados como idílicos y no eran más que pantanos infestados de cocodrilos) y un par de huracanes agotaron a los compradores crédulos de la base de la pirámide y la burbuja se rompió en 1926.[35]

Uno de los participantes en el *boom* de Florida, a pesar de haber sido condenado antes por fraude, fue Carlo Ponzi, creador de la pirámide conocida con su nombre, antecedente directo de la estafa de Bernard Madoff, expresidente de NASDAQ (la otrora poderosa bolsa de acciones tecnológicas), cuyo fraude por más de 50.000 millones de dólares, descubierto a finales de 2008 tras el suicidio de uno de sus socios, afectó en España, entre otros, a los clientes del Grupo Santander por más de 2.330 millones de euros. Cuando surge una oportunidad de dinero fácil, los estafadores acuden como moscas a la miel.

Otro buen ejemplo de este tipo de especulaciones sin fundamento que terminan llevando al abismo a economías enteras es el de la «tulipomanía» que afectó a los Países Bajos en las décadas de 1620 y 1630, cuando los precios de los bulbos de tulipán —una flor recién introducida en esta zona de Europa— alcanzaron niveles desorbitados en una espiral de ofertas y demandas que hizo que muchos productores y comerciantes se endeudaran e hipotecaran para dedicarse al cultivo y comercialización de la flor, incluyendo notas de crédito, apalancamientos, introducción en la bolsa y hasta mercados de futu-

---

[35] Jaime García Neumann, «La especulación financiera como crimen contra la humanidad», *Via Inveniendi et Iudicandi*, nº 13, vol. 7, nº 1, enero-junio de 2012.

ros. Otro caso clásico es el del escocés John Law, que a comienzos del siglo XVIII montó en Francia un tinglado para vender acciones de futuro de las minas de oro que supuestamente se encontraban en Luisiana. Las consecuencias fueron desastrosas para la vida económica francesa. Pero nada de esto es comparable a la burbuja especulativa actual, cuyas dimensiones exceden todo lo imaginable. Aunque nadie se atreva a decirlo en voz alta, el problema se ha vuelto tan difícil de manejar que ya sería hora de pensar seriamente en su disolución negociada o bancarrota ordenada y en la erradicación de tales prácticas especulativas.

Aunque la tendencia en los mercados es hacer creer que no ha pasado nada, el colapso de las hipotecas *subprime* fue solo el primer cañonazo de una crisis estructural de grandes dimensiones que nadie vio venir. Por ejemplo, el Fondo Monetario Internacional únicamente preveía un 25 por ciento de posibilidades de que el crecimiento global cayera por debajo del 3 por ciento o menos en 2008 y 2009.

Los indignados

Precisamente aquellos que durante décadas defendieron la reducción progresiva del papel del Estado y su no interferencia en los mercados ahora reclaman y obtienen enormes cantidades de dinero público para «salvar» el sistema y los gobernantes no hacen sino posibilitar esta vía. Ahora sus planteamientos más profundos, sus análisis más concienzudos les indican que hay que seguir en este modelo, pues no hay otro posible (deseable por ellos). Se nos dice continuamente, al parecer con espíritu visionario e infalible, súbitamente adquirido por aquellos que no lo tuvieron para prevenir la crisis, que el fin de este proceso tiene fecha y que no nos alteremos, pues ese día llegará en uno o dos años (mientras tanto toca «apretarnos el cinturón», pero sin dejar de consumir; mirar para otro lado es nuestro papel). En resumen, estamos premiando a los que nos metieron en este lío monumental. Cualquiera que paremos por la calle, a condición de que nos alejemos unas manzanas de los centros financieros de las grandes ciudades, sin necesidad de títulos de universidades prestigiosas o años de experiencia política o económica, nos señalará sin pestañear a los grandes directivos bancarios, de las financieras, de las multinacionales, del Fondo Monetario Internacional, Banco Mundial, etc., como los arquitectos responsables de esta crisis a causa de su ambición desmesurada por aumentar sus propios beneficios. Y cuando saneemos las finanzas globales, si es que algún día lo conseguimos, ¿qué? ¿Más de lo mismo? El sistema económico actual está en un coma irreversible, es un enfermo terminal que solo se mantiene con vida gracias a los cables y tubos que salen de su cuerpo. Su curación es imposible, porque este sistema se encuentra en estado terminal e inviable.

Después de diez años de desregulación financiera al por mayor, de malas políticas y prácticas inadecuadas por parte de la banca, y llegados al escenario de pesadilla económica que estamos viviendo en la actualidad, en los últimos tiempos los gobiernos de Estados Unidos y la Unión Europea han estado bombeando miles de millones de dólares bajo las más diversas fórmulas con el fin de reducir el apalancamiento y recapitalizar los bancos que estaban al borde de la insolvencia, con el fin de mantenerlos a flote a toda costa o darles un respiro para que puedan fusionarse con otras entidades.

Los expoliadores de bolsillos ajenos son solo una parte, la más hiriente y perniciosa, de un problema que es de base. Debería buscarse seriamente, caiga quien caiga, una alternativa al crecimiento ilimitado de la producción, del consumo, de la liberalización sin límites de los mercados e inversiones. Es necesario aportar sentido al caos macroeconómico en que estamos inmersos, cuestionando aspectos esenciales como el enriquecimiento y consumo sin límites como modelos de vida. Hay que plantarse y negarse a seguir jugando el mismo juego con las mismas reglas que solo benefician a unos pocos mediante el empeoramiento de las condiciones laborales, expedientes de regulación de empleo, flexibilidad laboral, permanente crecimiento del consumo... En suma, hay que cambiar el modelo injusto y demencial por otro más justo y equitativo.

Eso es precisamente lo que buscan y reclaman, probablemente con más pasión y entusiasmo que acierto, los integrantes de los movimientos indignados de todo el mundo. Tras las acampadas de Madrid y Wall Street se puede decir que el fenómeno ha alcanzado una estatura y longevidad que nadie le auguraba y, comprensiblemente, ha tocado la fibra sensible de una amplia gama de personas consternadas por el nivel de barbarie de la desigualdad, que es la característica definitoria de la sociedad actual. Los medios de comunicación de masas los han ignorado, ninguneado, cuando no vilipendiado y, no obstante, la capacidad de los organizadores para atraer la atención del público ha sido impresionante y es un recordatorio alentador de que las personas se pueden unir y organizar más allá de la capacidad anestésica de los medios. Sin embargo, a pesar de la relevancia política del momento y de la innegable fuerza que ha adquirido, el fenómeno será efímero si no se convierte en algo más duradero que una manifestación o una acampada, poniendo de relieve un nivel de organización que pueda sostener y expandir la causa que representan. Está muy bien cuando afirman que representan al «99 por ciento de la población». Es un gran lema con una fuerza retórica tremenda, pero para tener éxito en la ardua tarea de generar un movimiento real hay que responder a la gran pregunta: ¿cómo pensáis representar a ese 99 por ciento? Para contestar a esa pregunta hay que conocer a la gente, ir a donde viven, a donde trabajan, inspirarles confianza y luchar con ellos en los temas que realmente les preocupan, tejiendo con esas inquietudes un programa político coherente que vaya más allá de la teoría utópica o de la rabieta momentánea, tendiendo a la consolidación de los esfuerzos.

El rechazo de plano por parte de estos movimientos de todas las estructuras preexistentes es una, si no la principal, de sus debilidades. Aliados potenciales han tendido la mano al movimiento y este ha vuelto la cara desdeñosamente en todas y cada una de las ocasiones, acogiéndose a la obviedad de que esos aliados solo buscan su propio interés. Por supuesto que sí, pero en eso radica el arte de forjar alianzas. Un ejemplo de ello son los sindicatos. Debilitados como están y con todas las limitaciones de sus burocracias sedentarias, los sindicatos siguen siendo las organizaciones más democráticas y que con mayor eficacia defienden los intereses de los trabajadores, con activistas e infraestructuras establecidos en cada fibra del tejido productivo. Se trata de gente con experiencia en la negociación y con los conocimientos prácticos y los recursos necesarios para llevar a cabo con éxito la lucha social, no solo tras las pancartas o las barricadas, sino en los ámbitos menos visibles y emocionantes. Millones de personas han experimentado una mejora real en sus vidas a través de más de cien años de luchas protagonizadas por los sindicatos, éxitos mucho mayores que cualquier acampada. Así que resulta difícil comprender el desdén de los revolucionarios de nueva hornada —que aunque cuenten con todas nuestras simpatías aún no han conseguido nada tangible— hacia aquellos que llevan a sus espaldas una dilatada y honrosa trayectoria de conquistas sociales.

Es importante recordar que, históricamente, el movimiento sindical ha sido el vehículo más efectivo para impugnar la desigualdad económica. No es algo que digamos nosotros, sino que es una realidad empírica fácilmente comprobable. En aquellos lugares y periodos en que los sindicatos han sido más débiles, la riqueza se ha ido concentrando progresivamente en manos de unos pocos. Por el contrario, cuando han sido más fuertes, la riqueza se ha distribuido de manera más uniforme. El momento histórico, la oportunidad que brinda, es tan valioso como lo que se haga para sacar provecho de él. La historia está llena de grandes ocasiones desperdiciadas. Y a menos que los movimientos de contestación al sistema se doten a sí mismos del pensamiento estratégico necesario para orientar y poner en marcha el proceso de cambio de la sociedad de forma seria, esta ola de activismo será probablemente un capítulo más de los episodios bienintencionados e intrascendentes, como el movimiento antiglobalización, que jalonan la historia de la izquierda moderna, mientras que el neoliberalismo, monolítico y eficaz como la maquinaria bien concebida y engrasada que es, continúa su saqueo y queda ileso.

Capítulo 11

¿Y ESPAÑA?

La travesía del desierto está siendo muy, muy dura, y parece que fue hace mucho tiempo, pero hay que echar la vista atrás, hasta 2007, para volver a la época en que España era vista como un modelo de economía a imitar, un milagro. Se había luchado mucho y se habían hecho muchos sacrificios para no perder el tren del euro, pero una vez en la moneda única los desvelos por sanear nuestra economía parecían haber dado fruto en forma de un vertiginoso crecimiento que catapultó a España al Olimpo de las economías más ricas de Europa, acortando a pasos agigantados la brecha con los potentes vecinos del norte.

La crisis económica que hace tambalearse a las economías de todo el planeta se ha dejado sentir de forma muy especial en España. La principal causa del ensañamiento de la crisis con nuestro país fue la burbuja inmobiliaria y especulativa. Se construyeron más pisos de los que se podían vender (hay un millón de pisos vacíos en España) y a precios sobrevalorados. La banca dio créditos a constructoras y particulares también por valores superiores a los de dichos pisos, ya que la propia banca los tasaba al alza y el Estado no lo impedía.

Cómo será la situación que el actual gobierno, a pesar de contar con una holgada mayoría absoluta, ha tenido que renunciar a sus promesas electorales. Primero prometió que bajaría los impuestos, e incluía el IRPF; después que no podría bajarlos, pero que tampoco los subiría, y que los reduciría cuando las cuentas públicas estuvieran saneadas, lo que situaba en la segunda mitad de la legislatura. La realidad ha sobrepasado las intenciones y las promesas del presidente del Gobierno, Mariano Rajoy, quien tuvo que renunciar a sus compromisos y aceptar la propuesta que le presentaba su equipo económico, que suponía la subida de impuestos, comenzando por el IRPF y el Impuesto de Bienes Inmuebles (IBI).

Desde que comenzó la crisis económica, este país ha visto cómo más de 150.000 empresas se han dado de baja de los ficheros de la Seguridad Social por falta de actividad. O lo que es lo mismo: la recesión se ha llevado por delante una de cada diez empresas que tenía este país en 2007. Si al acabar ese año el sistema público de protección social contabilizaba la existencia de 1.405.938 empresas, al finalizar el año 2009 el número había bajado hasta 1.264.689, lo que da idea de la intensidad de la crisis. Si a esta cifra le sumamos los autónomos, la cantidad resultante es dramática ya que, como dato, medio millón de comercios han echado el cierre.

Según la Asociación de Promotores Constructores de España (APCE), en nuestro país había el año pasado 675.000 viviendas sin vender, una cifra que Josep Oliver, autor del estudio del mercado inmobiliario de CatalunyaCaixa, eleva a 938.000 viviendas. Otros expertos, como Ricardo Vergés, autor del *Observatorio Inmobiliario y de la Construcción*, elevan aún más la cifra, hasta los 2,3 millones de viviendas. Según reconoció José Manuel Galindo, presidente de la APCE, «es crucial elaborar un censo para conocer cuántas viviendas hay actualmente sin vender».

Qué diferencia con aquella época, hace apenas cinco años, en que España era un país rico. Fue bonito mientras duró. Éramos ricos. En los barrios «currantes» de toda la vida los pisos pasaron a costar de repente 300.000 euros. Se compraban con hipotecas con horizonte final en la ancianidad. Los más audaces se lanzaban a adquirir segundas viviendas.

Nicolas Sarkozy describió perfectamente la situación cuando puso a nuestro país como modelo a evitar: «Mirad cómo cambian las cosas de rápido. Se hablaba de España como de un milagro hace dos o tres años. Se hablaba de Irlanda como de un El Dorado. ¿Quién querría ahora estar en esa situación?», dijo en un discurso público en Carcasona.

La construcción de edificios e infraestructuras se difundió por el territorio peninsular a modo de melanoma sin control: la proliferación de grúas y la escasez de árboles han venido ofreciendo en nuestro país un paisaje bien singular en Europa. El hecho de que entre 2002 y 2007 se construyeran todos los años en España muchas más viviendas que en Francia y Alemania juntas, cuando estos dos países triplican a España en población y la duplican en territorio, evidencia que este *boom* inmobiliario no solo se caracterizó por el fuerte crecimiento de los precios, sino también de la construcción nueva, reclamando una financiación mucho mayor que los anteriores periodos de auge. El pasado *boom* inmobiliario incrementó en más de una cuarta parte el *stock* de viviendas, haciendo de España el país con más viviendas por habitante de la Unión Europea.

Con todo, a pesar de un mercado inmobiliario que vivía en un perpetuo estado obsesivo compulsivo y un déficit comercial del que no se podía presumir mucho, ni siquiera los más críticos analistas internacionales pensaban que la economía española fuera un castillo de naipes. Los Presupuestos Generales del Estado estaban bajo control. Qué digo bajo control: había superávit y una ratio de deuda del 40 por ciento, una de las más bajas del mundo rico. La cifra de desempleo se movía en los márgenes endémicos del 10 por ciento que caracterizan a la economía española. Y la inflación era aceptable, si bien todo el mundo se quejaba de lo caro que había salido el euro a las economías domésticas. Empresas españolas como Zara, Santander y Ferrovial navegaban como temibles tiburones por los océanos de todo el mundo.

«Regalando» el dinero

Zapatero no cabía en sí de gozo: «Acaban de darse las cifras de renta per cápita de 2006 y ya estamos por encima de la media europea. Y superamos a Italia [...] y en el 2013 igual hemos superado en renta per cápita a Francia». Además, rechazaba de forma categórica que España se encontrara en crisis económica: «En absoluto, eso es una falacia. Puro catastrofismo».

«*Spain is different*». No conocemos ningún otro modelo de crecimiento tan catastrófico, con avisos en 2003 y 2004. Mientras otros países se adaptaban a la globalización creando empresas industriales, mejorando la universidad, incentivando que las pymes pudiesen crecer y eliminando barreras, nosotros estábamos en plena orgía crediticia, inmersos en la cultura del pelotazo.

Ahora pagamos ese demencial periodo en el que hemos vivido inmersos en la última década, con la mayoría de la población sucumbiendo irresponsablemente a sus cantos de sirena. El sueño ha estallado en mil pedazos acabando con la capacidad consumidora de los ciudadanos. Ahora ha llegado el temido momento de que los millones de triunfadores del pisito paguen su cadena perpetua hipotecaria sin posibilidad de pedir más créditos. Ante semejante panorama, con una ciudadanía a la que convencieron para que se gastara sus ingresos de los próximos veinticinco años, ¿cuánta gente va a poder seguir consumiendo como si el dinero le quemara en las manos?

El origen de todos los males se encontraría en la forma indiscriminada en que comunidades autónomas y ayuntamientos calificaban suelo como urbanizable para obtener beneficios rápidos. Actualmente hay multitud de suelos urbanizables con su desarrollo paralizado sine díe o sin desarrollar en absoluto y multitud de ayuntamientos con su planeamiento urbanístico estancado. Ya no existe la liquidez necesaria por parte de los agentes urbanizadores para afrontar los desarrollos ni tampoco la necesaria financiación bancaria que requieren este tipo de actuaciones. Paradójicamente, un gran número de esos terrenos «congelados» está en poder de la banca como consecuencia de daciones en pago o procedimientos ejecutivos de promotoras.

Como en el caso de las hipotecas *subprime* en Estados Unidos, también en España se inició entre las entidades bancarias una loca carrera por ver quién concedía más hipotecas. El número de oficinas se multiplicó. La consecuencia directa es que la deuda hipotecaria supera en España el billón de euros (el doble de toda la deuda pública). Los impagos se concentran en promotores y constructores, lo cual ha destruido la solvencia, sobre todo, de las cajas de ahorros. El sistema financiero español corrió riesgos suicidas, saltándose normas elementales como que el valor de la vivienda hipotecada no debe superar tres veces la renta anual del solicitante, que solo debe prestarse una parte del valor de la vivienda por un periodo no superior a un tercio de la vida activa del solicitante y con un esfuerzo menor del 30 por ciento de su renta.

Hay quien acusa al antiguo gobernador del Banco de España, Jaime Caruana, de actuar con notable pasividad ante todo esto: «Hay motivos suficientes para la preocupación, especialmente si se tiene en cuenta el legado de los seis años de mandato del señor don Jaime Caruana». La cita procede de una insólita carta enviada por la Asociación de Inspectores del Banco de España en mayo de 2006 al entonces vicepresidente económico, Pedro Solbes. La preocupación de los inspectores resultó profética: «Evitar, en lo posible, que las consecuencias de los errores cometidos por las entidades al conceder sus operaciones [de crédito] acaben siendo transferidas, de una manera u otra, a la sociedad en su conjunto». Jaime Caruana negó categóricamente la existencia de una burbuja especulativa en el mercado inmobiliario español, aunque sí reconoció que los precios de las viviendas estaban «algo sobrevalorados».

Pero las cosas han ido cuesta abajo un largo camino desde 2007 y muchos de los aparentes progresos que España había hecho en la zona euro han demostrado ser un espejismo. De hecho, el euro almacena una gran cantidad de los problemas que están golpeando tan duro a España.

La victoria aplastante del Partido Popular en las últimas elecciones generales, que puso a Mariano Rajoy a los mandos del Gobierno de España, ha servido en cierta manera para paliar los problemas de la deuda de España y calmar a los mercados. Las últimas emisiones han sido cubiertas en su totalidad y a intereses inéditos desde hacía mucho tiempo. Los españoles al menos hemos evitado un gobierno de estilo italiano, compuesto de tecnócratas no elegidos, aunque Rajoy no se está quedando corto a la hora de introducir reformas e imponer austeridad.

El actual gobierno no lo tiene fácil. Si bien es cierto que ninguno de sus predecesores ha acumulado tanto poder como el que tiene en sus manos el gobierno popular, paradójicamente, desde Bruselas (más bien desde Berlín) y desde los mercados se dicta de forma muy clara la música que los gobernantes españoles tienen que bailar, dejando muy poco margen de maniobra. De hecho, una gran parte de su programa más inmediato ya estaba establecido en el plan de consolidación fiscal exigido por Europa, como los niveles de déficit de España para los próximos tres años, que ya han sido establecidos por la UE.

Activos tóxicos

El principal mensaje que Mariano Rajoy quiere enviar a los inversores es que España va a comportarse bien, va a ser formalita, y cumplirá con el objetivo de déficit del 4,4 por ciento fijado por la UE para el próximo año. El problema radica en que estamos en un país donde el crecimiento ya es cero y la austeridad amenaza con una doble recesión, con lo que es probable que los recortes masivos y las subidas de impuestos no sean precisamente el mejor medio de reactivar la economía.

Pero los principales motivos de preocupación respecto a la economía española no han variado en absoluto. Estamos en un país en el que los bancos han hecho demasiados préstamos, en el que los prestatarios, cada vez en mayor proporción, no pueden devolver los fondos y algunos bancos podrían ir a la quiebra. Es por eso por lo que, tras la dura reforma laboral, los siguientes en tragar la amarga medicina serán los propios bancos, con una reforma del sistema financiero que está a la vuelta de la esquina.

A diferencia de lo que sucede en otros países, si el prestatario no puede satisfacer los pagos del préstamo, el acreedor no se limita a ejecutar la garantía, sino que puede hacerse también con los bienes personales del prestatario. Debido a esto no se ha producido aún, como ocurrió en su día en Estados Unidos, una desbandada de incumplimientos y los prestatarios españoles han seguido, al menos a los que les ha sido posible, haciendo frente a sus pagos por temor a perder todos sus bienes. En estos momentos la gente no se embarca en nuevas deudas debido a que muchos todavía están tratando de pagar sus préstamos anteriores. Eso, más la descomunal tasa de paro, es lo que está sacando el dinero de las calles y penalizando gravemente el consumo. Cada vez se gasta menos dinero en otros sectores porque cada vez se necesita más dinero para hacer frente a la hipoteca mensual. El endeudamiento es uno de los obstáculos que lastran la economía. Aunque no todo es malo en esta situación: esto podría atraer a posibles inversores a las cajas como parte de sus esfuerzos de recapitalización, atraídos por la garantía de pago que les ofrece el sistema hipotecario español.

Hubo muchos factores que contribuyeron a la crisis financiera española. El fracaso del Pacto de Estabilidad y Crecimiento puso de manifiesto la falta de autoridad reguladora dentro de la Eurozona. Una situación que aún se mantiene. Como hemos mencionado en los capítulos anteriores, la introducción del euro llevó a que los países de la Eurozona compartieran la misma política monetaria, pero llevaran a cabo políticas fiscales muy diferentes. Debido a esta falta de uniformidad entre los estados miembros respecto a las políticas fiscales, las posiciones económicas de los diferentes países son muy distintas y la imposibilidad de devaluar la moneda ha obstaculizado enormemente la recuperación. A pesar de que el euro fue visto en su día como un paso lógico en la integración de Europa, lo cierto es que se ha convertido en un importante obstáculo en la resolución de la crisis. Como también hemos visto en páginas anteriores, hubo críticos que advirtieron de que ocurriría precisamente lo que está sucediendo. Ahora ya es demasiado tarde para lamentarse.

Otro factor determinante de la crisis financiera española fue la falta de regulación de las entidades de crédito españolas y del mercado inmobiliario. Como decíamos, los bancos y especialmente las cajas hicieron demasiados préstamos a particulares y empresas (sobre todo a los menos propensos a poder devolver los préstamos en caso de una eventual crisis). Una enorme cantidad de este dinero que fluía de manera tan alegre, tanto de empresas como de particulares, fue directo al mercado de bienes raíces, nuestra particular gallina de los huevos de oro. Debido a que las cajas no han sido precisamente el colmo de la transparencia en cuanto a su gestión, el grado de su exposición inmobiliaria era desconocido. Ahora se empieza a destapar el pastel y resulta que se lo han comido los ratones. Los activos tóxicos no solo se cifran en viviendas, las cuales tarde o temprano saldrán al mercado y permitirán recuperar parte de lo invertido. Sin embargo, no se habla tanto de los terrenos, comprados a precio de oro en la época del *boom* inmobiliario y que ahora no sirven ni para sembrar patatas. Por todo ello la inestabilidad de la banca española ha dado lugar a la desconfianza del inversor en el mercado español, del que muchos se han retirado, lo que también dificulta la recuperación.

¿Vuelta a la peseta?

En cualquier caso, esta travesía por el desierto no la vamos a hacer ni mucho menos solos. Bruselas (bueno, Berlín en realidad) va a estar muy atenta a todo lo que hagamos. Y hay buenas razones para ello. Aunque la supervivencia económica de cada país de la Eurozona es importante, España desempeña un papel especial por dos razones. En primer lugar, sirve como modelo para los países más débiles. Estamos en el pelotón de los torpes, en la clase de recuperación, pero al menos somos los primeros de la clase. ¿Qué ventajas tenemos frente a nuestros compañeros en este dudosamente honorable club formado por Portugal, Italia, Irlanda y Grecia? Básicamente que tenemos una economía más grande y una deuda pública menos problemática, lo que nos coloca en mejor posición que los demás. Por eso hay que mimarnos y sacarnos del hoyo como sea, ya que, en caso de insolvencia de España para pagar sus bonos, lo que llevaría inevitablemente al temido plan de rescate, condenaríamos irremisiblemente al resto de nuestros compañeros de viaje. Los inversores perderían, con toda la razón del mundo, la fe en las economías en crisis y el resto de los países, que ya lo tienen bastante mal, se las verían y se las desearían para colocar sus respectivas deudas soberanas. Una catástrofe. Aquellos que aún no han solicitado un rescate no tendrían más remedio que pedirlo y los que ya han recibido rescates entrarían en colapso.

Por si esto fuera poco, España es miembro fundador de la Eurozona y se la asocia a menudo con sus vecinos más poderosos Francia y Alemania. Si España fuera incapaz de pagar sus bonos soberanos, toda la zona euro estaría en peligro. La futura situación financiera de España no está ni mucho menos clara. Nadie habla de ello ni se quiere contemplar la posibilidad, pero España podría salir de la zona del euro y volver a su propia moneda, la peseta. Sin embargo, en el preciso instante en el que siquiera se llegara a sugerir la salida de la zona euro, muchos depositantes se apresurarían a mover sus fondos a lugares más seguros, causando enormes daños en los bancos del país. Para evitar esto lo más probable es que se pusieran en práctica medidas de control de capital y límites a los retiros bancarios (lo que se conoce como «corralito») para frenar la sangría de los bancos, pero estas medidas restringen el comercio y empañan la imagen exterior. El siguiente paso lógico sería devaluar la peseta para promover las exportaciones y bajar considerablemente las importaciones.

Si a alguno le atrae esta perspectiva, puede ir congelando su entusiasmo. Este plan es poco probable debido a que la integración en la zona euro es total y España probablemente no se arriesgará a perder más fondos de sus bancos. La dificultad técnica que entraña este plan es, en sí, sumamente desalentadora: la reintroducción de una moneda nacional, la reprogramación del sistema monetario, la impresión de dinero y la acuñación de monedas… Por hablar solo de las cosas más sencillas porque, además, alguien tendría que ir a contárselo a Angela Merkel. Los riesgos de retirarse de la zona euro son demasiado grandes y España es poco probable que vaya a tomar una medida tan drástica a no ser que se trate del último recurso.

¿Y el rescate?

Así que solo nos queda continuar como hasta ahora y aguantar la crisis, lo que supone que tanto el gobierno español como los ciudadanos tendrán que recortar drásticamente sus gastos. En la siniestra lista de austeridad que estamos llevando a cabo posiblemente los próximos en verse afectados serán los eslabones más débiles de la cadena, los desempleados, que recibirán menos beneficios por parte del gobierno a medida que este implemente medidas para reducir el gasto público. Con la reforma financiera se intentará ejercer un mayor control sobre la deuda privada (en especial, la de las cajas) para evitar un rescate. Como todo, esto no es algo cien por cien malo. Al mostrar que el país está dispuesto a soportar duras medidas de austeridad para evitar el impago de sus préstamos, España podría reforzar la confianza de los inversores, algo que ya se está viendo en las últimas subastas de deuda pública. La peor parte, como de costumbre, será para los ciudadanos, que tendrán por delante años muy difíciles.

Hay otra posibilidad que, no por poco conocida, debe ser descartada. Algunos analistas han sugerido la introducción de un «segundo» euro como otra posible solución a la crisis de la deuda europea. En este enfoque en la zona euro se crearía otra moneda común junto al euro, la cual sirva de divisa transición para los países en dificultades que luego, posiblemente, regresarán de nuevo al euro. Los partidarios de esta medida sostienen que podría disminuir las dificultades de los bancos y del BCE, así como evitar que el euro se deprecie rápidamente. La mayoría de los economistas consideran este plan inviable y la probabilidad de que entre en vigor es extremadamente baja.

La posibilidad de que España requiera un rescate como Grecia es algo que todavía preocupa a muchos a pesar de que la evolución positiva de las tasas de interés de los bonos, muy inferiores a las de Grecia, Irlanda y Portugal, aunque aún muy lejos de las de Alemania, va alejando esa alternativa. Las altas tasas de interés no son sino la representación de confianza de los inversores en que España sea capaz de pagar su deuda pública. Afortunadamente, está bastante consensuado que España no necesitará un rescate, a tenor de las enormes diferencias entre Grecia y España. La deuda pública española es de alrededor del 60 por ciento del PIB, mientras que la de Grecia era de alrededor del 140 por ciento. Esto podría cambiar, sin embargo, si el gobierno se ve obligado a asumir los pasivos de las cajas. La solución, cuando se publique la reforma del sistema financiero.

En la misma línea otros analistas comparan la situación financiera de España con la de Irlanda para apoyar el argumento de que España no necesitará un rescate. A fin de cuentas, el caos financiero en la isla esmeralda tiene mucho que ver con el español. Al igual que nosotros, los bancos irlandeses también se vieron atacados por la fiebre de los préstamos indiscriminados para alimentar el hambre insaciable del mercado inmobiliario. Cuando se comenzó a desmontar el castillo de naipes, el gobierno irlandés inyectó miles de millones de euros de los contribuyentes a sus bancos, nacionalizando los tres principales. Hasta ahí las semejanzas. La economía española es mucho mayor que la irlandesa, y las pérdidas han sido más pequeñas en relación con el total de la economía. Además, a diferencia de los maltrechos bancos irlandeses, los tres mayores bancos de España están en una forma física bastante decente. Harina de otro costal son las cajas... Nadie sabe dónde terminará el enorme proceso de fusiones que se está llevando a cabo. Actualmente el número de entidades se ha reducido a casi la cuarta parte de las que había al comenzar la crisis y algunos rumores apuntan a que puede reducirse aún más quedando el total en cuatro enormes entidades.

En las cajas cunde cierto desaliento debido a que el proceso se está llevando a cabo a lo que entienden es una velocidad de vértigo. A pesar de las quejas, no parece que el gobierno esté demasiado preocupado por su supervivencia, sino que se ha marcado como prioridad la recuperación del sistema financiero español en su conjunto a cualquier precio. Las nuevas regulaciones requieren que las cajas sean más transparentes en sus prácticas crediticias. Algunos analistas temen que las cajas mantengan oculto un monto importante de sus pérdidas y que el gobierno no sea consciente de la magnitud de los daños.

La nueva legislación también requiere que las instituciones financieras tengan suficiente capital para cubrir al menos el 8 por ciento (el 10 por ciento en algunos casos) de los activos. El gobierno también creó en junio de 2009 el Fondo de Reestructuración Ordenada Bancaria (FROB) para proporcionar fondos para gestionar la reestructuración bancaria.

Entre tanto, los precios del mercado inmobiliario siguen cayendo en picado según va empeorando la crisis, mientras que los compradores internacionales acogen con mal disimulada satisfacción la depreciación. El gobierno también ve los nuevos precios con buenos ojos y está presionando a los bancos a reducir los precios de la vivienda mediante la introducción de mayores requisitos de provisión de fondos en sus carteras de propiedades. El portal inmobiliario Idealista.com afirmó que enero de 2012 fue el peor mes desde que comenzara la crisis del mercado inmobiliario hace cuatro años, basándose en sus datos que muestran cómo los precios cayeron un 9,4 por ciento en comparación con enero de 2011. Puesto que diciembre y enero son tradicionalmente los peores meses de venta, el descenso real no habrá sido tan drástico, máxime teniendo en cuenta que los precios medios aún se mantienen por encima de la marca de los 2.000 euros por metro cuadrado. En algunas áreas de costa eso es lo suficientemente bajo como para atraer a los inversores internacionales a medida que perciben buenos rendimientos de un mercado turístico que sigue creciendo sin servicio de comidas y que ayudó a impulsar los ingresos del país visitante a un nivel récord en 2011.

En resumen, España todavía se encuentra en una posición económica muy apurada. Sin embargo, el gobierno y la UE están trabajando para asegurar su recuperación y la estabilidad, cosa complicada, ya que la situación de nuestro país es única debido a las peculiaridades de nuestro mercado de bienes raíces y a las decisiones tomadas por las cajas de ahorros. Evidentemente no veremos mejoras en el nivel de ocupación o el crecimiento al menos hasta dentro de muchos meses.

Apéndice 1

ESCÁNDALOS

Hablar de escándalos y honestidad en las instituciones económicas internacionales es hablar del contencioso de William Easterly con el Banco Mundial. El 4 de julio de 2001, cuando no existía ni sombra de atisbo de la posibilidad de la crisis que estamos viviendo actualmente, el economista William Easterly fue despedido del Banco Mundial. El pecado de Easterly, ahora director del Development Research Institute de la Universidad de Nueva York y reconocido experto en crecimiento económico y ayuda al desarrollo, fue un durísimo artículo escrito para *The Financial Times* mientras era asesor principal del grupo de investigación del propio Banco Mundial. Se trataba de un escrito en el que reflejaba esas cosas que todo el mundo pensaba en el seno de la organización y que nadie se atrevía a decir. Sentenciaba, por ejemplo, que es «evidente que el billón de dólares dedicado a ayuda desde los años sesenta, con el esfuerzo de asesores, donantes, el FMI y el Banco Mundial, ha fracasado a la hora de alcanzar los resultados deseados... Lo mejor que la comunidad internacional puede hacer es apoyar el cambio genuino en las preciosas ocasiones en las que este ocurre». Diez años después asegura que no siente rencor, aunque hoy volvería a publicarlo tal cual. Es más, preguntado hace poco: «¿De haber estado al frente del Banco Mundial, usted se habría despedido?», él, defendiendo la misma línea que entonces, respondió sin dudar: «Sí, me habría despedido a mí mismo y a todos los demás».

Hay muchas verdades no contadas en el marco de las instituciones económicas internacionales. Algunas ya las hemos expuesto a lo largo de este libro. Pero hay otras, no tan relevantes para las vidas de millones de seres humanos indefensos, pero sí muy ilustrativas en cuanto a la calaña moral de quienes dirigen estos organismos.

La falta de transparencia es otro de los males endémicos de estas instituciones. Por ejemplo, no se sabe qué clase de evaluación hace el FMI sobre el uso de los créditos que concede, ni por qué se entrega una determinada cantidad y no otra, ni por qué se favorece a un país y no a otro. El propio Michel Camdessus, antiguo director del Fondo, declaró poco después de la crisis asiática que el problema principal al que se enfrenta el FMI es la falta de transparencia de los países con los que trata. Era, implícitamente, una confesión de que el FMI no sabe lo que pasa con su dinero una vez entregado a los países clientes. Ese problema se ha visto una y otra vez, país tras país, hasta estallar en el caso de Rusia, donde el FMI llegó a acusar al Kremlin de mentirle, y donde se llevaron a cabo investigaciones infructuosas para saber qué había pasado con los miles de millones concedidos a Moscú.

El FMI y otros organismos financieros no pueden arriesgarse a reconocer que han concedido créditos fallidos, y siempre arbitran alguna fórmula para que, sobre el papel, los créditos figuren como devueltos. La más célebre de estas artimañas, que una y otra vez aplica el FMI, es prestar dinero a países que todavía no han devuelto el crédito anterior, de manera que con el nuevo préstamo cancelen formalmente el anterior, y así sucesivamente.

La salida elegante de Rato

Cuando en el año 2007 Rodrigo Rato anunció su renuncia como director del FMI, efectiva en octubre de ese mismo año, alegando razones personales, fueron muchos los que pensaron que en realidad había caído víctima de la guerra desatada en el seno de la organización a raíz de la reforma interna que había puesto en marcha. Rato informó a la junta ejecutiva del FMI que no podría completar su mandato de cinco años como director. «Mis circunstancias y responsabilidades familiares, especialmente con respecto a la educación de mis hijos, son la razón de renunciar antes de lo esperado a mis responsabilidades en el Fondo», dijo Rato.

Rodrigo Rato, de cincuenta y ocho años de edad por aquel entonces, separado y padre de tres niños, tenía un inmejorable currículum y eran muchos los que le adjudicaban la autoría del milagro económico español. Otros, en cambio, habían cuestionado muy seriamente su idoneidad para estar al timón de la poderosa agencia.

A lo largo de los ocho años que estuvo al frente del Ministerio de Economía siguió una política económica neoliberal ortodoxa dirigida a la reducción del déficit presupuestario (el famoso déficit cero), al control de los precios y a la liberalización de sectores clave de la economía, como las telecomunicaciones, la electricidad o los hidrocarburos. Hasta ahí ninguna pega para el ideario del FMI. El problema venía con los detalles, por ejemplo del proceso de privatización, ya que a nadie se le escapaba que en la renovación de las cúpulas directivas de las nuevas multinacionales españolas estas se llenaron de amigos del PP o, como decía *The Financial Times*, de «*Rodrigo Rato's friends*».

Y es que, si algo es innegable, es que Rato es un gran amigo de sus amigos. En 1998, cuando ya era ministro de Economía y Hacienda y vicepresidente económico del primer gobierno del PP, intercedía a favor de Emilio Botín, acusado como presidente del Santander

Central Hispano por delitos fiscales, evasión de 48 millones de euros y falsedad continuada en documento oficial. Un rumor que circuló mucho por aquella época fue que Rato consiguió que la investigación sobre Botín no llegara a buen puerto a cambio de que Banesto, banco controlado por el Santander, comprara a la familia Rato Aguas de Fuensanta, una empresa embotelladora que tenía una deuda impagada con Banesto por valor de 6 millones de euros.

El mismo año 1998 Rodrigo Rato hace uso una vez más de sus amistades en el lucrativo negocio de la banca y consigue que Ibercaja conceda un préstamo a Muinmo (también del *holding* de empresas controladas por la familia Rato), por valor de 100 millones de pesetas. En aquel momento el presidente de Ibercaja no es otro que Manuel Pizarro Moreno, al que su amistad con Rato le sirvió para colocarse como vicepresidente de Endesa y también para llegar hasta el puesto de presidente. La concesión de un préstamo por parte de un banco a una empresa no es un hecho que tuviera que extrañar o causar indignación, pero en este caso resulta que Muinmo no era precisamente en aquel momento una empresa muy prometedora, ni entonces ni cuando en el año 2000 se le concedió un préstamo de 525 millones de pesetas por parte del HSBC (Hong-Kong and Shangai Banking Corporation).

En cuanto a su estancia en la cúpula del FMI, los conocedores de aquella casa afirman que no lo tuvo precisamente fácil y que fue la oposición interna y no las razones familiares las que más tuvieron que ver con su precipitada salida del organismo. Organizador nato, se cuenta que Rato no daba crédito ante la cadena de despropósitos que se encontró en el FMI y, sobre todo, ante el tremendo poder que acumulaban los funcionarios del Fondo. Según estas mismas fuentes planteó un ambicioso plan de reformas que chocó de lleno con los intereses de los burócratas de la organización, que se dedicaron sistemáticamente a sabotear su tarea al frente del organismo, llegando las cosas a un punto en el que solo cabía una salida elegante, como la que finalmente se produjo.

A nadie le cabe duda de que las principales causas del estallido de las revueltas en Egipto fue la represión durísima y constante ejercida por el régimen contra disidentes, críticos, blogueros y opositores políticos. El pueblo estaba bastante harto de la «dictablanda» —a ratos no tan blanda— de Mubarak, pero existen además otros actores que colmaron el vaso y son los relacionados con asuntos mucho más mundanos que tienen que ver con el bolsillo de los ciudadanos, la situación económica del país árabe y las prácticas de corrupción ejercidas por la flor y nata de la sociedad egipcia, que el pueblo percibía como instalada en el latrocinio constante, incluyendo a buena parte de los integrantes del gobierno y al propio Mubarak.

Los activistas acusan a Mubarak y a su camarilla de tratar a Egipto como si fuera su finca privada, saqueando sus recursos y acumulando riquezas que escondían en cuentas en el exterior. Las agencias anticorrupción egipcias se volvieron ineficaces debido a una legislación que las sometió al control del presidente. El derrocamiento de Mubarak dio a esas agencias una mayor independencia, pero la mala coordinación entre estas, casi media docena, y la presencia de leales al antiguo régimen entre sus filas entorpecen las investigaciones. Por otro lado, no se sabe hasta qué punto los militares, que gobiernan transitoriamente el país, están dispuestos a permitir que se investigue una red de corrupción en la que ellos mismos podrían estar envueltos.

La organización anticorrupción Global Financial Integrity, con sede en Washington, estima que 57.000 millones de dólares obtenidos ilegalmente por funcionarios egipcios han salido del país entre 2000 y 2008. Algunos de estos abusos, que han agrandado más aún la brecha social entre ricos y pobres, se cometieron en el marco de la llamada reforma económica egipcia que, como suele suceder, reformó la economía de unos pocos para bien y de la mayoría para mal. Este proceso se inició en la década de 1990 y a través de él se impulsó un proceso de privatización de empresas públicas con el asesoramiento del Fondo Monetario Internacional y el Banco Mundial, instituciones ambas que, en aplicación de su doctrina, se encontraban encantadas ante la perspectiva de liquidar los bienes públicos del país al mejor postor.

En la actualidad algunos de los exministros del régimen y gente poderosa del entorno de Mubarak afrontan un vía crucis judicial semejante al de su antiguo jefe, acusados de haber vendido propiedades estatales a capital extranjero o a empresarios del país con influencias, relaciones familiares o, simplemente, con una buena billetera y el conocimiento de a quién sobornar, por un precio inferior a su valor real en el mercado, y de haberse lucrado con los maletines que pasaron de mano en mano para sellar dichas transacciones.

De hecho, el asunto actualmente va bastante más lejos y se habla de renacionalizar las propiedades adquiridas de manera ilegal. Para ello se han presentado en los tribunales varias demandas en las que se solicita la recuperación inmediata por parte del Estado de algunas empresas privatizadas. Es el caso de la cadena de tiendas Omar Effendi, de propiedad estatal hasta que en 2006 fue vendida a una compañía saudí. La justicia egipcia ha ordenado su renacionalización por haber dictaminado que la venta se produjo en condiciones fraudulentas, al haber sido vendida a un precio inferior a su valor real. Lo mismo sucede con otras muchas propiedades de titularidad estatal e incluso solares y terrenos estatales, como los que se vendieron a la compañía Palm Hills, presidida por personas cercanas a Gamal Mubarak, hijo del expresidente. El instigador e ideólogo de esta política de privatizaciones fue el exministro de finanzas Youssef Boutros Ghali, miembro destacado de una conocida saga familiar de políticos egipcios (es sobrino del exsecretario general de la ONU). En la década de 1980 comenzó a destacar al convertirse en uno de los negociadores de la deuda externa de su país, un proceso que desembocó, gracias a los famosos planes de ajuste, en las privatizaciones y en una amplia apertura a las inversiones extranjeras.

En 2004, ya como ministro, continuó con la misma línea en política económica. En 2008, tras una dilatada trayectoria que le acreditaba como discípulo aventajado de las doctrinas de la organización, ocupó el puesto de presidente del Comité Monetario y Financiero del Fondo Monetario Internacional (CMFI), el principal órgano asesor de la Junta de Gobernadores del FMI. El estallido de las revueltas provocó la dimisión de todos sus cargos, tanto nacionales como internacionales, y de ese modo se produjo la caída de uno de los integrantes de la cúpula del Fondo. Boutros Ghali huyó de Egipto un día después del derrocamiento de Mubarak, pero la cosa no terminó con el exilio y el antiguo ministro se vio prófugo de la justicia de su país, que cursó una orden de extradición a la Interpol. Finalmente, fue condenado en ausencia a treinta años de prisión.[36]

Los tentáculos del escándalo egipcio también alcanzan al Banco Mundial. Uno de los hombres cercanos a Boutros Ghali es el exministro de Inversiones Mahmoud Mohieldin, que actualmente ocupa una de las tres direcciones generales de la organización. Abogados y activistas egipcios le acusan de practicar el favoritismo y le involucran en diversos negocios turbios relacionados con la liquidación fraudulenta de bienes públicos, como la privatización de una cadena de hoteles que habría sido vendida a un precio menor de su valor real en el mercado. El propio gobierno egipcio reconoce que en los últimos años en el país árabe la pobreza y la desigualdad han alcanzado cotas inéditas en la historia moderna, aún más visibles a raíz del aumento de los precios de alimentos básicos como el pan, que han puesto muy

[36] Olga Rodríguez, «Desde Tahrir», Periodismohumano.com.

cuesta arriba la subsistencia no solo de las clases más desfavorecidas, sino incluso de las clases medias. Esta alza de precios, que viene produciéndose desde el año 2008, se debe, entre otras razones, a la especulación de los mercados financieros internacionales. A pesar de todo lo expuesto, el Banco Mundial, haciendo gala de su característica ceguera ante los problemas que plantean las políticas promovidas por la institución, elogió la política económica egipcia en varios informes, como el «Doing Business Report» correspondiente a los años 2008 y 2009. Se trata de una publicación encargada de medir en distintos países la facilidad para hacer negocios con capital extranjero. No es de extrañar que el mismísimo ministro Mahmoud Mohieldin recibiera un premio de la institución por ello.

Para añadir ironía al escarnio de los egipcios, en octubre de 2010 Mohieldin fue nombrado director del Programa de Reducción de la Pobreza del Banco Mundial, aunque los críticos sostienen que la pobreza que mejor ha sabido reducir ha sido, sin duda, la suya propia: «Que uno de los responsables de la política económica egipcia de los últimos años, que ha fomentado la distancia entre ricos y pobres, sea director del Programa de Reducción de la Pobreza del Banco Mundial, da que pensar», han denunciado varias agrupaciones impulsoras del Movimiento 25 de Enero.

Cuando estallaron las revueltas en Egipto, el hasta hace poco director del FMI, Strauss-Kahn, no tuvo más remedio que admitir la existencia de un factor económico como una de las causas de los levantamientos, al afirmar que «lo que ocurre en el norte de África muestra que no es suficiente tener en cuenta los buenos datos macroeconómicos; tenemos que mirar mucho más allá de eso». Ante esta afirmación es inevitable preguntarse si hasta la fecha el señor Strauss-Kahn y el resto del equipo del organismo financiero que presidía no se habían dado cuenta de que el primer marcador a tener en cuenta para felicitarse o no es el referido a las condiciones de vida de los ciudadanos; de que, haciendo uso de su expresión, las personas también existen y están «más allá» de la macroeconomía.

DSK

No obstante, si ha habido un escándalo que haya removido últimamente los cimientos de las grandes financieras internacionales, ese es el relativo al antiguo director del FMI, Dominique Strauss-Kahn. Un asunto sobre el que han surgido no pocas dudas. ¿La detención del director del FMI fue un golpe urdido por el Elíseo para cortar en seco las pretensiones electorales del único socialista capaz de desbancar a Nicolas Sarkozy en las elecciones presidenciales de 2012? En Francia hay muchos que sospechan que, a pesar del rijoso historial de DSK —o precisamente por ello—, este pudo haber caído en una trampa urdida por sus enemigos políticos. Incluso se han barajado indicios extraños que apuntarían en esta dirección. Desde luego existen puntos sumamente sospechosos, como el hecho de que el primero en hablar públicamente del arresto fuera un miembro de las Juventudes Conservadoras y militante del UMP, Jonathan Pinet, quien a las cinco de la tarde (hora de Nueva York) tuiteaba lo siguiente: «Un colega de los Estados Unidos acaba de decirme que habrían detenido a DSK en un hotel de Nueva York hace una hora».

Este misterioso y bien informado «colega», como se explicaría en un *tweet* posterior, se habría enterado de lo ocurrido por un tercero, empleado en el restaurante del Sofitel en el que ocurrió la presunta agresión sexual. No sería hasta una hora y media después cuando *The New York Post* y *The New York Times* hicieron pública la información: Dominique Strauss-Kahn había sido detenido a las cuatro y veinticinco, por lo que el *tweet* de Pinet había sido más inmediato aún de lo que creía su autor. El problema es que esa detención no fue en el hotel, sino cuando se disponía a embarcar en un vuelo de Air France, por lo que muchos se preguntan cómo el presunto «testigo presencial» del hotel podía haber relatado algo que no había ocurrido allí. Otro de los que al parecer se adelantó a los medios de comunicación a la hora de comentar la noticia fue Arnaud Dassier, director de campaña de Sarkozy, acusado por sus adversarios de haber orquestado el «porschegate», la publicación de unas fotografías de Strauss-Kahn subiendo a un Porsche Panamera, valorado en 100.000 euros, que sirvieron para acusarle de hipocresía a la hora de recetar austeridad frente a la crisis. Y para terminar con estos ingredientes del complot, el primer medio francés que publica el arresto es 24heuresactu.com, muy próximo a la derecha francesa.

Dominique Paillé, del Partido Radical, estima que el director del FMI podría perfectamente haber «pisado una piel de plátano que alguien le puso bajo el zapato». «Creo que probablemente se ha tendido una trampa contra el director gerente del FMI. Puede haber sido obra del propio organismo, de la derecha francesa o incluso de la izquierda», manifestaba al diario francés *Le Figaro* la presidenta del Partido Demócrata Cristiano de Francia, Christine Boutin. Esta misma hipótesis ha sido secundada por otros políticos como el ministro de Cooperación de Francia, Henri de Raincourt: «La trampa es evidente, es de sobra conocida la debilidad de Strauss-Kahn por las mujeres y la han aprovechado». «Es por su cargo al frente del FMI por lo que se le ha querido decapitar y no por ser el principal candidato entre los socialistas. Es el hombre más poderoso después de Obama y todo juega en su contra», asegura la vicepresidenta del Consejo Regional, Michèle Sabban.

El asunto se ha complicado, en especial desde que Jonathan Pinet haya rehusado dar explicaciones sobre las fuentes de sus *tweets* aparentemente proféticos y se haya decantado por una explicación más prosaica a su anticipación a los hechos: el relato del testigo presencial en el Sofitel es cierto, pero lo que él habría oído, justo después de que

Strauss-Kahn abandonara el hotel, es que una empleada iba a denunciarlo y a pedir su detención por agresión sexual. Tan solo se habría adelantado al dar el soplo, dando por hecho el arresto que todavía no había ocurrido y adelantándose a los acontecimientos.

A fin de cuentas muchos se preguntan, con el sentido común de su parte, ¿cómo es posible que uno de los hombres más poderosos del mundo se haya expuesto de forma tan temeraria a un escándalo de enormes dimensiones que podría hipotecar su futuro? Cierto es que estamos ante un hombre que no es precisamente conocido por su contención sexual, pero también es cierto que en Manhattan hay señoritas espectaculares que trabajan en agencias muy exclusivas y que, previo pago de su importe, prometen a sus clientes el más sofisticado de los nirvanas eróticos con la discreción de un banco suizo. De hecho, el 57 por ciento de los franceses tienen claro que todo este suceso forma parte de un complot para acabar con Strauss-Kahn. Este sentimiento se refleja en los comentarios dejados por muchos en los artículos publicados en *Le Figaro* sobre este tema: «¿Ha sido esta la forma para deshacerse del jefe del FMI, demasiado independiente para algunos, y así poner al frente de la situación económica y financiera a alguien de Estados Unidos?», sentenciaba uno de los lectores del medio.

Según los que defienden esta hipótesis no faltaban ni mucho menos motivos para quitarle de en medio: era una persona incómoda para la comunidad internacional, y en concreto para Estados Unidos, por su labor al frente del FMI; y era una persona incómoda para el Elíseo ya que estaba por delante de Sarkozy en las encuestas de popularidad.

De hecho Sarkozy y DSK ya habían tenido sus más y sus menos en público y se cuenta que la aversión entre ambos hombres iba más allá de la política. El pasado 2009, durante la cumbre del G-20, el director del FMI, visiblemente irritado, se enfrentó a Sarkozy y le lanzó una advertencia: «Estoy harto de los rumores sobre mí y mi vida privada. Sé que todo esto sale del Elíseo, así que dile a tu gente que termine con esto o iré a la justicia». Aunque también hay quien indica que, a pesar de la inquina de ambos políticos, el golpe de gracia a DSK pudo haber venido de círculos bastante lejanos al presidente francés, y que su cargo en el FMI también le ha podido perjudicar.

Para los que van más allá de las teorías de conspiración, el diario *Le Parisien* señala un dato asombroso, una serendipia consistente en que el número de la *suite* en que se alojó Strauss-Kahn, la 2.806, coincide con la fecha de apertura para las candidaturas a las elecciones primarias socialistas de cara a las elecciones presidenciales de 2012.

El periodista de investigación estadounidense Edward Jay Epstein, que a sus setenta y seis años es no solo el decano de este género en el país, sino uno de sus representantes más destacados y de mayor trayectoria, ha tenido acceso a las cintas grabadas por las cámaras de seguridad del hotel —que más tarde fueron vistas en todas las televisiones del mundo— y a los informes policiales, incluidas las listas de llamadas de los principales implicados. Gracias a esta información ha podido reconstruir al minuto las horas que acabaron con la detención del entonces director del Fondo Monetario Internacional, Dominique Strauss-Kahn. El veterano periodista ha descubierto algunas zonas de sombra que insinúan que DSK pudo ser víctima de una trampa. La reconstrucción de Epstein afirma que el móvil de DSK había sido «pinchado» y, basándose en un testimonio anónimo, añade que el contenido del correo electrónico privado de DSK llegaba hasta el partido de Nicolas Sarkozy.

La información procede de una amiga de DSK que trabaja temporalmente como documentalista en el partido de Sarkozy y que le envió un mensaje para prevenirle de que «al menos uno de sus *e-mails* privados, recientemente enviado desde la Blackberry a su esposa, ha sido leído en las oficinas del partido en París». La investigación revela hechos sorprendentes, como que las cámaras del hotel grabaron a un ingeniero del Sofitel «bailando de alegría» con otra persona tras confirmar que la camarera había mantenido una relación sexual con el político.

En cualquier caso, con conspiración o sin ella, no era la primera vez que el nombre de DSK se veía envuelto en un asunto poco claro. El jefe del Fondo Monetario Internacional fue investigado por abuso de poder a raíz de una presunta relación sexual con una subordinada, según informaba *The Wall Street Journal.* El diario revelaba que la firma de abogados Morgan, Lewis & Bockius fue contratada por el FMI para llevar a cabo una investigación sobre este asunto, que se centró en la relación del ministro francés de Finanzas con la húngara Piroska Nagy, una mujer casada y exalta funcionaria del Departamento de África del FMI. Al parecer los dos intercambiaron correos electrónicos sobre una posible relación íntima que habría comenzado durante una conferencia en Europa. Los correos electrónicos fueron descubiertos por el marido de Nagy, un destacado economista argentino llamado Mario Blejer que también trabajaba en el FMI. Según *The Wall Street Journal*, Strauss-Kahn cooperó activamente en el esclarecimiento del asunto: «Se trata de un incidente que ocurrió en mi vida privada y tuvo lugar en enero de 2008 [...]. En ningún momento abusé de mi posición como director gerente del Fondo». Piroska Nagy dimitió del FMI y actualmente trabaja como economista en el Banco Europeo de Reconstrucción y Desarrollo en Londres, según el informe.

Los investigadores intentaron establecer si Strauss-Kahn había mostrado favoritismo hacia Nagy en el FMI, antes o después de su relación. También se tuvo en consideración si la indemnización de Nagy fue excesiva para una persona de su puesto. Robert Litt, abogado de Nagy, declaró que no había sido presionada para abandonar el FMI y se benefició de un paquete de baja que estaba a disposición de otros de su misma categoría profesional y antigüedad. La investigación fue solicitada por A. Shakour Shaalan, que representaba a Egipto y a otros países árabes en la Junta de Gobierno.

Ya apartado de la actividad económica, Dominique Strauss-Kahn se puede permitir la emisión de juicios de valor sobre la situación actual bastante inquietantes, como hizo en un foro económico en Pekín el 19 de diciembre de 2011, donde comparó la zona euro con «una balsa a punto de hundirse»: «Vemos a los países europeos pasar de un plan [de rescate] a otro, de una cumbre vista como la última oportunidad a otra, sin admitir las pérdidas, sin permitir una reactivación del crecimiento y fracasando en recuperar la confianza». Strauss-Kahn, que fue invitado por el grupo NetEase, uno de los gigantes de Internet en China, pronunció un discurso en inglés de cuarenta y cinco minutos en el que se mostró muy crítico con las medidas de rescate adoptadas por Bruselas: «El hecho de que el euro siga en medio del río y que la unión presupuestaria no esté consolidada lo hace muy vulnerable y la balsa parece estar a punto de hundirse... No creo que Sarkozy y Merkel se entiendan bien y ese es probablemente uno de los motivos de que el sistema europeo tenga problemas para avanzar». A las preguntas de los periodistas extranjeros sobre cuestiones personales, su actual situación judicial, su estado de ánimo o su decisión de regresar a la esfera pública en China, DSK respondió sistemáticamente con la misma fórmula: «Sin comentarios».[37]

Ahora, Lagarde

Tras una larga reunión de casi cinco horas, el Tribunal de Justicia de la República, la autoridad francesa encargada de juzgar a los aforados, decidió finalmente, y tras muchas consideraciones a favor y en contra,

---

[37] «Strauss-Kahn regresa a la vida pública: "La zona euro es una balsa a punto de hundirse"», *ABC*, 19 de diciembre de 2011.

abrir una investigación a Christine Lagarde, la exministra de Economía y nueva directora ejecutiva del Fondo Monetario Internacional. Lagarde llevaba muy poco en el puesto, apenas un mes, y la institución aún no se había repuesto del escándalo protagonizado por su compatriota Dominique Strauss-Kahn.

Los cargos a los que se enfrenta la exministra se castigan con hasta diez años de cárcel y 150.000 euros de multa. De esta forma los jueces galos se hacían eco de la petición formulada a principios de mayo por el fiscal general del Tribunal de Casación, Jean-Louis Nadal, que no dudó en abrir un procedimiento al estimar que existían posibles elementos de abuso de autoridad en el tratamiento que hizo Lagarde en el año 2007, cuando era ministra de Economía, del arbitraje del caso que oponía al empresario y exministro Bernard Tapie al entonces banco público Crédit Lyonnais. Los puntos en los que según la Fiscalía existen indicios de delito radican en el contencioso que oponía a Tapie con Crédit Lyonnais por la venta de Adidas en 1993. En primer lugar, parece ser que Lagarde estuvo de acuerdo en aceptar un procedimiento de arbitraje habitual en los litigios comerciales, pero no en los que se ve implicado el Estado, en los que suelen imperar otros procedimientos diferentes. El segundo es no haber recurrido la decisión del Tribunal de Arbitraje, como era lógico y su obligación al representar a los intereses de la banca pública, cuando este acordó en 2008 que Tapie ingresaría 285 millones de euros, de los cuales 45 millones serían en concepto de daños morales. Por último, según informaciones de prensa, Lagarde estaba al tanto de las relaciones de amistad de uno de los tres magistrados que componían el tribunal con el abogado de Tapie. A pesar de tener la potestad de intervenir, no hizo nada al respecto.

«Esta investigación presenta una ventaja evidente: permitirá levantar definitivamente la sospecha abusiva en contra de Christine Lagarde destapada por un puñado de diputados», declaró a la prensa el optimista abogado de la exministra, Yves Repiquet. El diputado socialista Jean-Marc Aynault mostró por su parte su regocijo ante lo que calificó como la «decisión lógica» del tribunal a la hora de investigar «por qué el Estado recurrió a un procedimiento inhabitual, a un tribunal privado, para acabar haciéndole un enorme regalo financiero al señor Tapie». A la comisión del Tribunal de Justicia de la República le corresponde abrir la investigación, que podría durar meses o incluso años, a lo largo de cuyo desarrollo el FMI va a tener que tragar de nuevo el sapo de ver a su máximo representante declarando como imputada ante un tribunal. El Consejo Directivo del Fondo Monetario Internacional ha publicado el siguiente comunicado respecto a este escabroso tema: «En lo que concierne a Christine Lagarde, antes de su elección como directora gerente el Consejo Directivo discutió el asunto del caso en Francia. No sería apropiado que el Consejo hiciera declaraciones sobre un caso que actualmente está en manos de la justicia francesa. Sin embargo, el Consejo confía en que Christine Lagarde será capaz de llevar a cabo sus labores de directora de manera eficaz».

El escándalo no ha podido ser más inoportuno para la institución, en especial si tenemos en cuenta que la nueva directora del Fondo Monetario Internacional se había comprometido no solo a la diversificación de la entidad crediticia y a hacerla más abierta a los países en desarrollo, sino también a emprender una suerte de «regeneración moral en su seno».

Lagarde accedió al cargo bajo la presión de tener que hacer frente a la reputación, más que merecida, que tiene la institución como un club de negocios de las élites internacionales. Lagarde había declarado su intención de impulsar la diversificación del personal de la institución y aumentar la presencia de los países en desarrollo en la Junta del FMI, anunciando que continuaría las reformas iniciadas el año previo para aumentar el poder de voto de países como China y Brasil: «El valor de la diversidad se encuentra en la parte superior de mi lista de prioridades», dijo Lagarde en su primera conferencia de prensa desde que asumió el cargo. «No se trata solo de la diversidad de género. Se trata de la cultura y de los antecedentes académicos».

En su contrato —sí, los directores del FMI están sujetos a un contrato, exactamente igual que el resto de los mortales— también se establece una cláusula que puede ocasionarle a Lagarde más de un dolor de cabeza con vistas a su posible procesamiento. El texto de dicha cláusula dice: «Se espera que observe los más altos estándares de conducta ética» y «se esforzará por evitar incluso la apariencia de incorrección en su conducta». Suponemos que declarar como imputada ante un tribunal se puede considerar como «apariencia de incorrección en su conducta». Curiosamente, el contrato de Dominique Strauss-Kahn no incluía ninguna cláusula similar.

Pequeños escándalos

Los escándalos en el FMI no se limitan a sus directores, sino que algunos de sus funcionarios también se han visto implicados en asuntos turbios. Según un comunicado difundido en octubre de 2009 en Dakar y firmado por Caroline Atkinson, directora de Relaciones Exteriores del FMI, el presidente de Senegal confirmó que había autorizado la entrega de un regalo en efectivo al español Álex Segura tras una cena de despedida el 25 de septiembre en el palacio presidencial de Dakar: «El presidente explicó que el dinero había sido entregado como regalo tradicional de despedida a Segura, en reconocimiento a su contribución en Senegal, y que no estaba destinado, de ninguna manera, a ejercer influencia ni sobre Segura, quien abandonaba definitivamente el país, ni sobre el FMI», señala la nota. El escrito añade que el gobernante senegalés «ha admitido que el regalo fue un error», y también subraya que Segura mostró el dinero a su sucesora en el cargo tras la cena y después informó al Comité de Ética del FMI, que decidió devolverlo a Wade. La nota publicada por el FMI resume las investigaciones del organismo sobre el caso, calificado por algunos comentaristas locales como una «tentativa de corrupción» que salpica a Wade y a la credibilidad de Senegal. Los medios de comunicación senegaleses denominaron el caso como «Seguragate» y algunos analistas afirmaron que «pone de manifiesto la corrupción en el aparato estatal», mientras varios dirigentes opositores condenaron el hecho, que consideran que afecta seriamente a la credibilidad de Senegal.

Por su parte, el primer ministro, Souleymane Ndéné Ndiaye, minimizó el incidente y dijo que «no se puede calificar de corrupción», pues el regalo se entregó a Segura cuando ya había finalizado su misión en Senegal, y recordó que las relaciones del gobierno de Dakar con el anterior representante del FMI «no habían sido fáciles».

Álex Segura, a lo largo de los tres años que duró su misión, rompió con la tradicional reserva de los representantes del FMI y habló libremente con la prensa para exponer asuntos como la opacidad administrativa del país, o para negar que fuera a imponer la privatización de tal o cual empresa pública. El presidente Abdoulaye Wade se convirtió rápidamente en un campeón del ultraliberalismo y del plan de ajuste del Fondo. Las relaciones fueron sumamente fluidas.

Apéndice 2

¿EL FIN DEL EURO?

Cada día hay una mayor preocupación —una de esas cosas de las que todo el mundo murmura, pero de las que casi nadie habla en voz alta— por que la presente crisis suponga el fin definitivo del euro. Así se desprende de un grueso artículo publicado a finales de 2011 en el diario británico *The Financial Times* en el que se cuestionaba la eficacia de la labor de los líderes europeos para sortear los problemas económicos del Viejo Continente. Los empresarios consultados por el diario muestran su pavor, más que justificado, cuando se comenzó a rumorear la posibilidad de que Grecia abandonara la Eurozona, y revelan que ya han comenzado a plantearse un escenario sin la presencia de la moneda única como medida de protección de sus propias empresas. Por si acaso…

Mientras los líderes europeos «mueven cielo y tierra para salvar el euro», aumenta el número de compañías que se prepara para el fin del euro, no como una remota contingencia, como se hacen los planes de evacuación en caso de incendio, sino afrontándolo como un riesgo real y posible. La operadora alemana de viajes Tui, representante de uno de los sectores que por las peculiaridades de su negocio se podría ver más afectado en caso de la desaparición o variación de la moneda única, confirmó que había iniciado una ronda de consultas con varios hoteles griegos para confirmar la posibilidad de renegociar sus contratos en caso de la salida del euro del país heleno. El regulador bancario del Reino Unido, la Financial Services Authority (FSA), ha recomendado a los bancos británicos que elaboren planes de contingencia en caso de que haya una desordenada ruptura de la zona euro o se produzca el abandono de alguno de sus países integrantes.

Las empresas que operan a nivel internacional se están moviendo a toda prisa para preparar planes de choque en caso de una eventual ruptura de la divisa europea ante la grave crisis económica y de liderazgo político que atraviesa la Eurozona. En una encuesta realizada por la agencia Reuters el 23 de noviembre de 2011, catorce de los veinte economistas consultados afirmaron que la moneda única no iba a sobrevivir en su forma actual, y las empresas están actuando en consecuencia y empezando a prepararse para el peor escenario posible. A partir de entrevistas con ejecutivos de empresas, banqueros y abogados en Europa, Estados Unidos y Asia, y de documentos registrados en los organismos supervisores, se ha reconstruido el paisaje de los irregulares preparativos para la posible desaparición del euro tras doce años de vida, un evento sin precedentes en la historia reciente que podría tener consecuencias incalculables a nivel planetario.

«Con los países saliendo del euro puede haber una devaluación masiva que convierta las importaciones en algo muy, muy caro», ha reconocido Andrew Morgan, presidente de Diageo Europe, preocupado por el impacto negativo que el suceso podría tener para el comercio mundial. Por el contrario, los exportadores verían este escenario más como una oportunidad que como un desastre: «Mi conclusión es que el impacto no sería muy negativo para nuestra compañía, en la medida que exportamos y somos un grupo internacional», declaró a *The Financial Times* Jürgen D. Hoffman, director financiero de la rama de Volkswagen en Portugal. Los que se dedican a la especulación financiera deben reconocer que, en el fondo, no tienen ni la más remota idea de cómo les puede afectar algo así: «Ser un buen analista de riesgo significa planearlo todo y eso significa que nosotros no debemos ignorar las consecuencias de la salida de algunos países de la Eurozona», asegura Andrew Bailey, de Financial Services Authority de ese país.

Miedo en el cuerpo

Decir que existe genuino miedo a hablar de este asunto no es un mero recurso para darle más interés a este texto. De hecho, hubo ejecutivos que solicitaron hacer sus declaraciones al diario de forma anónima: «En estos días el posible fin del euro forma parte de casi todas las conversaciones de gestión de riesgos que surgen», dijo una persona de alto nivel en el mercado de seguros de Londres, hablando, al igual que muchos, bajo la condición del anonimato debido a lo delicado de su negocio. Algunos de los más activos con sus planes de contingencia son los países europeos de fuera de la zona euro, aunque mantienen fuertes vínculos comerciales con el bloque de la moneda, como Dinamarca y Reino Unido. Una serie de empresas británicas, incluyendo la mayor compañía de *catering* del mundo, Compass Group, han dicho que han discutido o puesto en marcha planes de contingencia para hacer frente a un colapso del euro, pero la mayoría son reacios a dar detalles.

ICAP, el intermediario más importante del mundo en divisas y bonos estatales, afirmó que ha puesto a prueba su sistema de negociación para manejar el colapso de la zona euro y el resurgimiento de las monedas nacionales. El presidente ejecutivo de una empresa europea con ingresos anuales de más de 10.000 millones de dólares al año dijo durante una reciente visita a Londres que su consejo había discutido la forma de manejar el colapso de la zona euro, pero que había sido una reunión muy corta. «Europa Occidental parece estar experimentando desafíos cada vez mayores, dada la incertidumbre en torno a la dirección de la política fiscal y monetaria, lo que probablemente tendrá un impacto en la confianza de los consumidores», dijo el fabricante diversificado de manufacturas 3M en un comunicado enviado a la Comisión del Mercado de Valores de Estados Unidos. Automovilísticas, energéticas o distribuidoras están intentando minimizar riesgos colocando sus reservas de efectivo en inversiones seguras y controlando los gastos no esenciales.

Este es uno de esos raros momentos en la historia en que lo impensable, de repente, se vuelve posible y nadie tiene absolutamente nada preparado. «Desde finales de los años noventa en adelante los contratos comerciales se redactaron incluyendo disposiciones expresas para hacer frente a la transición al euro, pero no tengo conocimiento de que ninguno fuera escrito contemplando que algún país saliera del euro», dijo Jamie Wiseman-Clarke, abogado de la firma londinense Berwin Leighton Paisner, especializada en aviación, ferrocarril y transporte marítimo. Más probable que una suspensión de pagos técnica masiva es que algunas empresas simplemente no puedan pagar o cumplir con las condiciones del préstamo debido a las terribles condiciones económicas y la caída de la demanda que algunos economistas predicen a partir de una ruptura del euro. El tremendo escenario al que se enfrentarían los países casi al día siguiente de su salida de la moneda única sería el de una devaluación cercana al 40 por ciento. «Si la gente se entera de que una gran empresa del CAC-40 [el índice bursátil francés] se está preparando para el peor de los escenarios, se extendería la ansiedad y sería interpretado como un golpe muy dañino para el euro», declaró un asesor de comunicaciones de empresas francesas que pidió no ser identificado.

Las empresas de productos y servicios que operan a nivel internacional iban a ver su labor sumamente dificultada, pero ¿y los bancos? Según el diario *The Wall Street Journal*, CLS Bank International también está preparándose para una eventual ruptura de la Eurozona.

CLS es la mayor cámara de compensación en operaciones de divisas, es decir, es una organización que garantiza los intercambios de monedas en operaciones en derivados. Estos preparativos indican que las instituciones financieras están empezando a pensar en las cuestiones prácticas de una ruptura efectiva de la Eurozona, una idea que está ganando carta de naturaleza en el mercado.

Europa de dos velocidades

Quien más y quien menos ya ha hecho sus apuestas sobre el tema. *The Wall Street Journal* informaba de que un sondeo de la división de banca de inversión del banco británico Barclays entre mil inversores reflejaba que casi el 50 por ciento de ellos creen que al menos un país dejará la zona del euro en 2012. Incluso la deuda estatal francesa se ha visto afectada por la situación, pues la diferencia entre el rendimiento de los bonos de Francia y los de Alemania se encuentra en el punto máximo desde la creación del euro. La deuda de doce de los diecisiete países del euro se ha encarecido y, además de los casos extremos de Grecia e Italia (cuyos bonos a diez años deben pagar intereses superiores al 28 y 6,7 por ciento, respectivamente), la situación afecta seriamente a España, país que durante un tiempo estuvo pagando la tasa de interés más alta desde que se implementó el euro (6,78 por ciento), aunque la cosa se calmó bastante después de las elecciones.

Hasta ahora, aunque los votantes de los países ricos de Europa no están dispuestos a financiar indefinidamente a los más pobres, la existencia del euro era considerada un tema sagrado para sus gobiernos. La visión de una Europa unida, capaz de hacer valer su herencia histórica en el siglo XXI, se convirtió en un tema tabú y también en un callejón sin salida: ningún político se atreve a negarla, pero nadie puede movilizar a los votantes para tomar las decisiones que se requieren para darle solidez real. La unión se ve como una necesidad; la solidaridad, al menos desde los gobiernos, se contempla como algo imprescindible, pero cuando se trata de vender esas ideas en época de elecciones la cosa se complica bastante. Los votantes de los países más favorecidos, especialmente los alemanes, se sienten penalizados por hacer las cosas bien y disfrutar de una economía boyante, mientras contemplan cómo sus preciados recursos van a parar a otros países en los que, según su percepción, se han llevado a cabo políticas irresponsables.

Así que la encrucijada está clara. En un extremo de la balanza está el escenario, no deseado por nadie, el de la catástrofe sin precedentes que supondría la desaparición de la moneda única; en el otro habría la alternativa de buscar un camino decidido hacia una integración más profunda, donde la unión monetaria sería complementada por una unión fiscal. Es muy difícil tener una moneda común en un entorno en el que cada país, aun con las restricciones que impone Bruselas, tiene un amplio margen de maniobra para decidir sus propias políticas económicas y fiscales. Eso es precisamente lo que da lugar a esos agravios comparativos tan difíciles de digerir por los votantes. Una alternativa que se menciona insistentemente sería la de la famosa «Europa de dos velocidades»: hacer una división de la Unión Europea entre los países del centro (Francia, Alemania, Países Bajos, Luxemburgo y Austria), los cuales preservarían el euro, y los demás, que serían considerados periféricos. Los líderes políticos de Alemania, Angela Merkel, y Francia, Nicolas Sarkozy, están unidos cuando piden disciplina fiscal y mayores compromisos de ahorro para los demás, pero muestran profundas discrepancias a la hora de definir cómo usar los recursos comunitarios del Fondo Europeo de Estabilidad Financiera, creado para hacer frente a la crisis.

Pero no nos engañemos y contemplemos el asunto desde una perspectiva simplista: no se trata de que Merkel y los que la secundan sean una pandilla de privilegiados, perversos y egoístas que se niegan a compartir su bienestar con el resto. De hecho, es posible que los políticos de los países menos afectados por la crisis sean los más dolorosamente conscientes de que todos estamos en el mismo barco y que su holgada posición de hoy puede invertirse por completo mañana a causa de factores que escapan a su control. Pero se deben a su electorado. Cada cuatro años tienen que responder a la embarazosa pregunta que les plantean sus conciudadanos: «¿Qué has hecho con mi dinero?». Apoquinar para nuevos rescates, a cambio de un empeoramiento, aunque sea sutil, de sus condiciones de vida es algo que los ciudadanos de esos países no están dispuestos a hacer y que, de hecho, supone un castigo a sus políticos. Basta con mirar a Alemania, donde las encuestas muestran que dos tercios de los alemanes se oponen a la ayuda adicional para los rescates. Merkel, conocedora de lo impopular que era la ayuda a un país que había hecho trampas, fue manteniendo una actitud ambigua que oscilaba entre ofrecer fondos con durísimas condiciones y amenazar con la expulsión del euro a los países con déficits desbocados. A pesar de ello, ha perdido seis elecciones seguidas y se le augura un futuro político no demasiado brillante. O Eslovaquia, donde el trabajador medio apenas llega a mileurista y no está de humor para garantizar la deuda de países como Grecia o Portugal.

El plan B

El presidente del Bundesbank, Jens Weidmann, un economista de cuarenta y tres años que no tiene pelos en la lengua a la hora de culpar a los políticos europeos de la presente crisis, está convencido de que el papel del banco central debe ser el de controlar la inflación y no emitir billetes para salvar a países indisciplinados. De acuerdo con la revista alemana *Der Spiegel*, aunque la posición de Weidmann es respaldada por el pueblo alemán, que se niega a que sus impuestos sigan financiando el desorden de sus vecinos, las presiones para que el BCE dispare ese último cartucho son crecientes y los eurobonos podrían hacerse realidad. La ceguera de estos honestos contribuyentes no alcanza a comprender que buena parte de la economía alemana se basa en las exportaciones a los países de la zona euro y que, si estos caen, ellos también van a comenzar a pasarlo muy mal. Del caso de Italia son pocos los que hablan, pues aunque su situación es grave y su salida de la zona euro también es probable, se trata del evento que tendría las mayores consecuencias. Si la salida de Grecia constituiría un drama que no se sabe bien qué consecuencias acarrearía, la de Italia, una de las mayores economías mundiales, tendría ecos que se harían sentir desde en Wall Street hasta en Tokio, y serviría por sí sola para desencadenar una nueva crisis mundial.

Así pues, el problema no es únicamente encontrar fórmulas para que, llegado el caso, los países que salgan del euro lo hagan de la forma más segura posible para ellos y para los demás, sino crear cortafuegos para controlar el contagio en los mercados financieros, el cual seguiría avanzando imparable mientras no apareciera una solución a largo plazo, sólida tanto en lo económico como en lo político.

Mientras los líderes europeos dicen insistentemente que no hay necesidad de diseñar un plan B (lo cual no quiere decir ni mucho menos que el plan no exista, pero hay que dar, ante todo, sensación de calma), algunos de los principales bancos del mundo y sus supervisores están haciendo exactamente eso a plena luz del día, precisamente por la razón contraria: necesitan dar a sus inversores la impresión de que están listos para cualquier contingencia. Bancos como Merrill Lynch, Barclays Capital y Nomura emitieron una catarata de informes que analizan con todo detalle y hasta sus más nimias consecuencias la probabilidad de una ruptura de la Eurozona. Las principales instituciones financieras británicas, como el Royal Bank of Scotland, ya tienen sus planes de contingencia para el caso de que lo inimaginable se haga realidad. Y no nos engañemos, el BCE y los bancos nacionales de los diferentes países han hecho lo propio, aunque no se atrevan a confesarlo.

Las excepciones

Claro que siempre existen excepciones. Al parecer los bancos de Italia y Francia no están elaborando planes de contingencia por la sencilla razón, dicen los banqueros, de que concluyeron que la ruptura de la Eurozona es imposible. El principal daño de una ruptura del euro, dijo Stephen Jen, director de SLJ Macro Partners, de Londres, sería «el riesgo de la redenominación» —el efecto impredecible que tendría en los activos financieros—, ya que las nuevas monedas buscarían posicionarse en el mercado y el valor de los contratos establecidos en euros sería cuestionado. Seguir pagando préstamos en euros, cuando los ingresos se obtienen en pesetas muy devaluadas, sería catastrófico para la gran mayoría de las economías domésticas y gran parte de las empresas. Los banqueros italianos y franceses afirman que la ruptura del euro es imposible, no porque no pueda suceder, sino porque sus consecuencias serían tan devastadoras en el ámbito económico como una guerra nuclear.

¿Exagerado? Ni mucho menos. Las consecuencias que el colapso de la Eurozona podría traer, no solo para la Unión Europea, sino para el resto de la economía mundial, son inimaginables. La economía se sumiría en una recesión global que duraría al menos diez años. Las grandes potencias, como Estados Unidos y China, sufrirían un enorme castigo. Es más que probable que hubiera una oleada de quiebras bancarias al máximo nivel y que los bancos se vieran obligados a descontar gran parte de la deuda que tienen en Italia, Irlanda y otros países muy endeudados. Los bancos dejarían de prestarse unos a otros, tanto por miedo como por falta material de liquidez, e incluso las empresas sanas tendrán dificultades para obtener crédito.

La Unión Europea, que asombró al mundo y fue promocionada como un «experimento nuevo y audaz» y «la mayor esperanza en una época incierta», habría desembocado en una pesadilla. Este es el miedo que corre por los pasillos de Bruselas. Y es un temor justificado. Las naciones de Europa están luchando con problemas fiscales que desafían la integridad del conjunto de la Unión Europea. Grecia al borde del fallo de su deuda, la Unión dividida en disputas acerca de cómo las naciones deben hacer frente a la crisis, los niveles de deuda cercanos al cien por cien del PIB, incluso en los países más fuertes como Alemania y Francia, y los bancos europeos expuestos a la depreciación de los bonos del gobierno son algunas de las señales del apocalipsis de la moneda única. Los analistas del grupo financiero francés AXA ven un serio riesgo de que la Eurozona se rompa o se desintegre.

Teodora Zemek, jefa de renta fija global de AXA Investment Managers, declaró que el rescate a Grecia había comprado un «máximo» de dieciocho meses de respiro antes de que los daños estructurales más profundos emerjan, con un «probable» incumplimiento por parte de Grecia que desencadenaría una reacción en cadena de todo el sur de Europa. «Sería el fin del euro como lo conocemos. Las implicaciones a largo plazo son, en el mejor de los pronósticos, la división de la zona euro; en el peor, la destrucción del euro. Se mire como se mire, no va a terminar felizmente». Añadió que la Unión Fiscal «es una condición previa para que el sistema funcione, pero no existe en Europa y los mercados de bonos están empezando a entender esto. Estamos viendo un noble experimento que se encuentra al borde de la quiebra».

Ansgar Belke, del prestigioso instituto alemán DIW, es rotundo: «Los costes del peor de los escenarios (una ruptura de la zona euro, que sería una especie de día del juicio final) son demasiado grandes para ser cuantificados». Ahora solo queda saber en qué medida se tienen que poner mal las cosas para que los políticos comunitarios se decidan a dar los pasos necesarios para salvar el proyecto. Europa suele avanzar a sacudidas. La presente situación de inacción revela que debería suceder algo lo suficientemente rotundo como para que la Eurozona se mueva en la dirección adecuada, pero no tan catastrófico como para que ningún país cruce la línea de no retorno, llevándose consigo a nadie sabe cuántas víctimas colaterales.

La expiación de los pecados

Muchos agoreros se han apresurado a decir que ya habían avisado de que esto podía ocurrir. Una unión monetaria que engloba Estados independientes, cada uno con sus propios intereses económicos y políticos, sus diferentes historias, sus propias normas culturales, leyes y sistemas fiscales, estaba destinada a desembocar en la crisis actual. Ahora el presidente del Consejo Europeo, Herman van Rompuy, no tiene más remedio que admitir que «no podemos financiar nuestro modelo social».

Los países económicamente más sólidos de la zona euro pueden aprobar medidas de emergencia tales como aumentar el Fondo Europeo de Estabilidad Financiera, como ha sucedido recientemente. Pero cuando se trata de temas políticamente más escabrosos, como ceder parte de la soberanía nacional y dar aún más control sobre sus economías a Bruselas con el fin de encontrar una solución a largo plazo a los problemas estructurales que aquejan las economías de la Eurozona, la cosa cambia. Como dice el economista Robert Samuelson, «la parálisis política concuerda a la perfección con la deriva económica».

Así las cosas, no es de extrañar que todos los implicados juren y perjuren que la moneda única es tan inmutable como las pirámides de Egipto. «El euro no va a desaparecer», pregona Herman van Rompuy. «El euro es irreversible», asegura Mario Draghi, presidente del Banco Central Europeo. El presidente de la Comisión Europea, José Manuel Durão Barroso, no parece tan optimista a primera vista y conmina a «hacer todo lo posible para salvar el euro». Angela Merkel ha convertido en uno de sus mantras personales aquello de que «si el euro fracasa, fracasa Europa», que viene a querer decir que si el euro se va al garete, nos iremos al garete todos, incluidos los alemanes, que experimentarían en propia carne lo de que cuanto más alto se ha subido, más dura es la caída. Tal vez consciente de ello, el presidente francés, Nicolas Sarkozy, advirtió en tono apocalíptico que «no habrá una segunda oportunidad» para salvar el euro.

Este alud de proclamas revela mejor que ningún otro análisis la gravísima tesitura en que se encuentra el euro. La posibilidad de ruptura, de una implosión de la Eurozona, ha dejado de ser ciencia ficción. La situación es tan sumamente desesperada que incluso los más reacios a ceder soberanía nacional no tienen más remedio que admitir que la causa de los males que nos afligen no es otra que el tener una moneda común que no es regida por una política económica y presupuestaria común: en medio de la Gran Recesión esa debilidad ha dejado a Europa muy rezagada, a la intemperie. La crisis proporcionó una opción para solventar esta circunstancia sin que nadie protestara demasiado, pero en lugar de ello parece que se opta por otras soluciones que parece que, lejos de sacarnos del abismo, nos hunden más aún en el hoyo: el palo de la austeridad, pero sin nada de zanahoria. Berlín está en desacuerdo con el resto del mundo en su temor a que se dispare la inflación, viendo en la recesión un mal menor. La memoria histórica hace mucho y los alemanes no olvidan, por mucho tiempo que pase, que ellos tuvieron una inflación que llegó al punto de que la impresión de los billetes era mucho más cara que los millones de marcos de valor facial que tenían. Por otro lado, y como señalábamos antes, hay que alejar al elector alemán lo más posible de la idea de que sean ellos quienes paguen los platos rotos del resto de Europa. «Berlín quiere que los demás paguen por sus pecados. Incluso los mejores economistas alemanes han sucumbido a este cuento moralista. Sin esa fuerza motriz que ha sido Alemania durante años, la integración europea está en punto muerto», explica Paul de Grauwe, del Centre for European Policy Studies (CEPS).

La moneda milagro

Nicolas Véron, investigador de Bruegel, un centro de estudios de Bruselas, indica que lo que tenemos encima no es una crisis como tal, sino un encadenamiento de diversas crisis, una suerte de «tormenta perfecta» económica: «En el frente de la deuda soberana no hay acuerdo a la vista sobre la reestructuración de Grecia, mientras que España e Italia se enfrentarán a mayores necesidades de refinanciación en 2012. En el frente de las reformas institucionales la cumbre de diciembre no logró una verdadera unión fiscal y las tensiones con el Reino Unido están al rojo vivo... El sistema bancario personifica muchas de las contradicciones del experimento europeo de la unión monetaria». De hecho, nadie sabe cuál es la situación real de los bancos, que guardan la naturaleza y cuantía de sus activos tóxicos como si fuera el secreto de los secretos. Solo sabemos que desde hace meses el crédito está paralizado. Eso tiene consecuencias que estamos padeciendo todos en propia carne.

La corriente del crédito se alimenta de la confianza en que en el futuro se podrá cobrar ese crédito y sus correspondientes intereses sin mayor problema. Lo malo es que actualmente, en un momento en el que ni los propios Estados soberanos las tienen todas consigo a la hora de cumplir con sus compromisos (de los particulares mejor ni hablamos), esa confianza se ha evaporado. Las incertidumbres actuales han pulverizado la imagen que existía del euro como «moneda milagro», capaz incluso de hacer sombra al todopoderoso billete verde estadounidense. El expresidente del BCE, Jean-Claude Trichet, destacaba hace seis meses uno de los grandes éxitos de la Eurozona: «Se han creado más de catorce millones de empleos desde el nacimiento de la zona euro, comparados con los ocho millones de Estados Unidos en ese periodo». Muy bien, pero evidentemente no ha sido suficiente para que las cifras de paro estén en niveles demenciales y en el último medio año la situación se haya deteriorado. La falta de crecimiento es evidente y para 2012 se espera un ligero aumento del paro.

Errores y cobardía

En cualquier caso, sería mezquino no reconocer que estos años de unión monetaria han traído aparejados muchos beneficios. Posiblemente el más notorio es que el BCE ha conseguido mantener la inflación por debajo del 2 por ciento, el mejor resultado de todos los bancos centrales durante los últimos cincuenta años, incluido el Bundesbank.

Existen motivos sobrados para sacar pecho, qué duda cabe, pero también hay datos que deben mover a la reflexión y a reformar algunas taras del sistema que, hasta el momento, no habían sido percibidas como tales. A fin de cuentas la crisis europea se desató por la incapacidad de la UE para solucionar las dificultades de Atenas (que representa, no lo olvidemos, tan solo el 2 por ciento del PIB comunitario), cuando el nuevo gobierno heleno descubrió en octubre de 2009, tras ganar las elecciones, que el déficit real de ese año era del 12,7 por ciento del PIB, el triple de lo declarado por el anterior gobierno conservador. Los intereses de su deuda se dispararon. Durante meses la

UE fue incapaz de encontrar una solución. Como consecuencia, el mal griego se fue contagiando a otros países como Portugal e Irlanda, que tuvieron que afrontar costes de financiación de sus deudas crecientes. Durante la primera década del euro prácticamente toda Europa pagaba lo mismo por su deuda: a partir de la crisis griega resurgieron las primas de riesgo, que reflejan el sobrecoste que pagan los países menos fiables para financiar su deuda con respecto a Alemania.

La cuestión es que el problema de un pequeño país se convirtió a partir de febrero de 2010 en algo capaz de arrastrar a la catástrofe a la Eurozona y, con ella, al resto del planeta: «Las dificultades de la Eurozona son la mayor sombra sobre la economía global. Y no tienen respuesta fácil. Una mayor integración política no es sencilla. La salida de los países más débiles es políticamente inaceptable. La única solución realista es una interpretación expansiva del mandato del BCE», aporta Kenneth Rogoff, execonomista jefe del FMI, como posible solución.

Si la Unión Europea no puede hacerse cargo de sus socios más débiles, difícilmente podrá recuperar el crédito mundial. En contrapartida, si se consigue capear este temporal, el prestigio y la solidez de la Unión estarán en cotas inéditas. En principio no existen demasiados argumentos para el optimismo. En los dos últimos años el rosario de equivocaciones es interminable, empezando por la negativa de los líderes europeos a que Grecia negociase una ayuda con el FMI, algo que no debería suponer un baldón excesivo para una economía europea, en especial si recordamos que, en su día, el Reino Unido tuvo que hacer uso de este recurso. Mientras la situación se iba pudriendo, el coste de la prima de riesgo griega se iba a cifras impensables.

El deterioro de la situación no tardó en despertar la alarma en Estados Unidos y China. La UE y el FMI acordaron conceder una línea de crédito a Grecia, cara y a muy corto plazo. A ese remiendo para Grecia se le han superpuesto varias chapuzas cuya eficacia es más que cuestionada por los expertos.

El fondo de rescate para los países con dificultades, dotado con 440.000 millones, ha sido otro fracaso. Primero se comprobó que su capacidad real era inferior a la estimada, en parte debido a la dificultad para captar recursos en los mercados. El remate fue la situación de peligro de Italia y España que, en caso de pasar a mayores, haría insuficiente el fondo.

Así que lo único que restaba por hacer era que el BCE comprase a toda prisa deuda de los países en dificultades. Pero ni siquiera en eso se ha actuado con firmeza. Se ha comprado relativamente poco, casi a nivel testimonial. Trichet y Draghi se han parapetado tras el tratado que prohíbe a la UE financiar deudas de los estados. Una vez más es difícil saber si la actuación timorata de la Unión se debe a la falta de voluntad, cobardía, burocracia o las limitaciones de un tratado que pide una reforma a gritos.

Los Estados, y con ellos los ciudadanos, estamos pagando los platos rotos de una crisis que, no lo olvidemos, se genera en el sector privado, desde el escándalo de las hipotecas *subprime* hasta la burbuja inmobiliaria española, pasando por la entronización de la economía especulativa. Si queremos que esto funcione, habrá que tomar nuevas medidas, crear nuevas instituciones reguladoras con mayor autoridad y alejarnos de los vicios del pasado. Pero eso será en el futuro. La idea de pretender que los bancos actualmente asuman la parte de la responsabilidad que les corresponde es absolutamente inviable, porque el tamaño de los agujeros contables en la banca es un enigma que, en el fondo, nadie quiere descubrir.

Así pues no habrá grandes festejos para celebrar el aniversario del euro: el único gesto será la acuñación de noventa millones de monedas conmemorativas de dos euros. No están los tiempos para celebraciones.

Bibliografía

Aglietta, Michel y Moatti, Sandra, *El FMI: del orden monetario a los desórdenes financieros*, Akal, 2002.

Antoine, Stéphanie, *DSK au FMI: enquête sur une renaissance*, Seuil, 2011.

ATTAC, *Que faire du FMI et de la Banque Mondiale?*, Mille et Une Nuits, 2002.

Barnett, Michael, *Rules for the World: International Organizations in Global Politics*, Cornell University Press, 2004.

Bech, Ulrich, *¿Qué es la globalización? Falacias del globalismo, respuestas a la globalización*, Editorial Paidós, 2008.

Berkman, Steve, *The World Bank and the Gods of Lending*, Kumarian Press, 2008.

Blustein, Paul, *The Chastening: Inside The Crisis That Rocked The Global Financial System And Humbled The IMF*, Public Affairs, 2003.

—, *And the Money Kept Rolling In (and Out) Wall Street, the IMF, and the Bankrupting of Argentina*, PublicAffairs, 2006.

Borrel, Josep y Misse, Andreu, *La crisis del euro*, Turpial, 2011.

Brands, H. W., *Greenback Planet: How the Dollar Conquered the World and Threatened Civilization as We Know It*, University of Texas Press, 2011.

Cardenal Nicolau, Juan Pablo, *La silenciosa conquista china*, Crítica, 2011.

CHESNAIS, François, *La globalización y sus crisis: interpretaciones desde la economía crítica*, Los Libros de la Catarata, 2002.

—, *Las trampas de las finanzas mundiales: diagnósticos y remedios*, Akal, 2003.

CHOMSKY, Noam, *Understanding Power: The Indispensable Chomsky*, The New Press, 2002.

—, *Profit Over People: Neoliberalism & Global Order*, Seven Stories Press, 2011 (traducción española: *El beneficio es lo que cuenta. Neoliberalismo y orden global*, Crítica, 2004).

CHWIEROTH, Jeffrey M., *Capital Ideas: The IMF and the Rise of Financial Liberalization*, Princeton University Press, 2009.

COLLIER, Paul, *The Bottom Billion: Why the Poorest Countries are Failing and What Can Be Done About It*, Oxford University Press, 2007 (traducción española: *El club de la miseria: qué falla en los países más pobres del mundo*, Nuevas Ediciones de Bolsillo, 2010).

COOPER, George, *The Origin of Financial Crises: Central Banks, Credit Bubbles and the Efficient Market Fallacy*, Vintage, 2008.

CORBALÁN, Alejandra, *El FMI, el Banco Mundial y la crisis latinoamericana*, Siglo XXI, 1986.

COSTAS, Antón, *La torre de la arrogancia*, Ariel, 2011.

DANAHER, Kevin, *Fifty Years is Enough: The Case Against the World Bank and the International Monetary Fund*, South End Press, 1999.

— y Mittal, Anuradha, *10 Reasons to Abolish the IMF & World Bank*, Seven Stories Press, 2004.

DEPLANO NETWORK, *FMI, os acordos com Portugal 1977-1983-1984*, Bnomics, 2011.

DE VELASCO, Luis, *No son solo algunas manzanas podridas*, El Viejo Topo, 2010.

DOVE, Stephen, *What the Hell Is Going On with the Greek Financial Crisis*, Amazon Digital Services, 2011.

EISSINGER, Jesse, *The Wall Street Money Machine*, ProPublica, 2011.

ESTEFANÍA, Joaquín, *Hij@, ¿qué es la globalización?*, Aguilar, 2003.

FINANCIAL CRISIS INQUIRY COMMISSION, «The Financial Crisis Inquiry Report», authorized edition: «Final Report of the National Commission on the Causes of the Financial and Economic Crisis in the United States», Public Affairs, 2011.

FOSTER, John Bellamy y MAGDOFF, Fred, *The Great Financial Crisis: Causes and Consequences*, Monthly Review Press, 2009 (traducción española: *La gran crisis financiera: causas y consecuencias*, Fondo de Cultura Económica de España, 2009).

FRIEDMAN, Jeffrey y POSNER, Richard A., *What Caused the Financial Crisis*, University of Pennsylvania Press, 2010.

FUENTES DE CASTRO, Silverio, *FMI: condicionalidad y soberanía*, Universidad Católica de Valparaíso, 1986.

GALASSO, Norberto, *De la banca Baring al FMI: historia de la deuda externa argentina*, Ediciones Colihue S. R. L., 2002.

GALBRAITH, John Kenneth, *Breve Historia de la euforia financiera*, Ariel, 1991.

—, *El Crack del 29*, Ariel, 2000.

GONZÁLEZ, Alicia, «Solo este hombre puede salvar el euro», *El País*, 11 de octubre de 2011.

GRAEBER, David, *Debt: The First 5.000 Years*, Melville House, 2011.

GUICHARD, Fritz, *Histoire et Rôle du FMI*, Guichard, 2010.

HERMAN, Edward S., *Manufacturing Consent: The Political Economy of the Mass Media*, Pantheon, 2002.

KARNS, Margaret P., *International Organizations: The Politics and Processes of Global Governance*, Lynne Rienner, 2009.

KAUFFMANN, Mayeul, *Gouvernance économique mondiale et conflits armés: Banque Mondiale, FMI et GATT-OMC*, L'Harmattan, 2006.

KINDLEBERGER, Charles P., *Manías, pánicos y cracs: historia de las crisis financieras*, Ariel, 1991.

KLAUER, Armando S., *Globalizacion y crisis económica mundial*, Editorial Libros en Red, 2009.

KLEIN, Naomi, *La doctrina del shock: el auge del capitalismo del desastre*, Booket, 2010.

KRUGMAN, Paul, *The Return of Depression Economics and the Crisis of 2008*, W. W. Norton & Company, 2009.

LATIN AMERICAN ECONOMIC SYSTEM, *El FMI, el Banco Mundial y la crisis latinoamericana*, Siglo XXI, 1986.

MAGDOFF, Fred, *The ABCs of the Economic Crisis: What Working People Need to Know*, Monthly Review Press, 2009.

MARTÍNEZ-GONZÁLEZ TAPIAS, Ángel, *Economía política de la globalización*, Ariel, 2000.

MAULDIN, John, *Endgame: The End of the Debt SuperCycle and How It Changes Everything*, Wiley, 2011.

MCLEAN, Bethany, *The Great Financial Crisis: Causes and Consequences*, Monthly Review Press, 2009.

— y Nocera, Joe, *All the Devils Are Here: The Hidden History of the Financial Crisis*, Portfolio, 2011.

MORGENSON, Gretchen, *Reckless Endangerment: How Outsized Ambition, Greed, and Corruption Led to Economic Armageddon*, Times Books, 2011.

MUNS, Joaquín, *Historia de las relaciones entre España y el FMI*, Alianza Editorial, 1986.

NIÑO-BECERRA, Santiago, *Más allá del crash. Apuntes para una crisis*, Los Libros del Lince, 2011.

PEET, Richard, *Unholy Trinity: The IMF, World Bank and WTO*, Zed Books, 2009 (traducción española: *La maldita Trinidad: el FMI, el Banco Mundial y la OMC*, Laetoli, 2004).

PEIRÓN, Francesc, *Los largos tentáculos de Goldman Sachs*, Ebooks de Vanguardia, 2011.

PERKINS, John, *Confessions of an Economic Hit Man*, Plume, 2005 (traducción española: *Confesiones de un gángster económico: la cara oculta del imperialismo americano*, Tendencias, 2005).

—, *La historia secreta del imperio americano: gángsters económicos, asesinos a sueldo y toda la verdad sobre la corrupción global*, Urano, 2009.

—, *Hoodwinked: An Economic Hit Man Reveals Why the Global Economy Imploded. And How to Fix It*, Crown Business, 2011 (traducción española: *Manipulados: un gángster económico revela por qué la economía global se ha venido abajo y qué hacer para rehacerla*, Tendencias, 2010).

PHILLIPS, David, *Reforming the World Bank: Twenty Years of Trial and Error*, Cambridge University Press, 2009.

RAMONET, Ignacio y FUENTE, Víctor Hugo de la, *¿Qué es la globalización? ¿A quiénes beneficia, a quiénes perjudica? Selección de textos*, Editorial Aún Creemos en los Sueños, 2004.

RICKARDS, James, *Currency Wars: The Making of the Next Global Crisis*, Portfolio, 2011.

ROCHÉ, Marc, *El Banco*, Deusto, 2011.

ROTHKOPF, David, *El club de los elegidos*, Urano, 2008.

ROUBINI, Nouriel, *Crisis Economics: A Crash Course in the Future of Finance*, Penguin, 2011.

RUSSO, Thomas A. y KATZEL, Aaron J., *The 2008 Financial Crisis and its Aftermath: Addressing the Next Debt Challenge*, Group of Thirty, 2011.

SARACHAGA, Manuel, *¿Dónde está mi dinero?*, Ménsula Ediciones, 2009.

SAXE-FERNÁNDEZ, John y DELGADO-RAMOS, Giancarlo, *Imperialismo y Banco Mundial*, Editorial Popular, 2004.

SELA, *El FMI, el Banco Mundial y la crisis latinoamericana*, Siglo XXI, 1986.

SERULLE RAMIA, José y BOIN, Jacqueline, *Fondo Monetario Internacional: deuda externa y crisis mundial*, IEPALA Editorial, 1984.

SILBERMAN, Alan, *La teoría general de Keynes 75 años después*, Amazon Media, 2011.

SORKIN, Andrew Ross, *Too Big to Fail: The Inside Story of How Wall Street and Washington Fought to Save the Financial System and Themselves*, Penguin, 2010.

SOROS, George, *Globalización*, Planeta, 2002.

STIGLITZ, Joseph, *Globalization and its Discontents*, W. W. Norton & Company, 2003 (traducción española: *El malestar en la globalización,* Taurus, 2003).

—, *Freefall: America, Free Markets and the Sinking of the World Economy*, W.W. Norton & Company, 2010 (traducción española: *Caída libre*, Taurus, 2010).

TAIBBI, Matt y BUSTINDUY, Pablo, *Cleptopía: fabricantes de burbujas y vampiros financieros en la Era de la Estafa*, Lengua de Trapo, 2011.

TOUSSAINT, Eric, *Banco Mundial. El golpe de Estado permanente*, El Viejo Topo, 2006.

— y MILLET, Damien, *Debt, the IMF, and the World Bank: Sixty Questions, Sixty Answers*, Monthly Review Press, 2010 (traducción española: *60 preguntas, 60 respuestas sobre la deuda, el FMI y el Banco Mundial*, Intermón Oxfam-Icaria, 2009).

VAN HOUTVEN, Leo, *Cómo se gobierna el FMI*, International Monetary Fund, 2002.

VREELAND, James Raymond, *The IMF and Economic Development*, Cambridge University Press, 2003.

—, *The International Monetary Fund: Politics of Conditional Lending*, Routledge, 2006.

WAPSHOTT, Nicholas, *Keynes Hayek: The Clash that Defined Modern Economics*, W.W. Norton & Company, 2011.

WOLFF, Richard, *Capitalism Hits the Fan: The Global Economic Meltdown and what to Do about It*, Olive Branch Pr., 2009.

WOODS, Ngaire, *The Globalizers: The IMF, the World Bank, and Their Borrowers*, Cornell University Press, 2007.

ZACHARIE, Arnaud y MALVOISIN, Olivier, *FMI: la main visible*, Editions Labor, 2003.

ESTE LIBRO SE TERMINÓ DE IMPRIMIR
EN EL MES DE ABRIL
DE 2012